LA BÊTE NOIRE
Collection dirigée par Glenn Tavennec

L'AUTEUR

Daniel Cole, 33 ans, a été ambulancier dans une vie antérieure. Guidé par un besoin irrépressible de sauver les gens, il a également été membre actif de la *Royal Society for the Prevention of Cruelty to Animals*, l'équivalent anglais de notre SPA. Plus récemment il a travaillé pour la *Royal National Lifeboat Institution*, une association dédiée au sauvetage en mer le long des côtes britanniques. Cet altruisme est-il la manifestation de sa mauvaise conscience quant au nombre de personnes qu'il assassine dans ses écrits ? Il vit sous le soleil de Bournemouth, et on le rencontre souvent sur la plage alors qu'il devrait être en train d'écrire son troisième roman.

Retrouvez
LA BÊTE NOIRE
sur Facebook et Twitter

Vous souhaitez être tenu(e) informé(e)
des prochaines parutions de la collection
et recevoir notre *newsletter* ?

Écrivez-nous à l'adresse suivante,
en nous indiquant votre adresse e-mail :
servicepresse@robert-laffont.fr

DANIEL COLE

L'APPÂT

Traduit de l'anglais (Royaume-Uni)
par Natalie Beunat

LA BÊTE NOIRE
Robert Laffont

Ce livre est une œuvre de fiction. Les personnages, les faits et les lieux cités sont des inventions de l'auteur et visent à conférer de l'authenticité au récit.

Toute ressemblance avec des situations, des lieux et des personnes existants ou ayant existé ne peut être que fortuite.

Titre original : HANGMAN
© Daniel Cole, 2018
Traduction française : © Éditions Robert Laffont, S.A.S., 2018

ISSN 2431-6385
ISBN 978-2-221-19780-6

(éd. originale : ISBN 978-1-4091-6879-9, Orion Books, an imprint of The Orion Publishing Group Ltd, an Hachette UK company, Londres, 2018)

Dépôt légal : mars 2018

« Et si Dieu existait ?
Et si le Paradis existait ?
Et si l'enfer existait ?
Et si... nous y étions déjà tous ? »

PROLOGUE

*Mercredi 6 janvier 2016,
9 h 52*

— D<small>IEU N'EXISTE PAS</small>.
L'inspecteur principal Emily Baxter observait son reflet dans le miroir sans tain de la salle d'interrogatoire. Elle attendit que ceux qui l'espionnaient derrière et qui, à n'en point douter, ne perdaient pas une miette de la conversation interviennent via les haut-parleurs pour la reprendre.
Mais rien.
En revanche, elle se rendit compte qu'elle avait une mine épouvantable : on lui aurait donné cinquante ans au lieu de trente-cinq. De larges points de suture noirs maintenaient en place sa lèvre supérieure, dont la peau se tendait chaque fois qu'elle parlait, lui rappelant des événements – anciens et récents – qu'elle aurait préféré oublier. L'écorchure sur son front refusait de cicatriser, une attelle immobilisait ses doigts cassés, et une douzaine d'autres blessures étaient dissimulées sous ses vêtements humides.

Elle prit délibérément un air blasé avant de se retourner pour affronter les deux hommes assis en face d'elle. Ni l'un ni l'autre ne semblait disposé à prendre la parole. Elle bâilla et commença à jouer avec sa longue chevelure brune, glissant ses quelques doigts encore intacts dans une mèche emmêlée. Elle se fichait royalement que sa remarque ait pu offenser l'Agent Spécial Sinclair ; l'Américain chauve et imposant griffonnait à présent des notes sur du papier à en-tête avec une mine renfrognée.

Atkins, l'agent de liaison de la *Metropolitan Police*[1], avait piètre allure à côté de son confrère étranger élégamment vêtu. Il portait une chemise gris-beige, et Baxter avait consacré la majeure partie des cinquante dernières minutes à essayer d'en déterminer la couleur d'origine. Sa cravate était largement desserrée, tel le nœud d'un bourreau philanthrope, et pendait mollement sur sa poitrine, peinant à cacher une tache de ketchup manifestement toute fraîche.

Atkins sembla finalement interpréter le silence comme le signal qu'il était temps de prendre la parole.

— Vous avez dû avoir des discussions fort intéressantes à ce sujet avec l'Agent Spécial Rouche, déclara-t-il.

Il transpirait à grosses gouttes, et de la sueur coulait sur son visage rasé. La faute aux lumières du plafond et au chauffage qui balançait de l'air chaud depuis l'angle de la pièce. Même les traces de pas enneigées qu'ils avaient laissées sur le lino en entrant dans la pièce s'étaient transformées en une flaque sale.

— Ce qui veut dire ? demanda Baxter.

— Selon son dossier…

---

1. Nom de la police de Londres, appelée aussi *Met*. New Scotland Yard, est le quartier général du *Met*. *(Toutes les notes sont de la traductrice.)*

— Rien à foutre de son dossier ! le coupa Sinclair. J'ai travaillé avec Rouche pendant des années. Et je peux vous assurer qu'il était chrétien et très pratiquant.

L'Américain feuilleta à rebours la chemise parfaitement organisée étalée devant lui, et tendit à Baxter un document portant sa propre écriture.

— Tout comme vous, si j'en crois le dossier de candidature que vous avez rempli quand vous avez postulé à votre poste actuel.

Il soutint son regard impassible, savourant le fait de prendre en défaut cette femme qui cherchait visiblement la confrontation. Comme si l'équilibre du monde venait d'être rétabli maintenant qu'il avait prouvé qu'elle partageait bel et bien ses convictions, et qu'elle avait juste essayé de le provoquer. Mais Baxter ne mordit pas à l'hameçon.

— Vous savez, la majorité des gens sont des cons, proclama-t-elle. Ils sont persuadés qu'une crédulité stupide équivaut à de solides principes moraux. En réalité, ce que je voulais, c'était juste une augmentation de salaire.

Sinclair secoua la tête avec la mimique écœurée de celui qui n'en croit pas ses oreilles.

— Vous avez menti alors ? Cela ne colle pas vraiment avec votre notion de solides principes moraux. Si ? ajouta-t-il avec un sourire narquois.

— Mais ça colle à la perfection avec la notion de crédulité stupide.

Le sourire de Sinclair s'effaça d'un coup.

— Y a-t-il une raison particulière qui vous pousse à essayer de me convertir ? continua-t-elle, incapable de résister à la tentation de le faire sortir de ses gonds.

Ce que l'enquêteur ne manqua pas de faire en se levant d'un bond de son siège. Penché au-dessus d'elle, il se mit à brailler :

— Un homme est mort, inspecteur principal !

— De nombreuses personnes sont mortes…, marmonna-t-elle avant de lancer son venin : et, pour une raison qui m'échappe, vous semblez décidés à faire perdre du temps à tout le monde au lieu de vous préoccuper de la seule personne qui le mérite !

— Si nous posons la question, reprit Atkins pour tenter de désamorcer la situation, c'est que des preuves ont été découvertes près du corps… des preuves de nature religieuse.

— Elles auraient pu être déposées là par n'importe qui, rétorqua Baxter.

Les deux hommes échangèrent un regard. Elle en déduisit qu'ils en savaient plus qu'ils ne le disaient.

— Avez-vous la moindre idée de l'endroit où se trouve actuellement l'Agent Spécial Rouche ? lui demanda Sinclair.

— Pour autant que je sache, lâcha-t-elle sur un ton exaspéré, l'Agent Rouche est mort.

— Vous voulez *vraiment* la jouer comme ça ?

— Pour autant que je sache, l'Agent Rouche est mort, répéta-t-elle.

— Donc vous avez vu son cad…

Le Dr Preston-Hall, la psychiatre attitrée de la *Metropolitan Police* – et quatrième personne assise autour de la petite table en métal –, s'éclaircit ostensiblement la gorge. Sinclair s'interrompit aussitôt, comprenant la mise en garde implicite. Il se rassit et fit un signe en direction de la glace sans tain. Atkins crayonna quelque chose sur un carnet défraîchi qu'il fit glisser en direction de la thérapeute.

Celle-ci avait une petite soixantaine d'années, et beaucoup de prestance. Son parfum luxueux apportait une touche de fraîcheur florale dans la pièce mais peinait à masquer la forte odeur de chaussures mouillées. Outre l'autorité naturelle qu'elle dégageait, le Dr Preston-Hall ne laissait planer aucun doute sur le fait qu'elle mettrait immédiatement un terme à l'entretien si elle estimait que l'interrogatoire de sa patiente pouvait constituer une entrave à son bon rétablissement. Elle s'empara lentement du carnet maculé de taches de café et parcourut le message avec la mine sévère de l'institutrice interceptant une missive secrète entre deux élèves.

Elle était restée silencieuse pendant presque une heure, et ne manifestait visiblement aucune envie de rompre son silence. Elle hocha la tête à l'attention d'Atkins en guise de réponse.

— Qu'est-ce qu'ils veulent savoir ? s'enquit Baxter.

Le médecin l'ignora.

— Qu'est-ce qu'ils veulent savoir ? insista-t-elle. (Elle se tourna vers Sinclair.) Allez-y, posez votre question.

Sinclair semblait peser le pour et le contre.

— Posez votre putain de question ! exigea Baxter.

— Emily ! s'exclama le Dr Preston-Hall d'un ton cassant. Monsieur Sinclair, ne dites rien.

— Vous devriez arrêter de tourner autour du pot, les défia Baxter d'une voix qui résonnait dans la petite pièce. La station de métro. C'est ça qui vous intéresse, non ?

— L'entretien est terminé, décréta la psychiatre en se levant.

— Interrogez-moi ! s'écria Baxter.

Sinclair comprit que sa dernière chance d'obtenir des réponses allait lui échapper, aussi décida-t-il de poursuivre. On verrait plus tard pour les conséquences.

— Vous pensez donc que l'Agent Spécial Rouche figurait parmi les victimes.

Le Dr Preston-Hall, très contrariée, brandit ses mains en l'air.

— Ce n'était pas une question, rétorqua Baxter.

— Avez-vous vu son corps ?

Pour la première fois, Sinclair vit Baxter flancher, mais au lieu de se réjouir de la savoir si mal à l'aise, il culpabilisa. Baxter eut un regard absent, comme si la question la ramenait en arrière, dans un passé dont elle était momentanément prise au piège.

C'est d'une voix abattue qu'elle murmura :

— Qui sait ?

Il y eut un autre silence tendu.

— Comment vous a-t-il paru ?

Atkins avait lâché à voix haute ce que tout le monde pensait, brisant à nouveau le silence insupportable.

— Qui ?

— Rouche.

— À quel niveau ?

— Son état émotionnel.

— Quand ?

— La dernière fois que vous l'avez vu.

Elle songea un moment à ce qu'elle allait répondre, puis elle leur offrit un sourire sincère.

— Il était soulagé.

— Comment ça ?

Baxter ne releva pas.

— Vous semblez bien l'aimer, enchaîna Atkins.

— Pas spécialement. C'était un homme intelligent, et un bon collègue, efficace... malgré ses excentricités.

Les grands yeux marron de la jeune femme, soulignés de khôl, guettaient une réaction chez Sinclair. Il se mordilla la lèvre et jeta un nouveau coup d'œil en direction du miroir, comme s'il maudissait quelqu'un derrière la vitre de lui avoir imposé une telle mission.

Atkins prit sur lui de terminer l'interrogatoire. De larges taches étaient apparues sous ses aisselles, et il ne remarqua pas que les deux femmes avaient subrepticement reculé leurs chaises de quelques centimètres pour échapper à l'odeur de transpiration.

— Vous avez envoyé une équipe perquisitionner la maison de l'Agent Rouche.

— C'est exact.

— Vous ne lui faisiez donc plus confiance, à ce moment-là ?

— Non.

— Vous n'éprouvez même pas un reste de loyauté envers lui ?

— Absolument aucun.

— Vous souvenez-vous de la dernière chose qu'il vous ait dite ?

Baxter parut agitée.

— On a fini ?

— Presque. Répondez à la question, s'il vous plaît, insista-t-il, stylo en l'air au-dessus de son carnet.

— J'aimerais y aller maintenant, signifia Baxter à la psychiatre.

— Bien sûr, lui répondit cette dernière sèchement.

— Y a-t-il une raison pour laquelle il vous est impossible de répondre à cette simple question ? interrogea à son tour Sinclair.

Ses paroles résonnèrent à travers la pièce comme une accusation.

— D'accord, fit Baxter, furieuse. Je vais y répondre. (Elle réfléchit un instant, puis se pencha en avant pour planter son regard dans celui de l'Américain.) Dieu... n'existe... pas, articula-t-elle avec un rictus.

Sinclair bondit sur ses pieds, renversa sa chaise en métal, et sortit de la pièce en trombe.

— J'espère que vous êtes contente de vous, soupira Atkins, d'une voix lasse. Merci pour votre *coopération*, inspecteur principal. Maintenant, nous en avons terminé.

CINQ SEMAINES PLUS TÔT...

1

Mercredi 2 décembre 2015,
6 h 56

Le fleuve gelé – long serpent endormi sous les lumières scintillantes de la mégalopole – craqua, puis se fendit avec un bruit sec, comme s'il avait été dérangé dans sa léthargie. Des embarcations abandonnées, prises dans la glace qui reliait temporairement la presqu'île au continent, s'enfonçaient doucement entre les congères.

Le soleil se levait et glissait lentement derrière la Skyline. Il inondait le pont d'une lumière mordorée, tandis que l'ombre austère de l'imposante construction se propageait sur l'étendue d'eau glacée en contrebas. Entre les impressionnants piliers de granite, un réseau de filins d'acier quadrillait l'espace. De la neige poudreuse s'y était déposée, mais durant la nuit quelque chose d'autre avait été piégé dans cette toile métallique.

Tel un insecte écartelé à force de lutter pour se dégager, le corps brisé, tordu, de William Fawkes éclipsait les premiers rayons du soleil.

2

Mardi 8 décembre 2015,
18 h 39

Derrière les fenêtres des bureaux de New Scotland Yard, la nuit était tombée sur la ville. Les lumières surgissaient une à une à travers les vitres pourtant saturées de condensation.

Depuis le matin, Baxter n'avait pas décollé de son minuscule bureau à la direction du département *Homicide and Serious Crime*[1] – hormis deux rapides pauses pipi et une virée à l'armoire à fournitures. Elle fixa avec aversion l'amoncellement vacillant de paperasse posé juste au bord de la table, presque au-dessus de sa poubelle, et elle dut réfréner une violente envie de propulser toute la pile dans la direction qui s'imposait.

À trente-quatre ans, elle avait été promue inspecteur principal, ce qui faisait d'elle une des plus jeunes femmes jamais nommées à ce grade au sein de la *Metropolitan Police*. Même

---
1. Nom du service des affaires criminelles de la police de Londres.

si cette ascension aussi inattendue que rapide n'avait pas été du goût de tout le monde. En vérité, c'était uniquement à l'affaire Ragdoll qu'elle devait sa nomination : après les événements de l'été précédent, et sa capture d'un serial killer de la pire espèce, le poste était devenu vacant et Baxter s'était retrouvée la mieux placée pour reprendre les rênes.

L'ancien inspecteur principal, Terrence Simmons, avait été contraint à la retraite anticipée pour raisons de santé. Mais tout le monde subodorait que la menace du *Commissioner*[1] de le virer s'il n'obtempérait pas avait aggravé son état. Encore une mesure destinée à calmer une population désillusionnée, comme on eût offert le sacrifice d'un innocent à des dieux éternellement courroucés.

Baxter partageait le même sentiment que ses collègues : écœurée d'avoir vu son prédécesseur servir de bouc émissaire mais, en fin de compte, soulagée de ne pas être celle qui en faisait les frais. Elle n'avait pas réfléchi à l'éventualité de le remplacer, jusqu'à ce que le *Commissioner* lui indique que le poste était pour elle si elle le désirait.

Baxter jeta un coup d'œil à son bureau version miniature, avec la moquette tachée et le vieux meuble à tiroirs tout cabossé (qui sait combien de documents de la plus grande importance gisaient dans le tiroir du bas, celui qu'elle n'avait jamais réussi à ouvrir ?), et se demanda pour la énième fois ce qu'il lui avait pris d'avoir accepté ce job de merde…

Des acclamations s'élevèrent de la salle principale en open space, mais le bruit ne troubla pas plus que ça la jeune femme, plongée dans la lecture d'une lettre de réclamation concernant un inspecteur de police du nom de Saunders. Il y était accusé d'avoir proféré des obscénités envers le fils

---

1. Le *Commissioner* est le directeur de la *Metropolitan Police*, une des plus hautes fonctions de la police anglaise.

du plaignant – ce dont elle ne doutait pas un instant. Elle commença à taper une réponse standard, puis n'eut pas l'énergie d'aller au bout. Elle froissa la lettre de réclamation et la balança en direction de la poubelle.

Quelqu'un frappa timidement à la porte et une policière à l'allure effacée entra sans faire de bruit. Elle ramassa les feuilles qui avaient raté de peu (ou d'assez loin) la corbeille et les plaça là où elles auraient dû atterrir. Ensuite, elle mit délicatement un autre document au sommet de la tour de papiers sans la faire s'écrouler – ce qui démontrait un talent certain pour les constructions Kapla.

— Désolée de vous déranger, mais le *Sergeant* Shaw s'apprête à prononcer son discours. J'ai pensé que vous voudriez y assister.

Baxter jura tout haut et posa un instant le front sur son bureau.

— J'arrive ! grommela-t-elle.

Elle avait complètement oublié.

Partagée entre malaise et angoisse, la policière attendit. Au bout de plusieurs minutes, et pas vraiment certaine que Baxter ne se soit pas endormie, elle sortit doucement de la pièce.

Péniblement, Baxter se redressa et rejoignit les nombreux policiers attroupés dans la salle principale autour du *Sergeant* Finlay Shaw. Une banderole vieille d'une vingtaine d'années – achetée par Finlay lui-même pour un collègue dont personne ne se souvenait aujourd'hui – avait été fixée au mur avec de la Patafix :

ON TE REGRETTERA !

Un assortiment de donuts achetés au supermarché traînait sur le bureau de Shaw, portant les stigmates de réductions de prix successives – preuve de leur lente déchéance de « peu appétissants » à « non comestibles ».

Il y eut quelques rires de circonstance en réponse à la menace du *Sergeant* au fort accent écossais de mettre un dernier pain dans la gueule de Saunders avant son départ en retraite. Tout le monde semblait trouver ça drôle, sauf que le dernier incident en date s'était soldé par un nez cassé, deux passages devant le conseil de discipline et, pour Baxter, une tonne de formulaires à remplir.

Elle détestait ces pots de départ qu'elle trouvait complètement artificiels, voire gênants. Et cela lui semblait une bien maigre récompense pour quelqu'un qui avait passé toutes ses années de service à risquer sa peau et qui, même une fois parti, devrait continuer à vivre avec des souvenirs affreux et des cauchemars.

Baxter se tenait en retrait, sourire aux lèvres en soutien à un ami qui lui était cher. Finlay était le seul allié sincère qu'elle avait eu dans le service, le seul visage réellement amical, et maintenant il la quittait. Elle n'avait même pas signé sa carte de vœux.

Le téléphone sonna dans son bureau.

Elle décida de ne pas répondre, et observa Finlay faire croire à la petite assemblée que la marque de la bouteille de whisky qu'ils s'étaient tous cotisés pour lui offrir était sa préférée. Mais il n'était pas très bon acteur.

En réalité, il aimait le Jameson – comme Wolf.

Elle repensa à la dernière fois où ils avaient bu un coup ensemble. C'était il y avait presque un an. Finlay lui avait alors confié n'avoir jamais regretté son manque d'ambition. Il l'avait aussi mise en garde sur la fonction d'inspecteur principal, affirmant que si elle l'acceptait, elle finirait par s'ennuyer et se sentir frustrée, car elle n'était pas faite pour ce genre de poste. Baxter ne l'avait pas écouté. Finlay ne comprenait pas qu'il s'agissait moins d'une promotion que d'un changement, une diversion, une *fuite en avant*.

Le téléphone recommença à sonner et elle coula un regard noir vers son bureau. Finlay parcourait les « Joyeuse retraite » et « Très triste que tu nous quittes » griffonnés au dos d'une carte des *Minions*, dont quelqu'un, visiblement, avait cru qu'il était fan.

Baxter lorgna sur sa montre. Pour une fois, elle aurait bien aimé pouvoir terminer le boulot à une heure décente.

Finlay reposa la carte avec un petit rire avant d'entamer son discours. Il avait prévu de faire court car il n'aimait pas s'exprimer en public.

— Vraiment, merci. J'ai hanté ces lieux depuis la création de *New* Scotland Yard. (Il venait de balancer sa meilleure vanne, même si son élocution laissait à désirer. Il marqua une pause, espérant qu'au moins une personne s'esclafferait à sa blague. Comme personne ne réagit, il poursuivit bravement, tout en sachant pertinemment que ça n'irait pas en s'arrangeant.) Cet endroit, et les gens que j'y ai croisés, ce n'était pas juste un lieu de travail pour moi... vous êtes devenus comme une seconde famille.

Une femme au premier rang eut les larmes aux yeux. Finlay lui adressa un sourire censé l'assurer que son émotion était partagée, et aussi qu'il se souvenait d'elle – ce qui n'était pas le cas. Il scruta l'assistance à la recherche de la seule personne à qui son message d'adieu était réellement destiné.

— J'ai eu le bonheur de voir certains d'entre vous grandir. Je vous revois encore, jeunes flics stagiaires arrogants... (À son tour, il sentait les larmes lui monter aux yeux.) Aujourd'hui, vous êtes devenus de solides et magnifiques enquêtrices… et enquêteurs aussi bien sûr, ajouta-t-il de peur qu'on devine de qui il parlait. Je veux vous dire tout le plaisir que j'ai eu à travailler avec vous tous, et combien j'en suis *sincèrement…* fier. Merci.

Il s'éclaircit la gorge et sourit à ses collègues qui l'applaudissaient, puis repéra enfin Baxter. Elle se tenait debout dans son bureau, porte close, et gesticulait tout en parlant au téléphone. Il sourit à nouveau, mais avec mélancolie cette fois, tandis que l'attroupement se dispersait. Se retrouvant seul, il entreprit de ramasser ses effets personnels pour quitter les locaux définitivement.

Les souvenirs le submergeaient, ralentissant sa tâche au fur et à mesure qu'il décrochait les photos dans l'espace de travail qui avait été le sien durant toutes ces années. Une en particulier, craquelée et jaunie, attira son attention : elle avait été prise lors d'une fête de Noël dans la salle principale. Le crâne dégarni de Finlay était coiffé d'une couronne en papier crépon, ce qui amusait manifestement son ami Benjamin Chambers dont le bras entourait l'épaule de Baxter. C'était sans doute la seule photo où on la voyait sourire. Et sur le côté, la mine dépitée de Will… Wolf n'avait pas réussi à gagner son pari – qui consistait à soulever Finlay du sol. Le *Sergeant* glissa précautionneusement la photographie dans la poche de sa veste, puis termina de ranger ses affaires.

Alors qu'il quittait les bureaux, il hésita. Il ne lui semblait pas que la lettre, depuis longtemps oubliée, qu'il avait découverte au fond de son tiroir lui appartenait. Il songea à la laisser, il songea à la déchirer, mais finalement il la laissa tomber dans la boîte en carton où il avait rassemblé tout son bazar. Puis il se dirigea vers les ascenseurs.

Après tout, ce n'était qu'un secret de plus à garder pour lui.

À 19 h 49, Baxter était toujours au bureau. Elle avait envoyé des SMS toutes les vingt minutes pour s'excuser du retard et promettre de partir dès que possible. Non seulement sa *Commander*[1] l'avait obligée à rater l'essentiel du discours de départ de Finlay, mais elle sabotait à présent la première soirée à laquelle Baxter était conviée depuis des mois. Elle avait ordre de ne pas bouger de là jusqu'à l'arrivée de sa chef.

Autant le dire tout de suite, ce n'était pas l'amour fou entre les deux femmes. Vanita, le visage de la *Metropolitan Police* auprès des médias, s'était officiellement prononcée contre la promotion de Baxter. Ayant travaillé avec elle sur l'affaire *Ragdoll*, elle ne s'était pas privée de raconter au *Commissioner* combien Baxter était rétive, entêtée, sans aucun respect pour la hiérarchie – outre le fait qu'elle considérait la jeune femme comme entièrement responsable de la mort d'une des victimes. De son côté, Baxter ne voyait en sa supérieure qu'une championne de la langue de bois, parfaite pour les RP, allant systématiquement dans le sens du vent, et qui n'avait pas hésité une seconde à sacrifier Simmons quand les choses avaient mal tourné.

Pour couronner le tout, Baxter venait juste d'ouvrir un e-mail automatique, envoyé par le service des archives, lui rappelant – pour la énième fois – que Wolf n'avait toujours pas retourné un certain nombre de dossiers qu'il avait en sa possession. Elle en parcourut la liste, assez longue, et y reconnut deux affaires…

Nom : Bennett ; prénom : Sarah. Une femme qui avait noyé son mari dans leur piscine. Baxter était à peu près sûre qu'elle avait perdu ce dossier, glissé par mégarde derrière un radiateur de la salle de réunion.

---

1. Le *Commander* travaille sous les ordres du *Commissioner*. C'est l'équivalent d'un chef de brigade dans la police criminelle en France.

Nom : Dubois ; prénom : Léo. Une simple agression au couteau qui avait évolué au fil du temps en une affaire mille fois plus complexe, impliquant trafic de drogue, vente d'armes sur le marché noir et trafic d'êtres humains.

Wolf et elle s'étaient régalés à bosser sur ce dossier.

Baxter vit Vanita pénétrer dans la grande salle, deux autres personnes dans son sillage, ce qui n'augurait rien de bon pour un départ à 20 heures comme espéré. Elle ne prit pas la peine de se lever lorsque la *Commander* entra dans son bureau d'un pas nonchalant, et elle l'accueillit avec une amabilité tellement rodée qu'elle-même aurait presque pu y croire.

— Inspecteur principal Emily Baxter, Agent Spécial Elliot Curtis du FBI, annonça Vanita en rejetant en arrière sa chevelure noire.

— Ravie de vous rencontrer, déclara la femme en tendant la main à Baxter.

L'agent du FBI était grande, noire, peu maquillée et portait un ensemble veste pantalon à la coupe masculine. Son chignon était tellement tiré en arrière qu'on aurait dit qu'elle avait le crâne rasé. Elle paraissait avoir une trentaine d'années, mais Baxter aurait parié qu'elle était plus jeune.

Elle lui serra la main sans se lever alors que Vanita lui présentait l'autre personne, un homme à l'air absent, davantage intéressé par son meuble à tiroirs tout cabossé que par la perspective de lui être présenté.

— Et voici l'Agent Spécial...

— En quoi sont-ils si *spéciaux* ? la coupa Baxter, histoire de la ramener. Je veux dire, s'ils sont là, dans ce cagibi qui me sert de bureau, c'est qu'ils ne doivent pas être si importants que ça, si ?

Vanita feignit de ne pas avoir entendu.

— Comme je le disais, je vous présente l'Agent Spécial Damien Rouche, de la CIA.

— Rooze ? répéta Baxter.

— Rouchhh ? tenta Vanita qui doutait maintenant de l'avoir bien prononcé.

— Je pense que c'est Roouuche, intervint Curtis, tout en jetant un coup d'œil à son collègue, en quête d'approbation.

L'homme sourit poliment et, au grand étonnement de Baxter, lui fit un *check* avant de s'asseoir sans y avoir été invité. Elle lui donnait dans les trente-cinq, quarante ans. Rasé de près, il avait le teint terreux, des cheveux poivre et sel arrangés sur le devant en une houppe légèrement proéminente. Les deux boutons du haut de sa chemise blanche était défaits et son costume bleu marine, quoique bien coupé, avait un peu trop vécu. Il jeta un œil à la pile de papiers, puis lorgna sur la poubelle en dessous d'un air entendu et sourit à nouveau.

Baxter se tourna vers Vanita et attendit.

— L'agent Curtis et l'agent Rouche sont arrivés ce soir des États-Unis, expliqua la *Commander*.

— J'en suis ravie, rétorqua Baxter avec plus de patience qu'elle n'en avait, mais je suis un peu pressée ce soir, alors...

— *Commander*, si je puis me permettre... ? demanda poliment Curtis, avant de s'adresser à Baxter. Inspecteur principal, vous êtes au courant, j'imagine, du corps qui a été découvert il y a presque une semaine ? Eh bien...

Un peu décontenancée, Baxter haussa les épaules, interrompant Curtis dans son élan.

— New York ? Le pont de Brooklyn ? insista Curtis, abasourdie. Une victime suspendue ? Vous ne vous informez pas de l'actualité internationale ?

Baxter étouffa un bâillement.

Rouche farfouillait dans la poche de son manteau. Curtis l'observait, attendant qu'il en ressorte quelque chose d'utile. Au lieu de quoi, il en retira un maxi-paquet de Jelly Babies qu'il déchira sans ménagement. Devant l'air furieux de sa collègue, il lui tendit le sachet pour lui proposer un bonbon.

Curtis l'ignora et attrapa un dossier dans sa sacoche. Elle étala plusieurs agrandissements photographiques sur le bureau.

Baxter réalisa soudain pourquoi les deux enquêteurs avaient fait tout ce chemin pour la rencontrer. Le premier cliché avait été pris depuis la rue. Un corps, dont la silhouette se découpait à contre-jour, était retenu entre des câbles métalliques à une trentaine de mètres au-dessus de celui qui l'avait photographié. Ses bras et ses jambes avaient été contorsionnés jusqu'à former une pose qui ne pouvait en aucun cas être naturelle.

— Nous n'avons pas encore rendu l'information publique, mais le nom de la victime est William Fawkes.

Un instant, Baxter cessa de respirer. Déjà qu'elle était en hypoglycémie à n'avoir rien avalé de la journée, à présent elle n'était pas loin de l'évanouissement. D'une main tremblante, elle effleura l'image de la silhouette distordue, encadrée par les piliers du célèbre pont. Elle sentait les regards de ses trois collègues converger vers elle, l'épier sans vergogne. Ils n'ignoraient rien des spéculations qui avaient entouré sa version des faits, pour le moins floue, lors de la conclusion tragique de l'affaire Ragdoll.

— Pas *ce* William Fawkes, poursuivit Curtis doucement, une drôle d'expression sur le visage.

Elle souleva la photo, et fit glisser celle d'en dessous vers Baxter. On y voyait un agrandissement de la victime, un homme nu, en surpoids… et un parfait inconnu.

Baxter mit une main devant sa bouche, toujours incapable de parler.

— Il travaillait pour une banque d'investissements, la *P. J. Henderson*. Marié, deux enfants, a priori sans histoires... Pourtant, quelqu'un nous envoie clairement un message.

Ayant repris ses esprits, l'inspecteur principal passa en revue le reste des photos qui dévoilaient sous différents angles le cadavre dévêtu. Un corps en un seul morceau, sans le moindre point de suture. Un homme dans la cinquantaine. Son bras gauche pendait étrangement et sa poitrine était entaillée, formant les lettres du mot APPÂT. Elle examina rapidement les autres clichés, puis rendit le tout à Curtis.

— « Appât » ? dit-elle en regardant les deux agents.

— Vous comprenez maintenant pourquoi nous pensions que vous deviez en être informée, commenta Curtis.

— Pas vraiment, non, répliqua-t-elle.

Baxter avait pleinement repris possession de ses moyens.

Curtis, perplexe, se tourna vers Vanita.

— Je m'attendais à ce que votre service, plus que tout autre, soit plus...

— Savez-vous combien de *copycats* de l'affaire Ragdoll nous avons eus l'an dernier ? la coupa Baxter. Rien que pour le Royaume-Uni ? Je peux vous en citer au moins sept, et pourtant je fais mon possible pour *ne pas* m'y intéresser.

— Et ça ne vous trouble pas plus que ça ?

Baxter ne voyait pas pourquoi elle aurait dû accorder plus de temps à ces horreurs qu'aux cinq affaires qui avaient atterri sur son bureau le matin même.

— Les détraqués font des trucs de détraqués, on n'y peut rien, lâcha-t-elle avec nonchalance.

Rouche faillit s'étrangler avec un Jelly Baby orange.

— Écoutez, continua-t-elle, Lethaniel Masse était un serial killer prolifique, d'une intelligence hors norme et plein de ressources. Ces *copycats* ne sont guère plus que l'œuvre de tarés à moitié abrutis qui profanent des cimetières jusqu'à ce que monsieur-l'agent-de-police vienne enfin les arrêter à leur domicile.

Baxter éteignit son ordinateur et ramassa son sac à main, prête à partir.

— Il y a six semaines environ, continua-t-elle, au moment d'Halloween, j'ai donné un paquet de Smarties à un gosse haut comme trois pommes qui se tenait sur le seuil de ma porte, déguisé en costume de Ragdoll ! Et il n'y a pas si longtemps, une espèce d'artiste con et branché, du genre à porter des bérets, s'est mis en tête de coudre entre eux les morceaux d'un animal mort. Eh bien, ce truc dégueulasse a constitué la dernière acquisition en date de la Tate Modern, et la fréquentation du musée a atteint des chiffres record. Croyez-le ou non, c'est un défilé permanent de gens cons et branchés – qui portent eux aussi des bérets sans aucun doute – devant l' « œuvre d'art ».

Rouche éclata de rire.

— Un grand malade a même décidé de réaliser une série télé s'inspirant des événements ! L'affaire Ragdoll est désormais servie à toutes les sauces, et on ferait mieux de s'habituer à cette idée, conclut Baxter. (Elle regarda Rouche qui regardait son paquet de Jelly Babies.) Votre copain, là, il ne parle jamais ? demanda-t-elle à Curtis.

— Il préfère écouter, répondit sèchement l'Américaine, avec un brin de lassitude dans la voix, comme si, après une semaine seulement à travailler ensemble, elle en avait déjà sa claque.

Baxter se tourna à nouveau vers l'agent de la CIA. Ce dernier se rendit alors compte que les trois femmes le dévisageaient, attendant qu'il prenne part à la conversation.

— Ce ne sont plus les mêmes, marmonna-t-il, la bouche remplie de bonbons multicolores.

Baxter fut surprise de constater qu'il s'exprimait avec un parfait accent britannique.

— Les mêmes quoi ? demanda-t-elle, prudente.

— Les Jelly Babies, dit-il en se curant une dent. Ils n'ont plus le même goût qu'autrefois.

Embarrassée, Curtis se frotta la tempe tandis que Baxter écartait les bras avec agacement.

— Bon, c'est pas tout ça, mais on m'attend.

— Inspecteur, nous avons des raisons de croire qu'il ne s'agit pas d'un énième *copycat* amateur, insista Curtis en désignant les photos, dans une ultime tentative de recentrer le débat.

— Vous avez raison, répondit Baxter, ça ne ressemble même pas à l'affaire Ragdoll. Les parties du corps ne sont pas suturées entre elles.

— Il y a eu un second meurtre, rétorqua Curtis d'un ton cassant, avant de se reprendre. Il y a deux jours. L'endroit a certains… *avantages*, dans la mesure où il nous a permis de contenir toute fuite dans les médias, du moins pour le moment. Mais franchement, nous ne pourrons pas garder un incident de cette… (elle se tourna vers Rouche pour qu'il lui vienne en aide, en vain) *nature* ignoré du monde plus longtemps.

— Du *monde* ? répéta Baxter, d'un air sceptique.

— On a un petit service à vous demander…, commença Curtis.

— Et aussi un grand service, poursuivit Rouche d'une voix claire, maintenant qu'il n'avait plus la bouche pleine.

Baxter l'observa en fronçant les sourcils, Curtis fit de même, et Vanita lança un regard glacial à sa subordonnée pour l'empêcher de la ramener. Rouche fixa la *Commander*, histoire de ne pas être en reste, tandis que Curtis reprenait la parole :

— Nous aimerions interroger Lethaniel Masse.

— Ah... Voilà pourquoi le FBI *et* la CIA sont mobilisés sur cette affaire ! s'exclama Baxter. Un meurtre aux États-Unis. Un suspect dans notre bonne vieille Angleterre... Eh bien, je vous souhaite bien du plaisir !

— Nous aimerions que vous soyez présente pendant l'interrogatoire.

— Oubliez. Je ne vois pas pour quelle raison vous pourriez avoir besoin de moi, vous êtes assez grands pour lui poser vos questions tout seuls. Un conseil, faites des fiches et si vous avez un trou, lisez vos notes. Je suis sûre que vous en êtes capables.

Rouche esquissa un sourire.

— Nous serons bien entendu ravies de vous prêter assistance de quelque manière que ce soit, n'est-ce pas, inspecteur principal ? déclara Vanita, les yeux agrandis de fureur. Nos liens amicaux avec le FBI et la CIA comptent tout autant que notre collab...

— Bon sang ! s'écria Baxter. OK, c'est bon, je viendrai vous tenir la main. Et le petit service, c'était quoi ?

Rouche et Curtis échangèrent un regard furtif. Vanita se dandinait d'un pied sur l'autre, mal à l'aise.

— Euh..., répondit Curtis d'une voix basse, c'était *ça* le petit service...

Baxter semblait sur le point d'exploser.

— Nous..., continua Curtis, nous aimerions que vous examiniez la scène de crime.

— À partir de photos ? questionna Baxter, l'air exaspéré.

Rouche fit une sorte de moue, tout en secouant la tête en signe de dénégation.

— J'ai déjà donné mon accord au *Commissioner* pour votre détachement temporaire à New York, expliqua Vanita. Pendant votre absence, j'assurerai vos missions.

— Ce n'est pas si facile d'*assurer* à mon poste, répliqua Baxter avec arrogance.

— Je devrais arriver à m'en sortir, objecta Vanita d'un ton acerbe – son masque de politesse, qu'elle conservait pourtant en toutes circonstances, sembla se fissurer légèrement.

— Mais c'est quand même ridicule, cette histoire ! Comment pouvez-vous croire que je puisse vous être d'une aide quelconque pour élucider un meurtre qui a eu lieu de l'autre côté de l'Atlantique et qui n'a strictement rien à voir avec Ragdoll ?

— On ne croit rien, rétorqua Rouche, dont la sincérité déstabilisa Baxter. C'est une *totale* perte de temps. Pour vous comme pour nous.

— Ce que mon collègue *essaie* de vous expliquer, c'est que l'opinion publique américaine aura un avis bien tranché sur la question, quoi qu'on en dise. Les gens ne verront dans ces meurtres que les similitudes avec l'affaire Ragdoll, et pour être rassurés, ils voudront que la personne qui a capturé le premier tueur, c'est-à-dire *vous*, soit celle qui traque ces nouveaux monstres.

Ce fut au tour de Rouche d'être ennuyé par le franc-parler de Curtis. Elle en avait clairement dit plus qu'elle n'aurait dû.

— Donc tout ce cirque ne sera en fait qu'une immense opération de RP ? s'enquit Baxter.

— Vous avez raison, inspecteur principal, mais en quoi cela diffère-t-il de d'habitude ? riposta Rouche avec un sourire.

3

Mardi 8 décembre 2015,
20 h 53

— Salut ! lança Baxter du fond du couloir. Désolée, tout le monde, je suis vraiment à la bourre.

Elle se débarrassa de ses bottines d'un habile coup de pied, puis entra dans le salon. De délicieuses odeurs se répandaient, entraînées par un léger courant d'air froid en provenance de la cuisine. En fond sonore, via une enceinte branchée à un iPod, un chanteur s'évertuait à démontrer son hypothétique talent. Encore un de ces musiciens qu'on entendait dans les Starbucks, se dit-elle.

On avait dressé la table pour quatre. La lueur vacillante des bougies chauffe-plats disposées çà et là plongeait la pièce dans un halo orangé qui accentuait le roux des cheveux en épis d'Alex Edmunds. Il balada sa grande carcasse dégingandée à travers le salon, une bouteille de bière vide à la main.

Baxter était grande, mais il lui fallut se mettre sur la pointe des pieds pour lui faire la bise.

— Où est Tia ? demanda-t-elle à son ex-collègue.

— Au téléphone, avec la baby-sitter... pour changer.

— *Em ?* C'est toi ? s'écria une voix à l'intérieur de la cuisine.

Baxter, trop épuisée pour risquer d'être enrôlée dans les derniers préparatifs culinaires, se tint silencieuse.

— La bouteille de vin est par ici ! ajouta la voix enjouée.

L'invitation était trop tentante... Baxter pénétra dans ce qui ressemblait à un showroom pour cuisines de luxe. Plusieurs casseroles haut de gamme frémissaient sous la lumière tamisée de la hotte. Un homme – chemise chic et long tablier de cuistot – se trouvait aux fourneaux, tantôt ajustant la cuisson, tantôt remuant ce qui mijotait. Elle déposa un léger baiser sur ses lèvres.

— Tu m'as manqué, souffla Thomas.

— J'ai entendu parler d'une bouteille de vin ?

Il éclata de rire et lui versa un verre.

— Merci. J'en ai bien besoin.

— Ne me remercie pas. C'est Alex et Tia qui l'ont apportée.

Ils levèrent leurs verres en direction d'Edmunds, qui se tenait sur le seuil, puis Baxter fit mine de s'intéresser à ce que son petit ami cuisinait.

Thomas et elle s'étaient rencontrés huit mois plus tôt, au cours d'une de ces grèves du métro aussi fréquentes que paralysantes, à l'heure de pointe. Thomas s'était interposé entre Baxter et un des piquets de grève qui réclamaient une augmentation de salaire et de meilleures conditions de travail. Excédée, la jeune femme avait déclaré l'employé gréviste en état d'arrestation. Thomas avait osé lui faire remarquer qu'en retenant contre son gré « le monsieur vêtu d'un gilet de sécurité jaune fluo », et en le menaçant de lui faire parcourir « de force et à pied » les dix kilomètres pour rentrer à Wimbledon avec elle, elle risquait d'être accusée de kidnapping. Au lieu de quoi c'était Thomas qu'elle avait arrêté.

Thomas était un type bien. De dix ans son aîné, il incarnait le genre d'homme rassurant, au physique agréable quoique sans surprise – un peu à l'instar de ses goûts musicaux –, qui savait parfaitement ce qu'il attendait de la vie : une existence bien réglée, confortable et tranquille. Il était avocat de profession. Baxter ne pouvait s'empêcher de sourire en songeant combien Wolf l'aurait détesté. Souvent, elle se demandait si c'était précisément cela qui l'avait attiré chez Thomas.

L'élégante maison de ville où avait lieu le dîner lui appartenait. À plusieurs reprises, lors des deux derniers mois, il avait proposé à Baxter d'y emménager. Bien qu'elle y ait apporté quelques affaires, et qu'ils aient choisi ensemble la nouvelle décoration de leur chambre, elle avait catégoriquement refusé d'abandonner son appartement de Wimbledon High Street. Son chat, Echo, lui servait régulièrement d'alibi pour retourner de temps en temps dormir chez elle.

Les quatre amis s'assirent finalement à table et profitèrent du dîner pour partager des histoires qui, au fil des mois, avaient perdu en véracité ce qu'elles avaient gagné en drôlerie. Ils prenaient plaisir à échanger sur des sujets assez terre-à-terre – le travail, la meilleure façon de cuire le saumon, la condition de parents. Edmunds tenait amoureusement la main de Tia tout en commentant avec entrain sa récente promotion au service de la répression des fraudes. Il insista plusieurs fois sur le fait qu'il pouvait désormais consacrer davantage de temps à sa famille. Questionnée sur son job, Baxter ne mentionna pas la visite des Américains ni la mission peu enviable qui l'attendait le lendemain matin.

Tia s'endormit sur le canapé à 22 h 17 précises. Pendant que Thomas débarrassait, Baxter et Edmunds bavardaient, un verre de vin à la main (généreusement servi par Edmunds qui avait enfin délaissé la bière), à la lueur des flammèches des dernières bougies.

— Alors, ça va comment à la répression des fraudes ? demanda-t-elle doucement, non sans avoir vérifié que Tia dormait à poings fermés.

— Je te l'ai dit... c'est super.

Baxter le regarda sans rien dire.

— Ben quoi ? Oui, ça se passe bien, affirma-t-il en croisant les bras sur son torse, clairement sur la défensive.

Baxter ne pipa mot.

— Qu'est-ce que tu veux que je te dise ? Tout va bien.

Comme elle n'était visiblement pas prête à gober son mensonge, il finit par sourire. Elle le connaissait par cœur.

— Bon d'accord... Je m'emmerde. Ce n'est pas que... Je ne regrette pas d'avoir quitté l'*Homicide and Serious Crime*, mais...

— À t'entendre, on pourrait croire le contraire, répliqua Baxter qui ne ratait jamais une occasion de l'inciter à revenir bosser avec elle.

— J'ai une vraie vie maintenant, je peux voir grandir ma fille.

— Si tu veux mon avis, c'est du gâchis, soupira Baxter.

Et elle le pensait. Officiellement, c'était elle qui avait réussi à coffrer le tueur de Ragdoll. Officieusement, c'était Edmunds qui avait résolu l'affaire. Lui seul avait été capable d'y voir clair dans le tissu de faux-semblants et de tromperies qui l'avait aveuglée, elle comme le reste de l'équipe.

— Tu sais quoi, donne-moi un travail d'enquêteur avec des horaires décents, et je signe direct, assura Edmunds en souriant.

Le débat était clos, et il le savait.

Baxter se cala contre le dossier de sa chaise pour siroter son vin blanc, tandis que Thomas semblait prendre racine dans la cuisine.

— Demain, je vais voir Masse, laissa-t-elle échapper, comme si rendre visite à des serial killers constituait une de ses activités quotidiennes.

— Pardon ? bafouilla Edmunds en postillonnant du sauvignon bon marché. Mais pourquoi ?

Il était l'unique personne qu'elle avait mise dans la confidence sur ce qui s'était réellement passé le jour où elle avait arrêté Lethaniel Masse. Ni lui ni elle ne pouvaient évaluer avec certitude ce dont se souvenait le tueur : ce dernier avait subi un passage à tabac d'une violence telle qu'il avait failli mourir et Baxter doutait qu'il se rappelle quelque chose. Mais elle vivait dans la crainte permanente que des souvenirs resurgissent dans son cerveau de fêlé, des informations dont il pourrait se servir pour lui nuire.

Baxter relata à son ancien collègue la conversation de la journée avec Vanita et les deux Agents Spéciaux, puis lui raconta qu'elle avait été missionnée pour les accompagner à New York.

Edmunds l'écoutait avec la plus grande attention, mais il paraissait de plus en plus nerveux à mesure de ses explications.

— Je pensais que cette histoire était terminée, murmura-t-il.

— Elle l'est. C'est juste un autre de ces satanés *copycats*.

Edmunds n'avait pas l'air convaincu.

— Quoi ? Qu'est-ce qu'il y a ?

— Tu as bien dit que la victime avait le mot « appât » gravé sur la poitrine ?

— Et ?

— Un appât pour qui, je me le demande.

— Tu penses que le message m'est destiné ? maugréa Baxter, qui savait déchiffrer chacune de ses intonations.

— Le type porte le nom de Wolf, et voilà que, ô surprise, tu te retrouves embarquée dans l'investigation.

Elle gratifia son ami d'un grand sourire affectueux.

— Ne t'inquiète pas pour moi. C'est juste un *copycat*, rien de plus.

— Je m'inquiète tout le temps pour toi.

— Du café ? proposa Thomas.

Sa brusque apparition les fit sursauter. Il était en train de s'essuyer nonchalamment les mains dans un torchon.

— Avec plaisir, lui répondit Edmunds, noir, sans lait.

Baxter refusa et Thomas disparut à nouveau dans son antre.

— Tu as quelque chose pour moi ? chuchota-t-elle.

Gêné, Edmunds regarda vers la cuisine. Presque à contre-cœur, il saisit sa veste posée sur le dossier de sa chaise et en sortit une enveloppe blanche. Il la déposa sur la table, près de lui, dans une énième tentative de la convaincre de ne pas la prendre.

— Tu n'as pas besoin de ça.

Baxter tendit le bras pour attraper l'enveloppe, et il la mit hors de sa portée. Elle fit la grimace.

— Thomas est un mec bien, continua-t-il. Tu peux lui faire confiance.

— Tu es la *seule* personne en qui j'ai confiance.

— Tu ne pourras jamais construire quelque chose avec lui si tu continues ainsi.

Ils jetèrent un bref coup d'œil en direction de la cuisine en entendant des bruits de vaisselle qu'on entrechoque. Baxter se leva prestement, arracha l'enveloppe des doigts d'Edmunds et retourna à sa chaise juste au moment où Thomas entrait, apportant du café.

Peu après 23 heures, Tia s'excusa platement lorsque son mari la secoua doucement pour la réveiller. Devant la porte d'entrée, tandis que Thomas souhaitait une bonne nuit à Tia, Edmunds fit une accolade à Baxter.

— Rends-toi service, lui murmura-t-il à l'oreille, n'ouvre pas cette enveloppe.

Elle lui serra le bras, mais ne répondit rien.

Après leur départ, Baxter termina son verre de vin puis enfila son manteau.

— Tu pars déjà ? s'étonna Thomas. On s'est à peine vus.

— Je dois nourrir Echo.

Elle enfila ses bottines.

— J'ai trop bu ce soir, je ne peux pas te raccompagner en voiture.

— Ne t'en fais pas, je vais prendre un taxi.

— Reste.

Elle se pencha vers lui le plus possible, en veillant à garder ses chaussures encore humides bien plantées sur le paillasson. Thomas l'embrassa avec un sourire qui masquait mal sa déception.

— Bonne nuit.

Baxter ouvrit la porte de son appartement un peu avant minuit. Elle ne se sentait pas le moins du monde fatiguée. Elle se laissa tomber sur son canapé, une bouteille de rouge à la main, et alluma la télé. Elle afficha le programme, le parcourut distraitement mais ne trouva rien de bien. Alors elle fit défiler la liste des films qu'elle avait sélectionnés pour la période des fêtes.

Elle arrêta son choix sur *Maman, j'ai encore raté l'avion* afin de pouvoir s'endormir au milieu si elle le voulait. Elle adorait le premier de la série, qu'elle avait secrètement inscrit au panthéon de ses meilleurs films, mais celui-là n'était pour elle qu'une pâle imitation. Comme si transposer la même histoire à New York allait faire de la suite un plus gros carton...

Elle versa le reste de la bouteille dans son verre tout en suivant d'un œil distrait le facétieux Macaulay Culkin manquer tuer plusieurs fois les deux cambrioleurs. Elle se souvint alors de l'enveloppe dans la poche de son manteau et la sortit, tout en repensant à la recommandation d'Edmunds de ne pas l'ouvrir.

Voilà huit mois qu'il mettait sa carrière en danger pour elle. Abusant de son poste au service de la répression des fraudes, il fournissait à Baxter des informations confidentielles sur les finances de Thomas, des rapports hebdomadaires qui passaient au crible ses comptes en banque en vue de démasquer d'éventuelles activités illicites.

Elle savait qu'elle lui en demandait trop. Qu'Edmunds aimait bien Thomas, et qu'en agissant ainsi, elle l'obligeait à trahir leur amitié. Mais elle savait aussi qu'Edmunds continuerait de le faire aussi longtemps que nécessaire, car il était prêt à tout pour préserver son bonheur. Depuis que Wolf était sorti de sa vie, elle n'arrivait plus à accorder sa confiance à quelqu'un, et Edmunds était bien conscient qu'elle abandonnerait toute idée d'une relation stable s'il ne lui apportait pas la preuve de la fiabilité de son nouveau petit ami.

Elle balança l'enveloppe non ouverte sur la table basse, à côté de ses pieds, et tenta de se concentrer sur les mésaventures des « casseurs flotteurs ». Un chalumeau avait enflammé les cheveux de l'un des deux cambrioleurs. Elle pouvait se remémorer sans peine l'odeur de chair brûlée, elle se souvenait de la vitesse à laquelle les tissus pouvaient carboniser, et les cris de douleur une fois que les nerfs étaient touchés...

L'homme à l'écran releva sa tête de la cuvette des WC, comme si de rien n'était.

Tout n'était que mensonge. On ne pouvait jamais faire entièrement confiance à quelqu'un.

Elle termina son verre, puis ouvrit l'enveloppe.

4

Mercredi 9 décembre 2015,
8 h 19

Un froid glacial était tombé sur Londres durant la nuit.

Le pâle soleil d'hiver semblait à des années-lumière de là, tant sa lumière froide et évanescente échouait à faire fondre la glace. Sur Wimbledon High Street, Baxter, les doigts tout engourdis, attendait depuis au moins vingt minutes qu'on passe la prendre en voiture. Dire qu'elle aurait pu en profiter pour prendre un café brûlant, bien au chaud dans son appartement.

Elle se balançait d'un pied sur l'autre pour se réchauffer. Un vent froid lui mordait le visage, et elle ne regretta pas d'avoir enfilé – certes à contrecœur – cet atroce bonnet à pompon et les gants en laine assortis que Thomas lui avait offerts un jour au marché de Camden Lock.

Le gris triste du trottoir s'était subitement transformé en un argenté scintillant sur lequel les piétons s'aventuraient prudemment, avec un air suspicieux – comme si ledit trottoir attendait la moindre occasion pour leur péter une jambe. Baxter vit au loin deux hommes s'engueuler en pleine rue, exhalant, chaque fois qu'ils ouvraient la bouche, de la buée blanche qui s'élevait au-dessus de leurs crânes ; on aurait dit des bulles de bande dessinée.

Un bus à impériale s'arrêta au feu devant elle, et Baxter surprit son reflet dans les vitres rendues opaques. Se trouvant ridicule, elle arracha son bonnet orange fluo et le fourra dans sa poche. Au-dessus de son image peu flatteuse, l'affiche promotionnelle d'un livre qu'elle ne connaissait que trop s'étalait sur trois côtés du véhicule.

ANDREA HALL
Un numéro de ventriloque : Conversations avec un tueur

Visiblement, l'ex-femme de Wolf avait décidé d'exploiter le filon jusqu'au bout. Non contente d'avoir construit sa renommée et sa fortune sur le dos des malheureuses victimes du tueur de Ragdoll – la journaliste avait entièrement couvert l'affaire pour le compte d'une chaîne d'info en continu –, son arrogance et son égocentrisme sans limites l'avaient poussée à sortir un livre autobiographique centrée autour des événements.

La photo d'Andrea, déployée en grand à l'arrière du bus qui venait de démarrer, lui adressa un sourire éclatant. Elle paraissait plus jeune et plus séduisante que jamais. La journaliste avait troqué sa longue chevelure rousse contre une coupe au carré très avant-gardiste que Baxter n'aurait jamais osé porter. Avant que le visage plein de suffisance ne disparaisse de sa vue, la jeune femme ouvrit son sac et en retira précipitamment sa lunch box. Elle attrapa ce qui constituait l'essentiel de son sandwich à la tomate pour le balancer sur la figure format XXL de cette connasse format XXL.

— Inspecteur principal ?

Baxter sursauta.

Elle n'avait pas remarqué le gros monospace noir garé derrière elle, à hauteur de l'arrêt de bus. Elle laissa retomber sa lunch box dans son sac, l'air de rien, puis se retourna pour découvrir l'expression étonnée de l'Agent Spécial du FBI.

— Vous faites quoi là, exactement ? s'enquit prudemment Curtis.

— Oh... j'étais juste en train de...

Elle laissa sa phrase en suspens, espérant que cela suffirait à expliquer son étrange comportement.

— Jeter de la nourriture sur un bus ? compléta Curtis avec un pragmatisme tout professionnel.

— Eh bien... en fait... oui.

Alors que Baxter se dirigeait vers le véhicule, Curtis la précéda et fit coulisser la porte, révélant un habitacle spacieux que dissimulaient les vitres teintées.

— Ces Américains et leurs voitures..., marmonna l'Anglaise entre ses dents avec un soupçon de mépris.

— Alors, comment nous nous sentons ce matin ? demanda Curtis affablement.

— *Nous*, je ne sais pas, mais *moi*, je suis morte de froid.

— Je vous prie de nous excuser pour le retard, nous n'avions pas imaginé que la circulation serait si épouvantable.

— Vous êtes à Londres.

— Montez.

— Vous êtes sûre qu'il y aura assez de place ? fit-elle remarquer avec sarcasme.

Baxter se faufila maladroitement à l'intérieur. Le siège en cuir beige émit un crissement disgracieux quand elle s'y assit. Elle songea une seconde à dissiper tout malentendu sur l'origine du bruit incongru, mais y renonça. Après tout, cela devait arriver souvent.

Elle sourit timidement à Curtis.

— Vous êtes tout excusée, lui assura l'Américaine en se penchant pour refermer la porte coulissante avant de crier au chauffeur de démarrer.

— Rouche n'est pas des nôtres aujourd'hui ?

— Nous passons le prendre.

Tandis qu'elle dégelait progressivement sous l'effet du chauffage, Baxter se demanda brièvement pourquoi ils n'avaient pas choisi de descendre dans le même hôtel.

— Il va falloir vous habituer au froid, je le crains… New York est sous la neige, prévint Curtis en farfouillant dans sa sacoche d'où elle tira un bonnet en laine noire très chic, similaire à celui qu'elle portait déjà. Tenez !

Baxter s'en empara, contente de ne pas avoir à remettre le sien, avant d'apercevoir les trois lettres FBI brodées sur le devant en jaune vif – autant dire une parfaite signalétique pour un éventuel sniper.

Elle le rendit à Curtis.

— Vous embêtez pas, j'ai le mien, rétorqua-t-elle en sortant de sa poche la monstruosité orange qu'elle enfila sur sa tête.

Curtis haussa les épaules et s'abandonna à la contemplation de la ville.

— Vous l'avez revu depuis ? reprit-elle après un moment. Masse ?

— Seulement au tribunal, répondit Baxter en essayant de deviner leur destination.

— Je suis un peu nerveuse, avoua l'Américaine avec un sourire.

Un court instant, Baxter fut hypnotisée par ce sourire digne d'une actrice de cinéma et elle admira son teint sombre parfait. Se sentant un peu minable à côté d'elle, Baxter se tourna vers la vitre en se tripotant les cheveux.

— Tout de même, insista Curtis, Masse est une véritable légende vivante. Il paraît qu'on étudie déjà son profil dans les écoles de police. Je suis persuadée qu'un jour son nom sera cité au même titre que celui de Bundy ou de John Wayne Gacy. C'est vraiment un… un honneur, n'est-ce pas ? Faute d'un terme plus approprié.

Baxter la fusilla du regard.

— Je vous *suggère* d'en trouver un plus approprié. Ce gros sac à merde a assassiné et mutilé un de mes amis. Vous croyez quoi ? Qu'il va vous signer un autographe ?

— Je n'avais pas l'intention de vous offen…

— Vous perdez votre temps. Vous me faites perdre le mien. Vous faites même perdre son temps à ce mec, dit-elle en désignant le chauffeur. Masse ne peut même plus parler. À ce qu'il paraît, il a toujours la mâchoire qui pend lamentablement et il lui est impossible d'articuler un mot.

Curtis se redressa et s'éclaircit la gorge.

— Je vous présente toutes mes excuses pour mon…

— Le meilleur moyen de vous excuser serait de vous taire, répliqua Baxter pour mettre fin à la conversation.

Les deux femmes se murèrent dans un silence de mort le reste du trajet. Baxter observait Curtis dans le reflet de la vitre. La jeune femme ne semblait ni fâchée ni indignée, juste contrariée d'avoir fait une remarque déplacée. Baxter la voyait remuer les lèvres comme si elle répétait son *mea culpa*, ou réfléchissait au sujet de leur prochaine et inévitable discussion.

Baxter commençait à regretter sa brutalité et culpabilisait un peu de s'être montrée si agressive. Elle se souvenait de sa propre excitation, un an et demi plus tôt, sur la première scène de crime de Ragdoll. Elle avait tout de suite compris qu'il s'agissait d'une grosse affaire, de celles qui peuvent booster une carrière – et c'était sûrement ce que ressentait l'agent du FBI en ce moment même. Elle s'apprêtait à dire quelque chose à Curtis quand la voiture bifurqua et se gara devant une maison mitoyenne, située dans une banlieue résidentielle et arborée. Elle n'avait aucune idée de l'endroit où ils se trouvaient.

Elle considéra avec étonnement la demeure de style Tudor qui réussissait l'exploit de paraître à la fois accueillante et abandonnée. Des herbes folles poussaient au travers des fentes dans le pavage de l'allée escarpée. Des décorations de Noël – une guirlande d'ampoules éteintes aux couleurs fades – pendaient tristement autour de fenêtres à la peinture écaillée. De la fumée s'élevait mollement de la cheminée à moitié obstruée par un nid.

— Drôle d'hôtel, commenta Baxter.

— La famille Rouche réside ici, expliqua Curtis. Je crois qu'ils viennent de temps à autre le voir aux États-Unis, et lui leur rend visite quand il peut. En Amérique, il préfère loger à l'hôtel. Mais bon, c'est le métier qui veut ça. Difficile de prendre racine.

Rouche sortit de la maison, un toast à moitié grignoté à la main. Avec son costume bleu, sa chemise blanche et ses cheveux argentés, il semblait en parfaite harmonie avec les nuages immaculés sur fond de ciel bleu et le bitume recouvert de givre scintillant.

Curtis était descendue du monospace pour l'accueillir, mais Rouche dérapa sur l'allée transformée en patinoire et lui rentra dedans sans lâcher sa tartine.

— Merde ! Faites attention, Rouche !

— Vous n'avez pas trouvé plus grand comme véhicule ?

Baxter l'entendit charrier sa collègue avant même qu'ils aient grimpé à bord.

Il s'assit sur le siège près de la vitre opposée à celle de Baxter, lui proposa un morceau de toast tout en jetant un coup d'œil amusé au fatras de laine orange qui lui servait de bonnet.

Le chauffeur démarra. Curtis remplissait de la paperasse pendant que Baxter et Rouche regardaient le paysage urbain qui, avec la vitesse, ne forma bientôt plus qu'une masse grise et indistincte.

— Putain, que je hais cette ville, lâcha Rouche alors qu'ils franchissaient un pont, les yeux rivés sur le fleuve. Toute cette circulation, ce bruit incessant, ces ordures, cette foule de gens qui s'engouffrent dans ces artères étroites comme des moutons à l'abattoir, et ces tags qui défigurent le moindre centimètre carré de mur – du street art, mon cul !

Curtis adressa un regard à l'inspecteur principal pour excuser son collègue, mais ce dernier n'avait pas fini :

— Ça me rappelle l'école. Vous savez, la fameuse soirée organisée chez *le* gosse de riches du bahut. Les parents sont absents et du coup les gamins en profitent pour mettre le bordel dans la maison. Tout ce décorum artistique et architectural méprisé, piétiné, profané, tout ça pour accueillir les vies insignifiantes de crétins qui n'ont aucun respect pour rien ni personne.

Un silence pesant s'installa tandis que la voiture s'engageait dans la bretelle de sortie de l'autoroute.

— Eh bien, moi, *j'adore* Londres, s'exclama Curtis avec enthousiasme. Il y a tant de monuments historiques ! L'Histoire avec un grand H est là, à chaque coin de rue.

— Sur ce point, en fait, je serais plutôt d'accord avec Rouche, répondit Baxter. Comme vous le dites, l'Histoire est présente partout... Mais quand vous voyez Trafalgar Square, moi je vois une ruelle juste en face où on a découvert le corps d'une prostituée au fond d'une poubelle. Et quand vous voyez les chambres du Parlement, moi je vois une poursuite en bateau sur la Tamise qui m'a fait rater... quelque chose que je n'aurais pas dû rater. Enfin, malgré tous ces défauts, c'est quand même chez moi.

Rouche dévisagea longuement Baxter, cessant sa rêverie.

— Quand avez-vous quitté Londres, Rouche ? s'enquit Curtis, qui, à l'évidence, n'appréciait guère le silence, à la différence de ses deux camarades.

— En 2005.

— Cela doit être difficile d'être si loin de votre famille, non ?

Rouche ne semblait pas trop disposé à évoquer le sujet, mais il consentit à lui répondre.

— C'est vrai. Mais tant que je peux entendre leurs voix chaque jour, je ne me sens jamais vraiment loin d'eux.

Baxter remua sur son siège, gênée par cette remarque empreinte de sentimentalisme, d'autant que Curtis en rajouta une couche avec un « Oooh ! » de circonstance.

Le chauffeur les déposa sur le parking visiteurs de la prison de Belmarsh. Ils se dirigèrent vers le portail principal. Une fois à l'intérieur, les deux agents américains durent déposer leurs armes de service, et on releva leurs empreintes. Puis on les invita à avancer dans différents sas, avant d'être soumis au détecteur de métaux et à une fouille au corps, tandis que leurs affaires étaient passées aux rayons X. Enfin, on leur demanda de patienter ; le directeur de la prison allait les recevoir.

Rouche paraissait tendu, et Curtis s'excusa un instant pour se rendre au « petit coin ».

Au bout de quelques minutes, Baxter ne put ignorer plus longtemps le fait que Rouche fredonnait doucement « Hollaback Girl » de Gwen Stefani.

— Vous êtes sûr que ça va ?
— Désolé.

Baxter lui lança un regard dubitatif.

— Je chante quand je suis nerveux, expliqua-t-il.
— Et c'est le cas ?
— Je n'aime pas les espaces clos.
— Qui aime ça, franchement ? Trouvez-moi une seule personne qui apprécie d'être enfermée ! C'est comme si vous me disiez que ce n'est pas marrant de se casser une jambe.
— Merci pour cet accès de compassion, rétorqua-t-il en souriant. Puisqu'on parle des trucs qui nous rendent nerveux, comment *vous* vous sentez ?

Baxter s'étonna qu'il ait perçu sa fébrilité.

— Après tout, Masse a toutes les raisons de vouloir vous...
— Tuer ? compléta Baxter. Je ne l'oublie pas... Mais ça n'a rien à voir avec lui. J'espère simplement que Davies, le directeur de la prison, ne travaille plus ici. Entre lui et moi, c'est pas vraiment l'entente cordiale.
— Ne pas s'entendre avec vous ? Impossible ! s'exclama Rouche avec une pointe de sarcasme qu'il tenta de masquer par un sourire.
— Et pourtant ça arrive, répliqua Baxter, pas dupe et un peu vexée.

Bien entendu, elle mentait. Son anxiété était bel et bien due à cette visite – non pas à cause de ce que Masse représentait, mais à cause de ce qu'il pourrait savoir et... raconter.

Seules quatre personnes connaissaient la vérité sur les événements survenus à l'intérieur de la salle de tribunal d'Old

Bailey. Baxter s'était préparée à ce que Masse conteste sa version arrangée à la hâte. Cependant, aucune déclaration n'était venue contredire son rapport. Avec le temps, elle s'était convaincue qu'après les graves blessures infligées par Wolf, le tueur avait dû perdre connaissance et n'avait donc pu entendre son honteux secret. Chaque jour, elle se demandait si le passé la rattraperait un jour, ou si elle devait finalement croire en sa chance. Mais aujourd'hui, elle allait devoir affronter celui qui pouvait causer sa perte.

À cet instant précis, Davies entra dans la pièce et son visage se décomposa lorsqu'il reconnut Baxter.

— Je vais chercher Curtis, chuchota cette dernière à Rouche.

Elle stoppa devant la porte des toilettes en entendant Curtis parler à voix haute… Bizarre puisqu'ils avaient remis leurs portables à la sécurité en entrant dans le bâtiment. Elle colla son oreille contre le lourd battant jusqu'à distinguer les paroles de l'Agent Spécial, qui se parlait en fait à elle-même :

— Plus de commentaires débiles. Tourne sept fois ta langue dans ta bouche avant de dire quoi que ce soit. Tu ne peux pas commettre une erreur pareille devant Masse. Pour avoir confiance en soi, il faut d'abord avoir confiance dans les autres.

Baxter toqua énergiquement et poussa la porte d'un coup, ce qui fit sursauter Curtis.

— Le directeur nous attend !
— J'arrive dans une minute.

Baxter hocha la tête et rejoignit Rouche.

Davies les accompagna tous les trois dans le quartier de haute sécurité.

— Je suis sûr que vous n'ignorez pas que Lethaniel Masse souffre de séquelles dues aux circonstances de son arrestation par le *Sergeant* Emily Baxter, expliqua-t-il sur un ton qui se voulait aimable.

— Inspecteur principal Baxter, corrigea-t-elle, histoire de couper court à toute tentative de politesse.

— Le prisonnier a subi plusieurs interventions de chirurgie réparatrice au niveau de la mâchoire, mais il n'en retrouvera jamais l'usage complet.

— Est-il en capacité de répondre à nos questions ? interrogea Curtis.

— Non, pas de manière cohérente en tout cas. C'est pourquoi je vous ai assigné une interprète pour la durée de l'entretien.

— Une spécialiste en... marmonnements ? ironisa Baxter, incapable de s'en empêcher.

— En langue des signes, rétorqua le directeur. Masse l'a apprise au cours de ses premières semaines chez nous.

Le groupe franchit une énième porte sécurisée, et se retrouva dehors, dans une zone de promenade étonnamment vide.

— Comment est-il ? Je veux dire, quel genre de détenu est-ce ? demanda Curtis sans parvenir à dissimuler l'excitation dans sa voix.

— Exemplaire, répondit le directeur. Si seulement tous nos prisonniers se comportaient aussi bien que lui... Rosenthal ! cria-t-il à un jeune homme en uniforme qui longeait l'autre extrémité d'un petit terrain de foot.

Le dénommé Rosenthal faillit se ramasser sur des plaques de verglas en courant dans leur direction.

— Qu'est-ce qui se passe ? demanda le directeur.

— Encore une bagarre au bloc 3, dit le gardien en haletant.

Un de ses lacets était défait et traînait au sol.

Davies soupira.

— Vous allez devoir m'excuser, j'en ai peur. Nous avons un afflux de nouveaux arrivants cette semaine, et il y a toujours des petits problèmes d'acclimatation, le temps que nos pensionnaires décident qui sera le nouveau mâle dominant. Rosenthal va vous conduire à la cellule de Masse.

— *Masse*, monsieur ? (Le jeune homme ne semblait pas fou de joie à cette perspective.) Bien, monsieur, ajouta-t-il aussitôt.

Le directeur s'éloigna au pas de course tandis que Rosenthal conduisait les trois visiteurs dans une prison à l'intérieur de la prison. Parvenus au premier poste de sécurité, ils virent le jeune gardien fouiller ses poches avec frénésie et repartir en panique dans l'autre sens.

Rouche le stoppa d'une tape sur l'épaule et lui tendit son badge de circulation.

— Vous l'avez laissé tomber là-bas.

— Oh, merci ! Le boss m'aurait *littéralement* massacré si je l'avais paumé une nouvelle fois.

— À condition qu'aucun des tueurs dont vous avez la responsabilité ne s'en soit servi pour s'échapper et vous faire la peau avant, fit remarquer Baxter.

Rosenthal devint écarlate.

— Pardonnez-moi… Je suis désolé.

Puis il glissa son badge pour déverrouiller un premier portique électronique, avant de les prier de se soumettre à une autre procédure de contrôle et de fouille.

Il leur expliqua que le quartier de haute sécurité était organisé en divisions de douze cellules chacune, surveillées par des gardiens qui n'y travaillaient que pour une période maximum de trois ans, avant d'être réaffectés à la prison centrale.

À l'intérieur, ils découvrirent des murs beiges et un sol rouge brique. Les grilles, les escaliers et toutes les structures en fer étaient de couleur ocre ; au-dessus de leurs têtes et reliant les coursives s'étendaient de vastes filets affaissés en leur centre, là où avaient été balancés tout un tas d'objets divers, et parfois même des ordures.

Assez étrangement, le bâtiment était calme, puisque les détenus se trouvaient dans leurs cellules. Un autre gardien les guida dans une salle du rez-de-chaussée où une femme d'une cinquantaine d'années à l'allure négligée les accueillit en se présentant comme l'experte en langue des signes. Avant de déverrouiller la cellule de Masse, le gardien leur imposa une série de recommandations pour le moins évidentes.

— Et n'oubliez pas, si vous avez besoin de quoi que ce soit, je serai juste derrière cette porte, répéta-t-il.

Il tira enfin le lourd panneau et la silhouette imposante du tueur apparut ; il était assis à une table en métal, de dos.

L'angoisse qu'inspirait aux gardiens leur plus célèbre prisonnier était palpable. Une longue chaîne reliait ses menottes au bord du plateau, descendait le long de sa combinaison sombre jusqu'aux bracelets métalliques fixés dans le sol en ciment, qui entravaient ses pieds.

Masse ne se retourna pas, et la première chose que les trois visiteurs virent de l'homme furent les profondes cicatrices creusées à l'arrière de son cuir chevelu. Mais lorsqu'ils s'avancèrent dans la pièce, il rejeta brutalement la tête en arrière et renifla l'air avec insistance. *Il les respirait.*

Les deux femmes, troublées, se regardèrent. Rouche choisit de s'asseoir sur la chaise la plus proche du détenu.

En dépit des chaînes qui restreignaient ses mouvements et la cellule dont il ne pouvait pas sortir, ce fut au tour de

Baxter d'éprouver une violente sensation de claustrophobie une fois la porte refermée. Elle prit place en face de l'homme qui, malgré son incarcération, constituait toujours une menace pour elle.

Tandis que Baxter détaillait la cellule pour éviter de croiser son regard, Masse, lui, la fixait. Sur son visage ravagé se forma un vilain sourire asymétrique.

5

Mercredi 9 décembre 2015,
11 h 22

— **J**E VOUS AVAIS BIEN DIT qu'on perdrait notre temps, soupira Baxter alors qu'ils rejoignaient l'atrium de la division où était affecté le tueur de Ragdoll.

Masse n'avait même pas essayé de répondre à une seule des questions posées par Curtis durant la demi-heure qu'avait duré le monologue de l'agent du FBI. Pour Baxter, cette visite ressemblait davantage à une virée au cirque, avec Masse dans le rôle du monstre vaincu. De celui qui n'était plus que l'ombre de lui-même ne demeurait que la légende, dont le souvenir continuait pourtant de hanter les nuits blanches de la jeune femme.

Wolf l'avait complètement brisé, corps *et* âme.

Baxter n'était pas parvenue à déterminer si l'attention que Masse lui avait portée au cours de l'entretien était due à ce qu'il savait, ou s'il s'était simplement intéressé à elle parce qu'elle était la célèbre flic responsable de son arrestation.

Quoi qu'il en soit, elle avait été soulagée que la visite prenne fin.

Rosenthal les avait attendus dans la Bulle, le nom donné à une zone sécurisée, à l'autre bout de la division, réservée au personnel pénitentiaire. Il s'apprêtait à les raccompagner à la sortie.

— Nous allons devoir fouiller la cellule de Masse, l'informa Curtis.

— Euh…, bredouilla le jeune gardien, soudain déstabilisé, est-ce que… le directeur est au courant ?

— Curtis, c'est une blague ? intervint Baxter, furieuse.

— Je me range à l'avis de Baxter, déclara Rouche, mais je l'exprimerais en termes plus mesurés. Masse n'est clairement pas impliqué et on ferait mieux de se concentrer sur autre chose.

— Après cet entretien désastreux, j'aurais tendance à être d'accord avec vous, répliqua Curtis, mais nous avons un protocole très strict à respecter, et je ne quitterai pas cet endroit avant d'avoir exclu, sans le moindre doute, toute possibilité d'implication de Masse. (Elle se tourna vers Rosenthal.) Est-ce que nous pourrions retourner à sa cellule, s'il vous plaît ?

Dominic Burrell, surnommé le Videur à la fois par les prisonniers et par les gardiens, avait été condamné pour avoir battu à mort un parfait inconnu qui avait commis l'erreur fatale de le regarder « bizarrement ». Il avait purgé la majorité de sa peine au bloc 1 mais avait récemment été transféré dans le quartier de haute sécurité après deux attaques gratuites à l'encontre de gardiens. Il mesurait à peine un mètre soixante-sept, mais tout le monde l'évitait autant que possible, vu sa réputation et son obsession du bodybuilding.

Burrell observait la scène depuis sa cellule : le trio quittait le rez-de-chaussée, escorté par un gardien, en direction de la cellule vide de Masse, pile en face de la sienne. Alors qu'ils entamaient une fouille minutieuse de la pièce de six mètres carrés, il se désintéressa du spectacle et continua à déchirer son matelas avec un morceau de plastique aiguisé comme un rasoir, fabriqué à partir d'emballages de nourriture. Il découpait la toile pour former de longues bandes.

Lorsque Burrell entendit le personnel déverrouiller la première cellule pour permettre aux détenus de faire la queue et récupérer leur repas, il fit retomber son matelas, enroula autour de sa taille les bandes de tissu et les dissimula sous ses vêtements. Une fois sa porte automatiquement ouverte, il s'avança sur la coursive. Il repéra aussitôt Masse, qui se trouvait devant lui dans la file d'attente. Une seule personne les séparait. Quand le gardien se fut éloigné, il bouscula l'homme devant lui, qui, le reconnaissant, s'écarta sans protester.

Se hissant sur la pointe des pieds, Burrell susurra à l'oreille du tueur de Ragdoll :

— Lethaniel Masse ?

Ce dernier hocha légèrement la tête mais continua à regarder droit devant lui pour que leur conversation ne soit pas remarquée par les gardiens.

— J'ai un message pour toi.

— Queee...quellll meeesssage ? articula-t-il avec peine.

Burrell jeta un coup d'œil circulaire pour vérifier où se trouvait le maton. Il posa une main ferme sur l'épaule de Masse et l'attira doucement vers lui, si près que ses lèvres effleuraient les poils de ses oreilles.

— C'est toi le message...

Au moment où Masse se retournait, le Videur lui fit une clé autour du cou, puis l'entraîna à reculons dans la cellule

60

vide près de laquelle ils se tenaient encore quelques secondes plus tôt. Les hommes dans la file d'attente comblèrent naturellement l'espace ainsi libéré, appliquant la règle tacite qui consistait à ne jamais se mêler des règlements de comptes entre prisonniers, et encore moins à les signaler.

Masse tenta de croiser le regard du détenu qui attendait sans un mot à hauteur de la porte ouverte, et qui le voyait pourtant en train de suffoquer. Il essaya d'appeler au secours mais sa mâchoire détruite ne lui permettait d'émettre que de faibles grognements, pas assez audibles pour alerter qui que ce soit.

Quand son agresseur retira son haut, Masse crut d'abord que le petit mec costaud avait l'intention de le violer. Mais lorsqu'il sentit la piqûre de la lame de plastique s'enfoncer dans sa chair, il comprit que c'était la fin.

S'il avait déjà expérimenté cette sensation unique par le passé – un sentiment d'effroi total entaché d'une fascination morbide –, il éprouvait enfin ce que chacune de ses victimes avait dû ressentir au moment de leur agonie : la vulnérabilité et l'impuissance face à la mort inéluctable.

On avait demandé à Curtis, Baxter et Rouche d'achever leurs recherches – qui s'étaient avérées improductives – et de quitter les lieux avant la distribution des repas. Lorsque les portes des cellules du premier étage furent déverrouillées, Rosenthal était en train de les escorter vers le rez-de-chaussée. Ils traversèrent l'atrium et semblaient presque arrivés à la grille de couleur ocre quand un coup de sifflet au-dessus de leurs têtes déchira l'air.

De là où ils se trouvaient, il était difficile de deviner ce qui se déroulait à l'étage. Sous les huées d'hommes excités, trois gardiens tentaient de se frayer un chemin jusqu'à l'endroit que les prisonniers masquaient à leur vue. Plusieurs autres coups de sifflet se mélangèrent aux cris d'affolement et aux appels à l'aide. Les hurlements s'amplifiaient parmi la population carcérale du premier, bientôt rejointe par celle du rez-de-chaussée, d'autant que la structure métallique du bâtiment offrait une caisse de résonance parfaite.

— Sortons d'ici rapidement, décréta Rosenthal sur un ton qui se voulait courageux. (Il pivota et inséra son badge dans la fente du lecteur fixé au mur. Clignotement rouge. Il réitéra son geste. Même résultat.) Merde, merde, merde !

— Un souci ? demanda poliment Baxter, sans cesser de surveiller le premier étage.

— On est coincés, répondit le jeune homme qui manifestait à présent tous les signes de la panique.

— Bien, fit calmement Rouche. Quelle est la procédure à suivre en cas de confinement d'urgence ?

— Je... je... sais pas, bafouilla-t-il.

Les coups de sifflet se firent plus stridents et les hurlements plus forts.

— Et si on rejoignait la Bulle ? suggéra Baxter.

Rosenthal écarquilla les yeux et acquiesça.

Le brouhaha à l'étage s'amplifia quand un individu fut soulevé par-dessus la rambarde de la coursive et projeté dans le vide, au centre de l'atrium. Le corps à demi dénudé arracha le filet du mur en tombant et s'écrasa face contre terre à quelques mètres des trois flics.

Curtis poussa un cri, attirant l'attention des hommes déchaînés.

— Il faut qu'on y aille, ordonna Baxter. *Maintenant !*

Elle se figea lorsque le cadavre bougea soudain d'une manière qui ne semblait pas naturelle. Il lui fallut un instant pour comprendre que le tas de mailles enchevêtrées qui pendait du filet déchiré s'était enroulé autour du cou de la victime. C'est alors que la corde de fortune se tendit, tirant le cadavre vers le haut tandis qu'un autre corps, plus musclé, chutait à ses côtés.

L'homme qui faisait contrepoids se débattait comme il pouvait, pendant que le nœud coulant à moitié effiloché l'étranglait lentement.

— Il n'est pas mort ! s'exclama Rosenthal, horrifié.

— On dégage ! On dégage ! Allez ! cria Baxter en poussant Curtis et le jeune gardien dans le sillage de Rouche qui avait presque atteint la Bulle.

— Ouvrez la porte ! hurla-t-il devant le panneau en métal.

Au fur et à mesure que l'émeute se propageait, les coups de sifflet cessaient les uns après les autres. Un cri glaçant s'éleva de la galerie supérieure et un matelas en feu tomba au milieu de l'atrium. Le chaos ambiant exacerbait l'envie des prisonniers d'en découdre, tel un afflux de sang frais dans des eaux infestées de requins.

L'homme empêtré dans le filet de protection avait réussi à mettre pied à terre, tandis que Rouche cognait sans relâche à la porte blindée de la Bulle en s'époumonant :

— Ouvrez, bordel !

— Où est votre badge ? demanda Baxter à Rosenthal.

— Il ne fonctionnera pas, haletait le jeune homme, il faut qu'ils déverrouillent de l'intérieur.

Des détenus du premier étage avaient entamé la descente périlleuse jusqu'au rez-de-chaussée, et l'un d'entre eux se fit un plaisir d'ouvrir les cellules au hasard à l'aide d'un badge ensanglanté.

Rouche contourna la Bulle jusqu'à un hublot de protection derrière lequel il aperçut un gardien.

— Nous sommes policiers, brailla-t-il à travers le verre épais, ouvrez cette porte !

L'homme, terrifié, secouait la tête en articulant un « Non, peux pas, désolé » silencieux, tout en montrant la horde qui se rapprochait, soit quelques-uns des criminels les plus dangereux du pays.

— Ouvrez-moi cette putain de porte ! vociféra Rouche.

Baxter le rejoignit devant le hublot.

— Et maintenant, on fait quoi ? dit-elle avec autant de calme que possible.

Ils n'avaient aucun endroit où se réfugier.

Un prisonnier bâti comme une armoire à glace descendit à son tour. Il était vêtu d'un uniforme d'agent pénitentiaire bien trop petit pour lui. Le pantalon lui arrivait à mi-mollet et son ventre dépassait de la chemise. Sa tenue aurait pu prêter à sourire, n'étaient les marques de griffures récentes qui striaient son visage.

Au comble de la panique, Curtis martelait la porte.

— Il ne l'ouvrira pas, marmonna Rosenthal en se laissant glisser au sol, désespéré. Il ne peut pas prendre le risque de les laisser passer de l'autre côté.

Et de fait, les émeutiers se précipitaient vers eux en regardant Rouche et Rosenthal avec une haine froide, et reluquant les filles avec concupiscence. L'agent de la CIA agrippa Baxter par le bras et la tira dans l'angle de la pièce.

— Hé ! Qu'est-ce qui vous prend ?

— Planquez-vous derrière nous ! cria-t-il aux deux femmes.

Rosenthal parut désorienté par l'emploi du « nous », le temps que l'Agent Spécial l'attrape par le col et le remette sur ses pieds.

— Vise les yeux, ordonna-t-il au jeune homme pétrifié de trouille, deux secondes avant que la meute ne les submerge.

Baxter envoyait de violents coups de pied à tout-va pour repousser ses assaillants – des mains avides la happaient, des visages sournois grimaçaient – puis quelqu'un la tira sauvagement par les cheveux et la traîna sur un mètre. Elle ne dut son salut qu'à une bagarre entre deux de ses agresseurs.

Elle recula en titubant vers le mur et chercha Curtis du regard. Mais le type à la poigne solide revint vers elle, plus déterminé que jamais. Rosenthal surgit de nulle part, sauta sur le dos de l'homme et enfonça ses doigts dans un des orbites tatoués du prisonnier.

Soudain, la lumière s'éteignit.

Seule demeurait la sinistre lueur des flammes au centre de l'atrium, au-dessus desquelles pendaient deux ombres, telles des sorcières condamnées au bûcher.

Il y eut une énorme détonation et le rez-de-chaussée fut envahi par la fumée. Une autre détonation suivit aussitôt.

Des hommes en tenues antiémeute et munis de masques de protection venaient de s'engouffrer par la porte grillagée à l'autre bout du couloir. Se protégeant le visage, les détenus détalèrent comme des hyènes.

Baxter repéra enfin Curtis qui gisait à quelques mètres, inconsciente. Elle rampa jusqu'à elle, rajusta le chemisier déchiré de la jeune femme et l'examina rapidement. Hormis une grosse bosse au front, l'agent du FBI ne semblait pas gravement blessée.

Baxter eut une sensation de brûlure dans la bouche et le nez, caractéristique du gaz lacrymo qui inondait à présent le coin où elle était retranchée. La vue brouillée, elle aperçut des silhouettes fantomatiques se déployer dans l'atmosphère opaque et rougeoyante de l'incendie naissant. Elle accueillit presque avec soulagement la douleur qui embrasait ses voies respiratoires, car cela signifiait une chose : elle était toujours vivante.

Quarante minutes après avoir été conduite à l'infirmerie de la prison pour désinfecter ses yeux, l'inspecteur principal fut autorisée à rejoindre Davies et Rouche. Ce dernier s'était remis plus rapidement que ses deux collègues, et il informa Baxter de ce qui s'était passé pendant qu'elle se faisait soigner.

Un des deux détenus tués s'appelait Dominic Burrell. Détail plus troublant, l'autre victime se révéla être Masse. D'après le visionnage des caméras de surveillance, Burrell avait assassiné le tueur de Ragdoll puis s'était suicidé.

Curtis avait apparemment repris connaissance, mais semblait très secouée par ce qu'elle avait traversé. Rosenthal s'en tirait avec une clavicule cassée, pas peu fier d'avoir assuré pendant la bagarre.

Baxter observait Rouche à la dérobée. Elle le soupçonnait d'être plus diminué qu'il ne voulait l'admettre. Il boitait légèrement et respirait mal. Elle le vit porter la main à sa poitrine en grimaçant de douleur quand il croyait que personne ne le regardait.

Les prisonniers de nouveau enfermés dans leurs cellules, le directeur avait ordonné que personne ne touche aux parties communes, afin de préserver les indices. Il leur expliqua ensuite, et le plus diplomatiquement du monde, que les détenus ne pouvaient être confinés ailleurs. Par conséquent, la vie dans le quartier de haute sécurité devait reprendre son cours – malgré les deux cadavres suspendus aux supports des filets. En conclusion, plus vite les trois agents en auraient terminé, mieux ce serait.

— Je vous suis, déclara Baxter à Rouche. (Ses yeux rouges et enflammés lui donnaient l'air d'une folle furieuse.) On attend Curtis ?

— Elle a dit de commencer sans elle.

Si elle était surprise que l'agent du FBI passe sur l'occasion d'examiner la scène de crime, Baxter décida de ne pas creuser la question plus avant.

— Alors on y va, conclut-elle.

Baxter et Rouche levèrent les yeux vers les deux cadavres qui se balançaient à deux mètres au-dessus de leurs têtes. L'inspecteur principal nota que Rouche avait à nouveau la main posée sur sa poitrine. Ils avaient réussi à obtenir du policier en charge de l'enquête qu'il leur accorde cinq minutes seuls, avant que son équipe et lui n'interviennent.

Protégés des éléments extérieurs par la kyrielle de portes sécurisées et l'absence de fenêtres, les morts – suspendus aux deux extrémités du même morceau de tissu enroulé autour de la rambarde du premier étage – étaient parfaitement immobiles.

Baxter se sentait bien trop bouleversée par cette mise en scène macabre pour apprécier à sa juste mesure le soulagement que lui apportait le décès de Masse. Peu importait désormais ce qu'il savait ou pas, elle ne risquait plus rien.

— Vous vous souvenez de ce que nous avons dit à Curtis tout à l'heure, à savoir que votre affaire et la mienne ne pouvaient en aucun cas être liées ? Force est de constater que nous avions tort, lâcha Baxter avec désinvolture. (Elle lut à voix haute le mot APPÂT tailladé sur le torse de Masse en lettres sanglantes, devenues presque noires à cause de la coagulation.) Exactement comme l'autre victime de New York…

Elle s'approcha du corps musclé de Dominic Burrell, également dénudé jusqu'à la taille, et tout aussi mutilé. Mais le message différait du premier. MARIONNETTE, pouvait-on distinguer sur sa peau ensanglantée.

— Ça, c'est nouveau, pas vrai ?

Rouche répondit par un haussement d'épaules évasif.

— Pas vrai ? insista-t-elle.

— On ferait mieux d'aller en discuter avec Curtis.

Baxter et Rouche retournèrent à l'infirmerie. Curtis semblait en meilleure forme. Elle bavardait avec un homme séduisant d'une quarantaine d'années, en civil. Ses cheveux bruns mi-longs lui donnaient un air un peu trop juvénile pour son âge.

Ne voulant pas les interrompre, Rouche partit chercher des cafés. Baxter ne s'embarrassa pas d'autant de délicatesse.

— Ça va ? demanda-t-elle. Vous vous sentez mieux ?

Curtis parut contrariée, mais lui répondit aimablement :

— Oui, merci.

D'un geste interrogateur, Baxter s'enquit de l'identité de l'homme. Il était encore plus charmant de près. Elle eut la sensation désagréable de se retrouver coincée entre deux top models.

— Je vous présente…, commença Curtis, visiblement à contrecœur.

— Alexei Green, enchaîna l'homme avec un sourire. (Il se leva pour lui serrer la main.) Et vous êtes la célèbre Emily Baxter. C'est un plaisir de vous rencontrer.

— Tout pareil, répondit-elle maladroitement – le charme de Green avait eu raison de son fameux sens de la repartie…

Les joues rouges de honte, elle fila rejoindre Rouche en les priant de l'excuser quelques instants.

Cinq minutes plus tard, quand ils revinrent tous les deux, Curtis semblait toujours aussi captivée par sa discussion. De ce que Baxter pouvait en juger, l'Agent Spécial, qui jusque là lui avait paru d'une rigidité extrême, était en pleine opération de drague.

— Et puis merde, chuchota Rouche à Baxter, il est temps de vous mettre au courant de toute la situation, surtout compte tenu de ce qui vient de se passer. Vous avez le droit de savoir. Allons discuter dehors, si vous le voulez bien.

Dans la cour extérieure, il faisait beau, quoique frisquet. Baxter enfila son bonnet à pompon.

— Par où commencer…, hésita Rouche. William Fawkes, le banquier qu'on a découvert suspendu au pont de Brooklyn…

— Ça vous ennuierait de l'appeler simplement « le banquier » à partir de maintenant ?

— Bien sûr, pas de soucis… On pense que son bras n'était pas correctement attaché parce que l'assassin n'a pas eu le temps de finir son ouvrage. Les déclarations des témoins vont d'ailleurs en ce sens : ils affirment avoir vu quelqu'un, ou quelque chose, tomber du pont dans l'East River.

— Peut-on survivre à une telle chute ? s'enquit Baxter en tirant sur son bonnet pour se protéger du froid.

— Non, répondit Rouche, catégorique. D'une, il y a pratiquement quarante-cinq mètres entre le pont et la surface de l'eau. De deux, il faisait moins neuf degrés cette nuit-là, le fleuve était gelé. De trois, et c'est le plus important, un autre corps a été retrouvé le lendemain, sur la berge. Vous ne devinerez jamais ce qui était taillé en travers de son torse…

— MARIONNETTE, clama la jeune femme, à l'unisson avec son collègue. En résumé, reprit-elle, on a deux victimes avec le même mot gravé dans la chair. Et on a deux tueurs, morts eux aussi, avec un même mot également gravé dans la chair, mais *différent* de celui de leurs victimes. Et cela de chaque côté de l'Atlantique ?

— Non, répliqua-t-il en coinçant ses mains glacées sous ses aisselles pour les réchauffer, vous oubliez le cas mentionné hier par Curtis et que nous avons gardé secret jusqu'ici, celui qui nous a incités à venir vous voir.

— Ce qui ferait de cette affaire la troisième.

— Rien que des meurtres suivis d'un suicide, exactement comme aujourd'hui, compléta Rouche.

— Et vous n'avez pas encore de théorie ? demanda-t-elle, étonnée.

— Juste une foutue certitude : les choses ne vont faire qu'empirer, ça j'en mettrais ma main à couper. Après tout, on chasse des fantômes, non ?

Rouche renversa par terre le reste de son café au goût infâme. Le liquide grésilla sur le sol et dégagea un petit nuage de vapeur, tout comme l'aurait fait de l'acide. Il ferma les yeux et tourna son visage vers le soleil, avant de lancer tout haut une question qui n'appelait pas de réponse :

— Comment on arrête un tueur qui est déjà mort ?

6

Mercredi 9 décembre 2015,
19 h 34

BAXTER SE DÉBROUILLA TANT BIEN QUE MAL pour ouvrir la porte d'entrée de la maison de Thomas en la poussant de la pointe de son menton, et trébucha dans le vestibule, déséquilibrée par la cage de transport de son chat qu'elle tenait dans une main et un énorme sac Waitrose dans l'autre.

— Ce n'est que moi ! cria-t-elle, mais seul le silence lui répondit.

Elle savait Thomas chez lui car le rez-de-chaussée était allumé et la télé bavardait en sourdine. Elle entra dans la cuisine en laissant des traces de pas boueuses dans son sillage. Elle déposa le sac de courses et la caisse du chat sur la table, avant de se servir un grand verre de vin rouge.

S'effondrant sur l'une des chaises, elle ôta ses bottines et massa ses pieds endoloris tout en contemplant le jardin plongé dans l'obscurité. La maison était d'un calme rassérénant malgré le ronronnement du chauffage et le crépitement du jet de douche à l'étage qu'elle percevait à travers le plancher.

Du sac Waitrose, elle sortit des sachets – format familial – de Monster Munch et de Cadbury's Buttons au chocolat, et croisa son reflet effrayant dans la vitre noire. Elle réalisa qu'elle ne s'était pas regardée dans une glace depuis la rixe de la fin de matinée. Elle prit alors la pleine mesure des nombreuses égratignures et bleus qui couvraient son visage et son cou, sans compter la large écorchure à vif en travers du front. Elle frissonna en repensant à ce qu'elle avait subi, son corps traîné au sol et malmené, les regards haineux ou pleins de convoitise des détenus qui surgissaient les uns après les autres alors qu'elle tentait désespérément de rendre coup pour coup.

De retour dans son appartement, elle s'était douchée deux fois, mais l'impression d'avoir été souillée ne la quittait pas. Elle se frotta les yeux avec lassitude, passa la main dans ses cheveux humides et termina son verre d'une seule traite.

Dix minutes plus tard, Thomas entrait dans la cuisine en peignoir.

— Hé ! Je ne savais pas que tu venais ce... (Il s'interrompit dès qu'il aperçut les contusions de la jeune femme. Il fonça vers elle et s'assit à ses côtés.) Bon sang ! Est-ce que ça va ?

Il enserra doucement une de ses mains. Elle avait les doigts recouverts de miettes de crackers. Baxter se força à lui lancer un sourire reconnaissant et se dégagea pour attraper son verre de vin, une excuse pour se soustraire à son contact.

— Que s'est-il passé ?

Thomas était connu pour son affabilité sans faille. Pourtant, quand il s'agissait de Baxter, il perdait tout contrôle et se montrait excessivement protecteur. La dernière fois qu'elle était revenue avec une lèvre fendue, il avait mis en branle son réseau d'avocats pour que la détention provisoire de son agresseur se transforme en cauchemar. Et il avait veillé à ce que la peine maximum soit requise à son encontre.

Elle songea un court instant à tout lui raconter. La prison. L'émeute.

— Ce n'est rien, dit-elle avec une petite moue, une bagarre au bureau. J'aurais pas dû m'en mêler.

Elle le vit se détendre un peu, soulagé à l'idée que personne n'avait voulu lui faire du mal délibérément.

Il crevait visiblement d'envie d'en savoir davantage, toutefois il la connaissait assez pour deviner sa réticence à se confier sur le sujet. Frustré, il se vengea sur les Monster Munch.

— Entrée, plat ou dessert ? questionna-t-il en pointant son index vers le sac Waitrose.

— Entrée, répondit-elle en tapotant la bouteille de rouge largement entamée, puis elle indiqua le gros paquet de Monster Munch dans lequel il avait pioché : Plat principal. (Elle souleva ensuite le sachet de Buttons.) Dessert.

Thomas la couva d'un regard attendri, puis se releva d'un bond.

— Laisse-moi te préparer quelque chose !

— Non, je t'assure, je n'ai vraiment pas faim.

— Allez, juste une omelette. Ça prend cinq minutes. (Déjà, il se mettait aux fourneaux. Puis il remarqua la caisse sur la table.) C'est quoi, ça ?

— Chat en boîte, répliqua-t-elle en se demandant si Echo était effectivement dans sa cage de transport, vu l'inhabituelle sagesse de l'animal depuis son arrivée.

Elle eut un peu honte de ne pas avoir d'abord demandé à Thomas s'il était disposé à garder son chat avant de l'emmener chez lui. Ce n'était pas très poli de sa part, d'autant qu'elle se rendait compte à présent qu'elle ne l'avait même pas prévenu, pas explicitement en tout cas, de son départ en mission.

Elle n'avait pas la force de s'embarquer dans une éventuelle dispute.

— C'est toujours un immense plaisir de voir Echo, commença Thomas, d'une voix plus tendue. Et qu'est-ce qui me vaut l'honneur de sa visite, en cette froide soirée ?

Autant en finir, se dit Baxter.

— J'ai été détachée pour travailler avec la CIA et le FBI sur une affaire criminelle de la plus haute importance. Je m'envole demain matin pour New York sans avoir la moindre idée de la date à laquelle je reviendrai.

Elle laissa l'information infuser.

Thomas était tout à coup devenu très silencieux.

— Autre chose ? demanda-t-il finalement.

— Oui, j'ai oublié les croquettes d'Echo, donc il faudrait que tu en achètes. Et... n'oublie pas de lui donner ses médicaments. (Elle farfouilla dans son sac à main, en retira deux petites boîtes de pilules qu'elle brandit devant elle. Elle secoua la première dans sa main gauche.) Bouche, dit-elle, puis secoua la seconde dans sa main droite : Anus.

Thomas grinça des dents et attrapa une poêle qu'il balança sans ménagement sur la plaque de cuisson.

Baxter se leva.

— Faut que je passe un coup de fil.

— Je suis en train de te préparer un putain de dîner, déclara Thomas d'un ton cassant, avant de noyer la poêle sous des tonnes de fromage râpé.

— Je ne veux pas de ta *putain* d'omelette, lui rétorqua-t-elle.

Puis elle monta l'escalier quatre à quatre afin de téléphoner à Edmunds en privé.

Le bébé venait de pisser sur Edmunds.

Tia prit le relais pour finir de changer la couche de sa fille pendant qu'il partait se chercher une autre chemise. Il jetait le vêtement sali dans la machine à laver au moment où son portable sonna.

— Baxter ? répondit-il tout en se lavant les mains.
— Hey ! T'as une minute ?
— Bien sûr.
— J'ai passé une super journée, t'as pas idée.

Edmunds écouta attentivement le récit détaillé des événements survenus dans l'enceinte de la prison. Baxter lui raconta également les maigres informations que Rouche lui avait confiées à l'extérieur du bâtiment.

— Une sorte de culte ? Ou une secte ? suggéra-t-il.
— Tout porterait à croire que oui, mais les Américains affirment que ces meurtres ne collent pas avec leurs modes opératoires. Et ils ont des services entièrement dédiés aux sectes religieuses, donc ils savent de quoi ils parlent.
— Je n'aime pas du tout cette histoire d'appât. Assassiner quelqu'un qui porte le même nom que Wolf, c'est une chose, faire tuer Masse, c'en est une autre... On dirait que ce message t'est directement adressé, et si c'est vraiment le cas, tu rentres dans leur jeu en t'impliquant dans l'enquête.
— Je suis d'accord avec toi. Mais qu'est-ce que je peux faire d'autre ?
— Alex ! s'écria Tia depuis la chambre.
— Une seconde ! répondit-il en criant à son tour.

Leur voisin tambourina au mur.

— Elle m'a aussi pissé dessus ! hurla sa femme.

— OK ! gueula Edmunds encore plus fort.

Le voisin recommença à taper, et le cadre d'une photo de famille glissa de l'étagère.

— Désolé, dit-il à Baxter.
— Je peux te rappeler quand j'en saurai plus ?
— Bien sûr. Sois prudente là-bas, s'il te plaît.
— T'inquiète. Les « marionnettes » n'auront qu'à bien se tenir.
— C'est bien ça le problème, renchérit Edmunds. Je suis sérieux, Emily, la priorité, c'est de trouver la personne qui tire les ficelles...

Arrivée en bas des marches, Baxter sut d'emblée qu'une engueulade avec Thomas était inévitable. Au salon, la télévision avait été mise sur pause, et le visage d'Andrea apparaissait, figé en plein reportage. Sur le bandeau au bas de l'écran, on lisait :

**Le tueur de Ragdoll retrouvé mort
après la visite de l'inspecteur principal**

Pas de doute, elle *haïssait* cette femme.

Exaspérée, elle pénétra plus avant dans la pièce.

Assis dans un fauteuil, la bouteille de vin – ou plutôt ce qu'il en restait – à la main, Thomas la questionna calmement :

— Tu as été rendre visite à Lethaniel Masse aujourd'hui ?
— Ouep...
— Et tu ne m'en as pas parlé.
— Je ne vois pas pourquoi je t'en aurais parlé, dit-elle en haussant les épaules.
— Bien sûr. Pourquoi tu m'en aurais parlé ? Pourquoi tu m'en aurais parlé, *hein* ? hurla-t-il en se levant d'un bond. Pourquoi tu m'aurais parlé de l'émeute à la prison, *hein* ?

— Je n'ai rien à voir avec ça, mentit-elle.

— Te fous pas de ma gueule ! (Il jurait très rarement et cela déconcerta Baxter.) Tu débarques ici, le visage tuméfié…

— C'est rien du tout, juste quelques égratignures.

— … et tu as risqué ta vie au milieu d'une bande de détenus déchaînés parce que madame voulait voir l'homme le plus dangereux du pays !

— Je n'ai pas le temps de me disputer, se défendit-elle avant de ramasser son manteau.

— Bien sûr que tu n'as pas le temps ! s'exclama-t-il en la poursuivant dans la cuisine, tu as un avion pour New York à prendre demain matin, chose que tu as *également* omis de me dire.

Il marqua une pause, puis reprit plus doucement :

— Emily, je ne comprends pas pourquoi tu n'as pas confiance en moi, pourquoi tu ne veux rien partager avec moi.

— On pourrait discuter de tout cela à mon retour ? dit-elle d'une voix lasse.

Thomas l'observait pendant qu'elle enfilait ses bottines, puis il secoua la tête de frustration.

— Prends soin d'Echo en mon absence.

Il la suivit des yeux dans le couloir et ne put se retenir de sourire. Elle était en train de mettre le bonnet à pompon et les gants qu'il lui avait offerts pour rigoler. Cette femme le déroutait. Il n'arrivait pas à faire coïncider la Baxter qui essayait de chasser une mèche de cheveux de son front en soufflant dessus comme une gamine, et celle qui avait acquis une réputation de dure à cuire parmi ses collègues – enfin, s'il en croyait le peu d'amis qu'elle lui avait permis de rencontrer.

Elle ouvrit la porte.

— Bon sang, Emily, c'est quoi cette affaire sur laquelle ton expertise est si indispensable ?

Ils savaient tous deux qu'il ne s'agissait pas là d'une question relative à son travail. En réalité, il attendait qu'elle lui prouve que les choses allaient changer, qu'elle avait réellement confiance en lui. Avaient-ils un avenir ensemble ? Là était le véritable sens de sa demande.

Elle lui déposa un rapide baiser sur la joue et la porte se referma derrière elle.

Rouche fut réveillé par « Air Hostess », la chanson du groupe Busted. C'était la sonnerie qu'il avait choisie pour son portable, mais il décrocha vite pour écourter le son strident.

— Rouche, grogna-t-il d'une voix enrouée.

— Curtis à l'appareil.

— Est-ce que tout va bien ? demanda-t-il, soudain inquiet.

— Oui, ça va. Je n'ai pas réveillé toute la famille au moins ?

— Non. (Il bâilla et descendit à la cuisine.) Ne vous inquiétez pas, il faudrait une bombe nucléaire pour qu'ils émergent. Qu'est-ce qu'il y a ?

— Je ne sais plus si on passe vous prendre demain à 6 heures 30 ou à 7 heures.

— 7 heures, répondit-il aimablement tout en vérifiant l'heure à sa montre.

Il était 2 h 52 du matin…

— Ah… d'accord, balbutia-t-elle, je croyais que c'était 6 heures 30.

Rouche se doutait que ce n'était pas le véritable motif de son appel nocturne. Comme elle ne disait pas un mot,

Rouche choisit de patienter et s'assit sur le sol glacial, en se calant le mieux possible.

— Journée de dingue, hein ? commenta-t-il. Ça fait du bien de rentrer chez soi et d'en parler à quelqu'un, pas vrai ?

Il laissa le silence s'installer un peu pour offrir à sa collègue l'opportunité de saisir la perche qu'il lui tendait.

— Euh... je n'ai personne à qui..., admit-elle.

Le timbre de sa voix était si ténu qu'il l'avait à peine entendue.

— Normal, vous êtes loin de chez vous.

— Ça ne change rien... Je n'ai personne, même à la maison.

Il attendit pour la laisser poursuivre :

— Le boulot a toujours été ma priorité. Je n'ai pas le temps de construire une relation et je me suis éloignée de la plupart de mes amis.

— Qu'en pense votre famille ? dit-il en espérant ne pas avoir mis les pieds dans le plat.

Curtis poussa un profond soupir. Rouche se mordit la lèvre.

— Ils pensent que je suis très professionnelle, mais pas dans la bonne profession.

L'Agent Spécial de la CIA voulut se repositionner pour lutter contre le froid qui le gagnait. Mais il heurta la porte d'un placard en piteux état qui fit s'effondrer sur le sol poussiéreux toute une pile de carrelage entreposé là.

— Oh merde...

— Qu'est-ce qu'il y a ? demanda-t-elle.

— Navré. On est en train de refaire la cuisine et il y a du bordel partout. Parlez-moi un peu de votre famille...

Ils discutèrent de tout et de rien un bon moment jusqu'à ce que Curtis s'endorme au milieu de leur conversation, ses chuchotements remplacés par une respiration régulière, et même deux ou trois légers ronflements. Une manière bien douce de clore une journée traumatisante.

Il finit par raccrocher.

Trop épuisé pour envisager de remonter l'escalier, il laissa aller sa tête contre le placard et ferma les paupières. Il sombra dans le sommeil sans s'en rendre compte, au milieu des carreaux cassés.

7

Jeudi 10 décembre 2015,
14 h 16

14 h 16   10-12-2015   − 5 °C

BAXTER FIXAIT LE TABLEAU DE BORD de la voiture du FBI. Du siège arrière où elle était confortablement installée, elle voyait les chiffres clignoter et jeta un œil à sa montre. Elle se rendit compte qu'elle avait oublié de la mettre à l'heure dans l'avion puisqu'elle indiquait encore 19 h 16. Elle avait dû rater l'annonce du personnel de bord. Rouche, Curtis et elle n'avaient pratiquement fait que dormir durant les sept heures et demie de vol, afin de grappiller quelques heures de sommeil après leur bien courte nuit.

Le trajet de l'aéroport jusqu'à Manhattan n'avait pas vraiment été une partie de plaisir. Les voitures patinaient sur une semaine de verglas et de neige fondue noire de saleté, imposant une allure d'escargot à toute la circulation dans la ville.

Baxter avait visité New York deux fois au cours de sa jeunesse, et avait déjà rayé de sa liste les habituels pièges à touristes. Elle s'était extasiée devant la vision de ses gratte-ciel qui se reflétaient sur la baie de l'Hudson River, image que l'on retrouvait dans nombre de films américains. Elle avait alors ressenti cette impression singulière d'être au centre du monde, à l'instar de ces gens, venus des quatre coins de la planète, qui jouaient des coudes pour se faire une place sur cette île de moins de quatre kilomètres de large. Pourtant, en cet instant précis, elle n'aspirait qu'à rentrer chez elle se reposer.

Rouche était tranquillement assis à ses côtés. Il avait demandé au chauffeur de leur faire traverser le pont de Brooklyn. Alors qu'ils approchaient du deuxième pylône en granite, il montra à Baxter l'endroit exact où avait été accroché le corps du banquier.

— On lui avait attaché les poignets et les chevilles, il était suspendu entre ces deux câbles de l'autre côté de la route, bien en vue. On aurait dit une sorte de mise en garde à l'adresse du monde entier. Comme lorsqu'on pendait des cadavres à l'entrée d'un territoire pour faire peur à d'éventuels intrus. Un aperçu des horreurs qui guettent ceux qui oseraient s'aventurer au-delà de cette limite.

La voiture fut plongée dans l'ombre créée par la voûte de l'immense pylône.

— Ne pourrait-on pas s'en tenir aux faits, et rien qu'aux faits, s'il vous plaît ? exigea Curtis, qui occupait le siège avant. Vos commentaires me donnent la chair de poule.

— Quoi qu'il en soit, poursuivit-il, comme on vous l'a expliqué, le tueur n'a pas pu achever son œuvre. Il finissait d'attacher le bras gauche de sa victime sur le câble extérieur quand il a perdu l'équilibre et a chuté sur le fleuve gelé qui s'est brisé sous son poids. Le mec est mort noyé. Le pauvre, c'est pas de bol tout de même.

Malgré son humeur de chien, Baxter esquissa un sourire car elle ne s'attendait pas à un récit aussi caustique de la part de Rouche.

Ce dernier lui sourit à son tour.

— Ben quoi ?

— Rien, fit-elle en contemplant par la vitre la ville prisonnière du froid. C'est juste que vous me rappelez quelqu'un.

L'état des routes empirait au fur et à mesure qu'ils s'éloignaient de Midtown en direction du quartier de Washington Heights, au nord de Central Park. D'énormes congères s'élevaient de chaque côté de la chaussée et, tels des garde-fous, permettaient aux véhicules de se remettre dans l'axe.

Baxter n'avait jamais arpenté cette partie de New York. Les rues y étaient également très larges et quadrillaient la ville selon un schéma régulier, mais des immeubles moins hauts s'y succédaient. Le pâle soleil d'hiver n'avait aucun mal à s'y faufiler, au contraire des quartiers où les buildings immenses régnaient en maîtres. Un souvenir d'enfance lui revint en mémoire : ses parents l'emmenant visiter une version miniature de la ville de New York.

Ce bref moment de nostalgie se dissipa quand le chauffeur se gara – ou plutôt se glissa – dans une des places de stationnement réservé devant le quartier général de la NYPD, le 33rd Precinct. Un fronton blanc monumental en forme d'auvent surmontait l'entrée du célèbre poste de police.

Un policier aux cheveux blancs assurait la tâche ingrate de gérer à la fois la circulation et la sécurité du bâtiment. Tandis qu'ils descendaient tous les trois de voiture, le vieux flic redirigeait le flot des véhicules loin de la rubalise, qui délimitait une large zone interdite.

— Comme je vous l'ai précisé lors de notre première rencontre, compte tenu du lieu où se sont déroulés les événements, nous avons été en mesure de garder l'affaire secrète pour le moment, expliqua Curtis à Baxter au moment où ils s'engouffraient sous la bâche qui avait été tendue sous l'auvent blanc.

On apercevait le logo bleu de la police de New York au-dessus de la double porte vitrée et, à quelques mètres à droite de l'entrée, l'arrière d'un Dodge 4 × 4 dépassait du mur telle une excroissance bizarre. Comme une dent cassée, les restes d'un pilier en béton faisaient saillie derrière la voiture. Même à cette distance, Baxter pouvait distinguer les traces de sang séché qui avaient généreusement maculé les sièges couleur crème.

Deux policiers sortirent par la double porte, longèrent la scène du désastre survenu sur leur lieu de travail comme si cette voiture encastrée n'était ni plus ni moins qu'un regrettable élément de décoration, puis se frayèrent un chemin à travers les décombres du mur effondré.

— Laissez-moi vous briefer sur ce que nous savons, déclara Curtis en abaissant la rubalise jaune fluo qui encerclait le 4 × 4.

— Ça vous ennuie si je vais passer un coup de fil ? demanda Rouche.

Curtis haussa les sourcils.

— Je connais le dossier par cœur, se justifia-t-il.

L'agent du FBI hocha la tête, et il s'éloigna, laissant les deux femmes seules.

— Avant d'entrer dans le vif du sujet, je voudrais être certaine d'une chose : est-ce que vous allez bien ?

— Si je vais bien ? répéta Baxter, sur la défensive.

— Oui… Après ce qui est arrivé hier.

— Ça ne va pas trop mal, répliqua Baxter comme si elle ne se souvenait pas vraiment de ce à quoi Curtis faisait allusion. Bon… alors… cette voiture dans le mur…, reprit-elle pour éviter que la conversation ne prenne une tournure trop personnelle.

— Notre victime a été identifiée : Robert Kennedy, trente-deux ans, marié, neuf ans dans la police, dont quatre comme inspecteur.

— Et le tueur ?

— Eduardo Medina, un immigrant mexicain, chef cuisinier au Park-Stamford Hotel, dans l'Upper East Side. Et avant que vous ne me posiez la question, non, nous n'avons découvert aucun lien entre lui et Kennedy, ni avec les autres tueurs ou victimes. (Baxter ouvrit la bouche pour parler, mais Curtis enchaîna :) Pas de lien non plus avec l'affaire Ragdoll… enfin, pour le moment.

Rouche rangea son téléphone dans sa veste et les rejoignit alors qu'elles avançaient sous la bâche qui couvrait une partie de la route.

— On a des caméras de vidéosurveillance…, poursuivit Curtis.

— Celles d'une école en face, l'interrompit Rouche. Oh désolé… Poursuivez.

— Donc, on a récupéré des enregistrements vidéo sur lesquels on voit Medina se garer sur West 168th. L'angle de la caméra ne nous est pas favorable et la vidéo ne dure que cinq minutes, mais on peut voir Medina tirer Kennedy de la banquette arrière, entouré d'un drap et la poitrine déjà mutilée. Puis Medina contourne la voiture et attache, bras et jambes écartelés, sa victime inconsciente sur le capot. Avec une corde enroulée autour de chacun de ses membres, exactement comme pour le cadavre du pont.

Baxter regarda le véhicule accidenté. L'extrémité d'une grosse corde, dont une bonne longueur était visible parmi les décombres, reposait au niveau du pneu arrière.

— Medina s'est ensuite déshabillé : le mot MARIONNETTE était taillé sur sa poitrine. Puis il a ôté le drap qui avait servi à transporter Kennedy. Il est monté en voiture et a foncé sur Jumel Place, la rue d'à côté, et c'est là que nous pouvons remercier la météo, car le temps était pourri. (Curtis refit à pied la trajectoire de la voiture.) Comme il a pris le virage trop rapidement, il a perdu le contrôle de son 4×4, et au lieu de foncer dans l'entrée principale, il s'est encastré dans le mur à droite, tuant son passager et lui-même sur le coup.

— Personne d'autre n'a été blessé, compléta Rouche.

Ils suivirent Curtis, dépassèrent le Dodge et pénétrèrent dans un bureau par une brèche dans le mur effondré.

L'avant de la voiture était écrasé jusqu'au pare-brise, en miettes. De la poussière et des décombres avaient été projetés à l'intérieur de la pièce sur une dizaine de mètres, mais en dehors de cette singulière zone de chaos, le bureau ressemblait à ce qu'il était d'ordinaire.

Baxter contempla avec incrédulité le ruban adhésif qui dessinait la silhouette d'un cadavre. Les jambes et le torse touchaient le sol, tandis que les bras et la tête étaient restés plaqués sur la calandre avant.

— C'est une blague ou quoi ? maugréa-t-elle. C'est le meilleur moyen de bousiller une scène de crime. Ils se croient où ? Dans *Y a-t-il un flic pour sauver la reine ?*

— Ils ont fait ce qu'ils pouvaient dans des circonstances exceptionnelles, répliqua Rouche.

— Ce n'est pas si grave, tempéra Curtis, je ne pense que le fait d'avoir bougé le corps soit déterminant pour notre enquête. Et je suis certaine que vous pouvez comprendre la situation : Kennedy était l'un des leurs, voilà pourquoi ils l'ont dégagé le plus rapidement possible pour entamer une réanimation cardio-pulmonaire. Une jeune recrue a fait *cela* (elle désigna le scotch formant la silhouette) pendant qu'ils tentaient de sauver Kennedy.

— Et on est bien sûrs que ni Medina ni sa famille n'avaient de vendetta contre la police ? demanda Baxter, sceptique.

— Pas à notre connaissance, répondit Curtis. Ça n'a pas de sens, je vous l'accorde. Medina aurait voulu se mettre à dos toute la police de New York, il ne s'y serait pas pris autrement. Tout le monde sait bien qu'en tuant un flic, on devient aussitôt l'ennemi public numéro un. Que ce soit une sorte de culte initiatique, un groupe en ligne en quête de célébrité, ou même des admirateurs de Ragdoll, peu importent leurs motivations, leurs actions les ont placés dans la ligne de mire de tous les flics de la ville.

Baxter repensa à ce que lui avait dit Edmunds la veille au soir.

— Quelqu'un tire les ficelles, fit-elle, quelqu'un coordonne ces meurtres et utilise ces « marionnettes » pour servir ses propres intérêts. Nous savons que les victimes n'ont pas été choisies au hasard puisque les deux autres avaient un lien avec Ragdoll. Trois meurtres, et nous n'avons toujours aucune idée de qui peuvent être les tueurs, d'où ils se trouvent, ni même ce qu'ils veulent. Ces gens-là sont tout sauf stupides.

— Alors pourquoi déclarer la guerre à la police ? interrogea Rouche, fasciné.

— C'est bien la question que je me pose.

Plusieurs voix fortes résonnèrent sous l'auvent.

— Agent Spécial Curtis ? appela un homme.

Baxter et Rouche suivirent leur collègue et ressortirent par la brèche du mur. Des journalistes installaient leur matériel, contemplant le spectacle avec avidité chaque fois qu'ils relevaient les yeux. Curtis s'éloigna pour aller parler à des hommes en costume noir.

— On dirait que c'est à vous de jouer, chuchota Rouche à Baxter. (Il tira de sa poche une cravate de secours et se la passa autour du cou.) Ça vous fait quoi d'être le visage officiel d'une campagne de propagande ?

— Bouclez-la. Les journaleux peuvent me filmer en train de faire mon boulot s'ils ont envie, mais ça s'arrête là. Pas question de…

— Rouche ? s'exclama un homme en surpoids, vêtu d'une énorme doudoune qui accentuait sa silhouette trapue. Damien Rouche ? lança-t-il avec un grand sourire.

Il tendit une main aux doigts dodus.

Rouche se dépêcha de finir de nouer son nœud de cravate et pivota sur ses talons, l'air tout à coup extrêmement présentable.

— Ce bon vieux transfuge de George McFarlen, répondit-il en louchant avec réprobation sur le badge du FBI qui se balançait sur la poitrine du gros bonhomme.

— Ça te va bien de dire ça, monsieur le Britannique, et accessoirement agent de la CIA ! fit l'autre en éclatant de rire. Alors, c'est toi qui t'es retrouvé coincé dans ce merdier à la prison ?

— Il semblerait que oui. Mais quelqu'un là-haut veille sur moi.

— Amen !

Baxter leva les yeux au ciel.

— Tu t'entraînes toujours au tir ? demanda l'agent fédéral à Rouche.

— Pas vraiment non.

— Sans blague ? Putain, quel dommage ! (McFarlen semblait sincèrement déçu. Il se tourna vers Baxter.) Ce mec détient à ce jour le record de l'Agence : quarante-cinq mètres.

Baxter émit un petit bruit de gorge faussement admiratif, et McFarlen, pas dupe, en profita pour reporter son attention sur son ancien collègue.

— Ta famille vit toujours en Angleterre ? (Il n'attendit même pas la réponse.) Et ta fille, ça lui fait combien maintenant ? Seize ans, pareil que ma Clara ?

Rouche ouvrit la bouche.

— Quel âge de merde ! enchaîna McFarlen en secouant la tête. Rien ne l'intéresse hormis ses copines et les histoires de garçons. Si j'ai un conseil à te donner, c'est de rester terré ici jusqu'à ce qu'elle ait vingt ans !

Et il ponctua sa vanne d'un éclat de rire sonore. Rouche esquissa un sourire poli. McFarlen lui colla une grande tape dans le dos – amicale et néanmoins brutale – avant de s'éloigner tranquillement.

À la façon dont il se toucha la poitrine, Rouche semblait encore beaucoup souffrir, ce qui n'échappa pas à Baxter.

— Je suis presque sûre qu'on pourrait qualifier ça de coups et blessures, plaisanta-t-elle.

Puis Curtis vint la chercher pour la présenter à la responsable de l'enquête, une femme à l'air fatigué. L'Agent Spécial Rose-Marie Lennox lui rappelait clairement Vanita, en version FBI : une bureaucrate déguisée en agent de terrain, affublée d'une arme de service pour le cas où on essaierait de lui piquer sa photocopieuse.

— Nous vous sommes *infiniment* reconnaissants pour votre aide, déclara Lennox avec flagornerie.

— C'est bon, cria la journaliste, on est à l'antenne à trois. Un… deux… trois.

— Eh ! Attendez… ! marmonna Baxter en tentant de s'écarter, mais Lennox la retint fermement par le bras tandis que la reporter présentait devant la caméra sa vision journalistique des événements.

La reporter introduisit Lennox, qui débita un exposé des faits parfaitement rodé :

— … une infâme agression contre l'un des nôtres. Je l'affirme au nom de tous mes collègues de la NYPD : nous n'aurons de cesse de… Je suis en mesure de confirmer des liens entre cet acte odieux, l'incident sur le pont de Brooklyn, il y a une semaine, et la mort de Lethaniel Masse hier… Nous travaillons en étroite collaboration avec la *Metropolitan Police* de Londres, qui nous apporte une aide précieuse en la personne de l'inspecteur principal Emily Baxter, bien connue pour avoir arrêté…

Baxter décrocha du discours soporifique, et observa Rouche et Curtis. Tandis qu'ils examinaient les décombres, Curtis indiqua à son collègue quelque chose sur la portière côté chauffeur. L'inspecteur principal n'entendit même pas la question de la journaliste.

— Pardon ? dit-elle en essayant de se concentrer sur son interlocutrice.

— Inspecteur principal, répéta la journaliste en affichant le pire sourire hypocrite que Baxter ait jamais vu, que pouvez-vous nous dire de la scène de crime qui se trouve derrière nous ? Quelles sont les pistes que vous suivez en priorité ?

Elle désigna la zone ravagée avec une mimique catastrophée encore moins convaincante que son sourire de façade.

Le caméraman zooma sur Baxter.

— Ma foi, riposta cette dernière sans faire le moindre effort pour dissimuler son dédain, j'*étais* en train d'enquêter sur la mort d'un policier, et voilà que je me retrouve comme une conne à devoir répondre à vos questions au lieu de faire mon boulot.

Un ange passa.

Lennox semblait verte de rage. La journaliste était si déstabilisée par la réponse de Baxter qu'elle n'eut pas le temps de poser sa question suivante.

— Inspecteur principal, pourquoi ne retourneriez-vous pas *faire votre boulot* ? suggéra Lennox en tapotant aimablement le bras de Baxter, qui haussa les épaules avant de s'éloigner.

L'Agent Spécial s'adressa ensuite à la journaliste, face caméra :

— Comme vous pouvez le constater, nous prenons *tous* très à cœur cette perte immense, et nous avons hâte de reprendre nos investigations afin d'identifier au plus vite le responsable.

Lennox remercia l'équipe de la télé, puis demanda à Curtis de la suivre. Elles traversèrent la route et se calèrent contre la grille de Highbridge Park, à la lisière des congères qui, sur ce trottoir-là, demeuraient immaculées et recouvertes de poudreuse. Lennox alluma une cigarette.

— J'ai entendu parler de l'émeute à la prison. Vous allez bien ? Votre père m'aurait crucifiée s'il vous était arrivé quelque chose.

— Merci de votre sollicitude, mais je vais bien, mentit Curtis.

Elle détestait bénéficier d'un traitement de faveur du fait de ses origines familiales, alors même qu'elle avait mille fois prouvé ses compétences, et qu'elle ne devait sa carrière qu'à elle seule.

Lennox dut percevoir son irritation car elle décida de changer de sujet.

— Cette Baxter a l'air d'être une belle garce, pas vrai ? Et hargneuse avec ça.

— C'est juste qu'elle ne supporte pas la bêtise, répondit Curtis, avant de réaliser qu'elle venait d'insulter sa supérieure sans le vouloir. Je ne disais pas ça pour vous, bien sûr, simplement que...

Lennox recracha avec désinvolture la fumée, l'air de dire qu'elle ne s'en formalisait pas.

— Baxter est une dure à cuire, et intelligente de surcroît, reprit Curtis.

— Ouais... C'est bien ce qui me fait peur.

Curtis ne saisissait pas ce qu'elle entendait par là.

Bien qu'elle n'ait jamais fumé de sa vie, le bout rougeoyant de la clope de sa chef qui gigotait dans l'air glacé lui parut plus tentant que jamais.

Lennox se retourna en direction du terrain de base-ball situé en haut de la colline enneigée.

— Elle est là en touriste, Curtis. Rien de plus. On la poussera encore une fois ou deux devant les caméras, on la prendra en photo pour rassurer l'opinion publique, ensuite on la foutra dans un avion et bon débarras.

— Je crois vraiment qu'elle pourrait nous être utile.

— Je sais, mais les choses ne sont jamais aussi simples. Tout comme l'assassinat de l'inspecteur Kennedy est une insulte évidente envers le NYPD, un affront destiné à remettre en question son autorité et sa toute-puissance, la présence de Baxter représente une menace similaire pour nous.

— Je suis navrée... mais je ne vous suis pas.

— Le NYPD, la CIA et le FBI travaillent conjointement sur cette affaire, sans résultats. Faire venir Baxter à New

York est une façon de prouver au public que nous mettons tout en œuvre pour résoudre l'enquête. Mais il n'est pas question que la *Metropolitan Police* récolte les lauriers. Baxter doit jarter avant que cela n'arrive. Quand on subit une attaque pareille, une démonstration de force est nécessaire. Nous devons montrer que nous sommes capables de régler *nous-mêmes* nos problèmes. Vous comprenez ?

— Oui, madame.

— Bien.

Dans le parc, un groupe d'écoliers avançait lentement dans la poudreuse. Un autre avait entamé une bataille de boules de neige un peu trop près des deux femmes.

— Continuez à la traiter avec courtoisie, ordonna Lennox. Laissez-la vous coller aux basques autant que vous voulez, mais si jamais vous découvrez une piste intéressante, débrouillez-vous pour la tenir hors du coup.

— Cela peut s'avérer difficile.

— Je n'ai pas dit que cela ne le serait pas. Mais vous n'avez plus que quelques jours à tenir. On la renverra chez elle après le week-end.

En attendant Curtis, Baxter et Rouche sirotaient un café qu'un des policiers leur avait servi dans des mugs ébréchés. Le flic en avait profité pour les gratifier d'un petit laïus d'encouragement : « Sûr, vous allez choper les salauds qui ont fait ça. » Ils avaient hoché la tête avec conviction jusqu'à ce que le policier en colère retrouve son calme et finisse par s'éloigner.

L'auvent les protégeait du vent mais pas du froid, et ils commençaient à geler sur place.

— Si on a le temps, ça vous dirait de venir dîner avec Curtis et moi ?

— Je... euh... j'en sais rien. J'ai des coups de fil à passer.

— Il y a une pizzeria très sympa dans West Village, un resto un peu décalé que j'adore. C'est mon petit rituel, j'y fais un tour chaque fois que je viens à New York.

— Je...

— Allez... D'ici ce soir, on sera bien lessivés, et on crèvera de faim, assura-t-il en souriant. Il faut bien vous nourrir...

— Bon, d'accord.

— Super. Je nous réserve une table.

Il prit son téléphone et fit dérouler ses contacts.

— Au fait, j'ai oublié de vous demander, lança Baxter. Qu'est-ce que vous avez découvert sur la portière du chauffeur tout à l'heure ?

— Pardon ? dit Rouche, le portable déjà collé à l'oreille.

— Pendant que j'étais en train de foirer mon interview, j'ai eu l'impression que vous aviez trouvé quelque chose, Curtis et vous.

— Oh, ça ? C'était rien.

Un employé de la pizzeria dut décrocher car il se détourna.

8

Jeudi 10 décembre 2015,
23 h 13

Curtis se sentait prise au piège. Elle scrutait chaque recoin de la chambre d'hôtel miteuse, arme au poing, attentive au moindre mouvement. Elle aurait aimé appeler Rouche, mais même en criant, elle n'était pas certaine qu'il l'entendrait. Et, de toute façon, pas question de renseigner l'intruse sur l'endroit où elle se trouvait. Le sang pulsait à ses tempes à la même cadence que les battements accélérés de son cœur. Elle fixa la porte : elle n'était plus qu'à quelques mètres et pourtant celle-ci lui paraissait *littéralement* hors d'atteinte.

Mais il fallait bien qu'elle se lance à un moment ou un autre.

Elle avait déjà enfilé son pyjama : un débardeur Mon Petit Poney, un short vert pomme et de grosses chaussettes en laine. Avec une extrême lenteur, elle écarta les draps et rampa sur le lit pour ramasser sa veste noire posée sur le dossier d'une chaise.

Elle prit une profonde inspiration, sauta de son perchoir et se débarrassa de la pantoufle qu'elle brandissait une seconde plus tôt. Elle batailla pour déverrouiller la porte et, quand cette dernière s'ouvrit enfin, elle trébucha et s'écroula sur le tapis du couloir tandis que le battant se refermait lourdement derrière elle.

Elle se remit vite debout et frappa doucement à la porte voisine. Rouche se matérialisa sur le seuil, pieds nus, l'air débraillé avec sa chemise blanche sortie du pantalon. Le jet lag combiné à un dîner trop arrosé avait laissé des traces. Hagard, il contempla la jeune femme, se frotta les yeux et tenta de se concentrer.

— Curtis, c'est un tee-shirt Mon Petit Poney que je vois là ?

— Euh… oui…, bafouilla sa collègue.

— OK, vous voulez entrer ?

— Non, merci. En fait, j'avais une question à vous poser : vous vous y connaissez en araignées ?

— En araignées…, répéta-t-il, incrédule. Ben oui, je me débrouille.

— Que ce soit clair… Je ne veux pas de ces conneries, genre « Je la ramasse délicatement sur une feuille sans la blesser et je la libère à l'extérieur ». Hors de question que cette horrible bestiole revienne en grimpant le long du mur de l'hôtel ! Je la veux *morte et enterrée*.

— C'est noté, Curtis, dit-il en attrapant une chaussure puis sa clé de chambre.

— Cette saleté n'est pas à prendre à la légère, je vous préviens, elle est énorme, lâcha-t-elle, satisfaite qu'il se plie à ses exigences.

Il la dévisagea, soudain inquiet.

— Énorme comment ?

Baxter avait enfilé son haut de pyjama écossais à l'envers, et le bas, devant derrière.

Elle but au robinet une eau au goût amer. Des claquements de portes dans le couloir de l'hôtel et le raffut qu'y faisaient des clients lui mirent les nerfs à vif. Elle se jeta bras écartés sur son lit. Le plafond ondulait légèrement, lui rappelant combien elle se sentait nauséeuse. Pour couronner le tout, les bruits de la ville lui parvenaient assez nettement en l'absence de double vitrage aux fenêtres. Elle chercha à tâtons son portable, le trouva et appela Edmunds.

— Hein... Quoi ? s'exclama Edmunds en se réveillant en sursaut, droit comme un piquet sur son matelas.

Dans son berceau, Leila se remit à pleurer.

— Qu'est-ce qu'il y a encore ? maugréa Tia qui venait tout juste de se rendormir.

À peine Edmunds avait-il repris ses esprits qu'il entendit son portable carillonner au rez-de-chaussée. Il faillit se rompre le cou en dévalant l'escalier de leur modeste maison, déchiffra le nom de son ex-collègue sur l'écran et décrocha.

— Baxter ? Tout va bien ?

— Ouais... pas trop mal... ça va...

— C'est Emily ? s'écria Tia depuis la chambre où le bébé hurlait de plus belle.

— Oui, lui répondit Edmunds en chuchotant, par respect pour son pauvre voisin.

— Je crois que ton bébé pleure, lui dit gentiment Baxter.

— Oui, on a remarqué aussi, merci. Le téléphone l'a réveillée. Nous a *tous* réveillés.

— À 18 h 20 ? (Elle marqua une pause assez longue.) *Merde...* Edmunds, tu ne vas pas le croire...

— Tu t'es plantée sur le décalage horaire ?

— Ouais... J'ai calculé dans le mauvais sens.

— Je confirme.
— Je veux dire... la pendule, tu sais.
— J'ai pigé, Baxter ! Tu es soûle ou quoi ?
— Ah non... je t'assure que non. J'ai juste un peu trop bu au dîner.

Tia descendit sur la pointe des pieds avec Leila dans les bras – qui avait fini par se calmer.

— Reviens te coucher, articula-t-elle dans un murmure.
— Une seconde, répondit-il tout aussi bas.
— Je suis sincèrement désolée, fit Baxter, embarrassée. Je voulais te parler de la scène de crime que j'ai vue aujourd'hui.
— Laquelle ?

Tia semblait vraiment en rogne à présent.

— Un inspecteur de police ligoté vivant sur le capot d'un Dodge 4 × 4, lequel s'est ensuite encastré dans le mur du NYPD.

Partagé entre deux impératifs, Edmunds jeta un bref regard en direction de sa femme.

— Je te rappelle demain matin, souffla Baxter. Enfin le matin pour toi... Non, attends, le matin pour moi. Merde, je suis perdue...
— Non, non, c'est bon. (Il adressa un pauvre sourire d'excuse à Tia.) Je t'écoute. Raconte-moi tout en détail.

— Quand l'avez-vous aperçue pour la dernière fois ? demanda Rouche, songeant qu'en marchant avec sa chaussure à la main, il laissait ses pieds nus cruellement vulnérables à une attaque surprise.
— Elle a sauté sous l'armoire, je crois, dit Curtis, juchée sur la zone sécurisée que constituait son lit.
— Sauté ?
— Enfin, elle a fait une espèce de bond.

— De bond ? répéta Rouche, en totale perte de confiance.

— Non... C'était davantage un... quel est l'équivalent de « galoper » quand on parle d'une araignée ?

— « Galoper » s'applique aussi, j'imagine ! répliqua-t-il avec un soupçon d'hystérie dans la voix.

Il s'approcha à pas de loup de l'armoire, non sans surveiller le sol tout autour de ses pieds, sur ses gardes.

— On pourrait peut-être aller chercher Baxter ? suggéra Curtis.

— Je m'en occupe ! Pas besoin de Baxter. Je ne veux juste pas la rater si elle détale, c'est pour ça que je regarde le sol comme ça.

— Je n'ai pas eu l'occasion de vous remercier, poursuivit-elle, visiblement gênée.

— Me remercier pour quoi ?

— Pour la nuit dernière.

— Pas de soucis, je suis toujours là si vous avez besoin de parler, dit-il en se tournant vers elle avec bienveillance, avant de voir ses yeux écarquillés de terreur.

Rouche suivit son regard et découvrit une énorme araignée noire, de la taille d'une sous-tasse, sur le tapis.

Il en resta tétanisé.

— Allez chercher Baxter, chuchota-t-il.

— Pardon ?

Soudain, la créature fonça droit sur lui. Rouche hurla, jeta en l'air sa chaussure et piqua un sprint vers la porte.

— Allons chercher Baxter ! cria-t-il.

Totalement synchrones, les deux Agents Spéciaux déboulèrent ensemble dans le couloir.

Afin de ne pas risquer de réveiller à nouveau sa femme et sa fille, Edmunds avait battu en retraite dans le cabanon au fond du jardin. Bravant une pluie glaciale, il avait couru en chaussons dans la boue jusqu'à l'abri en bois. Une fois au sec, il alluma l'unique ampoule et essuya son ordinateur portable.

Il parvint à capter assez de wi-fi pour consulter les sites de journaux américains et une carte de Manhattan. Baxter lui fit un compte rendu précis, bien que quasi inaudible, des événements de sa journée.

— Je ne comprends pas, soupira Edmunds.

Baxter ne put s'empêcher de ressentir une pointe de déception, elle avait été habituée à obtenir l'impossible de son meilleur ami.

— Je m'en tiens à la théorie de la secte, dit-il, je ne vois pas d'autre explication plausible.

Quelqu'un frappa à la porte de la chambre de Baxter.

— Désolée, Edmunds. Ne quitte pas.

Il entendit résonner différentes voix dans le combiné, et en profita pour se faire un peu plus de place dans le réduit.

— *Salut! Oh... vous êtes au téléphone?*

— *Ben oui.*

— *On a un petit problème dans la chambre de Curtis. Rien d'urgent. Quoique... Vous savez quoi? Ne vous embêtez pas. Je suis certain qu'on peut se débrouiller tout seuls...*

— *Mais non, j'arrive. Je finis juste ma conversation, OK?*

— *Bien sûr. Merci.*

— *Suis là dans deux minutes.*

Claquement de porte, bruits de fond, puis la voix de Baxter, plus grave que jamais :

— Désolée pour l'interruption... Bon, l'unique piste sérieuse que nous ayons, c'est que deux des victimes sont reliées à l'affaire Ragdoll.

— Si on peut appeler ça une piste, répliqua Edmunds. L'une des victimes est un type dont la seule particularité est de porter le même nom que Wolf. L'autre est le tueur de Ragdoll. Nous n'irons pas loin avec ces seuls éléments.

— Je pense qu'il vaudrait mieux se concentrer sur les tueurs. Il existe forcément un lien quelque part.

— Les « marionnettes ». Je suis d'accord avec toi. Impossible d'anticiper *qui* sera la prochaine victime sans avoir d'abord cerné les motivations des meurtriers. Et pour cela, nous devons identifier ce qui les relie.

— Pourquoi susciter toute cette agitation médiatique, chercher à attirer l'attention de cette manière, et à côté de ça ne lâcher aucune info ?

— D'après moi, attirer l'attention ne leur suffit pas. Ils veulent que le monde entier ait les yeux tournés vers eux. Si tu veux mon avis, ce n'est que le début. Il se prépare un truc encore plus énorme.

— Corrige-moi si je me trompe, mais ça n'a pas l'air de te perturber plus que ça, dit Baxter qui avait perçu de l'excitation dans la voix de son ami.

— Envoie-moi dans la matinée tout ce que tu as sur les tueurs, et je commencerai à étudier les dossiers en profondeur. Et, Baxter... souviens-toi du mot « appât ». S'il te plaît, sois prudente.

— Je le serai.

— As-tu téléphoné à Thomas ?

— Non.

— Pourquoi ?

— On s'est engueulés avant mon départ.

— À quel propos ?

— Oh, des trucs...

Edmunds poussa un long soupir.

— Ne fous pas tout en l'air en faisant ta tête de mule.

— Merci du conseil. Tu ferais un super conseiller conjugal.

Il doutait que Tia soit du même avis.

— Bonne nuit.
— Toi aussi.

Edmunds raccrocha. Il était 4 h 26. Il grelottait de froid dans le cabanon mais se sentait parfaitement réveillé. Il regarda ses outils en vrac et entreprit de les ranger. Il subodorait que l'endroit allait rapidement lui devenir indispensable avant la résolution définitive de cette affaire.

Curtis et Rouche, assis de chaque côté de Baxter sur le lit, se tenaient en alerte maximum avec leur arsenal de fortune, prêts à contre-attaquer. Rouche avait catégoriquement refusé que Curtis se serve de la bible comme projectile, malgré son poids idéal. Néanmoins ils avaient à leur disposition deux paires de chaussures, une pantoufle, une bombe de laque et leurs armes réglementaires – à n'utiliser que pour assommer la créature, à moins bien sûr que la situation ne dégénère au point de devoir recourir à leur puissance de feu.

Baxter ne leur avait servi absolument à rien. Elle était entrée dans la chambre d'un pas lourd et décidé, mais une fois qu'ils lui eurent expliqué sa mission, elle s'était contentée de plonger sur la « zone sécurisée ». Elle avait ôté ses bottines d'un coup de pied et s'était affalée sur le lit de l'Agent Spécial du FBI, sombrant aussitôt dans le sommeil.

— Une autre ? demanda Rouche après avoir déposé sa mignonnette d'alcool à côté des précédentes, vides elles aussi.

— Pourquoi pas ? répondit Curtis en finissant la sienne.

Rouche rampa sur les draps, puis jusqu'à une chaise, ouvrit le mini-bar et leur choisit à chacun un breuvage.

— À la vôtre, dit-il en trinquant avec elle.

— Vous n'en avez pas marre ? questionna Curtis après avoir siroté sa bouteille.

— De quoi ?

— De tout ça : des hôtels miteux, des chemises froissées... d'être seul.

— Vous partagez votre lit avec deux personnes, je vous signale.

Elle le gratifia d'un sourire sans joie.

— Non, reprit-il, plus sérieusement. Mais si jamais un jour j'en avais marre de ce boulot, je pense que j'arrêterais.

— Cela doit être très difficile de vivre loin de votre femme et de votre fille.

— Et pourtant, j'y arrive. Si vous n'êtes pas proche de votre famille, et que vous avez déjà des réticences...

— Je n'ai pas de réticences ! le coupa Curtis d'un ton sec.

— Je suis navré, j'ai mal choisi mes mots.

— Je me pose des questions, c'est tout... Est-ce que ma vie va tout le temps ressembler à ça ?

— Si vous n'agissez pas, oui, répliqua Rouche.

La chaussure lancée par Curtis frôla sa tête et fit sauter un bout de plâtre de la mince cloison. L'impact perturba une seconde le sommeil de Baxter.

— Désolée, j'avais cru apercevoir une ombre.

— D'accord, ce ne sont pas mes affaires, alors vous êtes en droit de me balancer autant de chaussures que vous voulez si je vous parle de manière déplacée. Mais bousiller votre vie simplement pour prouver que vous avez pris la bonne décision, au final, cela ne prouve rien du tout.

Songeuse, Curtis acquiesça.

— Baxter a enfilé son pantalon de pyjama à l'envers, remarqua-t-elle au bout d'un moment.

— C'est exact, dit-il sans même vérifier.

L'Anglaise ronflait doucement. Curtis l'observa un instant avant d'ajouter :

— Ma chef m'a ordonné de lui en dire le moins possible à propos de l'enquête.

— Pourquoi ?

— Je sais pas. (Elle haussa les épaules.) De toute manière, elle ne restera pas plus d'un jour ou deux.

— Dommage, je l'aime bien.

— Ouais… Moi aussi.

— Tâchez de vous reposer un peu, je monte la garde.

— Vous êtes sûr ?

Rouche hocha la tête. Cinq minutes plus tard, Curtis dormait. Dix minutes plus tard, ce fut son tour.

La sonnerie du réveil de Curtis les réveilla tous les trois à 6 heures. Ils étaient un peu gênés d'avoir dormi une nuit entière dans le même lit.

— Salut, dit Rouche d'une voix rauque.

— Salut, répondit sa collègue en s'étirant.

Seule Baxter se demandait ce qu'elle foutait là.

— Bon, je vais me doucher, lança Rouche en descendant du lit.

Il se dirigeait vers la porte quand il se figea sur place en grommelant.

— Ben quoi ? interrogea Curtis.

Elle s'approcha de lui avec prudence et découvrit le cadavre aplati sur le tapis.

— Baxter a dû l'écraser hier soir sans s'en rendre compte, expliqua-t-il d'une voix fatiguée.

Il alla dans la salle de bains déchirer une feuille de papier toilette, ramassa délicatement la preuve de la scène de crime, et tira la chasse sur ce qui, techniquement, constituait leur première victoire en équipe.

L'horizon s'éclaircissait enfin.

9

Vendredi 11 décembre 2015,
9 h 07

L ENNOX TAPOTA DE L'INDEX l'une des trois cartes mémo qu'elle avait étalées devant Baxter alors qu'elles s'asseyaient.

Je ne suis pas en mesure de spéculer sur cela.
Je suis en mesure de vous confirmer que cela est exact.
Il n'existe rien pour corroborer cela.

Baxter se leva légèrement pour s'approcher du petit micro posé sur le tissu noir dont on avait recouvert une rangée de bureaux inutilisés pour leur donner un aspect plus officiel.

— J'ai bien peur de ne pas être en mesure de spéculer sur cela.

Elle sentit l'agacement palpable de Lennox quand elle se rassit, et un autre journaliste posa une nouvelle question, cette fois à l'homme à côté d'elle. Lennox griffonna quelques mots et lui glissa le papier, l'air complètement captivée par la réponse du sous-directeur adjoint.

Il fallut un moment à Baxter pour déchiffrer la courte note :

Ne jamais dire : « J'ai bien peur... »

D'ordinaire, c'était le genre de situation qui suffisait amplement à faire sortir la jeune femme de ses gonds, malgré la présence massive des reporters et des caméramans. Toutefois, elle prit sur elle et se tint tranquille.

L'objectif de la conférence de presse était de confirmer l'identité de l'inspecteur décédé, de faire cesser les rumeurs et autres théories du complot qui se propageaient sur Internet en annonçant officiellement qu'il existait un lien entre les meurtres du banquier, de Lethaniel Masse et de l'inspecteur Robert Kennedy.

Baxter ne prêta guère attention à l'intervention laborieuse de Lennox. Elle ressassait son irritation causée par la note manuscrite de l'Agent Spécial et froissa la petite feuille de papier ostensiblement.

— ... et nos collègues d'outre-Atlantique, tels que l'inspecteur principal Baxter ici présente.

À peine Lennox avait-elle achevé sa phrase qu'un jeune homme vêtu d'un costume fripé leva la main.

D'un geste, l'agent du FBI l'invita à poser sa question.

— Et donc, inspecteur principal, selon vous, quel est le mobile de ces meurtres ?

La salle entière guettait la réponse de Baxter.

Lennox tapota avec insistance une des cartes mémo.

— Je ne suis pas en mesure de spéculer sur cela, lut Baxter.

— D'après une source, il semblerait que les deux morts de la prison avaient les mots MARIONNETTE et APPÂT tailladés sur le torse, poursuivit le journaliste, peu enclin à se satisfaire d'une réponse aussi succincte. D'après des photos de la victime du pont de Brooklyn, il semblerait que ce cadavre-là portait des marques comparables. Pouvez-vous confirmer cette similitude sur tous les corps découverts jusqu'ici ?

L'index de Lennox hésita un instant, puis se posa sur une carte mémo différente. Bien que surprise, Baxter obtempéra.

— Je suis en mesure de vous confirmer que cela est exact.

Un flot de chuchotements envahit tout à coup l'espace. Baxter remarqua la présence de Curtis et de Rouche, adossés au mur, et cela la rassura. Curtis se contenta sobrement de hocher la tête alors que Rouche, les deux pouces relevés, lui adressait un sourire chaleureux.

— Hé ! Inspecteur principal ! Inspecteur principal ! s'écria le journaliste par-dessus le brouhaha contenu. (Même s'il savait qu'il abusait, il ne put s'empêcher de poser une troisième question.) Si l'on considère l'identité des trois victimes – un officier de police, un homme nommé William Fawkes, ainsi que le tueur de Ragdoll –, et ce mot, « appât », peut-on présumer que vous avez évoqué la possibilité que ces messages vous soient destinés ? À *vous* personnellement, j'entends.

Un silence de mort s'abattit dans l'assistance. Les journalistes attendaient avec impatience la réaction de Baxter à cette – somme toute – excellente question.

Lennox poussa la carte mémo « Je ne suis pas en mesure de spéculer sur cela » vers elle. *Bien sûr que si*, songea amèrement Baxter. Mais Lennox ne reconnaîtrait jamais qu'elle lui avait fait traverser la moitié de la planète juste pour la mettre en danger.

— C'est l'une des multiples éventualités que nous examinons, dit-elle.

Elle incluait Edmunds dans ce « nous », évidemment.

Lennox parut contrariée qu'elle ait renoncé à sa phrase toute faite, mais plutôt satisfaite de sa réponse brève et professionnelle.

— Inspecteur principal Baxter !

L'Anglaise tourna le regard vers la journaliste assise au premier rang, et cette dernière, prenant cela pour une invitation, se leva pour poser sa question :

— Y a-t-il un risque qu'il se produise d'autres meurtres ?

Baxter avait encore en mémoire sa conversation de la nuit précédente. À nouveau, Lennox pointa le même carton.

— Je…, bafouilla Baxter.

Lennox la regarda et tapota plus fermement la carte. Au fond de la salle, Curtis fronça les sourcils et Rouche articula en silence la phrase magique : « Je ne suis pas en mesure de spéculer sur cela. »

— Inspecteur principal ? Y a-t-il un risque qu'il se produise d'autres meurtres ? réitéra la jeune femme dans un silence de plomb.

En un éclair, Baxter repensa à la conférence de presse qui avait suivi l'arrestation de Masse : l'histoire qu'elle avait été contrainte d'inventer pour sauver sa peau, les explications vaseuses sur l'implication de Wolf qu'elle avait dû fournir…

Tant de morts et tant de mensonges…

— Oui, je pense que les choses vont empirer à partir de maintenant.

L'auditoire se leva comme un seul homme et les questions fusèrent. Baxter sentit converger vers elle tous les regards. Visiblement, elle avait sous-estimé son public en imaginant qu'il se contenterait de cette vérité.

C'était assez déprimant de constater qu'ils préféraient des promesses creuses ou des formules rassurantes et hypocrites. Au fond, les petits malins du service des relations publiques avaient raison : ça ne dérangeait pas les gens de se faire planter un couteau dans le dos tant qu'ils n'avaient pas le temps de le voir venir.

— Donc, voici où nous en sommes à ce jour, déclara l'Agent Spécial Kyle Hoppus en les conduisant près de l'un des dix paperboards installés côte à côte contre le mur. Je vous présente nos tueurs.

Marcus Townsend	**Eduardo Medina**	**Dominic Burrell,**
Pont de Brooklyn	33rd Precinct	dit le Videur
39 ans / Blanc /	46 ans / Latino	Prison de Belmarsh
Nationalité américaine		28 ans / Blanc /
		Nationalité britannique
Ex-trader	*Chef cuisinier au*	*Arrêté en 2011 pour*
Ruiné lors du krach	*Park-Stamford Hotel*	*meurtre*
boursier de 2008	*Problèmes*	*En prison depuis*
A traversé une période	*d'immigration :*	*quatre ans*
très difficile	*la moitié de sa*	*Quel lien avec l'affaire*
Liens financiers	*famille vit toujours*	*Ragdoll, à moins qu'il*
avec la victime ?	*au Mexique*	*ait été contacté durant*
A fait l'objet d'une	*Vendetta envers*	*sa détention ?*
enquête en 2007	*les autorités*	*Le registre des visites*
pour délit d'initié	*américaines ?*	*atteste qu'il voyait un*
Vendetta envers		*psychiatre une fois par*
la police ?		*semaine, et sa famille*
		pour son anniversaire
		Vendetta plus que
		probable envers la police

Le bureau du FBI à New York était situé au vingt-troisième étage d'un immeuble ordinaire sur Broadway. À l'exception de la traditionnelle brique apparente qui faisait le charme de la ville, Baxter aurait pu se croire à New Scotland

Yard : mêmes hauts plafonds blanchis à la chaux, mêmes papiers collés sur les parois vitrées de l'open space et même moquette bas de gamme.

Hoppus leur laissa une minute pour prendre connaissance des infos qu'ils n'auraient pas déjà notées. Vu son âge et son expérience, Baxter le trouva un poil trop affable.

— Comme vous le voyez, on a épuisé toutes les options d'un lien éventuel entre les tueurs, entre les victimes, entre les tueurs et les victimes, et entre tous ces gens et les meurtres de Ragdoll, déclara-t-il. Nous nous concentrons actuellement sur le fait que chacun des tueurs avait une bonne raison d'en vouloir à la police. On a missionné une équipe sur l'aspect financier, une autre fouille leurs ordinateurs et épluche les données de leurs portables, mais pour être franc, on rame. Pas de convictions politiques ou religieuses ostentatoires — sauf peut-être Medina, qui était un fervent catholique et un tout aussi fervent démocrate, comme la plupart des immigrants mexicains. Pas d'antécédents de violence, excepté Burrell bien sûr. Pour autant qu'on sache, ces types ne se connaissaient pas et n'ont jamais été en contact.

— Ils ont pourtant commis trois meurtres coordonnés en seulement quelques jours, fit remarquer tout haut Rouche. C'est assez flippant.

Hoppus ne commenta pas mais interrogea Curtis du regard. Pourquoi diable lui avait-elle amené ce drôle de flic ?

— Croyez-vous que je pourrais obtenir une copie de ces dossiers ? lui demanda Baxter, sans préciser qu'elle comptait les envoyer à un agent du service de la répression des fraudes qui n'était absolument pas chargé de l'affaire.

— Aucun souci, répliqua Hoppus un peu trop vite.

Il était visiblement vexé qu'elle s'imagine découvrir quelque chose que son équipe aurait raté.

Rouche s'approcha des paperboards pour examiner de plus près les trois petites photos punaisées au-dessus des noms. Celle de Burrell était un cliché pris lors de son arrestation. Quant à Townsend, il portait un tee-shirt avec un logo qui lui était familier.

— Townsend était dans le programme de *Streets to Success* ? nota Rouche.

— Oui, répondit Hoppus, qui était en train de discuter avec Curtis et Baxter.

— Il y est toujours ?

— Comment ça ? s'étonna Hoppus. Il est mort.

— Je veux dire… au moment de sa mort, il y était encore ? Il n'avait pas laissé tomber ?

— Non, non, fit Hoppus avec de l'agacement dans la voix, il était toujours dans l'association.

— Humm…

Rouche reporta son attention sur les tableaux.

Au cours d'une précédente enquête, il avait entendu parler de *Streets to Success*, qui avait pour but d'aider les sans-abri à trouver un emploi et à redevenir autonomes. L'association fournissait un encadrement, un logement, des cours et des conseils pour repartir dans la vie active. Des efforts louables dans un monde où les gens les plus démunis n'intéressaient personne.

Pourtant, Rouche imaginait mal que l'homme décharné et pâle qu'il avait sous les yeux aurait pu un jour se réinsérer dans la société. Il avait assez fréquenté de junkies dans son travail pour savoir que ces derniers étaient plus accros à la dope qu'à la vie.

Il observa la photo d'Eduardo Medina. Le haut de la tête d'une autre personne apparaissait dans un angle, en bas du cliché où le papier avait été grossièrement découpé. À en juger par la position de Medina, Rouche déduisit qu'il tenait la personne dans ses bras. Il avait l'air heureux.

— Que va devenir sa famille maintenant ? demanda Rouche, interrompant à nouveau la conversation d'Hoppus.

— La famille de qui ?

— Celle de Medina.

— Eh bien, vu que ce fils de pute a assassiné un flic de sang-froid, ils ont plutôt intérêt à renvoyer au pays son fils qui vivait avec lui, et à empêcher le reste de ses proches de foutre ne serait-ce qu'un orteil sur le territoire américain.

— Il les a mis dans la merde, donc ? en conclut Rouche.

— C'est un euphémisme, rétorqua Hoppus, puis il se retourna vers Curtis.

— Pourtant, jusqu'à ce meurtre, il faisait le maximum pour aider sa famille, non ?

Hoppus tressaillit – apparemment il en avait ras-le-bol – et pivota sur lui-même. Il dévisagea Rouche.

— Je suppose que oui. Il travaillait dur à l'hôtel, heures sup et compagnie. Il envoyait de l'argent au Mexique et n'était pas loin de pouvoir faire venir sa fille.

— Ça ne colle pas avec l'image d'un monstre.

D'ordinaire si policé, Hoppus devint rouge de colère.

— Mon Dieu…, marmonna Curtis pour elle-même.

— Pas un monstre ? cracha Hoppus à l'agent de la CIA qui continuait d'étudier les photos. Ce mec a attaché un de nos collègues à l'avant de son 4 × 4 et l'a écrasé contre un mur !

— Vous vous méprenez, répliqua Rouche. Je n'ai pas dit qu'il n'avait pas commis un acte horrible. Je ne suis simplement pas convaincu que lui-même l'était, c'est tout.

Le bureau devint étrangement silencieux. Dans ce service, personne n'était habitué à ce que le patron pète les plombs.

— Je suis assez d'accord avec Rouche, renchérit Baxter, qui ignora délibérément le regard de mise en garde de Curtis. Medina est notre meilleure piste pour découvrir ce qui se trame. Burrell était un salopard-né. Townsend était un type instable, peut-être encore en contact avec on ne sait qui dans la rue. Medina bossait comme un dingue pour subvenir aux besoins de sa famille. Un changement brutal dans son mode de vie sera plus facilement repérable que chez les deux autres.

— C'est exactement ce que j'ai dit, grommela Rouche.

— Ça se tient, concéda à contrecœur Hoppus, pas vraiment calmé.

— L'Agent Spécial Hoppus était justement en train de nous briefer sur l'autre partie de l'enquête, expliqua Curtis à Rouche en tentant de ramener tout le monde sur la même longueur d'onde.

Rouche s'arracha à sa contemplation des paperboards et les rejoignit.

— Notre équipe technique examine les trafics de données récents autour des mots-clés « marionnette », « Masse », « Ragdoll », « appât », avant la tenue de la conférence de presse de ce matin – c'est-à-dire avant que les moteurs de recherche ne deviennent saturés par les gens paniqués qui veulent en savoir plus. Ils ont également épluché les forums et les sites où pullulent les commentaires et les théories en tout genre sur l'affaire.

— De sales voyeurs…, murmura Baxter.

— Je n'aurais pas dit mieux, approuva Hoppus. On enregistre les adresses IP de quiconque les visite, puis on les surveille pour essayer de repérer quelqu'un qui serait véritablement impliqué.

— Aussi horrible que ça puisse paraître, commenta Curtis, nous ne pouvons rien faire, sinon attendre le prochain meurtre, c'est ça ?

— Je suggère de ne pas rendre publique cette information, mais… oui… on nage totalement dans le brouillard, confirma Hoppus, avant qu'un de ses jeunes assistants vienne les interrompre.

— Je suis navré, monsieur, mais l'Agent Spécial Lennox est au rez-de-chaussée avec des journalistes. Elle voudrait que l'inspecteur principal Baxter descende.

— Qu'elle me foute la paix, bordel ! soupira l'Anglaise.

Un instant, l'agent junior parut terrifié à l'idée de devoir transmettre ce message à Lennox.

— Voyez le bon côté des choses, ironisa Rouche, vous ne pouvez que vous améliorer par rapport à la dernière fois.

Curtis lui adressa un geste d'encouragement.

— Qu'est-ce que je leur raconte cette fois ? « Nous ne pouvons rien faire, sinon attendre le prochain meurtre » ? récita Baxter avant de s'adresser au jeune homme : Bon, allons-y !

— Elle plaisantait, là, j'espère ? paniqua Hoppus, blanc comme un linge.

Baxter sentit les vibrations de son portable contre ses côtes. Elle répétait les mêmes réponses toutes faites aux mêmes questions toutes faites qu'on lui avait posées un peu plus tôt dans la journée. Bien qu'elle détestât l'ex de Wolf, elle devait reconnaître qu'Andrea Hall aurait pu inculquer une ou deux ficelles du métier à ces journalistes peu imaginatifs.

Malgré son énervement d'être une nouvelle fois exhibée dans un de ces numéros de RP qu'elle haïssait, Baxter se rendit compte qu'elle attendait avec impatience le moment où elle pourrait rejoindre Rouche et Curtis.

Les événements de Ragdoll avaient duré en tout et pour tout deux bonnes semaines, et pour plus de raisons qu'elle n'aurait voulu l'admettre, l'affaire lui avait laissé un sentiment d'inachevé. Cette suite inattendue l'avait reboostée. Elle se sentait enfin utile et faisait partie d'une équipe. Plus que ça, elle réalisait à présent combien elle regrettait d'avoir accepté le poste d'inspecteur principal.

L'assistant qui était venu la chercher essayait d'attirer leur attention… en plein direct.

— Agent Spécial Lennox…, chuchota-t-il avec nervosité.

Lennox poursuivait son laïus.

Deuxième tentative :

— Agent Lennox…

Baxter vit qu'il était partagé sur la conduite à tenir, d'autant que Lennox continuait à débiter son baratin.

— Lennox ! cria Baxter devant les caméras. Je crois que ce type veut vous parler.

— Et aussi à vous, inspecteur principal, renchérit le jeune homme, reconnaissant.

— Le devoir m'appelle, déclara Lennox avec un sourire.

Ils s'éloignèrent des reporters qui toutefois ne les quittaient pas des yeux.

— Qu'est-ce donc qui ne pouvait décemment pas attendre la fin de ma conférence de presse ? murmura entre ses dents la responsable, tout en fusillant du regard l'assistant.

— Je pense que vous n'auriez pas aimé être la dernière au courant de ce qui se passe.

— Et *que* se passe-t-il ? vociféra-t-elle.

— Il y a eu un autre meurtre, madame… Un deuxième flic.

10

Vendredi 11 décembre 2015,
17 h 34

À CAUSE DU CHAOS AMBIANT, l'inspecteur Aaron Blake s'était retrouvé séparé de son coéquipier. À eux deux, ils avaient cependant réussi à bloquer la circulation de la moitié de Londres en déviant la voie du Mall, près de St James's Park – ce qui n'avait pas manqué de créer une pagaille monstre tandis que les voitures tentaient de s'engouffrer dans l'étroite Marlborough Road. Et la situation n'était pas près de s'améliorer, vu la couche de brouillard givrant qui enveloppait lentement la ville. À leur arrivée sur la scène de crime, la nuit tombait et Blake avait pu contempler Buckingham Palace brillant de mille feux au bout de la route. Mais à présent, il n'y voyait plus à deux mètres.

Les gyrophares des véhicules de secours coloraient l'air opaque d'un bleu vaguement inquiétant. L'épais brouillard avait mouillé les cheveux bruns de Blake et pénétré les différentes épaisseurs de ses vêtements. La brume assourdissait le brouhaha des automobilistes contraints à l'arrêt tandis que l'inspecteur s'avançait vers la scène de crime, presque à tâtons, guidé seulement par la lumière à l'arrière du camion de pompiers.

— Blake ! Hé, mec !

Il vit Saunders émerger de la brume comme s'il assistait à un numéro de magie totalement ringard. Son collègue était lui aussi trempé jusqu'aux os. Ses cheveux teints en blond avaient viré à l'orange et étaient collés sur son front.

La première décision prise par Baxter après sa promotion avait été d'ordonner aux deux enquêteurs, avec qui personne ne voulait faire équipe, de travailler ensemble. Ni l'un ni l'autre n'avait été enchanté de cette décision. Auprès des membres de l'*Homicide and Serious Crime*, Saunders passait pour hâbleur, odieux et machiste — ce qu'il était. Lâche, perfide et fourbe, Blake ne valait guère mieux.

— T'as pas croisé les gars de la scientifique sur ton chemin, par hasard ? demanda Saunders avec son accent cockney.

— Tu te fous de ma gueule ? rétorqua Blake. Comment je suis censé y voir là-dedans ? J'ai même failli me perdre…

— Bon sang, quel foutu merdier !

L'attention de Blake fut détournée par une forme mordorée qui passa à deux mètres au-dessus de la tête de son collègue, accompagnée d'un martèlement de sabots.

— C'est quoi, ça ? maugréa Saunders en entendant son téléphone sonner, avant de décrocher. Chef, c'est vous ?

Baxter avait téléphoné à Vanita en remontant dans les locaux du FBI. Elle avait été très surprise par le ton calme et ferme de sa *Commander*, actuellement en route pour superviser une véritable scène de crime au lieu de rester planquée dans son bureau comme à son habitude. Vanita lui avait communiqué le peu d'éléments en sa possession, et l'avait informée du nom des inspecteurs présents sur place. Cela n'avait pas contribué à rassurer la jeune femme.

— Saunders, faites-moi un rapport de la situation, exigea Baxter depuis l'autre côté de l'Atlantique.

Elle venait de s'asseoir à un bureau vide ; elle attrapa un bloc-notes et un crayon.

— Un bordel sans nom, résuma son enquêteur. Vous avez vu le temps qu'on se paye à Londres, chef ? La cata. On peut même pas voir nos mains. J'ai des flics à cheval qui surgissent d'on ne sait où, on se croirait dans ce putain de film... comment ça s'appelle déjà... ah oui, *Sleepy Hollow*.

— Avez-vous sécurisé la scène de crime ? s'inquiéta Baxter.

Une sirène stridente retentit dans le portable de l'inspecteur principal.

— Ah... désolé, chef, quittez pas... (La voix de Saunders se fit plus lointaine.) Génial ! Une autre voiture de police ! Qu'est-ce que vous croyez, les gars, que deux douzaines d'unité, ça ne suffit pas ? Ouais, ouais... c'est ça... dégagez !

— Saunders !

— Ouais, désolé, chef.

— Avez-vous sécurisé la scène de crime ?

— Ben, les pompiers étaient les premiers sur place et ils ont fait ce qu'ils avaient à faire, mais ouais, on a délimité le lieu avec de la rubalise pour que personne s'approche.

— Quelles équipes sont avec vous en ce moment ?

— Toute la cavalerie. Deux camions de pompiers et au moins trois ambulances. La totale. J'ai cessé de compter les voitures de flics, y en a trop. J'ai discuté avec un mec du

MI5[1] et, comme j'vous ai dit, y a aussi la police montée, et on a même vu se pointer un type de la RSPCA[2]. Les gars de la scientifique sont apparemment dans le coin, mais moi j'les ai pas encore croisés.

— Faites en sorte que personne ne contamine la scène de crime, c'est bien compris ? Vanita est en route, ajouta Baxter. Blake est-il avec vous ?

Elle les détestait autant l'un que l'autre, mais en règle générale, Blake était un peu moins con.

— Ouais… une seconde… Blake ! La chef veut te parler… Ouais… *Toi*. Pourquoi tu te repeignes ? Elle peut pas te voir, mon grand ! Même moi je peux pas te voir avec ce putain de brouillard !

À l'autre bout de la ligne, une série de grésillements.

— Chef ? bafouilla Blake.

L'écran froid du portable contre sa joue, il leva le nez vers le ciel nocturne et fut submergé par une sensation étrange, comme s'il venait de planter sa tête dans les nuages.

— Blake, je veux que vous alliez jusqu'à la scène de crime et que vous me décriviez *très précisément* ce que vous voyez.

Blake revint sur terre et se plia aux instructions. Il plongea sous la rubalise qu'ils avaient étirée autour du véhicule contenant les squelettes carbonisés et alluma sa lampe torche ; le faisceau lumineux mit en évidence la fumée qui se dégageait encore de la carcasse, et dont les volutes noires se mêlaient au brouillard blanc avant de s'élever dans la nuit ainsi polluée.

---

1. Le MI5 (*Royal Military Intelligence, section 5*) est le service de renseignement responsable de la sécurité intérieure du Royaume-Uni.

2. La RSPCA (*Royal Society for the Prevention of Cruelty to Animals*) est l'équivalent de notre SPA.

— Bon, chef, j'suis sur le Mall, côté palais de Buckingham. J'ai une voiture de police complètement cramée au beau milieu de la route. (Des bouts de plastique et des débris de verre crissaient sous ses pieds au fur et à mesure qu'il contournait le véhicule.) On a deux corps, un à la place du chauffeur et l'autre sur le siège passager. Alors que la voiture arrivait de Trafalgar Square, un témoin a vu de la fumée s'échapper de l'habitacle. Deux secondes plus tard, c'était un brasier.

Normalement, à ce stade du récit, Blake aurait déjà dû balancer une de ces mauvaises vannes dont il avait le secret, ou au moins faire un commentaire déplacé. Mais l'atmosphère sinistre qui entourait cette scène de crime horrifique, combinée à la signification de ce quatrième meurtre, l'encouragea à un rare sursaut de professionnalisme. Pour une fois, il avait envie d'assurer.

— Vous êtes à quelle distance du palais ? s'enquit Baxter.

— Pas si près que ça. J'dirais qu'on est aux deux tiers de l'avenue, mais vous savez, elle est longue. On peut supposer que leur objectif était d'atteindre le palais, sauf que le feu s'est propagé trop vite.

— Décrivez-moi les corps.

Il se doutait qu'elle le lui demanderait à un moment ou à un autre. Toutes les portières étaient grandes ouvertes car les pompiers avaient cherché à repérer si d'autres personnes se trouvaient à l'intérieur. Blake se couvrit le nez et s'agenouilla près des restes calcinés.

— Bon, chef... ils sont en piteux état. (Il réprima un haut-le-cœur.) Mon Dieu ! Cette odeur est..., marmonna-t-il, à deux doigts de vomir.

— Je sais, répondit-elle d'une voix empreinte de compassion. Que voyez-vous d'autre ?

De l'eau souillée par la suie ruisselait encore du châssis à nu et se répandait en flaques sombres à ses pieds. Muni de sa Maglite, Blake examina l'intérieur de la carcasse.

— Je sens une forte odeur d'essence, aucun doute là-dessus, des tonnes d'essence. Ça pourrait provenir juste du réservoir, mais d'après ce qu'a raconté le témoin, je parie que l'habitacle en était imbibé. Individu mâle sur le siège conducteur. Putain, j'peux même pas vous dire quelle était sa couleur de peau ! (De sa lampe torche, il balaya le cadavre sur toute sa longueur. Le faisceau s'arrêta en tremblotant sur sa poitrine, avant d'atteindre le visage quasiment réduit à l'état de squelette.) Il est maigre et mesure moins d'un mètre quatre-vingts, je dirais. Nu jusqu'à la taille. Tout son corps a cramé sauf une partie sur son torse qui a été préservée.

— Là où c'est marqué MARIONNETTE ? devina Baxter.

— Oui, ils ont dû passer un vernis ignifugeant ou un autre truc sur les cicatrices, chuchota-t-il dans le téléphone, en pointant sa torche vers l'autre corps. Même topo pour la femme sur le siège passager : dénudée jusqu'à la taille avec le mot APPÂT, mais à peine lisible celui-là. Ça a l'air récent. Elle portait une de nos ceintures de sécurité tactique et des rangers noires, donc nous sommes à peu près certains que c'est l'agent Kerry Coleman. Il s'agit bien de son véhicule de patrouille, et on a signalé il y a plus d'une heure qu'elle ne répondait plus aux appels radio.

Un craquement derrière Blake l'invita à tourner la tête. Il vit Saunders en train de soulever la rubalise pour l'équipe de la scientifique.

— Bon, chef, les mecs de la scientifique sont là. (Il se releva et recula de la voiture.) Vous voulez que je vous tienne au courant de leur rapport ?

— Non. Vanita va arriver d'une seconde à l'autre, alors vous la brieferez. Je rentre demain.
— D'accord.
— Et... Blake...
— Oui, chef ?
— Bon boulot.

Il choisit de ne retenir que le compliment, et d'occulter le ton étonné de sa supérieure.

— Merci, chef.

Baxter déchira la page du bloc où elle avait gribouillé ses notes et partit rejoindre le reste de l'équipe dans le bureau de Lennox. Elle leur communiqua l'évaluation réalisée par Blake, et ils discutèrent de la tournure que prenaient les différentes affaires mises bout à bout. Les meurtres au Royaume-Uni « reflétaient » à présent les meurtres américains, décalage horaire inclus : des deux côtés de l'Atlantique, chaque pays avait une victime liée à Ragdoll, et comptait désormais le même nombre de policiers assassinés.

— Il faut que je rentre, déclara Baxter à Lennox. Impossible de rester ici alors qu'on tue mes collègues.

— Je vous comprends à cent pour cent, répondit l'Agent Spécial avec douceur, trop contente de pouvoir se débarrasser sans heurts de l'Anglaise, et plus tôt que prévu avec ça.

— C'est la même enquête, lui fit remarquer Rouche, que vous soyez ici ou là-bas.

— Je ne peux pas rester.

— Une personne de chez nous va s'occuper de votre billet retour, intervint Lennox avant que quelqu'un ne cherche à la convaincre de renoncer à partir.

— Ce soir ?

— Je vais faire de mon mieux.

— Merci.

— Non, inspecteur principal, insista Lennox en lui tendant la main, merci à *vous*.

Le FBI lui réserva un vol pour le lendemain matin. Baxter s'était entretenue à plusieurs reprises avec Vanita au cours de l'après-midi, et deux fois avec Edmunds. Elle avait laissé à Thomas un message vocal pour le prévenir qu'elle rentrait à Londres, ce qui lui donna l'impression d'être une petite amie attentionnée.

Malgré les difficultés inhérentes à l'identification de restes brûlés, il n'avait pas fallu longtemps aux techniciens de la scientifique de la *Met* pour établir le nom du tueur de l'agent Coleman : Patrick Peter Fergus. Son téléphone, miraculeusement intact, avait été retrouvé dans un sac à dos à moitié carbonisé.

Le système de GPS en temps réel, grâce auquel les dispatcheurs signalent aux patrouilles les incidents à traiter, avait révélé que le véhicule de Coleman avait fait un arrêt non planifié dans la traverse qui reliait Trafalgar Square au Mall : Spring Gardens. Le réseau de surveillance de Londres – dont l'aspect Big Brother était systématiquement décrié – avait cette fois joué en faveur de la police, puisqu'il fournissait des informations précises en termes de localisation et d'heure. Pas moins de neuf caméras de contrôle avaient capturé les images d'un meurtre atrocement ordinaire.

Un homme aux cheveux blancs avait descendu Whitehall jusqu'à un carrefour. Il portait un sac à dos et était vêtu d'un polo et d'un jean. Tandis qu'il attendait près du passage piéton, la voiture de patrouille de l'agent Coleman s'était arrêtée au feu rouge. Au lieu de traverser, l'homme s'était approché du véhicule, avait cogné à la vitre, puis avait désigné la petite rue tranquille à l'angle. Tout le temps qu'avait duré son manège, il n'avait pas cessé de sourire.

Des travaux de construction des deux côtés de la route ayant considérablement réduit la fréquentation des trottoirs de Spring Gardens, aucun témoin oculaire n'était là pour remarquer que l'homme s'était tranquillement baissé pour ramasser une brique. Lorsque l'agent Coleman était descendue de voiture, il l'avait tout bonnement frappée au front avant de la caler sur le siège passager. Les différentes caméras avaient permis de reconstituer les événements survenus ensuite à l'intérieur de la voiture – le couteau pour graver la chair, l'enduit ignifugé, le bidon d'essence, tout le contenu du sac qu'il avait transporté si innocemment au milieu de la foule.

Baxter frissonna en raccrochant de sa conversation avec un des enquêteurs de l'équipe de nuit. Vanita avait programmé une conférence de presse, d'abord pour annoncer l'identité de leur collègue assassinée, mais aussi et surtout pour admettre qu'aucun autre fait nouveau n'était à signaler. L'équipe technique avait analysé sous tous les angles les informations contenues dans le portable de l'assassin mais n'avait rien trouvé qui puisse faire avancer l'enquête. Le visionnage des caméras de surveillance avait prouvé, sans le moindre doute, le caractère aléatoire du meurtre. Chercher des liens entre l'agent Coleman et son meurtrier semblait inutile. Elle s'était simplement trouvée au mauvais endroit au mauvais moment. Les vidéos montraient un homme déterminé à tuer un flic, peu importe lequel.

Baxter se tenait devant le Reade Street Pub à Tribeca, un bar un brin démodé mais à l'ambiance chaleureuse connu pour être le repaire des agents du FBI de la ville, ce qui en faisait un des endroits les moins malfamés de New York.

Les collègues de Curtis avaient insisté pour prendre un dernier verre après leur service, et Curtis avait obligé Rouche et Baxter à l'accompagner.

L'inspecteur principal songea qu'elle aurait peut-être mieux fait de rentrer à son hôtel, pourtant elle avait cédé à la tentation d'admirer la nuit descendre lentement sur Manhattan, où les lumières s'allumaient les unes après les autres comme autant d'étranges lucioles. Elle frissonna de froid et retourna à l'intérieur, dans l'atmosphère saturée de musique et de rires sonores.

Rouche et Curtis étaient accoudés au bar avec plusieurs autres agents. Le plus véhément de la bande racontait une histoire sur une de ses collègues « très respectueuse des procédures ». Curtis affichait un sourire gêné.

— ... et la voilà qui sort en trombe de l'appartement, un vrai trou à rats, *littéralement* couverte de poudre blanche. D'une main, elle traînait le dealer de coke par le col, et de l'autre, elle tenait un petit terrier écossais.

Hilarité générale. L'homme en profita pour avaler une gorgée de bière au goulot.

— Y avait les journalistes télé, et bien sûr, tous les voisins à leurs fenêtres en train de filmer avec leurs portables. Un hélico tournait au-dessus de nos têtes. La totale ! Et que croyez-vous qu'elle ait fait ? (Il fixa Rouche comme s'il allait deviner l'option choisie par Curtis parmi le nombre infini de possibilités qui s'étaient offertes à elle.) Elle a foncé tout droit sur celui qui est maintenant notre directeur adjoint, et lui a collé le pauvre clebs dans les bras en précisant : « Je garde le chien ! »

Tous les collègues de Curtis éclatèrent de rire, et Rouche les imita en surjouant l'allégresse.

— Figurez-vous que ce salaud de dealer, dès qu'il avait entendu hurler les sirènes de police, avait essayé de faire avaler au chien les deux kilos de came en sa possession. Le patron a dû passer la nuit aux urgences véto pour qu'on lui restitue les preuves ! (Il dévisagea Rouche.) Et devinez comment elle a appelé le toutou ?

Petit silence. L'homme guettait la réaction de Rouche qui était à deux doigts de lui expliquer qu'il n'était pas télépathe.

— J'sais pas... Coke ? Cocaïne ? Cocanine ?

Nouveau silence embarrassé.

— Neige, répliqua l'homme, vexé. Elle l'a appelé *Neige*.

Voyant Baxter revenir vers eux, Rouche saisit sa chance pour s'éclipser.

— Baxter, je vous paie un verre, dit-il en l'entraînant dans le fond du bar.

Elle n'avait pas la force de résister.

— Vin rouge.

— Un grand verre ? Un petit ?

— Un grand.

— Vous savez, visionner ces vidéos, ça m'a vraiment retourné, lâcha-t-il en faisant signe au barman. Cette façon placide d'assassiner cette femme, presque sans violence... Non pas que j'aurais voulu qu'elle souffre... c'est pas ça... c'est juste que...

— C'était trop facile, compléta-t-elle. (Elle avait ressenti la même chose.) Choisir une personne au hasard, dans la rue... la frapper violemment sur le crâne avec ce qu'il avait trouvé sur place, et pffft, emballé, plié.

— Exact, confirma Rouche en tendant sa carte bancaire au barman. Elle n'avait aucune chance de s'en tirer. C'était un acte opportuniste.

Ils sirotèrent leurs verres.

— Au fait, demain matin, Curtis et moi, on vous emmène à l'aéroport.

— Ce n'est pas nécessaire.

— On y tient.
— Bah… si vous insistez.
— Santé ! dit-il en levant son verre.
— Santé !

Les premiers effets apaisants de l'alcool ne se firent pas attendre.

Baxter dut s'y reprendre à deux fois pour insérer correctement la carte dans la fente de sa porte d'hôtel. Une fois à l'intérieur, elle balança ses bottines comme elle avait l'habitude de le faire, jeta son sac à main sur le lit, alluma la lampe de chevet et se dirigea en titubant vers la minuscule fenêtre pour l'ouvrir.

Elle n'avait qu'une envie, retirer au plus vite son ensemble veste pantalon, un peu trop chic pour être autre chose qu'une tenue de travail. Elle avait presque terminé de déboutonner son chemisier quand son portable bipa. Elle grimpa sur le lit, attrapa le téléphone dans son sac et s'arrêta net en constatant qu'il s'agissait d'un SMS de Thomas.

— Putain, qu'est-ce que tu fous encore debout ? dit-elle tout haut avant de percuter qu'elle-même aurait dû être couchée depuis longtemps.

Hâte de te revoir. Echo a des puces.

— C'est toi que ça démange, grommela-t-elle, irritée.

Évidemment, il ne lui vint pas une seconde à l'esprit qu'il aurait aimé recevoir une réponse, par contre elle se souvint qu'elle devait transférer à Edmunds les fichiers sur les tueurs remis par Hoppus. Elle tapa un e-mail à peine cohérent, se paya le luxe de onze coquilles sur les seize mots de sa phrase, ajouta les fichiers en pièces jointes et appuya sur la touche « Envoi ».

En lançant son téléphone à l'autre bout du lit, son regard se posa sur la longue cicatrice qui enlaidissait l'intérieur de sa cuisse droite. Un mauvais souvenir datant de l'affaire Ragdoll et qui la prenait toujours au dépourvu. Elle repensa à Masse… puis… à Wolf.

Elle fit glisser son index le long de la peau couturée et en eut la chair de poule. Elle se souvenait de cette sensation de froid, pas le froid de l'hiver new-yorkais, non, le froid qui avait saisi son corps tandis qu'elle se vidait de son sang.

Elle alla refermer la fenêtre et enfila son bas de pyjama avec fébrilité. Cette part d'elle-même qu'elle méprisait, elle voulait l'enfouir bien au fond de son esprit et l'y faire disparaître à jamais.

11

Samedi 12 décembre 2015,
7 h 02

BAXTER ÉCRASA CINQ FOIS DE SUITE le bouton de rappel de l'alarme avant de se motiver à se lever. Elle renonça à la douche au profit du brossage des dents, fourra ses affaires n'importe comment dans sa valise et se maquilla en vitesse. Se trouvant plutôt présentable, elle sortit dans le couloir avec seulement deux minutes de retard. Tout ça pour découvrir qu'elle était la première à être prête.

Elle perçut alors un faible grognement en provenance de la chambre de Rouche. Le verrou grinça : il apparut, hirsute et dans un sale état. Elle le soupçonnait d'avoir dormi tout habillé. Il avait visiblement tenté de discipliner ses cheveux en bataille, sans grand résultat. Bien qu'ayant chaussé des lunettes de soleil, il protégeait ses yeux avec sa main des rayons nocifs provenant des lumières au plafond.

— Bon… jour, marmonna-t-il en respirant ses aisselles à travers le tissu de sa veste.

À en juger par sa grimace, Baxter se dit qu'elle s'en tiendrait à un au revoir à distance au moment de le quitter à l'aéroport.

— Comment c'est possible que vous soyez si…, commença-t-il sans oser poursuivre une tirade qui pourrait être mal interprétée.

— Que je sois si… *quoi* ? chuchota-t-elle, consciente que la majorité des clients de l'étage dormait encore.

Elle se demanda s'il avait fermé les yeux derrière ses lunettes, histoire de grappiller quelques minutes de sommeil.

— Si fraîche et dispose ? suggéra-t-il.

Il repensa aux formations sur le harcèlement sexuel au travail imposées à tous les agents de son département – lui compris. Après tout, cela n'avait pas été une perte de temps.

— L'entraînement, répliqua Baxter. J'ai une longue pratique de ce genre de soirée. J'aime bien vos lunettes… C'est très subtil.

— Je trouve aussi, dit-il en hochant la tête.

Hocher la tête, très mauvaise idée, songea-t-il en empêchant ses lunettes de glisser.

— Je peux savoir pourquoi vous portez des lunettes de soleil quand il fait largement en dessous de zéro ?

— C'est pour me protéger des reflets quand je conduis. Pour pas être ébloui.

— Vous protéger, hein ? fit Baxter, sceptique.

À cet instant précis, Curtis sortit de sa chambre, tirée à quatre épingles, le portable collé à l'oreille. Très pro, elle s'était limitée la veille à une bouteille de bière et avait levé le camp à 21 heures précises. Après avoir salué ses collègues, elle avait cherché – et trouvé – Baxter et Rouche planqués près de la fenêtre, assis à une petite table et, malheureusement, peu disposés à vouloir partir. Ils en étaient à leur troisième verre, et avaient commandé à manger.

Curtis salua l'Anglaise, puis fusilla d'un regard noir de reproches son collègue débraillé. Visiblement contrariée, elle secoua la tête et marcha vers l'ascenseur.

Rouche se tourna vers Baxter avec un air innocent auquel elle répondit par un sourire ironique.

— Ça marche bien alors, vos lunettes de protection ? demanda-t-elle.

Elle fit rouler sa valise pour rejoindre leur collègue.

Tout le monde jugea préférable que Curtis prenne le volant. Baxter s'installa à l'arrière, tandis que Rouche baissait la vitre de la portière passager. Il orienta ensuite vers lui tout ce que le tableau de bord comptait de bouches de ventilation afin de se réchauffer. Après le départ de l'hôtel, en l'espace d'un instant, le véhicule noir du FBI fut avalé par un océan de taxis jaunes et bientôt la circulation fut entièrement saturée, pareille à une traînée de peinture jaune sur la chaussée.

En fond sonore, la radio crachotait les messages du central. Les échanges entre le dispatcheur et les policiers en patrouille étaient réglés comme du papier à musique. La ville réputée ne jamais dormir avait vécu une nuit plutôt agitée d'après ce que Baxter en déduisait, bien qu'elle ignorât tout des codes d'alerte du NYPD. Curtis fut assez sympa pour lui traduire les appels les plus intéressants.

Il était midi à Londres, et l'équipe avait mis à profit la matinée pour obtenir des résultats qu'ils avaient expédiés à Baxter. Elle lut à haute voix les notes concernant le tueur, Patrick Peter Fergus.

— Soixante et un ans. Technicien de surface depuis deux ans et demi dans un grand groupe de produits chimiques. Antécédents judiciaires : juste un tapage nocturne à la sortie d'un pub il y a trente ans. Seule famille : sa mère, hospitalisée à Woking pour démence sénile... Oh... merde !

— Quoi ?

— Il avait un job complémentaire le soir : Père Noël ! C'est là qu'il se rendait quand, sur une impulsion quelconque, il a changé d'avis et a décidé de tuer une femme flic.

Rouche se retourna vers elle, avec la tête du gars qui a dessoûlé d'un coup.

— Sans blague !

— Pourvu qu'Andrea ne tombe jamais sur cette info, maugréa-t-elle. « Les meurtres du Papa Noël ». Putain, je vois ça d'ici !

Elle contemplait les abords du City Hall Park tandis que la voiture avançait mètre par mètre. Le ciel gris-blanc annonçait de possibles chutes de neige. Baxter aperçut enfin le panneau indicateur vert, preuve qu'ils s'engageraient bientôt sur le pont de Brooklyn.

Son portable bipa, c'était un SMS de Thomas. Elle grommela entre ses dents :

— Quoi encore ?

À quelle heure tu rentres ?
Ai fait les courses pour un dîner même tardif. Bises.

Elle réfléchissait à la réponse qu'elle pourrait lui adresser, mais fut tirée de ses pensées par la radio en sourdine. Ce n'était pas tant ce que disait le dispatcheur — en l'occurrence une femme — qui avait retenu son attention que le ton employé.

Depuis une demi-heure que Baxter l'écoutait d'une oreille distraite, elle avait entendu cette femme rediriger avec un grand sérieux les unités d'intervention tour à tour sur un cas de violence conjugale aggravée, le cadavre d'un junkie, un homme menaçant de se suicider. À aucun moment sa voix, d'un calme olympien, n'avait hésité. Hormis maintenant.

— Alors, dit Rouche qui n'avait pas été aussi attentif que ses deux camarades, quels sont vos projets quand vous arr...

— Chhuuttt ! le coupa Curtis en augmentant le volume de la radio.

Elle bifurqua pour s'engager dans la bretelle qui menait au pont.

— 10-5, fit une voix d'homme légèrement troublée.

— Il lui demande de répéter, traduisit Curtis pour Baxter.

Le même ton sympathique était voilé par une imperceptible inquiétude :

— 42 Charlie. 10-10 F...

— Possible arme à feu, chuchota Curtis.

— ... Gare de Grand Central... Hall principal... Coups de feu signalés... 10-6.

— Elle lui demande de se tenir prêt à intervenir, expliqua Curtis tandis que la voiture s'approchait du premier pilier en pierre, vers l'endroit même où ils avaient dû décrocher la première victime.

La voix de la femme prononça une série de codes à un débit plus saccadé :

— 42 Charlie. 34 Boy. 34 David. 10-39 Q...

— Qu'est-ce que ça signifie ? demanda Baxter.

— Des renforts. Je ne crois pas qu'elle sache ce qui se passe, mais elle appelle déjà d'autres unités.

— ... Gare de Grand Central... Hall principal... Suspect signalé, armé, avec un otage... otage possiblement décédé.

— Qu'est-ce que c'est que ce bordel ? s'alarma Rouche.

— 10-5, s'écria un des agents, exprimant sous forme codée le même sentiment.

— Un otage mort n'est pas un otage, précisa Rouche, c'est un mort.

Le dispatcheur cherchait visiblement à donner des détails aux policiers, mais sans en dire trop sur un canal qui pouvait être décrypté par n'importe quelle personne équipée d'un scanner à trente dollars.

— 10-6... Gare de Grand Central. 10-39 Q... 10-10 F... 10-13 Z... 10-11 C.

— Sirènes déclenchées à partir de maintenant, commenta Curtis. Soutien à agent en civil.

— Suspect armé. Coups de feu signalés ! transmit le dispatcheur. Je confirme : 10-10 S. Suspect attaché à un cadavre.

— Attaché ? répéta Rouche en regardant Curtis. C'est pour nous ça, non ?

Curtis enclencha la sirène.

— Désolé, Baxter, mais on dirait bien que vous allez devoir rester encore un peu à New York, lui lança Rouche avant de regarder Curtis. Vous traversez le pont et puis... Hé ! Vous faites quoi ?

Curtis venait d'effectuer un demi-tour. Elle se retrouva à contresens sur la route à trois voies où, se glissant de justesse à travers des espaces incroyablement étroits, elle zigzagua entre les voitures. Près du City Hall Park, elle roula sur l'allée piétonne qui longeait le parc, forçant touristes et traders à s'écarter à toute vitesse. Elle donna un grand coup de volant sur la gauche, puis sur la droite. Les pneus crissèrent sur l'asphalte tandis que le véhicule poursuivait sa route en direction de Broadway dans un nuage de caoutchouc brûlé.

Baxter – pourtant pas la dernière à conduire comme une dératée – vérifia par deux fois sa ceinture de sécurité. Puis elle se concentra sur la ville que les vitres rendaient légèrement bleutée.

Avant de ranger son téléphone, elle referma sa messagerie – et le SMS de Thomas. Elle lui expliquerait plus tard qu'elle ne rentrait finalement pas.

Curtis fut contrainte de laisser la voiture à deux cents mètres de la gare à cause du flot incessant de gens qui sortaient du hall principal pour se déverser dans la rue. Ils remontèrent la 42nd Street au pas de charge, au milieu d'un embouteillage monstrueux, guidés par le message d'évacuation immédiate des haut-parleurs. Ils croisèrent trois voitures de police, garées au petit bonheur, et se précipitèrent à l'intérieur du bâtiment par l'entrée de Vanderbilt Avenue qui débouchait directement sur le balcon ouest.

Rouche marchait en tête du trio. Il descendit l'escalier, se fraya un chemin parmi les visages paniqués, puis, au fur et à mesure, prit conscience de l'inquiétant silence de la foule qui évacuait la gare. Il repéra alors un policier du NYPD posté dans le hall principal, se précipita sur lui en brandissant son badge.

— Rouche, CIA.

Le jeune agent posa un index sur ses lèvres et, de son autre main, désigna le côté opposé du hall, avant de lui répondre de manière à peine audible :

— Il est juste là.

Rouche hocha la tête et se mit au diapason.

— Qui dirige les opérations ? demanda-t-il dans un murmure.

— Plant, chuchota-t-il. Balcon est.

Le trio se dirigea vers un policier qui dialoguait avec la salle de contrôle par radio. L'homme leur parut ébranlé, sa moustache grisonnante se relevait nerveusement au rythme des réponses qu'il donnait à voix basse.

— Tenez-moi au courant, dit-il avant de couper la liaison.

Il remarqua alors les trois nouveaux venus.

— Plant ? fit Rouche.

Le policier acquiesça.

— Agent Spécial Rouche, CIA. Et voici l'Agent Spécial Curtis, FBI, et... Baxter, euh... pas le temps de vous expliquer. Alors, qu'est-ce qu'on a ?

Baxter observait le hall principal, son plafond bleu qui représentait une carte du ciel nocturne avec ses constellations, son vaste dallage en marbre, à présent désert. Elle scruta les niveaux supérieurs et les escaliers qui menaient au balcon ouest, adossé à trois énormes fenêtres cintrées.

Elle contempla la fameuse et imposante pendule en cuivre à quatre faces qui surmontait le bureau d'information. Soudain, dans le reflet des vitres du kiosque, elle surprit une image de peau distordue dont la vision disparut aussi vite qu'elle était apparue. La jeune femme recula instinctivement, les yeux écarquillés d'angoisse, puis son cœur s'emballa. Ce qu'elle avait aperçu l'avait emplie d'effroi.

— Quatre coups de feu, les informa le policier Plant, mais pas dirigés sur nous. Il a uniquement tiré en l'air. Il... (Plant parut un instant décontenancé.) Il a... un homme avec lui... un homme... *cousu à lui*...

— Vous pourriez être plus précis ? répondit Rouche, impassible, comme s'il s'agissait d'une description ordinaire.

— Le suspect a un cadavre maintenu sur son dos par des points de suture.

— Le mot APPÂT gravé sur sa poitrine ?

Plant hocha la tête.

Rouche jeta un bref regard en coin à Baxter, avant de se recentrer sur le policier.

— A-t-il dit quelque chose ?

— Quand je suis arrivé, il était en état de choc, pleurant et marmonnant, puis j'ai dû reculer dès qu'il s'est mis à tirer.

— Savez-vous comment il a pénétré dans la gare ainsi... harnaché ?

— Des témoins l'ont vu descendre d'un van devant l'entrée principale. J'ai transmis tous les détails au poste de contrôle.

— Parfait. Où sont vos hommes ?

— Un posté sur le balcon ouest, un autre au niveau supérieur, deux en bas, sur les quais, pour informer les voyageurs des mesures de confinement dans les trains.

— OK, déclara Rouche après un moment de réflexion. (Il enleva sa veste froissée et décrocha l'arme de service de sa ceinture.) Voici ce que nous allons faire : vous donnez ordre à vos hommes de ne tirer sous aucun prétexte sur le suspect.

— Mais comment on fait s'il...

— Sous *aucun* prétexte, pigé ? Il est d'une importance capitale de le garder en vie.

— Rouche, bon sang, où voulez-vous en venir ? s'exclama Curtis. Hé ! Vous faites quoi, là ? poursuivit-elle, affolée.

Il avait sorti ses menottes et se les était attachées aux poignets. Sans s'expliquer, il ordonna au policier :

— Allez-y, prévenez vos gars.

— Je ne vous laisserai pas y aller, le prévint Curtis.

— Écoutez, chuchota-t-il, je déteste ce plan autant que vous, croyez-moi, mais on n'a rien à tirer de mecs qui sont déjà morts. C'est notre seule chance de comprendre de quoi il retourne. Quelqu'un doit aller là-bas. Quelqu'un doit discuter avec lui.

D'un regard, Curtis chercha le soutien de Baxter.

— Il pourrait vous descendre avant que vous ayez eu le temps d'ouvrir la bouche, confirma cette dernière.

— C'est pas faux ! (Rouche réfléchit. Puis il se tortilla pour attraper son portable dans son pantalon, y chercha le numéro de Curtis, lança l'appel en mode mains libres et glissa le téléphone dans sa poche de chemise.) Gardez-moi en ligne.

— Allez-y, lança Plant dans son oreillette, puis il répondit à son interlocuteur : 10-4. (Il se tourna vers l'Agent Spécial.) L'unité d'intervention d'urgence du NYPD est à trois minutes, prête à intervenir.

— Ce qui signifie que notre suspect sera mort dans quatre minutes, assura Rouche. J'y vais.

— Non, murmura Curtis en tentant de le rattraper, mais il s'était déjà élancé vers le milieu du hall.

Rouche avançait très lentement vers la pendule, les bras au-dessus de la tête, les mains menottées bien en évidence. À l'exception de l'ordre d'évacuation qui continuait à se déverser des enceintes toutes les trente secondes, l'écho de ses pas était le seul bruit perceptible.

Il ne voulait pas effrayer l'homme dont les réponses seraient indispensables à l'avancée de l'enquête, aussi se mit-il à siffloter le premier air qui lui traversa l'esprit.

Curtis avait mis son téléphone sur haut-parleur pour que tout le monde entende Rouche, dont le martèlement des chaussures sur le sol en marbre parvenait toutefois à leurs oreilles assez faiblement. À chaque seconde, elle redoutait le claquement d'un coup de feu.

— Je rêve ou il est en train de siffloter une chanson de Shakira ? murmura Plant.

Il commençait sérieusement à douter de la santé mentale du type dont il avait accepté de suivre les ordres.

D'un accord tacite, Curtis et Baxter décidèrent qu'aucune réponse ne s'imposait.

Rouche, à mi-chemin de la pendule, entouré de marbre scintillant, se sentait flotter au milieu d'un océan de nacre. Il réalisa combien la partie sécurisée du hall paraissait plus éloignée du suspect que prévu. Il repéra un des autres flics qui le suivait des yeux avec admiration depuis le balcon est. Cela ne l'aida en rien à rester calme tandis qu'il se rapprochait de l'horreur qui l'attendait.

Presque au niveau du kiosque, Rouche cessa de siffloter et vacilla… à la vue du cadavre qui lui faisait face à moins de vingt pas. La victime avait été complètement déshabillée, les lettres APPÂT saignaient encore sur son torse, et sa tête pendait sur sa poitrine comme s'il essayait de décrypter à l'envers le mot si grossièrement tailladé sur sa peau. Hors du champ de vision de Rouche, l'homme à l'arrière pleurait, et ses sanglots faisaient tressauter le cadavre mutilé en une terrifiante pantomime.

Rouche n'avait jamais rien vu d'aussi épouvantable.

— Bon… en fait, j'ai changé d'avis, bredouilla-t-il, sujet à un brusque revirement.

Il pivota sur ses talons et s'apprêtait à repartir dans l'autre sens quand il entendit la voix désespérée de l'homme :

— Qui êtes-vous ?

Rouche tressaillit, soupira et se retourna lentement.

— Damien, répondit-il en s'approchant.

— Z'êtes de la police ?

— D'une certaine façon, oui. Mais je ne suis pas armé et je suis menotté.

Rouche continua à avancer, un pas à la fois, perturbé par le fait que l'homme n'ait pas vérifié ses dires. En revanche il semblait fasciné par le ciel bleuté à trente-huit mètres au-dessus de sa tête, le regard rivé sur le plafond brillant d'étoiles et leurs constellations peintes en doré : Orion, le Taureau, les Poissons, les Gémeaux... lesquels étaient représentés assis côte à côte, leurs membres entrelacés en une sorte d'entité à quatre jambes.

Rouche constata avec amertume que le dessin au plafond évoquait tragiquement la scène sous ses yeux. Il était à présent tout près, et lorsqu'il entendit le « mort » gémir entre deux respirations sifflantes, il sentit la bile lui remonter dans la gorge.

— Bordel... l'otage est toujours vivant..., chuchota-t-il aussi fort que possible, en priant pour que ses collègues comprennent. Je répète : *otage toujours vivant !*

Nerveuse, Curtis s'adressa à Plant :

— Envoyez-nous une ambulance et veillez surtout à ce que l'unité d'intervention d'urgence ait bien connaissance de la situation ici avant de débarquer comme des cow-boys.

Plant s'éclipsa pour exécuter les ordres.

— On est trop loin, bougonna Baxter, tout aussi perturbée que Curtis, mais sans le montrer. Si quelque chose dérape... faudrait qu'on soit plus près que ça pour intervenir.

— Suivez-moi, murmura l'Agent Spécial avec une mine de conspiratrice.

Rouche se tenait à la hauteur des deux malheureux. Un mince filet de sang noir semblait relier ces faux siamois tout autant que les larges points de suture qui scellaient leurs peaux. Il se forgea un visage impassible puis détailla le responsable de cette atrocité.

L'homme avait le teint cireux et, malgré le froid, des larmes se mêlaient à la sueur de sa peau nue. Légèrement en surpoids, il devait avoir au maximum dix-huit ans et ses cheveux ébouriffés comme ceux d'un enfant lui firent repenser aux Gémeaux du plafond. Le mot gravé sur sa poitrine paraissait être cicatrisé depuis un moment. Le jeune homme abandonna sa contemplation de la voûte céleste et posa sur Rouche des yeux fatigués. Il souriait béatement malgré l'arme de poing qu'il tenait à la main.

— Ça vous ennuie si je m'asseois ? demanda l'Agent Spécial tout en essayant d'apparaître le moins menaçant possible.

Comme l'autre ne disait rien, Rouche s'assit en tailleur sur le sol, lentement.

— Pourquoi poser une question et ne pas attendre la réponse ?

Involontairement, Rouche fixa le pistolet du type dans sa main droite secouée de spasmes.

— Je... je peux pas vous parler... Je devrais pas..., poursuivit l'homme soudain plus agité.

Il plaça sa main libre près de son oreille et scruta le hall vide comme s'il avait entendu quelque chose.

— Je me sens d'une grossièreté inexcusable, déclara Rouche avec un sourire. Vous avez été assez aimable pour me demander mon nom, et je n'ai toujours aucune idée du vôtre.

Il attendit sans impatience, mais l'homme semblait indécis. Il porta la main à son front comme s'il souffrait.

— Glenn.

Puis il éclata en sanglots.

Rouche continuait à se taire.

— Arnolds.

— Glenn Arnolds, répéta Rouche, davantage pour ses collègues que pour lui, tout en espérant que leur conversation était audible. Les Gémeaux, ajouta-t-il sur le ton de la conversation en désignant le plafond.

Conscient qu'il prenait un énorme risque, il savait par ailleurs qu'ils manquaient cruellement de temps.

— Ouais, dit Glenn en esquissant un sourire à travers ses larmes, le regard fixé sur la carte du ciel. C'est toujours la nuit pour moi.

— Les Gémeaux, qu'est-ce que ça signifie pour vous ?

— Tout.

— Dans quel sens ? s'enquit Rouche avec intérêt. C'est ce que vous voulez… devenir ?

— C'est ce que je suis. C'est ce qu'il a fait de moi.

Le mort-pas-complètement-mort poussa un faible grognement. Rouche souhaitait de tout cœur qu'il reprenne connaissance, incapable d'imaginer comment il pourrait un jour se remettre du traumatisme d'avoir été cousu à une autre personne.

— Il ? C'est qui *il* ?

Glenn commença à hyperventiler puis il secoua violemment la tête. Grinçant des dents, il se tenait le front entre ses mains.

— Vous entendez ?… Vous entendez ? s'écria-t-il.

Rouche demeura calme, pas très sûr de pouvoir apporter la réponse que l'homme attendait de lui. Le malaise parut se dissiper.

— Non… Je peux pas parler de ça avec vous. Et surtout pas de *lui*. Pas le droit. Je suis *tellement* bête. Voilà pourquoi il m'a demandé de venir ici.

— D'accord, d'accord. Oubliez ce que j'ai dit.

Rouche se voulait rassurant. Il était à deux doigts de connaître le nom de la personne qui se cachait derrière tout ce merdier. C'était cruellement tentant, mais un mot de travers et il se prenait une balle. Des membres de l'unité d'intervention d'urgence venaient de surgir aux entrées du bâtiment et longeaient les murs du hall.

— Il vous a demandé de venir ici pour faire... quoi exactement ?

Glenn sanglotait trop pour avoir pu entendre la question. Il soulevait et abaissait son arme tout en se reprochant d'être si faible.

Rouche était en train de le perdre, et il le savait.

— Est-ce que c'est votre frère ? demanda-t-il en lui désignant la victime, laquelle reprenait de la vigueur.

— Non, non, pas encore. Mais il le sera.

— Quand ça ?

— Quand les policiers nous délivreront.

— Délivrer ? Vous voulez dire *tuer* ?

Glenn acquiesça.

Un petit point rouge apparut sur son torse nu. Rouche le suivit du regard jusqu'à ce que le point rouge se stabilise au milieu du front.

— Glenn, personne ne veut vous tuer, mentit l'Agent Spécial.

— Mais ils le feront. *Il* a dit qu'ils le feraient. Qu'ils seraient obligés... une fois qu'on aurait tué un des vôtres.

À nouveau, Rouche ne put s'empêcher de lorgner vers l'arme.

— Je ne crois pas que vous vouliez faire du mal à quelqu'un, répliqua-t-il. Vous savez pourquoi ? Parce que vous en avez déjà eu la possibilité et que vous ne l'avez pas fait. Vous avez tiré en l'air pour effrayer les gens et les obliger à fuir… pour les épargner. C'était bien votre intention, n'est-ce pas ?

Glenn hocha la tête, perclus de désespoir.

— Tout va bien. Je ferai en sorte que rien ne vous arrive. Posez votre arme.

Glenn sembla réfléchir, puis il s'effondra sur les genoux, hurla à cause des points de suture qui le retenaient et dont un venait de se déchirer en lui arrachant la peau. L'homme à l'arrière cria aussi, réveillé par la douleur. Terrifié, il essayait de se dégager des liens qui le maintenaient à Glenn, et se débattait en gémissant. Le point rouge dansait sur les deux corps qui tressautaient.

Glenn vit alors le laser courir sur sa poitrine et comprit. Il regarda Rouche comme on regarde un traître.

— Ne tirez pas ! Ne tirez pas ! hurla l'Agent Spécial en se redressant d'un bond.

Il s'approcha des jumeaux involontaires, le point rouge désormais virevoltant sur son bras à lui, masquant la cible du tireur d'élite.

Glenn leva une dernière fois les yeux vers la carte du ciel, puis pointa son arme sur le flic.

— Ne le descendez pas ! s'époumona Rouche, plus soucieux des informations qu'il pourrait obtenir que de sa propre vie.

La malheureuse victime qui gesticulait fit soudain perdre l'équilibre à Glenn. Un claquement sec transforma le point rouge en un trou sanguinolent dans sa poitrine. Mais non fatal. Rouche entendit le cliquètement d'une arme qu'on recharge. Trop tard : Glenn, blessé, le visait déjà.

Rouche ferma les yeux, retint son souffle, et esquissa un sourire.

Le coup de feu fut assourdissant.

12

Samedi 12 décembre 2015,
11 h 23

LE GOBELET DE CAFÉ INFÂME pris vingt minutes plus tôt au distributeur se trouvait toujours entre les doigts de Curtis. Froid à présent.

L'Agent Spécial du FBI suivait d'un air absent les images qui défilaient sur la télévision murale. Le son était coupé. Rien qui puisse distraire celles et ceux que les souffrances et les misères de la vie conduisaient à cette salle d'attente des urgences du Langone Medical Center, un hôpital affilié à la faculté de médecine de New York. Assise à côté de sa collègue, Baxter essayait pour la énième fois de rédiger le SMS sur lequel elle s'acharnait depuis une demi-heure. Elle renonça et rangea son portable.

— Je ne pense pas pouvoir le supporter, murmura Curtis. Si jamais il meurt…

Baxter sentit qu'elle était censée lui apporter une réponse, voire du réconfort. Elle n'avait pourtant jamais été le genre de fille sur l'épaule de laquelle on vient pleurnicher. Aussi essaya-t-elle de s'en tirer avec un sourire bienveillant, ce qui apparemment sembla faire l'affaire.

— Je n'aurais jamais dû laisser Rouche y aller.

— Cette décision ne nous appartenait pas, répliqua Baxter. C'était la sienne et uniquement la sienne. Qu'elle soit bonne ou mauvaise.

— Mauvaise, ah ça oui... La pire décision qu'il ait jamais prise.

Baxter haussa les épaules.

— Ce sont les risques du métier... On se retrouve dans des situations pourries, et tout ce qu'on peut faire, c'est faire un choix, en espérant que ce soit le bon.

— Eh bien, moi aussi, d'une certaine façon, j'ai fait un choix, concéda Curtis. Vous semblez avoir de l'expérience en la matière. Y a-t-il dans votre vie une décision que vous regrettez aujourd'hui ?

Baxter n'était pas prête pour une question aussi personnelle. L'aurait-elle été, elle se serait forcée à refouler ses souvenirs : l'odeur de bois ciré dans la salle du tribunal, ses fringues imbibées de sang qui adhéraient à sa peau, les vibrations du sol tandis que les flics de l'unité d'intervention progressaient... Les yeux bleu clair de Wolf...

— Baxter ? fit Curtis.

Elle avait tellement ressassé ces événements. Et si elle avait fait des choix différents ? Combien de fois s'était-elle torturé l'esprit avec des scénarios imaginaires, qui auraient débouché sur un happy end ?

Elle s'en voulait d'être aussi naïve. Ça n'existait pas, les happy ends !

— J'ai pris des décisions dont je ne sais pas si elles étaient justes, et je ne le saurai probablement jamais. Il faut accepter de vivre avec, c'est tout.

— Pour le meilleur et pour le pire.

— Oui, pour le meilleur et pour le pire.

Une femme à la réception leur désigna du doigt un médecin qui venait vers elles. Elles se levèrent et le suivirent dans une pièce à l'écart.

— Nous n'avons pas pu le sauver, déclara nerveusement le docteur, qui avait choisi d'être direct.

Curtis prit aussitôt la porte, abandonnant Baxter sur place. Quand l'inspecteur principal rejoignit la salle d'attente où elles se trouvaient précédemment, l'Agent Spécial n'y était pas.

Elle chercha son portable.

— Rouche ? C'est Baxter. Il ne s'en est pas sorti. Faut qu'on parle.

Il est presque impossible de se paumer dans Manhattan, même avec un sens de l'orientation déplorable. Pourtant, Curtis descendait First Avenue un peu au hasard, en se demandant quel itinéraire prendre pour rallier les bureaux du FBI. Sa connaissance encyclopédique des noms de rues et de ruelles se limitait au quartier d'affaires de Midtown, à ses alentours, et elle se sentait perdue dans ces quartiers excentrés.

Le ciel changeant résistait encore à l'arrivée imminente de la neige, mais en attendant, le vent glacial s'en donnait à cœur joie et rendait intenable la vie des piétons new-yorkais. Curtis se préparait mentalement à la morsure de rafales réfrigérantes et avançait, hagarde, nauséeuse. Elle sentait la culpabilité la dévorer de l'intérieur, et n'avait plus qu'une idée en tête : se débarrasser de ce poids toxique et le balancer dans le fleuve qu'elle apercevait par intermittence entre les immeubles.

Elle avait tué un homme innocent.

Son estomac se contracta en un spasme au moment où elle l'admit enfin. Elle courut dans le renfoncement d'une entrée de parking souterrain pour vomir.

Et comme si ce n'était pas déjà la pire journée de sa vie, Rouche et elle s'étaient violemment engueulés quelques minutes seulement après qu'elle avait appuyé sur la détente, même si c'était à cause de lui qu'elle avait dû le faire. C'était *lui* qui avait décidé d'affronter Glenn Arnolds sans aucune protection. C'était *lui* qui avait décidé de rester sur zone plutôt que de battre en retraite lorsque la situation s'était soudainement dégradée. C'était sa faute à *lui* si elle avait été confrontée à un effroyable dilemme : assister à l'exécution de son collègue ou risquer de tuer un innocent.

Elle avait pris sa décision.

C'était la première fois que Curtis avait fait usage de son arme de service sur le terrain. En bonne élève – elle était sortie première de sa promotion –, elle avait tiré une seule balle mais qui avait emporté la vie de deux personnes pour le prix d'une. Après avoir déchiqueté la base du crâne de Glenn Arnolds, la balle avait perforé le dos de sa victime.

Si seulement elle avait visé quelques millimètres plus haut…

Alors qu'elle aurait eu besoin de réconfort et d'amitié, Rouche l'avait couverte de reproches, lui martelant qu'elle avait bousillé leur enquête, et qu'elle aurait mieux fait de le laisser crever. Assez étrangement, la réaction de Rouche l'avait anéantie plus que tout le reste.

Elle sentit les larmes lui monter aux yeux. Elle s'empara de son portable pour appeler un numéro que tout autre personne normalement constituée aurait désigné par « Maison », mais qu'elle avait enregistré sous le nom de « Résidence Curtis ».

— Mon Dieu, faites que ce soit maman, pria-t-elle à voix haute.

— Sénateur Tobias Curtis, répondit une voix grave et cassante.

Curtis ne répondit pas tout de suite, et envisagea même de raccrocher immédiatement.

— Elliot ? Est-ce toi, Elliot ?

— Oui, monsieur. En fait, j'espérais pouvoir parler à mère.

— Tu ne veux pas me parler ?

— Non… ce n'est pas ça. C'est juste que…

— Ma foi, il faut que tu choisisses. Soit tu veux me parler, soit non.

Curtis se mit à pleurer doucement. Elle avait juste besoin de quelqu'un à qui se confier.

— Eh bien ?

— J'aimerais parler à mère, s'il vous plaît.

— Je crains que cela soit impossible. Je refuse que ta mère soit mêlée à cette histoire. Tu t'imagines peut-être que je ne suis pas au courant ? Lennox m'a appelé dans la minute où elle a su. Ce que tu aurais également dû faire !

D'une certaine façon, elle était soulagée : il savait. Elle bifurqua à un angle de rue qu'elle venait de reconnaître, et changea son portable d'oreille afin de soulager une de ses mains gelées en la glissant dans sa poche.

— J'ai tué quelqu'un, père… pardon… monsieur.

— La victime est-elle décédée ? demanda-t-il calmement.

— Oui.

Elle éclata en sanglots.

— Mon Dieu, Elliot ! brailla le sénateur. Comment peux-tu être aussi désinvolte ? As-tu la moindre idée de ce qui va m'arriver lorsque la presse s'emparera de cette information ?

— Je... je..., bafouilla-t-elle, choquée de compter si peu à ses yeux.

— Je vois d'ici les gros titres : « La stupide fille d'un sénateur américain tue à bout portant une innocente victime. » C'est fini pour moi ! Tu le comprends, ça ? Tu as foutu en l'air ma carrière !

Curtis était si bouleversée par ses paroles qu'elle ralentit le pas puis s'arrêta. Elle s'effondra sur un perron plein de givre et pleura.

— Pour l'amour du ciel, Elliot, reprends-toi ! aboya son père avant de pousser un long soupir. Bon, je suis désolé.

— C'est vrai ?

— Je te présente mes excuses, Elliot. Cet événement a été un tel choc que j'ai peut-être réagi de manière excessive.

— Je suis navrée de vous avoir déçu.

— Ne te soucie pas de cela, mais plutôt de la suite à donner à cette affaire. Lennox te briefera pour que tu saches exactement quoi dire pour minimiser les dégâts envers le FBI, envers moi et tout ce qui reste de ta carrière.

— Et au sujet de l'homme que j'ai tué ?

— Eh bien, le mal est fait, de toute façon, conclut le sénateur d'un ton dédaigneux. Tu fais et tu dis tout ce que te demande Lennox, et si ton équipe parvient à quelque succès ou à une arrestation dans cette affaire de « marionnettes », tu te débrouilles pour en récupérer tout le crédit et apparaître aux yeux de tous comme l'héroïne du jour, compris ?

— Oui, monsieur.

— Bien.

— Père... je vous aime.

Le sénateur Tobias Curtis avait déjà raccroché.

C'était l'anniversaire d'un de ses collègues. En réalité, c'était *constamment* l'anniversaire de quelqu'un. Et alors ce dernier devenait la star incontestée du département, contraint par la pression sociale à dépenser un mois de salaire en donuts — mais attention, hein, que de la marque Krispy Kreme !

Edmunds était revenu s'asseoir à son bureau, tenant d'une main le donut auquel il n'avait pu échapper et de l'autre pianotant sur son clavier déjà parsemé de miettes du foutu beignet. Il sentit sa chemise craquer au niveau des coutures quand il se pencha pour jeter le donut industriel dans la poubelle. Depuis qu'il avait été muté au service de la répression des fraudes, il avait pris six kilos et demi. Même si ça ne se voyait pas, du fait de sa silhouette de grand échalas, lui sentait les kilos en trop à chacun de ses mouvements.

Il étudia jusqu'à en avoir mal aux yeux les comptes d'une banque étrangère qui défilaient sur l'écran. Ensuite il regarda la nuit tomber peu à peu sur Londres, et durant tout ce temps — presque une heure —, la tête ailleurs, il ne travailla guère. Il savait que Baxter lui avait envoyé tôt le matin les dossiers des trois premiers tueurs, mais il n'avait pas eu une seconde à lui pour y jeter un œil. La faute à un bébé de un an en proie à des problèmes de bébé de un an, et à une épouse épuisée par le manque de sommeil qui évoquait avec insistance son envie de reprendre un boulot à plein temps. Il se mit à compter les heures qui le séparaient du moment où il pourrait enfin retourner dans sa cabane de jardin et se concentrer sur l'enquête.

Après avoir scruté les bureaux autour de lui pour vérifier que son chef n'était pas dans les parages, il alla sur le site de BBC News où les dernières infos sur les événements à Grand Central avaient été réactualisées. Il vérifia son portable, étonné de n'avoir aucune nouvelle de Baxter. Il parcourut quelques témoignages horrifiés, se souvint combien la presse avait tendance à jeter son dévolu sur ce genre de drame en exagérant, voire en inventant les faits. Cela dit, même s'il n'y avait qu'une seule chose de vraie dans ce qu'ils racontaient, cela faisait de cette histoire la plus perturbante des affaires qu'il ait jamais connues.

Incapable de résister plus longtemps à la tentation, il ouvrit l'e-mail de Baxter, lut son message confus, téléchargea les fichiers attachés, et se mit au travail.

Rouche avait demandé à rester sur place à la gare, pendant que Curtis et Baxter avaient accompagné dans l'ambulance l'homme relié au cadavre de Glenn Arnolds par des points de suture.

L'agent de la CIA avait vécu un traumatisme équivalent à une expérience de mort imminente, et tout ce qu'il voulait désormais, c'était entendre la voix de sa femme. Dans sa hâte de passer ce coup de fil, il s'était conduit de manière déplorable avec Curtis. Il lui devait des excuses, et pas qu'un peu.

Il s'était ensuite rendu à pied à l'hôpital et, totalement par hasard, il avait rencontré Baxter qui sortait de l'entrée principale. Ils allèrent du côté de la Franklin D. Roosevelt Drive, une voie rapide longeant l'East River, et se dégotèrent un banc d'où l'on pouvait admirer le fleuve.

— Si vous avez l'intention de me dire que je me suis comporté comme un sale con vis-à-vis de Curtis, pas la peine, je le sais déjà. Je l'inviterai à dîner ce soir pour m'excuser.

— Ce n'est pas ça.

— Alors quoi ? Vous allez me faire la leçon parce que je suis allé discuter avec le tueur sans emporter mon arme ?

— Est-ce que vous voulez mourir, Rouche ?

— Pardon ? fit-il en riant, vaguement dérouté.

— Je suis sérieuse.

— Mais non, enfin ! Écoutez, il fallait bien que quelqu'un y aille, et...

— Je ne parle pas de ça, Rouche.

— Vous parlez du fait que j'ai crié qu'on ne tire pas sur lui ? Nous devions absolument le récupérer vivant. J'étais sur le point de lui soutirer un nom...

— Je ne parle pas de ça non plus, l'interrompit Baxter.

Ils cessèrent leur conversation car un SDF s'approchait d'eux, poussant un caddie, avant de les dépasser.

— Je n'étais pas avec Curtis lorsqu'elle s'est éclipsée pour vous sauver. J'étais le long du mur, derrière l'homme-marionnette... face à vous.

Rouche attendait qu'elle développe.

— Je vous ai vu sourire.

— Sourire ?

— Oui, après le premier tir, quand il a pointé l'arme sur vous. Vous avez fermé les yeux et... vous avez souri.

— Des flatulences, peut-être ? tenta Rouche.

— Je sais ce que j'ai vu, insista Baxter, qui voulait une véritable explication.

— Je ne sais pas quoi vous dire. Je ne me souviens pas avoir souri. Et je ne vois vraiment pas ce qui aurait pu m'amener à sourire. Non, je ne veux pas mourir. Je vous assure que non. Juré, craché.

— OK. Mais d'après mon expérience personnelle, quand quelqu'un commence à se montrer téméraire au point de mettre sa vie en danger, c'est tout son entourage qui finit par morfler.

Il y eut un silence. Puis un pigeon s'envola de l'arbre derrière eux et ils le regardèrent battre des ailes en direction de Roosevelt Island et du Queensboro Bridge.

— J'ai sacrément merdé aujourd'hui, avoua Rouche, les yeux rivés sur le fleuve. J'aurais dû piger plus tôt que la victime était encore vivante. Quelques secondes de plus auraient fait la différence.

— Comment auriez-vous pu le savoir ?

— Il saignait.

— Il saignait ?

— Un filet de sang rouge s'écoulait sous lui, expliqua-t-il en secouant la tête devant tant de bêtise de sa part. Les morts ne saignent pas, Baxter.

— J'essaierai de m'en souvenir.

— Faut y aller, on a du boulot.

— Quel boulot ? Arnolds ne parlera plus.

— Mais il nous a dit des choses en creux. Qu'il n'avait pas choisi de commettre cette abomination. Qu'on lui avait ordonné de le faire. Si manipulation il y a, cela soulève des questions sur les autres tueurs, non ? Peut-être n'a-t-on pas affaire à une mystérieuse secte mais bien à une seule personne qui les manipule tous.

— Un homme, renchérit Baxter qui se souvenait de ce qu'elle avait entendu via le portable de Curtis. Arnolds a dit « il ».

— C'est vrai. On se plante depuis le début. Je pense qu'il existe un lien entre nos tueurs. Ils ont tous un point faible, un levier sur lequel exercer un chantage ou une menace. Si on arrive à définir quels sont ces motifs pour chacun, on sera en mesure de déterminer *qui* aurait pu les exploiter.

— Alors, on commence par quoi ?

— L'équipe de la scientifique a fouillé l'appartement d'Arnolds. Il était suivi par un psychiatre si l'on en croit la carte de rendez-vous découverte chez lui.

— Il avait l'air un peu… *perturbé*, en effet.

— Eh bien, qui pourrait nous en parler mieux que son psy ?

13

Samedi 12 décembre 2015,
14 h 15

Lorsque Baxter et Rouche arrivèrent dans les bureaux du FBI, Curtis n'y était pas. Elle ne les avait pas rappelés non plus, malgré plusieurs messages. Ils ne savaient trop quoi en penser, mais se dirent qu'elle avait peut-être prolongé son déjeuner pour s'aérer la tête, et pris son après-midi, ce qui était plausible après ce qu'elle avait vécu. Ils décidèrent d'avancer sans elle.

L'adresse du psychiatre, griffonnée au dos de la main de Rouche, les mena à un superbe immeuble sur East 20th Street, en bordure de Gramercy Park. Ils grimpèrent les marches d'un perron en pierre flanqué d'imposantes colonnes et orné d'un portique.

Baxter ne se sentait pas assez bien habillée pour le standing de la réception, une pièce immense où était diffusée en sourdine de la musique classique. La secrétaire à l'accueil les invita à patienter dans des fauteuils luxueux. Le distributeur de café était si sophistiqué que Baxter renonça à appuyer sur l'un des multiples boutons. Elle se servit juste un verre d'eau et s'installa en face de Rouche.

— On rejoindra Curtis à l'hôtel, déclara-t-il, surtout pour lui-même, constatant que Baxter n'avait pas décroché un mot depuis cinq minutes. Elle a sans doute besoin du reste de la journée pour se remettre.

— Elle pourrait avoir besoin de bien plus que ça, dit-elle en balayant d'un regard entendu les environs.

— Bof...

— Ben quoi ? Ça pourrait l'aider, non ?

— Ne vous en faites pas, ils le lui suggéreront, c'est sûr.

— Vous avez un problème avec les psys ? demanda Baxter, sur la défensive.

Une fois l'affaire Ragdoll un peu calmée, et le dossier refermé, elle avait été « voir quelqu'un », selon la formule consacrée. Elle avait eu assez de recul pour vouloir mettre des mots sur ce qui lui était arrivé. Elle avait toujours pensé que ce genre de béquille était bon pour des gens plus faibles qu'elle, incapables de gérer les épreuves de la vie, mais elle s'était trompée. Il lui avait été bien plus aisé d'exprimer ses sentiments auprès d'un parfait étranger qu'auprès d'un de ses amis, qui aurait pu la juger. Après plusieurs séances, elle était parvenue à accepter la mort de l'une des personnes dont elle avait été le plus proche : Benjamin Chambers, un homme qui avait été pour elle davantage qu'un coéquipier, une figure paternelle.

— Je n'ai aucun problème avec les gens qui y ont recours, mais jamais je n'irai en voir un.

— Bien sûr... Vous êtes bien trop solide pour avoir le moindre problème dans votre vie, n'est-ce pas ? répliqua-t-elle d'un ton cassant, consciente qu'elle dévoilait un aspect d'elle très personnel en réagissant de manière excessive. Vous êtes monsieur Parfait.

— Je suis loin d'être *parfait*, répondit Rouche calmement.

— C'est le moins qu'on puisse dire. Ordonner à vos collègues de vous laisser mourir. Incendier votre collègue qui vous a sauvé la vie, et qui, pour ce faire, a tué un innocent. Sourire juste au moment où un taré pointe son arme sur vous...

— Vous n'allez pas recommencer avec ça !

— Tout ce que je dis, c'est que s'il y a bien quelqu'un qui devrait consulter un psy, pour y voir clair dans toute cette merde, c'est vous !

— Vous avez terminé ?

Baxter estimait qu'elle avait sans doute franchi la ligne blanche, alors elle la boucla. Ils restèrent assis en chiens de faïence un bon moment jusqu'à ce que la secrétaire, au demeurant assez acariâtre, ne prête plus attention à eux.

— Je prie, murmura Rouche, retrouvant son amabilité habituelle. C'est à l'église que j'étais pendant que vous attendiez à l'hôpital. C'est là que je me rends chaque jour pour tenter d'y voir clair dans ma « merde », comme vous dites, parce que j'ai peur d'avoir beaucoup à me faire pardonner.

L'intonation de sa voix persuada Baxter qu'il n'exagérait nullement.

— Vous avez mal interprété mes propos, reprit-il. Je ne juge pas celui qui cherche de l'aide. Nous en cherchons tous. C'est la personne que l'on paie pour nous écouter en qui je n'ai pas confiance. Moi qui veille tant à me protéger des autres, l'idée que quelqu'un sache tout de moi me terrifie. Et je ne devrais pas être le seul à penser ça ! Personne ne devrait avoir ce pouvoir-là sur quiconque.

Baxter n'avait jamais réfléchi au sujet sous cet angle. Elle avait toujours pensé que les psychothérapeutes étaient tenus à un certain détachement professionnel. Avait-elle été assez stupide pour imaginer qu'un médecin obéissait systématiquement à un ensemble de règles déontologiques et juridiques bien plus rigoureuses que celles qui s'appliquaient à son propre métier ? Alors qu'elle-même avait le don de flirter dangereusement avec les limites… Avait-elle cherché à oublier que sa propre psy était au fond comme tout le monde, avide de confessions ?

Elle repensait aux conversations qu'elle avait eues avec cette dernière, quand soudain on les appela. Le Dr Arun allait les recevoir. Son cabinet affichait un faste encore plus ostentatoire que celui de la réception. Un arbre était installé près la baie vitrée, telle une vigie. Le bureau devant lequel le médecin leur proposa de s'asseoir était parfaitement rangé. Un seul dossier, épais, au nom de Glenn Arnolds, y était posé.

— Pourrais-je voir vos pièces d'identité avant que nous démarrions ? demanda-t-il poliment mais avec fermeté. (Il fronça les sourcils en voyant la carte de la *Metropolitan Police*, mais s'abstint de tout commentaire.) D'après ce que j'ai compris, vous souhaitez des informations sur l'un de mes patients ? Je présume qu'il est inutile de vous rappeler que toutes les données de ce dossier sont protégées par le secret médical.

— Il est mort, laissa échapper Baxter.

— Oh ! fit le Dr Arun. Vous m'en voyez navré. Mais cela ne change rien au fait que…

— Il a assassiné quelqu'un, poursuivit Baxter.

Techniquement, c'était inexact, mais ce raccourci lui parut plus simple qu'une longue explication.

— Je vois.

— Les choses se sont passées de la façon la plus atroce et la plus perturbante qu'on puisse imaginer.

— C'est vrai, confirma le Dr Arun, qui venait de repenser aux terribles témoignages des usagers évacuant Grand Central. D'accord. Que puis-je faire pour vous ?

À leur demande, il leur résuma le tableau clinique de son patient. On avait diagnostiqué chez Glenn Arnolds une schizophrénie dysthymique à l'âge de dix ans, attribuée à la mort prématurée de son frère jumeau un an plus tôt, décédé d'une thrombose cérébrale. Glenn avait grandi en s'attendant à tout moment à subir le même sort, d'autant qu'il souffrait de violents et réguliers maux de tête. Tout en pleurant la perte de son jumeau, il vivait ainsi avec l'angoisse de se préparer littéralement à mourir. Cela l'avait conduit à un état dépressif, à vivre reclus, et surtout à considérer la vie comme quelque chose d'éphémère et sans valeur, à l'image de celle de son frère.

Trois ans plus tôt, il avait intégré le cabinet médical Gramercy, bien connu pour la qualité de ses soins. Arnolds avait suivi les séances avec assiduité – que ce soit dans le cadre d'entretiens en tête à tête ou lors de thérapies de groupe – et ses progrès s'avéraient réels. À l'exception de brefs épisodes dépressifs, ses symptômes psychotiques avaient été contrôlés grâce aux médicaments. Il n'avait jamais montré la moindre tendance à la violence envers qui que ce soit.

— Combien payait-il par séance pour avoir le plaisir de votre compagnie ? demanda Rouche.

Baxter s'étonna de la tournure de la question qui faisait presque passer le psychiatre pour une pute de luxe. L'avait-il fait exprès ?

— Vous ne donnez pas l'impression d'être à la portée de tout le monde, enchaîna l'agent de la CIA.

— Nos patients bénéficient d'une couverture sociale, répondit le Dr Arun, un brin vexé. En l'occurrence, d'une *très bonne* couverture sociale. Lorsque son jumeau est mort, ses parents ont opté pour la meilleure protection qui soit. Et puisque sa maladie mentale a été diagnostiquée après...

Il termina sa phrase par un haussement d'épaules.

— En tant que professionnel... (Rouche vit Baxter lui adresser un regard courroucé, une mise en garde silencieuse) comment vous a paru Glenn au cours de ces deux dernières semaines ?

— Pardon ?

— Montrait-il des signes de rechute ? Se pourrait-il qu'il ait arrêté de prendre ses médicaments ?

— Eh bien... je n'en sais rien..., balbutia le Dr Arun, déstabilisé. Je ne l'ai jamais rencontré.

— Vous plaisantez ! s'exclama Baxter.

— Nous avions une première séance programmée pour la semaine prochaine. Je suis désolé, je pensais que vous étiez au courant. J'ai repris les patients du Dr Bantham. Il a quitté le centre vendredi dernier.

Baxter et Rouche se regardèrent.

— Vendredi dernier ? répéta la jeune femme. S'agissait-il d'une démission prévue de longue date ?

— Oh oui... J'ai eu mon entretien pour ce poste il y a plus de deux mois.

Baxter soupira. Elle avait cru une seconde qu'ils tenaient une piste.

— Nous allons devoir lui parler, expliqua Rouche au médecin. Vous pourriez nous donner ses coordonnées ?

Personne ne répondit aux deux numéros fournis par l'acariâtre secrétaire de l'accueil. Elle leur avait également imprimé l'adresse personnelle du Dr Bantham dans le comté de Westchester, à environ cinquante minutes en voiture de Manhattan, en direction du nord.

Vu la situation, Rouche et Baxter estimèrent qu'ils ne risquaient rien à tenter une visite auprès du médecin, sinon un après-midi gâché. Curtis continuait à faire la sourde oreille, et le FBI poursuivait son travail pour mettre un nom sur sa malheureuse victime. Quant au cadavre de Glenn Arnolds, il devait cheminer entre la morgue de l'hôpital et le labo médico-légal.

Sans grand enthousiasme, Baxter lisait à Rouche les indications de son téléphone :

— Il y a un terrain de golf sur la gauche, juste après faut traverser Beaver Swamp Brook, et à la prochaine à droite tournez dans Locust Avenue.

— Sympa, le quartier.

Ils parvinrent enfin à destination, une rue sans issue et pour le moins pittoresque. La neige était visiblement tombée en abondance. De la poudreuse recouvrait des haies taillées à la perfection, lesquelles délimitaient des allées en gravier déneigées avec soin. Cernés de traces de petits pieds, de fiers bonshommes de neige montaient la garde dans des jardins immenses. Dans ce décor hivernal, les maisons, avec leur charpente en bois teinté, possédaient un petit côté scandinave qui détonnait quand on songeait qu'à moins d'une heure de là se trouvait Times Square et son vacarme infernal.

— On dirait bien que les urbanistes avaient envie de garder cet endroit secret, non ? commenta Rouche en cherchant les numéros sur les maisons. (Il ne pouvait réfréner une pointe de jalousie en songeant que sa famille à lui était loin de vivre dans un cadre aussi idyllique.) Voilà, on est arrivés. Hé, c'est quoi, ça ? L'allée des crottes de chien ?

Baxter s'esclaffa.

Ils s'engagèrent dans le chemin qui menait à un garage prévu pour trois voitures. Comme le jour tombait, les éclairages automatiques se déclenchèrent et la piste fut illuminée comme par magie. Par contre, aucune lumière dans la maison, ce qui n'était pas de bon augure. À la différence des propriétés voisines, une couche de neige immaculée recouvrait allée, perron et jardin.

Rouche coupa le moteur et ils descendirent. Baxter grelottait car il faisait beaucoup plus froid qu'en ville. Dans la véranda d'un voisin, un carillon éolien tintait doucement sous la brise. Hormis le vrombissement d'une voiture accélérant sur une route au loin, tout n'était que silence. Ils se dirigèrent vers la porte. La neige craquait sous leurs pas. Autour d'eux, de grands arbres se fondaient peu à peu dans l'obscurité.

Rouche sonna.

Pas de réponse.

Baxter piétina une plate-bande pour s'approcher d'une large baie vitrée de façon à examiner l'intérieur de la pièce. Une guirlande aux ampoules éteintes clouée autour de l'encadrement de la large fenêtre lui rappela celle de la maison de Rouche. Elle plissa les yeux et scruta la pénombre. Elle crut distinguer une faible lueur rougeoyante venant d'une autre pièce.

— J'ai vu un truc allumé, cria-t-elle à Rouche, qui cognait maintenant à la porte d'entrée. Peut-être le voyant d'un appareil ou une veilleuse...

Elle contourna la maison et marcha sur d'autres parterres couverts de neige. À nouveau, par une autre fenêtre, elle essaya de distinguer la lueur qu'elle pensait avoir vue, mais sans succès. L'endroit était complètement plongé dans le noir. Elle soupira et rejoignit son collègue.

— Ils sont peut-être partis en vacances, suggéra-t-elle, c'est bientôt Noël.

— Peut-être...

— On interroge les voisins ?

— Non, pas ce soir, on se pèle trop. Je vais glisser ma carte sous la porte et on téléphonera demain matin.

Il se dirigeait déjà vers la voiture pour se réchauffer.

— Et puis, il y a cette invitation à dîner, lui rappela Baxter.

— Ouais… Enfin si on remet la main sur Curtis. C'est avec elle que je me suis mal conduit.

— Hé ! Vous ne vous êtes pas non plus très bien conduit avec moi !

— C'est pas faux, répondit-il avec un sourire.

Rouche mit le chauffage en route, démarra et redescendit l'impasse dans l'autre sens, guidé par la guirlande clignotante de la demeure d'en face. Il lança un dernier regard à la maison de ses rêves et prit le chemin du retour.

Le silence retomba sur la rue sans issue, tandis que la nuit reprenait ses droits. Alors seulement, la lueur rougeoyante de la maison sans vie réapparut au cœur des ténèbres.

Thomas se réveilla. Il s'était endormi sur la table de la cuisine, le postérieur d'Echo collé contre sa joue. Il se redressa et se frotta les yeux. La pendule sur sa cuisinière affichait 2 h 19. Les restes du repas qu'il avait concocté pour Emily gisaient au milieu de la table, près de son portable. Aucun nouveau SMS, aucun appel manqué.

Toute la journée, il s'était tenu au courant des derniers développements de l'affaire, persuadé que Baxter était impliquée d'une manière ou d'une autre. Il avait étouffé son premier réflexe de lui téléphoner pour savoir si elle allait bien. Il aurait aimé lui dire qu'il était là pour elle si jamais elle avait besoin de parler.

Il n'était pas idiot. Il l'avait sentie prendre du champ ces deux derniers mois – non pas qu'il ait jamais eu le sentiment de l'avoir totalement à lui. Mais plus il cherchait à se rapprocher d'elle, plus il avait l'impression qu'elle s'éloignait. Edmunds lui avait pourtant conseillé de ne pas trop lui mettre la pression. Thomas ne se voyait pas comme un type en manque d'affection, bien au contraire. Il était indépendant, sûr de lui. Mais les contraintes démentes du métier de Baxter le plongeaient dans un état d'angoisse permanent.

Se préoccuper de savoir si sa petite amie était vivante ou non faisait-il de lui un type collant ?

Elle passait souvent des nuits blanches, puis des journées entières à carburer au café, errant dans les quartiers de Londres à n'importe quelle heure, avec des populations comptant parmi les pires de la capitale. Elle avait vu tant d'horreurs qu'elle en était devenue insensible. Mais le pire, pour Thomas, c'était qu'elle n'avait peur de rien.

La peur n'était pas une mauvaise chose. Elle vous gardait en éveil. Elle vous rendait prudent. Elle vous protégeait.

Il se leva, ramassa l'assiette qu'il lui avait préparée au cas où... et en vida le contenu dans la gamelle du chat qui le toisa comme s'il venait de gâcher sa pâtée.

— Bonne nuit, Echo.

Il éteignit et monta se coucher.

Edmunds avait une tête à faire peur avec ses cernes noirs sous les yeux. Et la lumière blanche de l'ordinateur portable n'arrangeait rien à son teint blafard. Il alluma la bouilloire et retira son gros pull en laine parce que le petit radiateur soufflant remplissait son office au-delà de ses espérances. Franchement, si la lampe de bureau n'avait pas été posée sur le capot de la tondeuse à gazon, il aurait pu se croire installé dans un vrai bureau cosy, plutôt que dans ce cabanon de jardin insalubre.

Edmunds avait consacré des heures à analyser les comptes bancaires des tueurs. L'inspecteur Blake avait été assez sympa pour le tenir informé de l'avancée de l'enquête sur le tueur de flic pyromane, Patrick Peter Fergus. En fait, Blake avait accepté à la condition qu'Edmunds parle en sa faveur à Baxter, ce qu'il n'avait nulle intention de faire.

Compte tenu du statut de détenu de Dominic Burrell, il n'avait pas fallu plus de quelques minutes à Edmunds pour étudier ses comptes. On ne pouvait pas en dire autant de ceux du premier tueur, le plongeur du pont, Marcus Townsend. Son histoire financière se révéla d'une lecture passionnante, bien que pour n'importe qui d'autre, il ne s'agissait que d'une interminable liste d'opérations et de soldes bancaires. Edmunds put remonter sans trop de difficultés à sa première incursion dans le monde merveilleux du délit d'initié, noter l'augmentation de ses revenus en même temps que le trader prenait de l'assurance dans la gestion de ses malversations.

Vu de l'extérieur, ça ressemblait toutefois à une catastrophe annoncée. À travers des opérations frauduleuses devenues de plus en plus flagrantes, Edmunds pouvait deviner l'addiction qui avait gagné Townsend et l'avait précipité dans un engrenage, lequel avait subi un brusque coup d'arrêt au milieu de l'année 2007. Edmunds imaginait le tableau : la police qui débarque un beau matin dans les bureaux, saisit les livres de comptes, fait peur à Townsend au point que sa vie s'en trouve bouleversée et qu'il accepte de reconnaître sa culpabilité dans l'espoir de sauver sa peau. À partir de là, cela n'avait été qu'une descente aux enfers. Les amendes successives avaient entamé sa fortune, et ce qui restait de ses avoirs avait été englouti dans le krach boursier de l'année suivante.

L'homme avait fini ruiné.

Avant de se pencher sur les comptes d'Eduardo Medina, Edmunds surfa sur le site de l'association *Streets to Success,* avec laquelle Townsend était toujours en contact quand il avait accroché le banquier aux câbles du pont de Brooklyn. Les photos des sans-abri étaient terribles : des hommes dont la réinsertion sociale semblait assez compromise, malgré les chemises et les cravates qu'ils portaient pour leur premier jour de travail. On lisait sur leurs visages qu'ils ne seraient jamais capables de retrouver une vie « normale ».

Il cliqua sur un lien qui le mena à plusieurs « récits de vie », dont un en particulier attira son attention. Il cliqua dessus et fut redirigé vers une autre section du site. Il survola la page et s'arrêta à la troisième ligne, pris d'un frisson d'excitation. Il renversa par mégarde la tasse sur ses genoux – heureusement, il ne restait que du marc de café –, vérifia l'heure à sa montre, calcula sur ses doigts le décalage horaire et téléphona aussitôt à Baxter.

Baxter avait rapidement sombré dans le sommeil.

Rouche et elle avaient finalement rejoint leur collègue à l'hôtel. Rouche s'était confondu en excuses, mais c'était de bien mauvaise grâce que Curtis avait accepté de dîner avec eux. Ils étaient tous les trois épuisés par une journée intense et n'aspiraient qu'à aller dormir afin de décoller le plus tôt possible le lendemain.

Baxter chercha son portable à tâtons.

— Edmunds ? grogna-t-elle.

— Tu dormais déjà ?

— Oui... étonnant, non ? Et toi, qu'est-ce que tu fous encore debout à cette heure ? Non... attends... Toi c'est normal... tu te lèves...

— Je suis en train d'étudier les dossiers que tu m'as envoyés, dit-il comme si c'était la chose la plus naturelle du monde. (Il l'entendit bâiller.) Est-ce que tu vas bien ?

Il avait enfin appris comment l'aborder. Si elle avait envie de parler de ce qui s'était déroulé le matin à Grand Central, elle le ferait. Dans le cas contraire, il aurait droit à une fin de non-recevoir jusqu'à ce qu'elle se décide.

— Ouais...

— J'ai besoin que tu m'envoies plus de documents pour les étudier, précisa Edmunds.

— Je sais. Demain, je te récupère le fichier sur le meurtre du Mall et celui de Grand Central.

— J'ai déjà celui sur Londres.

Elle ne voulait même pas savoir par quel tour de passe-passe il l'avait obtenu et ne lui posa donc pas la question.

— Il me faut absolument leur dossier médical complet, *à chacun*.

— Médical ? OK. Tu cherches un truc en particulier ?

— Pour l'instant, c'est juste une intuition, mais j'aimerais vérifier.

Baxter avait encore plus confiance dans les intuitions d'Edmunds que dans les siennes.

— Je t'envoie ça demain. Je veux dire tout à l'heure.

— Merci. Rendors-toi vite. Bonne nuit.

— Edmunds ?

— Quoi ?

— N'oublie pas la première raison qui t'a fait quitter l'équipe.

Il entendit le message derrière le message. C'était sa manière à elle de lui signifier qu'elle se faisait du souci pour lui. Il ne put s'empêcher de sourire tendrement.

— Promis.

14

Dimanche 13 décembre 2015,
7 h 42

— POSSESSION !
Dans sa chambre d'hôtel, Baxter, à moitié habillée, regrettait déjà d'avoir allumé la télé. Elle constata sans surprise que les meurtres étaient devenus *le* sujet par excellence de la matinale la plus regardée du pays. Pourtant la conversation venait de dévier sur un tout autre terrain.

— *Possession ?* répéta la présentatrice, afin de relancer son invité, un télévangéliste bien connu, spécialiste des controverses et autres provocations.

— Exactement ! Possession ! réaffirma le pasteur Jerry Pilsner Jr avec un fort accent du Sud. L'œuvre d'une ancienne entité, s'élançant d'âme perdue en âme perdue, poussée par la soif de tourmenter et de faire souffrir, s'abattant sur les faibles et les débauchés ! Nous ne pouvons nous protéger de telles entités que d'une seule façon… Dieu ! Dieu est notre *unique* salut !

— Et donc, poursuivit-elle, pourrions-nous raisonnablement parler ici d'*esprits* ?

— D'anges plutôt...

La jeune femme sembla perdre le fil, et se tourna vers son collègue pour lui faire comprendre que c'était à son tour.

— Des anges déchus, précisa le pasteur.

— Vous pensez que ces..., hésita le présentateur, anges déchus...

— Un seul, l'interrompit l'homme d'église, il n'y en a qu'un.

— Pardon, *cet* ange déchu, quel qu'il soit...

— Oh... mais je sais précisément qui il est, le coupa son invité, provoquant une totale perplexité chez ses deux interlocuteurs. Je l'ai toujours su, je peux même vous donner son nom si vous insistez... L'un de ses noms est...

Les deux journalistes se penchèrent instinctivement en avant, comme s'ils ne voulaient pas perdre une miette de ce qui signifiait à coup sûr une hausse d'audience.

— ... *Azazel*, murmura le pasteur.

Avec un grand sens du spectacle, l'émission fut interrompue à cet instant précis par une page de publicité.

Baxter se rendit compte que les poils de sa nuque s'étaient hérissés. À l'écran se déchaînait un spot joyeux et coloré pour une marque de bonbons au parfum révolutionnaire.

Il fallait lui reconnaître ça : le pasteur, de par son discours passionné, était convaincant. Certes, il imputait les meurtres à une influence démoniaque, mais au moins avait-il trouvé un lien. Tandis que le *Met*, le NYPD, le FBI et la CIA réunis pataugeaient toujours dans la mélasse... Baxter sentit un frisson lui parcourir l'échine quand la matinale reprit, cette fois avec un reportage sur l'église en bois blanc où officiait le pasteur, située à l'extrémité d'une route cabossée et boueuse qui lacérait un immense champ non cultivé. Une foule de fidèles affluait de toutes parts. Des femmes et des hommes endimanchés émergeaient d'entre les arbres tels des spectres. Ils accouraient des trois petites villes aux alentours, prêts à tout pour obtenir le salut. Un attroupement se formait autour du fragile édifice, et tous ceux qui voulaient sauver leur âme buvaient les paroles du prédicateur.

Baxter voyait dans cette scène une manifestation totalement sinistre de la condition humaine. Les habitants de Ploucville se blottissaient tels des moutons, s'en remettant aveuglément à leur berger. Un berger opportuniste qui exploitait sans vergogne la misère de pauvres gens pour faire la promotion de ses conneries fantasques. Et il avait eu le culot de qualifier les victimes – parmi elles, deux policiers – de « faibles » et de « débauchés » !

Dieu qu'elle haïssait la religion, *toutes* les religions !

Incapable de détacher ses yeux de l'écran, elle observait le pasteur asséner ses dernières réflexions à un public dévoué, et accorder sa grâce à tous ceux qui, du confort de leur canapé, n'aspiraient qu'à la recevoir.

— Je vous regarde là, maintenant, mes amis, je me regarde dans la glace, et savez-vous ce que je vois ?

Chaque membre de l'assemblée retenait son souffle.

— Des pécheurs... Je vois des pécheurs. Aucun d'entre nous ne peut prétendre n'avoir jamais péché. Mais nous sommes aussi les enfants de notre Seigneur, nous consacrons nos vies à devenir meilleurs.

Un tonnerre d'applaudissements et des murmures d'approbation s'élevèrent de la foule, rythmés par de fervents « Amen ».

— Mais quand je regarde plus loin, je vois le monde dans lequel nous vivons, et savez-vous ce que je ressens ? Je ressens de la peur, je ressens de l'effroi. Je vois *tant* de méchanceté, *tant* de haine, *tant* de cruauté ! Et alors, pouvons-nous nous tourner vers notre mère l'Église pour être secourus ? Quand nous apprenons que la semaine dernière, un homme censé être un homme de Dieu – un membre du clergé ! – est soupçonné d'avoir agressé un enfant de sept ans ! *Ce n'est pas bien !* Je vénère Dieu, je vénère notre Dieu, mais *Il n'est pas là* ! (En grand professionnel de la com, le pasteur détourna son regard des ouailles pétrifiées d'angoisse, et fixa la caméra.) Je m'adresse à tous les incroyants de par le monde… Je veux que vous vous demandiez ceci :

> Et si Dieu existait ?
> Et si le Paradis existait ?
> Et si l'Enfer existait ?
> Et si… nous y étions déjà tous ?

Baxter reposa son téléphone et poussa un long soupir. À travers la vitre opaque du bureau de Lennox, elle surveillait l'Agent Spécial en chef qui tapotait le dos de Curtis dans un geste de réconfort et à la fois vaguement gênant. Contre toute attente, Lennox ne se préparait pas à jeter la jeune femme en pâture aux charognards. Baxter tenta d'imaginer Vanita agissant de la sorte… Totalement chimérique.

Elle venait justement de raccrocher d'une conversation de trente-cinq minutes avec sa supérieure à Londres. La veille, elles n'avaient pas eu le temps de faire le point à cause des événements de Grand Central. Vanita avait respecté à la lettre les procédures en interrogeant Baxter sur son état émotionnel. Ensuite, elle avait exigé d'elle un compte rendu détaillé pour vérifier que ça collait avec les données du rapport transmis par les Américains. Elles avaient échangé sur l'éventualité qu'un meurtre similaire se produise à Londres, sur la cruelle absence de progrès significatifs dans l'enquête et étaient tombées d'accord sur une chose : Baxter devait rester à New York en qualité de représentante de la

Metropolitan Police pendant que Vanita se chargerait de garder la maison.

Baxter guettait la fin de l'entrevue entre Lennox et Curtis et, pour tromper l'attente, elle rédigea un SMS à Thomas. Elle avait totalement zappé de le prévenir qu'elle ne rentrerait pas de suite, et cela ne risquait pas d'améliorer la situation entre eux.

Salut. Comment va Echo ? On s'appelle plus tard ?

Lennox sortit de son bureau, Curtis sur ses talons.

— S'il vous plaît, tous ceux qui bossent sur les meurtres, je vous veux dans la salle de réunion. *Maintenant.*

Plus d'un tiers des agents présents se leva et se regroupa dans la pièce. Certains furent même forcés de rester sur le seuil. La scène rappela à Baxter l'attroupement de fidèles à la porte de l'église du pasteur Jerry Pilsner Jr. Elle se fraya un chemin et rejoignit Rouche, Curtis et Lennox. Sur un large paperboard, Rouche avait récapitulé en deux colonnes les détails concernant les cinq tueurs.

US	UK
1. Marcus Townsend (Pont de Brooklyn) *Modus operandi : strangulation* *Victime : liée à l'affaire Ragdoll*	**3. Dominic Burrell** (Prison de Belmarsh) *Modus operandi : victime poignardée* *Victime : liée à l'affaire Ragdoll*
2. Eduardo Medina (Poste du 33rd Precinct) *Modus operandi : impact à grande vitesse* *Victime : officier de police*	**4. Patrick Peter Fergus** (Le Mall) *Modus operandi : traumatisme crânien par objet contondant* *Victime : officier de police (femme)*
5. Glenn Arnolds (Gare de Grand Central) *Modus operandi : inconfortable* *Victime : ?*	

— Tout le monde est là ? demanda Lennox. (Sa question était bien inutile vu le nombre de personnes qui se tenaient derrière la paroi en verre.) Bien. Pour celles et ceux qui ne les connaîtraient pas encore, je vous présente l'inspecteur principal Baxter de la *Metropolitan Police* et l'Agent Spécial Roouuch de la CIA.

— Rouche, la corrigea celui-ci.

— Roche ? répéta-t-elle, histoire de.

— On ne prononce pas Rouauch ? suggéra un homme musclé installé au premier rang.

— Non, répliqua Rouche, perplexe.

Ce type n'est quand même pas con au point de croire que je ne sais pas prononcer mon propre nom ! songea-t-il. *C'est pas si compliqué !*

Plusieurs flics se risquèrent à l'exercice, chacun y allant de sa prononciation jusqu'à provoquer un drôle de bourdonnement dans la salle de réunion.

— Roze ?

— Rouze ?

— Roouudge ?

— Rouche, réaffirma l'intéressé.

— Ma voisine prononce *Rouauch*, insista l'homme du premier rang.

— C'est peut-être parce qu'elle s'appelle *vraiment* Rouauch, rétorqua l'Agent Spécial de la CIA.

— Bon, coupa Curtis, ça suffit. On dit Rouche, comme dans *Whoosh* !

— OK ! OK ! cria Lennox par-dessus le boucan. Si on pouvait recentrer le débat. *Silence* ! C'est à vous... Agent... *Rouche*.

— Donc... voici nos tueurs, commença-t-il en désignant le paperboard. Pour clarifier les choses, j'ai organisé les éléments en notre possession sous la forme de deux tableaux. Quelqu'un peut-il me dire ce qu'on en déduit ?

On aurait dit un instituteur face à ses élèves.

Le voisin de Mrs Rouauch s'éclaircit la gorge :

— Ces sacs à merde ont assassiné deux des nôtres, et pour ça, ils vont payer ! (L'armoire à glace semblait content de lui, d'autant que plusieurs de ses collègues applaudirent.) On va les avoir !

— OK, concéda Rouche. Autre chose d'un peu plus… tangible ? Oui ?

— Les meurtres fonctionnent en miroir entre New York et Londres, proposa quelqu'un.

— Exactement, approuva Rouche. Ce qui signifie qu'il faut nous préparer à ce qu'une autre personne soit prochainement assassinée à Londres. La question que cela nous pose est pourquoi ? *Pourquoi* quelqu'un voudrait lancer une offensive des deux côtés de l'Atlantique et *pourquoi* dans ces villes précisément ?

— Un rapport avec la Bourse ? cria un Agent.

— Concentration des richesses ?

— Plus grande attention des médias ?

— Bien, dit Rouche, il y a effectivement toutes ces possibilités à explorer. Quoi d'autre ?

— Le MO, lança une voix féminine de derrière la vitre. (La femme se faufila à l'intérieur de la pièce.) Chaque mode opératoire était différent, ce qui suggère que chaque meurtrier bénéficiait d'une certaine liberté d'action. Celui qui est derrière tout ça leur a fourni une cible, peut-être leur a-t-il imposé un délai, mais pour le reste, les meurtriers avaient carte blanche.

— Excellent ! s'exclama Rouche. Ce qui m'amène au point suivant : nous devons nous concentrer sur ces « marionnettes » en tant qu'individus. Glenn Arnolds ne voulait faire de mal à personne… enfin, pas de manière délibérée. On l'a instrumentalisé. Nous allons vous répartir en cinq groupes. Chaque groupe prendra en charge un tueur, et sa mission sera de collecter le moindre élément exploitable le concernant. Ce qui me vient spontanément à l'esprit, c'est l'argent pour Townsend, l'immigration pour Medina, la prison pour Burrell – et en particulier, les petits à-côtés comme de la drogue ou une meilleure cellule –, une mère malade pour Fergus, un frère mort et une santé mentale défaillante pour Arnolds.

Tout le monde prenait scrupuleusement des notes.

— Par ailleurs, Baxter souhaiterait que lui soit adressée le plus rapidement possible une copie du dossier médical de chaque meurtrier.

Rouche surprit le regard inquisiteur que Lennox lança à Curtis.

— Je vous fournirai les hommes dont vous avez besoin, déclara la responsable de l'enquête, si tant est qu'ils ne sont pas pris sur une autre affaire.

Rouche la remercia, puis reprit la parole :

— Si vous découvrez la moindre chose, veuillez s'il vous plaît nous en informer – Baxter, Curtis et moi – immédiatement. À nous trois, nous aurons une vue d'ensemble de l'affaire, et tout dénominateur commun peut se révéler capital. Merci à tous, conclut-il, sonnant la fin de la réunion.

Lennox fit signe au trio de venir discuter en privé.

— J'enchaîne toute la journée réunions et conférences de presse, prévint-elle. Mais il se pourrait que j'aie besoin de vous, inspecteur principal.

Baxter n'en fut pas surprise.

— Quels sont vos plans ? demanda Lennox sans s'adresser à l'un des trois en particulier.

— La morgue d'abord, répondit Rouche. Les mecs du médico-légal examinent les deux corps d'hier et, je croise les doigts, on aura peut-être un nom pour... *la victime*. (Rouche avait choisi le terme avec soin à cause de la présence de Curtis.) L'équipe qui travaille sur Arnolds essaie de mettre la main sur son psychiatre, et interrogera ses proches et ses voisins. On a donc bon espoir que nos gars reviennent avec quelque chose.

— Parfait, approuva Lennox. (Alors que Baxter et Rouche s'éloignaient, elle rattrapa Curtis par la manche.) Pourquoi veut-elle des dossiers médicaux ?

— Je ne sais pas trop.

— Renseignez-vous. Je vous rappelle notre conversation. Après ce qui est arrivé, il est encore plus important que nous gardions la main et que nous bouclions cette enquête. *Nous seuls*. Si elle vous cache la moindre chose, je n'aurai aucun scrupule à la coller dans un avion.

— Compris.

Après un bref hochement de tête, Lennox s'effaça pour la laisser rejoindre ses collègues.

— Donc Glenn Arnolds prenait encore ses médicaments ? s'étonna Curtis.

— Pas son traitement, mais les analyses révèlent des traces de médicaments.

La réponse énigmatique du minuscule bout de femme qui s'adressait à elle par-dessus ses lunettes de vue la laissa sans voix.

Curtis se souvenait avoir croisé la légiste à plusieurs reprises par le passé. Stormy Day n'était pas un nom qu'on oubliait facilement. Comme les fois précédentes, les explications précises du médecin lui faisaient l'effet d'être du chinois. Stormy tendit à Rouche et à Curtis un dossier contenant les résultats de l'examen sanguin pratiqué lors de l'autopsie. Ils parcoururent la feuille d'analyses sans rien y comprendre.

Ils étaient assis dans la salle d'attente de l'OCME Hirsch Center, un centre médico-légal situé sur East 26th Street. L'OCME ne constituait qu'une partie d'un vaste ensemble de laboratoires spécialisés et de bureaux. Les deux cadavres avaient été convoyés depuis les urgences du Langone Medical Center de la faculté de médecine de New York, situé juste à trois rues de là. À l'insu de Curtis, Rouche avait téléphoné avant leur arrivée pour exiger que la réunion ait lieu dans cet endroit peu conventionnel, et non dans le labo, devant les cadavres.

Sans doute Curtis aurait-elle été vexée de l'apprendre, mais il avait lu le soulagement sur son visage quand on leur avait demandé de s'installer dans la salle d'attente claire et spacieuse plutôt que de les envoyer au sous-sol du bâtiment.

Baxter n'était pas encore là. Elle n'avait pas réussi à décamper des bureaux du FBI avant que Lennox ne la réquisitionne pour une conférence de presse.

Stormy tapota la feuille énigmatique que Curtis tenait entre ses mains.

— Je ne sais pas exactement ce que cet homme avait pris comme médicaments, dit la légiste, mais il n'aurait jamais, *jamais* dû les prendre. Je n'ai trouvé dans son sang aucune trace de neuroleptiques, c'est-à-dire du traitement antipsychotique qu'on lui avait prescrit, par contre il y avait une quantité infime d'ETH-LAD et de benzodiazépine.

Curtis avait décroché.

— Un des effets secondaires de la benzodiazépine est un comportement suicidaire.

— Oh...

— Et l'ETH-LAD est analogue au LSD. Ces deux produits sont catastrophiques pour quelqu'un qui a des antécédents médicaux comme ceux d'Arnolds. Ils accentuent le détachement de la réalité et provoquent de graves hallucinations. Ce pauvre garçon devait être totalement défoncé. Au point que le plafond de Grand Central aurait pu prendre vie sous ses yeux ! (La légiste se rendit compte qu'elle avait mis un peu trop d'enthousiasme dans sa dernière remarque et s'éclaircit la gorge avant de poursuivre son exposé.) J'ai envoyé un échantillon de son sang à Quantico pour des analyses plus poussées, et exigé que l'on recherche à son domicile d'autres boîtes de médicaments.

— Je m'en chargerai pour vous, souffla Curtis en prenant des notes.

— C'est tout ce que j'ai sur Arnolds. Pour être franche, cette situation est pour le moins exceptionnelle. Normalement, le corps n'aurait pas dû bouger de la scène de crime, mais vu les circonstances, il a dû supporter le trajet en ambulance jusqu'aux urgences, afin qu'on le détache de la victime. Autrement dit, la moitié de New York s'en était déjà approchée ! Le niveau de contamination du cadavre a pour le moins compromis les résultats de l'autopsie.

— Et pour notre victime, qu'en est-il ? s'enquit Rouche.

— Noah French. On a signalé sa disparition il y a deux jours. Il travaillait à un des guichets de la gare de Grand Central.

Rouche était impressionné par tant d'efficacité.

— Je n'ai même pas eu besoin d'avoir recours à des analyses pour le découvrir, poursuivit Stormy. Il avait un tatouage sur l'avant-bras : « K.E.F. 3-6-2012 ». La plupart du temps, il s'agit de la date de naissance d'un enfant. Nous avons comparé les initiales avec les registres des naissances de la ville, et voilà.

— Brillantissime ! la félicita Rouche.

— Ce n'était pas sorcier. En ce qui concerne Noah French, je peux déjà vous dire qu'il a été drogué, un opiacé quelconque. Tous les détails sont dans le dossier. (L'attention de Stormy fut attirée par un incident à l'accueil.) Cette jeune femme est-elle avec vous ?

Ils se retournèrent tous les trois et virent Baxter en train de se quereller avec l'homme de la réception, qui ne comprenait rien à ce qu'elle voulait. Stormy intervint avant que les choses ne s'enveniment.

Rouche donna un coup de coude à Curtis.

— Nous avons enfin une piste sérieuse ! Nous devons absolument parler à ce psychiatre.

— Oui, et c'est à *nous seuls* de le faire.

Elle reprit le dossier et en sortit le bilan sanguin.

— Hé ! Que faites-vous ? lui demanda Rouche, interloqué.

— Je suis les ordres.

— En subtilisant des preuves ?

— En gardant pour le FBI et la CIA notre premier élément d'importance.

— Ça ne me plaît pas beaucoup, vos histoires…

— Vous croyez que ça me plaît, à moi ? Ça s'appelle des ordres, on n'est pas là pour s'amuser.

Stormy revenait vers eux, traînant Baxter dans son sillage. Curtis avait toujours le rapport d'analyses à la main.

— Cachez-moi ça, chuchota-t-elle en le balançant dans les bras de Rouche, qui le lui rendit aussitôt.

— Je veux pas de ça, moi ! Je vais la prévenir.

— Je vous l'interdis.

Le manteau de Rouche reposait sur le dossier du canapé. Curtis fourra la feuille toute chiffonnée dans l'une des poches. Baxter arriva pile à ce moment précis, et s'assit à côté du manteau sans avoir rien remarqué, ni le document caché ni l'expression contrariée de l'agent de la CIA.

Baxter avait accompagné Lennox à la conférence de presse organisée pour débriefer officiellement sur les événements de Grand Central. Elle avait été aussi surprise qu'impressionnée par le refus catégorique de la responsable de l'enquête de céder à la pression, et de livrer le nom de l'agent du FBI responsable du décès d'un innocent. Lennox avait insisté sur le fait que la seule personne responsable du drame était un homme mentalement instable dont le comportement avait provoqué cette tragédie. Il avait forcé la main de l'Agent Spécial qui, en retour, avait réagi héroïquement tout en respectant les procédures.

Lennox avait été assez futée pour faire passer sa subordonnée pour la victime, et les journalistes étaient rapidement devenus moins véhéments. Baxter avait assuré sa partie en récitant à tour de bras des réponses toutes faites sur les progrès de l'enquête.

Après la fin de la conférence de presse, Baxter avait vérifié sa boîte mail et constaté que les équipes du FBI lui avaient bien transmis les dossiers médicaux. Elle possédait désormais ceux d'Eduardo Medina, de Dominic Burrell et de Marcus Townsend. Avant de se rendre au centre médico-légal, elle avait pris soin de les transférer à Edmunds.

Au son des bips de son portable, Edmunds sut qu'il avait reçu trois e-mails consécutifs. Dès qu'il lut le nom de Baxter, il se leva pour aller se réfugier aux toilettes. Il téléchargea les dossiers, et fit défiler les pages du premier rapport ; en deux secondes il trouva la réponse qu'il cherchait. Il ouvrit le deuxième fichier et découvrit le même mot au bout de quelques pages seulement. Il cliqua sur le troisième et le parcourut. Soudain, ses yeux brillèrent d'excitation. Il sortit comme un fou de la pièce microscopique et fonça vers les ascenseurs.

Baxter, Rouche et Curtis avaient terminé leur rendez-vous avec la légiste. À peine venaient-ils de poser un pied sur la 1^{rst} Avenue que le téléphone de Baxter sonna. Elle aurait décliné l'appel de toute autre personne.

— Edmunds ? répondit-elle après s'être un peu éloignée de ses collègues.

— Ils ont *tous* suivi une thérapie, quelle qu'elle soit ! s'exclama-t-il survolté.

— Qui ?

— Les tueurs. C'est ça le lien entre eux. Je surfais sur le site de *Streets to Success*, et j'ai vu qu'étaient proposées des sessions gratuites de soutien psychologique aux gens qui voulaient « rebondir ». Cela m'a fait réfléchir. J'ai relu mes notes sur Patrick Peter Fergus : il avait souffert d'une grave dépression à cause de sa mère malade, et du poids financier que ça représentait. Cela semble logique qu'il ait consulté. Et devine quoi ?

— Quoi ?

— Marcus Townsend avait accepté une offre de coaching personnel de la part de *Streets to Success*. Eduardo Medina avait gravement déprimé après le refus des services d'immigration d'octroyer des papiers à sa fille et, la veille du meurtre, il avait assisté à une réunion des Alcooliques Anonymes. Quant à Dominic Burrell, il était astreint à une séance hebdomadaire avec son psy dans le cadre d'un programme de réinsertion.

Baxter sourit, et prit le relais :

— Depuis son enfance, Glenn Arnolds souffrait de graves problèmes de santé mentale. On est en train d'essayer de localiser son psychiatre.

— Vaudrait mieux creuser ça, Emily, cinq cas sur cinq, ce n'est pas une coïncidence ! s'écria-t-il. Bon, maintenant, tu peux le dire.

— Te dire quoi ?

— Que sans moi tu es perdue...

Elle lui raccrocha au nez.

Curtis avait profité du coup de fil de l'inspecteur principal pour exposer son plan à son collègue : mettre Baxter sur la touche en la collant dans les pattes de Lennox, pendant que Rouche et elle disparaîtraient dans le comté de Westchester pour aller interroger l'insaisissable Dr Bantham.

Elle s'interrompit en voyant l'Anglaise revenir. Un rare sourire illuminait son visage.

— Il faut *absolument* qu'on mette la main sur ce psychiatre, leur dit-elle d'un ton ferme et déterminé.

Rouche regarda Curtis avec un petit air narquois.

15

Dimanche 13 décembre 2015,
12 h 22

— Et donc si *Azaz* est le mot hébreu pour « force », et que *El* signifie « Dieu », on a de bonnes raisons de penser que *Azazel* veut dire « Dieu a rendu fort ». Et ici, il est dit que les animaux réputés maléfiques tels que les chauves-souris, les serpents et les chacals seront « des gîtes particulièrement favorables pour recevoir ces esprits malins, entre autres hôtes ».

— Rouche, s'il vous plaît, pourriez-vous nous raconter des choses un peu plus gaies ? se plaignit Curtis, qui s'engageait sur la bretelle de sortie d'autoroute. Ça me file vraiment les jetons, vos histoires.

Le matin, avant leur départ, Rouche avait zappé sur plusieurs émissions de télé qui évoquaient les prêches du pasteur Jerry Pilsner Jr. Puis il avait profité du trajet en voiture pour googliser le dénommé Azazel.

Quant à Baxter, elle en profitait pour grappiller un peu de sommeil sur la banquette arrière.

Ils roulaient à présent sur une route de campagne bordée d'arbres nus, aux branches recourbées comme des doigts de sorcière.

— D'accord, mais écoutez un peu ça…, insista Rouche, tout excité.

Il fit défiler le texte sur son écran, mettant Curtis au comble de l'exaspération.

Réveillée par la discussion, Baxter grogna, puis s'essuya la bave qui avait coulé au coin de sa bouche.

— « Poursuivi par l'archange Raphaël, l'ange déchu Azazel est privé de ses ailes noires, et condamné aux ténèbres dans le coin le plus reculé du désert. Il est enterré sous des pierres rugueuses et tranchantes, dans cette terre aride abandonnée de Dieu. Azazel y demeure – dans une tombe entourée des plumes de ses ailes déchiquetées – et ainsi jusqu'au jour du Jugement dernier, où il sera jeté dans un immense brasier. »

— Super réveil… Je vous remercie…, marmonna Baxter.

— Rouche, je vous déteste, dit Curtis en frissonnant.

— Allez, encore un petit dernier pour la route, après j'arrête, promit-il en s'éclaircissant la gorge. « Dans ces ténèbres insondables, Azazel sombre dans la folie et, ne pouvant rompre ses chaînes, il libère son esprit de ce corps entravé et erre à jamais sur la terre sous la forme de mille âmes différentes. » (Rouche plaqua brutalement son téléphone sur ses genoux.) OK, moi aussi j'ai les jetons maintenant…

Les premiers flocons atterrirent en douceur sur le pare-brise au moment où ils s'engageaient dans l'allée verglacée du Dr Bantham. La météo avait annoncé d'importantes chutes de neige en fin de journée, avec une probable alerte blizzard au cours de la nuit et pour le lendemain matin.

Curtis suivit les traces de pneus figées dans la glace laissées la veille par Rouche, et s'arrêta devant l'imposant garage. Baxter scrutait la maison qui semblait aussi inhabitée que l'après-midi précédent. Seuls quelques pas creusaient la pelouse enneigée, par ailleurs intacte.

— Quelqu'un est venu ici, remarqua-t-elle avec optimisme.

Curtis coupa le moteur et ils descendirent tous les trois de voiture. Rouche aperçut une femme qui les surveillait de la maison d'en face, et il espéra qu'elle leur foutrait la paix.

Manque de chance, elle s'approcha, manquant glisser par deux fois en s'aventurant sur l'allée.

— Allez-y, toutes les deux, je m'en occupe, dit-il.

Il était décidé à intercepter la fouineuse avant qu'elle ne se pète le col du fémur – et ne les retarde. Curtis et Baxter marchèrent jusqu'à la porte tandis qu'il murmura pour lui-même, anticipant la phrase rituelle de tout voisin curieux : « Puis-je vous aider ? »

Et sans surprise :

— Puis-je vous aider ? demanda la femme.

— On vient juste rendre visite au Dr Bantham, répondit-il en la congédiant d'un sourire.

Curtis sonna, tandis que la voisine les étudiait avec méfiance. Manifestement, elle n'avait aucune envie de les laisser tranquilles.

— Y fait un froid de canard, pas vrai ? tenta Rouche pour lui signifier qu'elle serait mieux à l'intérieur à s'occuper de ses oignons.

Baxter cogna violemment à la porte. Pas de réponse.

— Ils n'ont pas un système de sécurité de très bonne qualité, fit remarquer la voisine.

— Sans blague, dit Rouche en lui tendant sa carte de la CIA. C'est con, parce qu'ils ont trois officiers de police devant chez eux.

La fouineuse se décomposa instantanément.

— Vous avez essayé leurs portables ? suggéra-t-elle en sortant le sien.
— Oui.
— Est-ce que vous avez le numéro de Terri ? demanda-t-elle en collant son téléphone à son oreille. Cette femme est si charmante. Et leurs enfants... On prend soin les uns des aut...
— La ferme ! cria Baxter.
La voisine sembla scandalisée. Baxter se tourna vers Curtis.
— Vous avez entendu ? dit-elle en s'accroupissant jusqu'à la fente de la boîte aux lettres dont elle repoussa le volet.
Mais le bruit s'était arrêté.
— Rappelez-la ! ordonna Baxter à la voisine.
Une seconde plus tard résonna le bourdonnement d'un portable en mode vibreur.
— Téléphone dans la maison, affirma Baxter en se relevant.
— Oh..., fit la fouineuse. Eh bien, ça, c'est bizarre. Elle garde toujours son téléphone avec elle au cas où les garçons l'appelleraient. Elle doit être chez elle, dans son bain, peut-être...
Rouche perçut l'inquiétude sincère de la vieille femme.
— Baxter, s'écria-t-il, écoutez à nouveau !
Il sortit son propre portable et appuya sur le numéro composé la veille pour joindre le médecin. Les battements de son cœur s'accélérèrent pendant que s'opérait la connexion.
Baxter s'accroupit à nouveau et plaqua son visage au niveau de l'étroite fente de la boîte aux lettres.
« Vive le vent, vive le vent, vive le vent d'hiver... »
Surprise, Baxter recula et tomba en arrière sur le perron détrempé. La chanson de Noël venait de derrière la porte.

« Qui s'en va sifflant, soufflant dans les grands sapins verts ! »

La voisine semblait désorientée. Rouche se tourna vers elle.

— *Vous*, rentrez chez vous. *Maintenant !*

Il sortit son arme et courut vers la maison.

Baxter, toujours à terre, les fesses mouillées, vit Curtis donner de grands coups de pied dans la serrure.

« Boule de neige et Jour de l'An et bonne année grand-mère... »

Curtis s'acharna et, soudain, la serrure céda. En s'ouvrant brutalement, la porte envoya le téléphone et sa comptine de Noël valdinguer sous un somptueux sapin.

— FBI ! hurla-t-elle. Y a quelqu'un ?

Rouche et Baxter se précipitèrent à sa suite. Il fonça à l'étage tandis qu'elle inspectait le couloir puis la cuisine. Elle l'entendit appeler :

— Dr Bantham ? Dr Bantham ?

La maison était chauffée. Sur la table de l'impressionnante cuisine équipée, quatre assiettes à soupe, entamées, froides. Le liquide orangé s'était cristallisé sur le dessus en une couche visqueuse.

— Y a quelqu'un ? s'écria Curtis dans une autre pièce du rez-de-chaussée pendant que Rouche poursuivait l'inspection des chambres au premier.

Les yeux de Baxter se posèrent sur des petits pains dorés à moitié mangés à côté de trois des quatre assiettes, puis sur le carrelage où des miettes formaient une traînée pâle vers la sortie. Elle revint sur ses pas pour suivre l'étonnant jeu de piste. Ce dernier se poursuivait dans le couloir jusqu'à ce qui ressemblait à une porte de placard en bois.

— Hello ? Y a quelqu'un ? dit-elle en l'ouvrant prudemment.

Ce n'était pas un placard. Une volée de marches raides menait au sous-sol plongé dans l'obscurité.

— Hello ?

Elle descendit une marche dont le bois craqua, en cherchant à tâtons un interrupteur sur le mur. En vain. Elle cria pour ameuter sa collègue :

— Curtis, par ici !

Puis elle alluma la lampe torche de son portable. L'escalier fut soudain inondé d'une lumière blanche. Elle s'aventura sur deux autres marches. De là où elle était, difficile de percevoir grand-chose du sous-sol. Elle plaça le pied sur la marche suivante, mais marcha sur quelque chose de mou, se tordit la cheville et bascula en avant. Elle s'échoua contre le mur froid.

— Baxter ?

La voix de Curtis.

— En bas ! grogna l'inspecteur principal.

Assise sur le parquet humide, dans la pièce qui sentait le moisi, elle évalua les dégâts. Elle avait mal à la cheville, mais pour le reste, elle espérait s'en tirer avec juste une kyrielle de bleus. Les croûtes sur son front, souvenirs de la bagarre dans la prison, s'étaient arrachées dans sa chute. Elle ramassa son téléphone sur l'avant-dernière marche, et sa torche éclaira ce sur quoi elle avait trébuché : un petit pain.

— Merde, fit-elle en se redressant pour s'asseoir.

La silhouette de Curtis se découpa sur le seuil.

— Baxter ?

— Ici ! répondit-elle d'en bas, en lui faisant un signe de la main.

De lourds bruits de pas martelèrent le sol au-dessus de sa tête. Rouche les rejoignait en courant.

— Est-ce que ça va, Baxter ? insista Curtis. Vous auriez dû allumer !

Baxter allait lui balancer une remarque cinglante quand l'Agent Spécial tira sur une ficelle près de la porte, déclenchant un clic reconnaissable.

— J'ai trouvé la lumière.

Mais Baxter ne l'écoutait plus. Elle écarquillait les yeux de stupeur, tandis que l'ampoule nue et poussiéreuse qui pendait du plafond s'allumait doucement.

— Baxter ?

Elle demeurait muette. Son rythme cardiaque s'accéléra. Ce qu'elle avait discerné dans la pénombre ressemblait de plus en plus à une forme humaine. Comme celle d'à côté. Les deux corps étaient allongés, face contre terre, la tête couverte d'un sac en toile de jute ensanglanté.

Elle se remit debout difficilement et, alors que la lumière de l'ampoule s'amplifiait, elle aperçut deux autres corps, plus petits, dans une position identique et avec les mêmes sacs écarlates sur la tête. Succombant à la panique, elle remonta l'escalier en boitillant.

— Baxter, mais enfin qu'est-ce qu'il y a ? demanda Curtis.

L'inspecteur principal poursuivit son ascension en chancelant, autant d'effroi qu'à cause de sa cheville douloureuse. Elle s'écroula dans le couloir et claqua la porte derrière elle. Elle tenta de reprendre son souffle et bloqua le battant en bois de son pied valide comme si elle craignait de voir surgir un monstre.

Curtis avait sorti son portable et se préparait à demander des renforts. Rouche s'agenouilla près de Baxter et attendit qu'elle s'explique. Elle le regarda dans les yeux, respirant par saccades.

— Je... je crois... j'ai trouvé... les Bantham.

Assis sur le perron, Rouche observait la neige tomber sur la multitude de véhicules qui encombraient l'allée. Il récupéra au vol un flocon entre ses doigts et le regarda fondre.

Un souvenir lui revint en mémoire. Sa fille, à l'époque âgée de quatre ou cinq ans, jouait dans le jardin. Emmitouflée, elle cherchait à attraper des flocons de neige avec le bout de la langue. Elle avait soudain contemplé les lourds nuages blancs avec une réelle fascination, car ils se désintégraient, *littéralement*, au-dessus d'elle. Alors, sans la moindre trace de peur dans la voix, elle avait demandé à son père si le ciel s'effondrait.

Pour une raison ou une autre, cette phrase l'avait hanté : cette idée surréaliste d'assister à la fin du monde, de se sentir si impuissant qu'on ne puisse rien faire d'autre que d'attraper des flocons de neige... Alors que les nuages blancs continuaient à se déverser, il réalisa que ce souvenir prenait aujourd'hui seulement toute sa signification. Il venait d'être le témoin d'actes de violence et de barbarie sous un ciel de boule à neige.

D'autres horreurs s'annonçaient, il le savait, et aucun d'entre eux ne pourrait enrayer l'inéluctable.

Sous un éclairage puissant, le sous-sol était envahi par ses pairs. L'endroit ressemblait à n'importe quelle scène de crime, à ceci près que les professionnels étaient en larmes et demandaient régulièrement à « aller prendre l'air cinq minutes ». L'équipe de la scientifique avait exigé qu'on leur laisse le sous-sol, tandis que leurs collègues travaillaient à la cuisine, lieu où la famille était regroupée avant son assassinat. Deux photographes s'affairaient de pièce en pièce et l'unité d'investigation cynophile inspectait le jardin de la propriété.

Baxter et Curtis fouillaient l'étage depuis une heure sans décrocher un mot, à la recherche du moindre indice.

Aucune trace de lutte n'avait été repérée. Fait étrange : le torse du docteur portait l'inscription MARIONNETTE plutôt que APPÂT, et aucune mutilation n'avait été infligée aux trois autres corps. Les membres de la famille avaient été ligotés puis exécutés d'une balle dans la nuque. L'heure de la mort était estimée entre dix-huit et vingt-quatre heures plus tôt.

Sur les scènes de crime impliquant des enfants, l'atmosphère est toujours plus lourde. Baxter ressentait cette tension particulière autant que n'importe qui, malgré le fait qu'elle n'en avait pas, n'en voulait pas et qu'elle évitait leur compagnie autant que possible. En dépit du manque de sommeil, ses collègues travaillaient avec professionnalisme, habités d'une colère sourde. Ils se dévouaient totalement à leur tâche, repoussant à plus tard le moment de retrouver leur famille. C'est sans doute pour cela que Baxter s'énerva en apercevant Rouche par la fenêtre, assis dehors à ne rien faire.

Elle dévala l'escalier, oubliant sa cheville foulée, sortit sur le perron d'un pas martial et le bouscula sans ménagement.

— Ouille ! gémit-il en se retrouvant par terre.

— Putain, Rouche ! Qu'est-ce que vous foutez, bordel ? Tout le monde met la main à la pâte et vous êtes planté là à vous tourner les pouces !

Pas très loin d'eux, le maître-chien de l'unité d'investigation cynophile stoppa net, puis ordonna à son berger allemand de cesser d'aboyer.

— Je ne m'occupe pas de meurtres d'enfants, déclara Rouche avec une simplicité désarmante, tout en se relevant.

Le chien s'était calmé et avait repris sa mission d'exploration.

— Qui a envie de s'en occuper ? Vous croyez vraiment qu'il y a une seule personne ici qui ait envie de le faire ? Mais c'est notre boulot, on n'a pas le choix.

Rouche ne répondit pas, se contentant d'épousseter son manteau pour enlever la neige.

— Vous savez que j'ai bossé sur l'affaire du Tueur Crématiste, n'est-ce pas ? Wolf et moi... (Elle hésita. D'ordinaire, elle évitait d'évoquer le nom de son tristement célèbre ex-coéquipier.) Wolf et moi avons eu à faire face à vingt-sept victimes en vingt-sept jours, toutes des jeunes filles.

— Écoutez, Baxter, j'ai eu une expérience désastreuse sur... une enquête, et depuis... je ne peux plus travailler sur des scènes de crime impliquant des enfants... *Je ne peux plus.* Tout le monde le sait, OK ? Je fais mon boulot, mais je reste ici, OK ?

— Non, y a pas de putain de OK !

Elle ramassa au sol une poignée de neige gelée et marcha en direction de la maison. Rouche grimaça en secouant les épaules pour faire tomber le surplus de neige. Une seconde plus tard, une boule verglacée lui percutait le côté du crâne.

Il faisait nuit noire lorsqu'ils terminèrent leur travail sur la scène de crime. Les grosses chutes de neige annoncées eurent bien lieu. Des nuées de flocons scintillants, qui se détachaient sur le ciel sombre et recouvraient le jardin excessivement éclairé. Baxter et Curtis sortirent les dernières et découvrirent Rouche recroquevillé sur lui-même au même endroit.

— Excusez-moi quelques instants, dit Curtis.

Baxter enfila son bonnet à pompon, s'assit à côté de l'agent de la CIA et contempla l'allée où les gyrophares des voitures de police rivalisaient avec les guirlandes de Noël des maisons alentour. D'un regard, elle vit la vilaine coupure qui marquait la tempe de son collègue.

— Désolée d'avoir visé la tête, lâcha-t-elle dans un nuage de buée.

— Pas la peine de vous excuser, vous ne saviez pas que ça me ferait saigner.

— J'avais mis un caillou dedans.

Elle avait l'air faussement désolée. Rouche lui sourit et ils éclatèrent de rire ensemble.

— Alors, j'ai raté quoi dehors ?

— La neige.

— Merci, j'avais pas remarqué.

— Je n'y comprends plus rien, soupira-t-il en redevenant sérieux. Ils tuent une famille maintenant ? Comment s'articule ce dernier épisode avec le MO des autres meurtres ? J'ai demandé aux équipes d'orienter leur action en priorité sur l'identification des autres psys. J'ai aussi demandé la liste complète des patients du centre Gramercy. Et j'ai exigé que soit réalisé un bilan sanguin complet de toutes les « marionnettes ».

Rouche se rendit compte qu'ils n'avaient pas encore informé Baxter des traces de drogues découvertes dans le sang de Glenn Arnolds. Il prévoyait de mettre Curtis en face de ses contradictions, et ce dès ce soir.

Baxter le fixa, interloquée.

— Au cas où…, ajouta-t-il après coup. Mais surtout, je me suis occupé de préserver notre preuve. (Il désigna un auvent miniature installé au-dessus d'un périmètre délimité de la pelouse immaculée.) Les empreintes de pas de notre tueur !

— On n'en est pas certains.

— En l'occurrence, je crois que si.

Rouche sortit son portable et chercha la photo qu'il avait prise un peu plus tôt, dans l'après-midi. Il la montra à Baxter : des milliards de flocons décoraient le ciel et la maison de ses rêves – cauchemardesque désormais – alors plongée dans l'obscurité ; des traces de pas sur la pelouse enneigée coupaient à travers le jardin jusqu'à la porte d'entrée.

— Ce pourrait être les empreintes d'un voisin ou du livreur de journaux, non ? suggéra Baxter.

— Regardez bien.

Elle se concentra sur la photo et zooma sur les pas.

— Merde, ce ne sont pas des pas qui vont *vers* la maison...

— Exactement, et il n'a pas neigé hier soir, j'ai vérifié. J'ai fait le tour avant que n'arrive la cavalerie. J'ai effacé les vôtres, les miennes, celles de Curtis et de la fouineuse. Ces traces de pas étaient les seules dignes d'intérêt.

— Bordel ! Ça signifie que le tueur était là hier, quand on a frappé à la porte. Merde, merde et re-merde ! On aurait pu l'avoir !

Elle lui rendit son téléphone.

Ils restèrent un moment silencieux.

— Vous pensez que la personne qui a assassiné cette famille est la même qui tire les ficelles ? Votre fameux Azazel ?

— Je l'ignore.

— Rouche, qu'est-ce qui se passe, bon sang ?

Il lui sourit et, du bras, désigna l'espace au-delà de la véranda, vers le blizzard qui enflait.

— *Le ciel s'effondre.*

16

*Dimanche 13 décembre 2015,
18 h 13*

La tempête de neige avait frappé plus tôt que prévu. La Grosse Pomme était inondée de poudreuse, tandis qu'au bas des immeubles soufflait un vent violent et glacial. Avant que le chauffage de la voiture ne fonctionne à plein régime, ils furent déviés et durent quitter la New England Thruway, l'autoroute censée les ramener à New York. Le blizzard avait fait ses premières victimes de la soirée, un accident à moins d'un kilomètre. Curtis suivit les feux orange clignotants et les panneaux de signalisation érigés à la hâte, puis rejoignit la longue file d'automobiles qui rattrapaient la Route 1 à vitesse d'escargot.

Baxter somnolait à moitié à l'arrière. Derrière la vitre, le monde paraissait figé, mais dans l'habitacle, des bouffées d'air quasi brûlant s'élevaient du tableau de bord, mêlées à une odeur de cuir. Le chuintement des pneus crissant sur la neige était presque aussi relaxant que le chant de l'eau vive d'un ruisseau. La radio de la police ronronnait, évoquant accidents de la circulation, bagarres et cambriolages.

Baxter se sentait épuisée par la journée qu'elle venait de passer — et elle n'était sûrement pas la seule. Sur la scène de crime, elle avait puisé sa force dans un cynisme de façade afin de ne pas flancher, comme chaque fois qu'elle avait dû affronter des situations épouvantables au cours de sa carrière. Au calme à l'arrière du véhicule noir, tout ce à quoi elle pensait à présent, c'était ce sous-sol, ces corps affalés les uns contre les autres, ligotés, aveuglés puis exécutés. Toute une famille massacrée.

Bien qu'elle trouvât l'idée absurde, elle en voulait à Thomas, à Tia, et aux quelques rares amis qui lui restaient encore fidèles. Que connaissaient-ils des abysses d'horreur dont était capable la nature humaine ? À quoi ressemblait une mauvaise journée pour eux ? Devoir braver la pluie pour se rendre au bureau ? Se faire servir une commande au Starbucks qui n'était pas la leur ? Se prendre une remarque désobligeante par un collègue ?

Aucun d'eux ne pouvait comprendre à quoi ressemblait son quotidien à elle. Son quotidien d'inspecteur de la criminelle.

Aucun d'eux ne tiendrait le choc face aux horreurs qu'elle voyait tous les jours, et qui la hantait.

Il n'y avait rien d'anormal à ressentir de l'amertume envers des gens qui vivaient une vie plus simple, plus banale. C'était sans aucun doute la raison pour laquelle tant de ses collègues du *Met* étaient en couple avec des flics. Entre les heures d'astreinte, le travail en équipe et la proximité, mais aussi les intérêts communs, cela tombait sous le sens. Mais Baxter était persuadée que ça allait au-delà de ces considérations pratiques. Aussi déplaisant que ce soit à admettre, en fin de compte, chaque personne et chaque chose qui n'avait pas un lien direct avec son boulot de flic l'emmerdait.

— Ça va, Baxter ?

Rouche s'était retourné vers elle. Elle ne s'était même pas rendu compte qu'il lui avait adressé la parole.

— Pardon ?

— Le temps se dégrade méchamment. On se disait avec Curtis qu'il vaudrait mieux faire un arrêt quelque part pour grignoter un morceau.

Elle haussa les épaules.

Rouche traduisit pour sa voisine :

— Comme vous voulez.

Baxter se replongea dans sa rêverie et laissa son regard errer derrière la vitre. Une pancarte brillante de givre indiquait qu'ils entraient dans la petite ville de Mamaroneck – elle ignorait où c'était, et s'en fichait ; ce qui était sûr, c'est qu'elle n'avait jamais assisté à pareille tempête de neige. Elle pouvait à peine distinguer les immeubles qui bordaient la rue principale. Rouche et Curtis scrutaient les environs avec difficulté, à la recherche d'une place où se garer.

— Vous pouvez me lancer ma veste, s'il vous plaît ? demanda Rouche, empli d'un optimisme à toute épreuve.

Baxter attrapa le manteau à côté d'elle sur la banquette et le lui tendit entre les deux sièges avant. Une feuille de papier tomba de la poche et atterrit à ses pieds. Elle se baissa et tâtonna à l'aveugle sur le tapis de sol. Elle ramassa la feuille et allait la lui rendre quand elle aperçut l'en-tête : le nom de Glenn Arnolds tapé à la machine.

Sans quitter des yeux la nuque de Rouche, elle déplia le document en faisant le moins de bruit possible.

— Et là, sur la gauche, c'est pas un resto ? dit Curtis en désignant plusieurs voitures qui bifurquaient en direction d'un parking.

— Oui ! Un *diner* ! s'écria Rouche, tout content. Ça va à tout le monde ?

— Ça me va, répondit Baxter alors qu'elle essayait de déchiffrer la feuille froissée à la lueur intermittente de l'éclairage public.

Elle comprit assez vite, en lisant en diagonale, qu'il s'agissait d'un bilan sanguin réalisé par le service médico-légal. La liste des médicaments et les résultats d'analyses ne lui parlaient pas tellement, mais la légiste avait entouré certains passages qui devaient revêtir une importance.

Pourquoi Rouche lui avait-il caché cette information ? Elle réfléchissait à la manière d'obtenir une explication quand il se tourna vers elle, tout sourire.

— Je sais pas vous, mais moi je crève d'envie de m'envoyer une bonne bière.

Elle lui rendit son sourire, froissa la feuille en boule sur ses genoux, tandis que Curtis suivait une voiture qui s'engouffrait sur le parking bondé. Rouche finit par la convaincre de se garer sur un accotement, ce qu'elle accepta à contrecœur. Tandis que Baxter enfilait ses gants et son bonnet, Rouche plaça son badge en évidence sur le tableau de bord, ce qui, de son point de vue, suffisait à l'excuser d'avoir écrasé d'éventuels parterres de fleurs cachés sous la neige.

Ils sortirent et pataugèrent dans une gadoue neigeuse jusqu'à l'entrée du *diner*, en grelottant tous les trois. Une file d'attente d'au moins vingt-cinq personnes attendait devant la porte. Les gens se blottissaient contre les baies vitrées dans l'espoir de glaner un peu de chaleur, et la perspective d'un bon repas. Pendant que Curtis et Rouche prenaient place au bout de la file, Baxter les pria de l'excuser. Elle avait un coup de fil à passer.

Elle traversa la rue principale pour téléphoner en toute discrétion. Il y avait une minuscule et charmante église qui lui fit penser à une carte de vœux de Noël, mais la boutique de donuts à côté gâchait l'ambiance. Elle composa le numéro d'Edmunds, et tomba sur sa boîte vocale.

— J'ai besoin de te parler. Rappelle-moi.

Plutôt que de rejoindre ses collègues, qui avaient progressé d'environ un centimètre, elle s'assit sur un muret, avec la conviction qu'il la rappellerait très vite.

Elle avait *vraiment* besoin de lui parler.

Une famille nombreuse au début de la queue fut invitée à entrer dans le restaurant, ce qui permit à Curtis et à Rouche de faire une avancée spectaculaire de cinquante centimètres. Ils lorgnaient la silhouette de Baxter de l'autre côté de la rue, dont le visage était éclairé par l'écran de son portable.

— Je croyais qu'on tenait une piste solide, déplora Curtis. Et voilà que nous sommes à nouveau dans une impasse.

Rouche savait qu'elle pensait à Glenn Arnolds, à l'innocent qu'elle avait tué. Mais en vérité, il était époustouflé par sa capacité à rebondir. Vingt-quatre heures plus tôt, elle était au fond du gouffre, et ce soir, elle était à nouveau opérationnelle. La conversation nocturne qu'ils avaient eue après l'émeute lui avait donné un aperçu du contexte familial qui était le sien. Curtis venait d'un milieu de pouvoir. Le favoritisme dont Lennox faisait preuve à son égard était flagrant : elle la surprotégeait, était prête à faire des exceptions la concernant, qu'elle n'aurait probablement pas accordées à d'autres de ses subordonnés.

Que Curtis ne prenne pas conscience de sa position paradoxale lui paraissait étrange. Sa volonté de réussir dans une carrière pour laquelle elle avait une véritable vocation, ses excellents résultats sur des affaires très médiatisées et son aptitude à gravir si vite les échelons, toutes ces choses qu'elle revendiquait pour contrarier sa famille étaient *en fait* rendues possibles par cette dernière, et par le nom qu'elle portait. On aurait retiré l'affaire à n'importe qui d'autre dans sa situation, la police des polices s'en serait mêlée et l'aurait soumise à des interrogatoires d'évaluation, mais pas elle. Curtis voulait se racheter, et on le lui permettait.

— Mais non, nous progressons, la rassura Rouche. Nous n'étions pas censés découvrir les Bantham si tôt. Pas encore. Tous les autres cadavres nous ont été agités sous le nez… mais pour les Bantham, il n'y avait ni mise en scène ni public. Ils étaient dissimulés. Ce qui veut dire qu'on est sur la bonne voie. Une « marionnette » morte, pas d'« appât ». Peut-être Bantham avait-il été sommé de tuer… et peut-être a-t-il refusé ?

Curtis approuva d'un hochement de tête et grappilla quelques centimètres de plus dans la queue.

— Si seulement on avait pu les sauver…, murmura-t-elle.

Arnolds avait été leur premier suspect vivant et lui seul aurait été en mesure de leur fournir les informations dont ils manquaient cruellement. Par sa faute, Curtis leur avait fait perdre l'avantage. Rouche le savait, comme il savait, rien qu'à étudier son visage, ce qu'elle ruminait en cet instant précis : auraient-ils pu empêcher le massacre des Bantham si elle avait réagi autrement à la gare ?

— Ce qui compte, dit-il, c'est de continuer à travailler en équipe.

Curtis suivit son regard posé sur Baxter. Elle venait apparemment de jeter son téléphone par-dessus le muret, dans un accès de rage, et le cherchait activement dans le noir.

Ils se moquèrent gentiment d'elle.

— J'ai reçu des ordres.
— Des ordres stupides.
Curtis haussa les épaules, mais il poursuivit :
— C'est absurde et contre-productif de mettre Baxter à l'écart. Regardez ce qui s'est passé aujourd'hui !
— Justement, parlons-en. Elle savait qu'il fallait se concentrer sur le psychiatre. Comment l'expliquer ? Elle ne l'a pas appris de nous, en tout cas. Avez-vous déjà songé qu'elle pourrait faire de la rétention d'infos de son côté aussi ?
Rouche soupira et la dévisagea longuement.
— Et comment ferez-vous le jour où Lennox exigera que vous m'évinciez ?
Curtis se dandina, mal à l'aise.
— Je vous évincerai, admit-elle en soutenant son regard.
Elle n'en était pas si sûre mais refusait d'avouer le contraire.
— Aussi simple que ça ?
— Aussi simple que ça.
— Alors je vais vous faciliter la tâche. Je la préviendrai pour les médicaments et les drogues. Personne ne m'a interdit de le faire, et même si c'était le cas, je lui dirais quand même.
— Si vous le faites, j'en référerai aussitôt à Lennox. Et elle vous déchargera de l'affaire.
Curtis détourna le regard, et découvrit qu'un autre groupe avait été admis dans le restaurant, ce qui leur permit d'avancer tout près de l'entrée. Au bout d'un moment, elle le toisa.
— Maintenant, je culpabilise, fit-elle. Je vais être obligée de vous offrir le chili con carne-frites.
Rouche continuait de faire la gueule.
— Bon, je vous paye aussi un milk-shake en dessert.

Après plusieurs essais infructueux, accompagnés d'un florilège des pires injures de son répertoire, Baxter parvint finalement à récupérer son téléphone grâce à une longue branche flexible. Quand elle regarda l'écran, elle constata qu'Edmunds ne l'avait toujours pas rappelée. Elle grelottait de froid. Ses bottines, bardées de neige, étaient si trempées que l'humidité avait gagné ses chaussettes. Pour la énième fois, elle composa le numéro de son ami, et cette fois, laissa un message plus long :

— C'est moi. Sale journée. On dirait que tu as eu le nez creux pour le psychiatre, mais… ça… ça s'est compliqué. Je te raconterai. Autre chose : l'Agent de la CIA, Damien Rouche. Il faudrait que tu fasses quelques recherches sur lui. Et avant que tu râles, non, je ne suis pas parano ! Non, le monde entier ne veut pas ma peau, mais j'ai découvert quelque chose qui me déplaît. J'ai besoin que tu me fasses confiance sur ce coup-là. Essaie juste… juste… de creuser un peu sur lui, tu vois le genre ? Salut !

— Un chili con carne-frites ! lui lança Rouche à quelques mètres derrière elle.

Surprise, Baxter poussa un cri et dérapa, s'étalant de tout son long dans la neige fondue.

Il se précipita pour l'aider à se relever.

— C'est bon, c'est bon, dit-elle une fois sur ses jambes, le fessier douloureux et définitivement mouillé.

— Je voulais seulement vous prévenir qu'on avait enfin une table. Et c'est Curtis qui régale !

— Je vous rejoins dans deux minutes.

Elle le regarda traverser la rue et rentrer dans le restaurant. Qu'avait-il surpris de son message ? Bah… ce n'était pas si grave, après tout.

Il lui cachait des informations, et tôt ou tard, elle découvrirait pourquoi.

17

*Lundi 14 décembre 2015,
8 h 39*

> Viens de vérifier. Ce Rouche est effectivement un monstre
> qui bouffe des chatons au dîner. J'essaie de te rappeler
> entre midi et deux. Des bises.

Edmunds pressa la touche « Envoi », sachant qu'il paierait cher son impertinence quand Baxter le lirait.

— Z'êtes encore sur votre portable ? maugréa une voix nasillarde en provenance du bureau d'en face.

Edmunds l'ignora, glissa son téléphone dans sa poche et rouvrit sa session, qui se déconnectait automatiquement au bout d'un certain temps.

Il méprisait la créature geignarde et lèche-cul avec qui il était obligé de travailler : Mark Smith. La seule chose réellement intéressante chez ce pauvre type était son patronyme. Edmunds n'avait pas besoin de le regarder pour savoir que son collègue trentenaire au brushing toujours impeccable portait un costume de deux tailles trop grandes et une chemise d'un blanc jauni auréolée de sueur aux aisselles. À cause de lui, leur bureau puait la mort.

Devant l'absence de réaction d'Edmunds, il remit ça :

— J'ai dit, z'êtes encore sur votre portable. J'ai bien vu...

Edmunds pensa à la manière dont Baxter aurait réagi. Il se pencha vers le petit homme mesquin et lui fit un doigt d'honneur assorti d'un « Et ça, vous le voyez ? » avant de revenir à son écran.

L'hostilité inhabituelle d'Edmunds était largement justifiée.

Quoique difficile à imaginer aujourd'hui, il fut une époque où il se laissait facilement intimider par ses collègues, voire humilier par ce mec qui se prenait pour un leader. Cela avait creusé quelque chose en lui, et chaque matin il partait au travail avec la boule au ventre.

Cela remontait à un bail, bien avant sa demande de mutation à l'*Homicide and Serious Crime*, pour ce qui demeurerait une trop courte expérience – essentiellement centrée sur l'affaire Ragdoll. Bien avant qu'il ne rencontre son mentor en la personne de Baxter. Frappée d'irritabilité chronique, elle s'était montrée parfois odieuse avec lui, instable, mais toujours terriblement passionnante.

Personne ne la prenait jamais de haut ; elle ne l'aurait pas permis. Elle refusait catégoriquement de plier devant qui que ce soit, chef ou pas chef, que l'autre ait raison ou tort.

Rien qu'en pensant à la tête de mule qu'était son amie, Edmunds se mit à sourire. Elle pouvait devenir un vrai cauchemar vivant quand elle le voulait.

Il se rappelait parfaitement le jour où il avait rempli le formulaire pour sa mutation. Il avait toujours rêvé être un flic de la criminelle. Il avait étudié la criminologie à la fac, mais ses compétences naturelles dans l'analyse des chiffres et sa capacité à repérer des schémas, associées à sa propension à la discrétion, l'avaient orienté vers une carrière au service de la répression des fraudes. Un boulot pépère. Il avait ensuite rencontré Tia, avec qui il avait emménagé très vite. Ils s'étaient installés dans une petite maison de ville, classée en logement social, un lieu imperméable à la notion de ravalement ou de modernisation. Puis Tia était tombée enceinte.

Toute sa vie lui avait alors paru gravée dans le marbre… et c'était bien là le problème.

Après une journée particulièrement éprouvante au bureau, grâce à Mark et à ses laquais bas de plafond, Edmunds avait séché une réunion, et il en avait profité pour remplir sa demande de mutation et réaliser son rêve. Ses collègues s'étaient ouvertement foutus de sa gueule lorsqu'ils l'avaient découvert. Une fois rentré chez lui, il s'était disputé avec Tia, qui l'avait obligé à dormir sur le canapé pour la première fois de leur vie commune. Mais il s'était cramponné, motivé par la haine qu'il éprouvait pour ses collègues, l'ennui que lui procurait son job et le sentiment qu'il se gâchait.

Sa décision de revenir en arrière, de retourner au service de la répression des fraudes avait été la décision la plus difficile de toute son existence. Il avait dû reprendre sa place derrière le même bureau, délaissé moins de six mois plus tôt. Tous les gens de son service en avaient déduit qu'il n'avait pas été à la hauteur, qu'il n'avait pas l'étoffe pour devenir un flic de la criminelle, et qu'il était – sans surprise – plus doué pour les tableurs que pour les cadavres. En vérité, c'est le contraire qui s'était passé, il avait excellé au-delà de ses espérances puisque son action avait été essentielle à la résolution des meurtres Ragdoll. Pour cette raison, il était revenu au service des fraudes aigri et frustré. Aucun de ses collègues n'avait la moindre idée de ce qu'il avait accompli sur ce qui était l'une des plus grosses affaires de la décennie.

Aucun.

L'apogée de ses succès dans l'enquête avait été entouré d'une espèce de « secret défense », et l'opinion publique, abreuvée de semi-vérités, n'en avait rien su. Il fallait protéger la réputation de la *Metropolitan Police* et, par ricochet, celle de l'inspecteur principal Fawkes. Ce dernier était un des rares individus à connaître le secret honteux du *Met*, et ce qui s'était réellement passé dans la salle du tribunal souillée de sang.

Pour le bien de Baxter, Edmunds n'avait eu d'autre choix que de se taire. Non sans amertume, il avait conservé le communiqué de presse officiel qui relatait la disparition de Wolf, et il le lisait de temps à autre pour se rappeler que l'herbe n'était guère plus verte ailleurs... Il avait fini par savoir exactement à quoi s'en tenir.

Le papier était abîmé à force d'avoir été lu.

> ... et, par conséquent, l'inspecteur principal William Fawkes est toujours recherché afin d'être interrogé sur un certain nombre de points en lien avec l'enquête Ragdoll. Notamment sur l'agression présumée de Lethaniel Masse au moment de son arrestation, qui a entraîné chez ce dernier des séquelles irréversibles.
> Toute personne détenant des informations sur l'endroit où se trouverait Mr William Fawkes est priée de contacter immédiatement la police.

Et ce fut tout.

On voulait lui poser des « questions »...

Cela le rendait malade rien que d'y penser. Wolf avait rapidement dégringolé dans leur liste de priorités, lui permettant par voie de conséquence d'échapper à leurs molles tentatives de le localiser.

Edmunds avait bien essayé de mener sa petite enquête, mais il était pieds et poings liés : en recherchant Wolf, il mettait en cause Baxter en exposant le rôle qu'elle avait joué dans sa fuite. Il avait dû se résoudre à ravaler cette injustice – le fait que Wolf soit libre de ses mouvements – et gober la version édulcorée de sa contribution à l'enquête, réduite à peau de chagrin.

C'était la raison pour laquelle il méprisait tant ses collègues, son boulot et même sa vie : aux yeux de tous, il passait pour un raté.

— On n'a pas droit aux portables…, marmonna Mark Smith alors qu'il allumait son ordinateur.

Edmunds avait oublié jusqu'à sa présence.

— Merde, vous êtes vraiment naze, Mark.

Il sentit son téléphone vibrer dans sa poche, et le sortit de manière ostentatoire pour répondre au SMS de Tia.

— Alors…, continua Mark.

— La ferme.

— … où c'est qu'on était hier ? reprit Smith, luttant pour réfréner sa joie malsaine. J'vous ai pas vu pendant une bonne demi-heure hier après-midi, et j'avais besoin de vous pour le travail. J'ai été obligé de demander à Gatiss où vous étiez, mais lui non plus savait pas.

Edmunds percevait de l'excitation dans la voix de ce fumier. Ce dernier avait foncé directement dans le bureau du chef quand il s'était absenté pour discuter avec Baxter.

— J'ai suggéré à Gatiss que vous étiez peut-être en train de passer un coup de fil hyper important, vu que vous vérifiiez votre portable toutes les deux minutes.

Edmunds n'avait jamais été un homme violent et, de toute façon, il n'était pas bâti pour la bagarre. Mark savait très bien comment le faire sortir de ses gonds. Pendant quelques instants, Edmunds se vit lui exploser la tête contre son ordinateur. Il n'était même pas encore 9 heures. Avec cette face de rat devant lui, la journée promettait d'être longue. Il soupira.

Il se concentra sur son écran, lequel s'était à nouveau verrouillé. Il entra son code.

Baxter s'était assoupie une fraction de seconde. Elle se redressa et constata qu'elle n'avait pas raté grand-chose : la pie devant elle continuait de jacasser.

Rouche, Curtis et elle avaient réquisitionné trois salles de réunion contiguës dans les locaux du 9th Precinct, de manière à pouvoir auditionner plus rapidement les dix-sept participants au programme de *Streets to Success*. Chacun avait souscrit à l'offre gratuite d'un « coach de vie » – offre bien alléchante, quoique, avec le recul, peut-être contre-productive.

Comme dans le cas de cette femme toxicomane à l'esprit perturbé.

Des cinq tueurs identifiés, seul Glenn Arnolds avait été soigné par le Dr Bantham au prestigieux centre de soins de Gramercy Practice. Un certain Phillip East avait fourni ses services à la fois à Eduardo Medina et, en tant que coach de vie, à Marcus Townsend. Par ailleurs, les enquêteurs avaient d'ores et déjà établi que Dominic Burrell avait été suivi par le Dr Alexei Green. C'était l'homme que Curtis avait interrogé à la prison – et avec qui elle avait ostensiblement flirté. Mais ils n'avaient trouvé nulle trace d'une quelconque thérapie dans laquelle Patrick Peter Fergus aurait été engagé.

Les équipes américaines et britanniques avaient contacté plusieurs fois East et Green, sans obtenir de résultats tangibles, malgré l'implication indéniable des deux thérapeutes. Il leur était donc impossible de dresser un tableau global de la situation. Ces deux hommes avaient-ils instrumentalisé leurs patients pour les pousser au meurtre ? Ou bien avaient-ils plutôt le profil du Dr Bantham ? En l'absence d'idée sur leur rôle exact, Curtis avait suggéré d'étudier la liste de leurs patients. Mais jusque-là, ces recherches s'avéraient vaines.

Baxter libéra la femme qu'elle interrogeait et sortit de la pièce pour aller prendre un café. Dans la salle adjacente, elle vit Rouche en pleine conversation. Elle fronça les sourcils en remarquant qu'il plaisantait, et même riait, avec une personne assise dans un angle mort, et qu'elle ne pouvait donc pas distinguer.

Elle songea ensuite à Edmunds : elle ne lui avait toujours pas raconté ce qu'ils avaient découvert chez les Bantham.

Il y avait eu un nouvel épisode au cours de la nuit. Un chien de l'unité d'investigation cynophile avait reniflé une piste au départ de la maison jusqu'à un bas-côté situé à deux cents mètres après le ruisseau. Un voisin avait aperçu un van – bleu ou vert – garé là le matin du meurtre. Malheureusement, vu l'emplacement rural du secteur, le réseau routier ne possédait pas vraiment de caméras de surveillance pour surveiller le trafic, ce qui avait réduit à néant leurs chances d'obtenir plus d'informations.

Il était grand temps de mobiliser ses troupes : il fallait qu'elle appelle Edmunds.

Elle longea la salle où des gens attendaient leur tour pour être interrogés, et sortit sur l'East 5th Street. Elle s'assit sur un des bancs en face du poste de police, à l'endroit précis où quelqu'un s'était assis avant elle, aplatissant la couche de neige. Elle contempla les buildings typiquement new-yorkais qui encadraient le 9th Precinct. Des travaux de ravalement étaient en cours sur l'un d'eux. D'énormes tuyaux émergeaient de fenêtres sans vitres, pour se jeter ensuite dans le vide le long des célèbres escaliers de secours, blancs de givre, et se déverser dans les bennes en contrebas remplies de gravats. On aurait dit une version gigantesque d'un jeu de société de son enfance, le *Snakes and Ladders*[1].

Submergée par la mélancolie, Baxter sortit son portable.

Un pas en avant, deux pas en arrière.

Edmunds attendit que son chef ait quitté le bureau pour télécharger l'activité financière de Thomas sur la semaine écoulée. Après un rapide coup d'œil au photocopieur afin de s'assurer qu'il était libre, il pressa la touche « Imprimer » et se leva. La machine cracha les pages tièdes et il les ramassa, non sans noter que les documents étaient plus longs que d'ordinaire.

Il sentit son portable vibrer et y jeta un regard discret. Il sentait les yeux de Mark braqués sur son dos, aussi plia-t-il prudemment les feuilles puis les glissa dans la poche intérieure de sa veste. Il se retourna et sortit en vitesse pour prendre l'appel.

À l'instant où Edmunds quittait la pièce, Mark se pencha sur le bureau d'en face, appuya sur la souris de son collègue pour empêcher le verrouillage de l'écran, et s'assit devant son ordinateur.

— Qu'est-ce que tu fabriques, mon grand ? se murmura-t-il à lui-même en faisant défiler les pages ouvertes : le site de BBC News, une carte de Manhattan, des e-mails.

Il repéra un onglet pour accéder au courrier privé d'Edmunds. Son excitation monta d'un cran. À sa grande déception, la messagerie était déjà déconnectée. Mais cela n'avait aucune importance car il avait vu ce qu'il y avait à voir : le dossier financier d'un certain Thomas Alcock. Or, aucun

---

1. Sorte de jeu de l'oie, mais en damier, avec des serpents et des échelles.

formulaire papier justifiant cette atteinte à la vie privée ne traînait sur le bureau de son collègue. Une recherche illégale sur un citoyen constituait un délit grave.

Mark bondit sur ses pieds, fou de joie. Il lança sa propre impression des données financières concernant ce Thomas. Il pourrait la montrer demain à Gatiss.

Il allait enfin avoir la peau d'Edmunds.

18

*Lundi 14 décembre 2015,
10 h 43*

BAXTER TREMBLAIT DE FROID. Elle avait voulu téléphoner à Edmunds sur un coup de tête, mais n'était pas vêtue assez chaudement pour supporter une longue conversation dehors. Il l'écouta en silence lui raconter la scène de crime chez les Bantham, le véhicule suspect non loin de la maison, et le bilan sanguin caché dans la poche du manteau de Rouche.

— Quelque chose ne tourne pas rond, dit-elle. Et ce n'est pas simplement de la paranoïa. Il est toujours au téléphone, soi-disant avec sa femme, et quand je dis tout le temps, c'est *tout le temps*. On est sur une scène de crime, et voilà que monsieur sort pour discuter avec une mystérieuse personne au lieu de faire son boulot.

— Et toi ? En ce moment, tu fais pareil, non ? répondit Edmunds, se faisant l'avocat du diable.

— C'est différent.

— Allez, Baxter… peut-être qu'il parle *vraiment* à sa femme.

— Déconne pas… *Personne* ne téléphone à sa femme aussi longtemps, ni aussi souvent. Déjà, il n'a pas choisi de vivre sur le même continent qu'elle, et en plus, il ne donne pas l'image d'un type en manque d'affection, affirma-t-elle en claquant des dents. (Elle avait ramené ses cuisses contre son ventre pour se tenir chaud.) Il est si… secret que c'en est bizarre, et maintenant il me cache des éléments de l'enquête. Je te demande juste de fouiner un peu sur lui, c'est tout… D'accord ?

Edmunds n'était pas très partant, persuadé que se mêler des affaires d'un collègue ne menait à rien de bon.

— D'accord, mais je…

— Une seconde ! le coupa-t-elle en voyant les deux agents américains débouler par la porte principale du poste de police.

— Ils ont trouvé Phillip East ! s'écria Curtis depuis l'autre côté de la rue.

— Faut que j'y aille, murmura Baxter à Edmunds.

Elle raccrocha et fonça vers la voiture. Au moment où elle les rejoignait, Rouche lui fourra dans les bras son sac et son manteau.

— Merci ! Hé… mais vous avez oublié mon bonnet… !

Ils grimpèrent en voiture et Curtis démarra en trombe. Alors que Baxter dépliait son manteau pour l'enfiler, son bonnet et ses gants en laine atterrirent sur ses genoux.

Edmunds retourna à sa place, d'humeur plus légère en découvrant que Mark n'était plus là. Il ouvrit sa session et s'apprêtait à poursuivre son travail sur un dossier chiant comme la pluie qui lui prendrait la journée, quand il sentit un regard braqué sur lui. Mark l'observait de derrière la vitre du bureau de Gatiss, mais détourna aussitôt les yeux.

Un peu déstabilisé, Edmunds referma l'onglet de ses activités extraprofessionnelles et fit disparaître le fichier financier de Thomas dans la corbeille – qu'il prit soin de vider, au cas où.

L'avocat de Phillip East les avait coiffés au poteau car il se trouvait déjà dans la salle d'interrogatoire. Nul doute qu'il avait conseillé à son client de ne répondre à aucune de leurs questions.

Lennox avait attendu l'arrivée de Curtis pour commencer. Elle l'accueillit, téléphone à la main, et alla droit au but :

— Il est avec son avocat. Faites votre possible pour lui soutirer un max d'infos dans la demi-heure impartie. Je crois que nous ne pourrons pas le retenir au-delà, vu la tonne de plaintes qu'il m'a renvoyées à la figure.

— Qui est son avocat ? s'enquit Curtis en se dirigeant vers la salle d'interrogatoire.

— Ritcher.

— Oh mince !

Curtis avait déjà traité avec lui sur une précédente affaire. Un avocat ultra compétent mais teigneux, que seuls des clients très aisés pouvaient s'offrir – en général pour les sortir de la mouise où leur arrogance et leur argent les avaient précipités. Pire, l'homme lui faisait penser à son père. Elle doutait qu'ils puissent tirer quelque chose d'East avec Ritcher dans les parages.

— Bonne chance, glissa Lennox à sa protégée devant la porte.

Mais alors que Baxter s'apprêtait à entrer, elle tendit le bras pour l'en empêcher et aboya :

— Pas vous !

— Pardon ? s'irrita l'Anglaise.

Rouche allait lui aussi monter au créneau lorsque Lennox enchaîna :

— Pas en présence de Ritcher. Vous nous économiserez un procès pour chaque mot que vous prononcerez.

— Mais…

— Vous pouvez regarder si vous voulez. Fin de la discussion.

Rouche hésitait, mais Baxter lui signifia d'un regard de laisser tomber. Elle marcha d'un pas énervé jusqu'à la pièce attenante.

L'agent de la CIA entra dans la salle d'interrogatoire et prit place à côté de Curtis. En face d'eux, Ritcher paraissait aussi vaniteux et détestable que le suggérait sa réputation. Âgé d'une cinquantaine d'années, il avait un visage en lame de couteau surmonté d'une épaisse tignasse blanche. En comparaison, son client semblait maigrichon, le genre chétif dans un costume élimé. Ses yeux fiévreux balayaient la pièce.

— Bonjour, monsieur East, déclara Curtis avec entrain. Monsieur Ritcher, c'est toujours un plaisir… Puis-je vous offrir un café ?

East secoua la tête.

— Non, répondit l'avocat. Et pour votre gouverne, il ne vous reste maintenant que quatre questions.

— Sérieusement ? fit Rouche.

— Tout à fait.

— Vraiment ?

Ritcher se tourna vers Curtis.

— Il serait prudent de dire à votre collègue de ne pas me contrarier.

— Sans blague ? ajouta Rouche.

Curtis lui balança un coup de pied sous la table.

Dans la salle adjacente, derrière la vitre sans tain, Baxter rongeait son frein.

— Putain... Ils auraient mieux fait de me laisser entrer...

— J'ai une question, reprit Ritcher. Qu'est-ce qui autorise le FBI à convoquer mon client, tel un petit délinquant, sans lui fournir la moindre explication, alors qu'il n'est soupçonné d'aucune activité illégale ?

— Nous avons tenté de le joindre au téléphone, déclara Rouche avec désinvolture, mais votre client avait, *semblerait-il*, choisi de prendre la tangente, avec femme et enfants. (Il se tourna vers le médecin.) N'est-ce pas, Phillip ?

— Nous avons besoin de poser quelques questions à Mr East concernant l'une de nos enquêtes, c'est tout, expliqua Curtis dans une tentative désespérée de calmer le jeu.

— Votre enquête, ah oui..., ricana Ritcher, parlons-en. Votre patronne a été assez aimable pour me fournir un aperçu des procédures internes du FBI, avant de nous déposséder de nos effets personnels, cela va sans dire, de peur que nous dévoilions au public les fruits de vos incomparables spéculations. À savoir, le fait qu'un psychiatre assassiné aurait suivi un de ces pauvres types qualifiés de « marionnettes » vous incite naturellement à soupçonner d'actes délictueux toute la profession de soignants, en un mot... à les accuser d'avoir inspiré ces meurtres ! Quel raisonnement brillantissime !

— Votre client a fourni un accompagnement psychologique à *deux* de nos tueurs, affirma Curtis.

— Rectification, soupira Ritcher, il a coaché l'un d'eux dans un cadre institutionnel. Concernant l'autre, mon client travaillait bénévolement pour une association caritative. Un effort louable, vous en conviendrez.

East jeta un rapide coup d'œil à Rouche, puis baissa la tête.

— Avez-vous représenté Phillip avant aujourd'hui ? demanda l'Agent Spécial à l'avocat procédurier.

— Je ne vois pas en quoi cela est pertinent.

— À moi d'en juger.

— Très bien, cracha Ritcher, exaspéré. Non, c'est la première fois que je représente Mr East.

— Qui règle vos honoraires et comment ?

— Maintenant ça suffit, on s'éloigne complètement du sujet !

— Oh que non, insista Rouche, parce que vous n'êtes pas un avocat que tout le monde peut s'offrir. Vous reniflez à dix kilomètres les affaires où il y a du fric à la clé, même les plans les plus foireux.

Ritcher se renversa contre le dossier de sa chaise et lui sourit.

— Alors pardonnez-moi de trouver un tout petit peu bizarre qu'un mec qui est coach à mi-temps et rond-de-cuir le reste de la semaine, qui s'habille avec des fringues de seconde main puisse se payer les services d'un avocat comme vous.

Curtis ouvrit de grands yeux, totalement déroutée.

— Se cacher avec toute sa famille, prendre un avocat hors de prix... Tout ce cirque pour répondre à quelques questions...

— Y a-t-il un message derrière vos insinuations ? demanda Ritcher.

— Poser des questions ne nous mènera nulle part, lui rétorqua Rouche, puisque vous n'y répondrez pas. Je vous explique.

Il fit un geste à Curtis pour qu'elle fasse glisser le dossier devant elle, tandis qu'East l'observait, très nerveux. Curtis, l'air inquiet, obtempéra et Rouche, tout en tournant les pages, reprit :

— À vrai dire, Phillip, quand vous avez disparu, j'ai cru que c'était la culpabilité qui vous avait poussé à fuir. Mais maintenant que je vous vois, je comprends que c'était la trouille.

Rouche parut avoir trouvé ce qu'il cherchait. Il sortit une photographie et la plaqua au milieu de la table.

— Nom de Dieu, souffla Ritcher.

— Rouche ! cria Curtis.

East avait l'air pétrifié. Sur le cliché en noir et blanc, on voyait les membres de la famille Bantham en rang d'oignons, ligotés, la tête couverte d'un sac en papier kraft.

— Je vous présente James Bantham, psychiatre... un soignant... comme vous, expliqua Rouche en notant qu'East tirait inconsciemment sur le tissu de sa chemise pour la décoller de sa poitrine. Voici sa femme et leurs deux enfants.

Incapable de détacher ses yeux de la photo, East semblait crucifié. Sa respiration saccadée emplit toute la pièce.

— Bantham n'a pas eu le temps de nous parler, regretta Rouche, sans doute était-il persuadé qu'il protégerait ainsi sa famille.

Ritcher se leva, attrapa l'atroce photographie et la retourna sur la table.

— Au revoir, Agent Spécial *Rouche*.

Rouche était dégoûté. La seule personne qui prononçait correctement son nom du premier coup était ce requin d'avocat.

— On... on... nous... avons d'au... autres questions ! bégaya Curtis.

— Je n'en doute pas, rétorqua Ritcher.

— Phillip, enchaîna Rouche alors que son avocat l'entraînait hors de la pièce. Phillip !

East se retourna.

— Si *nous*, nous avons pu vous retrouver, *lui* vous retrouvera à coup sûr !

Rouche en était convaincu, même s'il n'avait aucune idée de l'identité de ce « lui ».

— Ne faites pas attention à lui, ordonna Ritcher à son client, impatient de récupérer ses affaires confisquées.

— Merde ! s'écria Curtis en voyant les deux hommes s'éloigner dans le couloir. Ça ne nous a mené nulle part.

— On ne peut pas le laisser filer, dit Rouche en sortant une paire de menottes de sa poche.

— Mais Lennox a dit...

— M'emmerdez pas avec Lennox !

— Elle vous aura retiré l'affaire avant même que vous le rameniez dans la salle d'interrogatoire.

— Au moins, on pourra dire qu'il existe encore une affaire...

Il la bouscula et fonça vers les deux hommes patientant devant l'ascenseur.

— Phillip !

Rouche avait hurlé. L'ascenseur s'ouvrit et les deux hommes pénétrèrent dans la cabine.

L'Agent Spécial courut vers eux en interpellant une nouvelle fois le thérapeute. Il piqua un sprint sur les derniers mètres et plaqua ses mains entre les deux portes coulissantes qui se figèrent puis s'écartèrent. Dans un angle de la petite cabine, emmitouflée dans son manteau, à peine reconnaissable avec son bonnet ridicule, Baxter demanda innocemment :

— Quel étage, je vous prie ?

Rouche planqua aussitôt les menottes et sortit tout aussi innocemment une carte de visite qu'il tendit à East.

— Si jamais quelque chose vous revient...

Puis il relâcha les portes.

Les agents, intrigués par la cavalcade de Rouche, reprirent leurs activités.

Curtis le rattrapa, paniquée, et le tira par le bras.

— Mais vous l'avez laissé partir ?

— Pas exactement, non...

Edmunds avait hâte de rentrer chez lui pour se replonger dans l'affaire. La dernière demi-heure au bureau n'en finissait pas, et la conversation téléphonique avec Baxter l'obsédait. Tout l'après-midi il n'avait cessé de penser aux derniers développements qu'elle lui avait exposés, et il devait reconnaître que cela le mettait en transe, malgré la terrifiante réalité que recouvraient les faits. Résoudre une énigme inextricable l'excitait, et cette affaire en représentait une de taille ! Edmunds avait établi avec certitude que la fonction de thérapeute constituait un dénominateur commun, or, paradoxalement, cela ne faisait que compliquer la donne.

— On pourrait se voir un instant ? chuchota Mark.

Perdu dans ses pensées, Edmunds fixait son écran ; il sursauta.

— Dans le bureau de Gatiss..., précisa son collègue sans pouvoir réprimer un sourire de satisfaction.

Edmunds s'attendait à des représailles depuis leur petite altercation. Il traversa l'open space jusqu'au bureau vitré de son chef, espérant que ses remontrances ne le mettraient pas en retard.

Au moment où il entra, il vit Thomas de dos, assis en face de Gatiss. À l'évidence, il n'allait pas être question de l'usage « abusif » de son portable. Mark referma la porte et, tout en s'asseyant, Edmunds jeta un coup d'œil angoissé à son ami.

Mark prit place à l'autre bout du bureau.

— Je suis navré, monsieur Alcock, d'avoir à vous convoquer de cette façon dans nos locaux, déclara Gatiss.

Le patron d'Edmunds était un homme trapu et chauve, avec des yeux minuscules pleins de méchanceté.

— Pas de soucis, répondit Thomas d'un ton enjoué.

— J'ai bien peur qu'il y en ait un, malheureusement. Un fait a été porté à mon attention et cela vous concerne. Par conséquent, j'ai jugé préférable de vous l'exposer de vive voix.

Edmunds n'aimait pas la tournure que prenait la conversation. D'autant qu'il avait toujours été très prudent dans ses recherches.

— Premier point, reprit Gatiss, est-ce que vous vous connaissez ?

— Oui, bien sûr, répondit Thomas en souriant à Edmunds. Alex est un ami proche. Je l'ai connu grâce à ma... *compagne*, avec qui il a travaillé.

Thomas semblait gêné d'avoir employé le mot « compagne », vu qu'il ne correspondait pas exactement à la relation qu'il entretenait avec Baxter. Mark les dévisageait l'un et l'autre avec avidité, jouissant de l'avalanche d'emmerdes qui allait enfin le débarrasser d'Edmunds.

— Alors Edmunds, avez-vous des raisons de croire que Mr Alcock, votre *ami* ici présent, soit coupable de quelque activité illégale ?

— Bien sûr que non.

Mark était si excité qu'il lâcha un petit couinement rauque.

— Intéressant, reprit Gatiss. Eh bien, monsieur Alcock, au risque de vous causer un choc, je suis au regret de vous informer que votre ami se servait de notre logiciel anti-fraudeurs pour examiner l'intégralité de vos comptes bancaires.

Gatiss jeta à Edmunds un regard assassin, tandis que Mark exhibait fièrement l'impression papier du fichier et la déposait devant eux.

— Ma foi... je ne suis pas étonné... pas vraiment, répondit Thomas, tout confus. Parce que... je... je le lui avais demandé.

— *Quoi ?* s'exclama Mark.

— Pa... pardon ? bredouilla Gatiss.

— Mon Dieu, je suis sincèrement désolé d'avoir jeté le trouble dans votre service, déclara Thomas. J'ai... C'est assez gênant à expliquer... J'ai des problèmes d'addiction au jeu. J'ai supplié Alex de garder un œil sur mes comptes au cas où je... déraperais encore. Je me connais, jamais je n'aurais pu admettre les conséquences de mon... vice. Comme Alex est un de mes meilleurs amis, je lui ai demandé de me surveiller.

— Quatre mois sans un seul pari, affirma Edmunds en lui tapotant affectueusement le dos.

Il ne put s'empêcher d'afficher un sourire idiot.

— Mais... mais... ça reste illégal ! cria Mark.

— Smith ! hurla Gatiss. Foutez-moi le camp !

Edmunds regarda Mark droit dans les yeux et se gratta discrètement la joue avec son majeur. Son collègue se leva et quitta la pièce, furibond.

— Monsieur Alcock, insista Gatiss, vous étiez donc parfaitement au courant des recherches d'Edmunds ?

— Parfaitement.

— Je vois. (Il se tourna vers son subordonné.) Mais Mark a toutefois raison sur un point : l'utilisation de nos ressources – même bien intentionnée – est un délit.

— Oui, monsieur, je le sais.

Gatiss poussa un long soupir. Il réfléchit aux différentes options, puis trancha :

— Je me contenterai donc d'un simple rappel à la loi, pour cette fois. Ne me faites *pas* regretter mon indulgence.

— J'y veillerai, monsieur.

Edmunds raccompagna Thomas à la sortie du bâtiment. À peine en avaient-ils franchi les portes qu'ils éclatèrent de rire.

— Des problèmes d'addiction au jeu ? répéta Edmunds. Mais tu as une imagination débordante, ma parole !

— Que voulais-tu que je fasse ? Leur balancer la vérité ? Leur expliquer que ma petite amie est si traumatisée à l'idée d'accorder sa confiance à quelqu'un qu'elle me quitterait sur-le-champ si elle n'était pas rassurée par tes audits hebdomadaires ?

Derrière son ironie, Edmunds percevait combien il était blessé qu'après huit mois ensemble elle soit toujours aussi peu sûre de lui.

Mais la situation dans laquelle l'avait précipité Baxter avait fini par devenir intolérable pour Edmunds. Plus les semaines passaient, plus il se liait d'amitié avec Thomas. Pris entre deux feux, il lui avait fallu prendre une décision. Soit il trahissait son ami en poursuivant des recherches illégales sur ses activités, préservant ainsi la stabilité du couple. Soit il refusait de rendre ce service à Baxter, sachant que, dans ce cas, elle romprait immédiatement avec Thomas plutôt que de courir le risque d'être une nouvelle fois déçue. Edmunds avait choisi de faire pencher la balance en faveur de son ami et lui avait tout avoué. Thomas avait accueilli sa confession avec une élégance rare. N'ayant rien à cacher, il avait donné sa bénédiction à Edmunds pour qu'il continue à abreuver Baxter de rapports réguliers, et se montrait très compréhensif envers la paranoïa de sa petite amie ; après tout, il l'aimait.

Persuadé que Thomas incarnait l'homme idéal pour Baxter, Edmunds ne doutait pas qu'avec le temps, elle aussi en serait convaincue.

— Suivez cette voiture !

Baxter n'avait jamais été aussi heureuse de sa vie qu'en prononçant cette formule magique dans un taxi jaune new-yorkais.

Ritcher et East s'étaient séparés au bas de l'immeuble, sur Federal Plaza. Elle avait espéré que le thérapeute prendrait le métro, mais la météo exécrable avait dû l'en dissuader car il s'était jeté dans un taxi. Affolée à l'idée de perdre de vue leur meilleure piste, elle avait couru pour en héler un à son tour.

Garder les yeux sur le *bon* taxi jaune relevait du miracle. La circulation était dense dans le Financial District, mais redevint fluide une fois qu'ils eurent quitté Manhattan et pris l'autoroute. Maintenant certaine qu'elle ne risquait plus de le perdre de vue, Baxter sortit son portable. Elle savait que Curtis et Rouche devaient attendre son appel.

Elle regarda par la vitre le panneau indicateur et tapa un bref SMS :

Autoroute 278 direction Red Hook.

Après avoir appuyé sur la touche « Envoi », elle tendit l'oreille. À la radio, elle venait de reconnaître une voix familière à l'accent de Louisiane :

— Il s'agit de vous briser en mille morceaux jusqu'à ce qu'il ne reste plus rien de vous, expliquait le pasteur Jerry Pilsner Jr.

— Et si j'en crois ma très modeste connaissance en matière d'exorcisme, en fait... tirée des films d'horreur, plaisanta l'animateur, cela survient en plusieurs étapes, non ?

— Trois étapes, c'est exact.

— Mais... c'est tout ce que c'est, n'est-ce pas ? Des trucs de films ? Vous n'êtes pas sérieusement en train de prétendre que c'est ce qui arrive à ces gens ? À ces « marionnettes » ?

— Je suis *parfaitement* sérieux. Trois étapes. La première est l'« infestation diabolique » : l'entité choisit sa victime, teste sa vulnérabilité... fait en sorte de révéler sa présence. La deuxième étape est l'« oppression » : l'entité possédante contrôle la vie de sa victime, la fait douter de sa santé mentale.

— Et la troisième ?

— La « possession » : à cette étape, la volonté de la victime est annihilée... jusqu'à ce qu'elle finisse par inviter l'entité à entrer en elle.

— *Inviter ?*

— Pas dans le sens traditionnel du terme, clarifia le pasteur. Il y a toujours un choix. Si vous choisissez de vous soumettre, alors vous lui accordez votre permission, celle de vous posséder.

Baxter se pencha vers le chauffeur.

— Vous pourriez éteindre la radio, s'il vous plaît ?

19

*Lundi 14 décembre 2015,
12 h 34*

À Brooklyn, le chauffeur de Baxter ralentit devant une des entrées de Prospect Park, car Phillip East réglait sa course une centaine de mètres plus loin, de l'autre côté de la rue.

Le thérapeute attendit une bonne minute à l'endroit où le taxi venait de le déposer, surveilla les voitures qui longeaient le parc, ainsi que le parc lui-même. Visiblement rassuré, il revint un peu sur ses pas – en direction de Baxter – et s'engouffra dans un immeuble de style Art déco.

À son tour, Baxter descendit du taxi et paya le chauffeur bien plus qu'elle n'aurait dû. Elle n'était pas dupe. L'homme avait délibérément mis un siècle à farfouiller dans ses affaires à la recherche de monnaie ; il avait bien compris qu'après avoir suivi ce type à travers tout New York, la priorité de sa cliente était de ne pas lâcher sa proie, quitte à ne pas récupérer ses huit dollars cinquante. Elle traversa la rue en zigzagant entre les véhicules et se dirigea vers la double porte vitrée de l'immeuble où East avait disparu.

Un court instant, elle craignit l'avoir perdu. Puis elle entendit le claquement sec d'un verrou quelque part au rez-de-chaussée. Guidée par le bruit, elle entrevit East au moment où il passait l'embrasure d'une porte tout au fond du couloir. Dans cette partie-là, l'éclairage était plus faible à cause d'une ampoule cassée. Elle se précipita discrètement pour noter le numéro de l'appartement.

Ensuite elle ressortit, traversa la rue et s'installa sur un banc à l'entrée du parc, d'où elle pouvait contrôler l'entrée de l'immeuble sans attirer l'attention. Elle se pelotonna sur elle-même à cause du froid et prévint Rouche des derniers développements.

Cela faisait maintenant quinze minutes qu'elle attendait Curtis et Rouche – qui avaient décollé trois minutes après son appel. Baxter martelait la neige fondue des pieds, tout à la fois pour se tenir chaud que parce que son impatience grandissait à chaque seconde.

— Joyeux Noël ! lui lança un vieil homme tout sourire quand il passa devant elle, mais elle lui adressa un regard impétueux et il n'insista pas.

Elle rappelait Rouche pour savoir où ils en étaient quand un véhicule qui n'était pas le leur se gara juste devant la double porte vitrée.

Baxter se leva d'un bond.

— On est là dans cinq minutes max ! lui dit Rouche au téléphone. Baxter ?

Elle s'était légèrement déplacée de côté pour observer ce qui se tramait. Un homme en blouson à capuche descendit du van, puis fit coulisser la portière arrière pour attraper un grand sac à dos.

— Baxter ?

— On a un gros *gros* problème, murmura-t-elle dans le combiné tout en traversant la route. Van de couleur verte garé à l'instant devant l'immeuble. Comportement suspect du chauffeur.

Elle entendit l'agent de la CIA répéter le message à Curtis. Deux secondes après, le hurlement des sirènes de police résonna dans son téléphone. Elle trottina le long du passage déneigé qui menait aux portes vitrées, tendit la main pour en ouvrir une quand, à quelques mètres seulement, elle aperçut l'homme à capuche accroupi au-dessus de son sac. Elle faillit glisser en reculant pour se plaquer contre le mur extérieur et se dérober à sa vue.

— Deux minutes, Baxter, on est là dans deux minutes, hurlait Rouche pour couvrir la sirène. Attendez-nous !

Baxter jeta un bref coup d'œil dans le couloir et vit à travers la vitre l'homme toujours penché au-dessus de son sac en train d'assembler quelque chose. Elle ne pouvait absolument pas distinguer son visage. Au bout d'un moment, il se redressa et sortit une arme de poing munie d'un silencieux. Il la glissa dans sa veste, referma le sac et se remit debout.

— On n'a pas deux minutes, chuchota Baxter, la famille d'East est peut-être dans l'appartement.

Elle raccrocha avant que Rouche puisse réfléchir. Il fallait qu'elle agisse, elle avait encore en mémoire le carnage dans le sous-sol des Bantham.

Elle se posta devant l'entrée et vit la silhouette se diriger vers la porte d'East, dans la partie mal éclairée du couloir. Elle devait gagner du temps. Elle sortit les clés de son sac et les fit cliqueter à dessein. La silhouette stoppa net et Baxter sentit son regard se poser sur elle. Elle avançait dans le couloir le plus nonchalamment possible, telle une habitante ordinaire de l'immeuble.

L'homme attendait visiblement qu'elle le dépasse, sans faire le moindre effort pour donner le change.

À un mètre de lui, elle afficha un grand sourire.

— Joyeux Noël ! s'exclama-t-elle.

L'homme ne lui répondit pas. La capuche de son blouson se releva un peu sur le haut du front, mais le bas du visage restait dissimulé. Elle ne put en déduire que peu de choses : homme blanc, yeux marron, poids et taille dans la moyenne. Il avait glissé une de ses mains à l'intérieur de son blouson, sans nul doute pour empoigner la crosse de son arme.

Toujours aucun signe de Rouche et Curtis. L'inspecteur principal laissa tomber ses clés, suivant un plan pour le moins improvisé.

— Oh merde, quelle cruche ! marmonna-t-elle en se baissant pour les ramasser.

Elle sélectionna la clé la plus longue et la plus pointue – celle de chez Thomas – et la coinça entre deux doigts pour se fabriquer une arme de fortune. Elle entendait le souffle exaspéré de l'homme, et saisit sa chance.

Elle se releva soudain d'un bond, balança brutalement son poing hérissé de la pointe métallique sous la capuche et l'enfonça dans la joue de l'homme. Sous l'impact, ils basculèrent tous les deux contre la porte de l'appartement, et l'homme émit un cri de douleur.

Il repoussa son assaillante de toutes ses forces contre le mur d'en face et retira l'arme de son blouson. Elle se jeta sur lui, et du dos de son poignet lui écrasa l'arête du nez, sachant que les larmes lui monteraient aux yeux et brouilleraient sa vue.

Wolf l'avait bien formée…

L'homme riposta à l'aveugle, la frappa avec son lourd pistolet. Une serrure cliqueta et le visage inquiet d'East apparut dans l'entrebâillement. L'homme enfonça alors la porte d'un violent coup de pied, et envoya le thérapeute valdinguer au sol.

Des hurlements jaillirent de l'appartement tandis que retentissaient successivement trois coups de feu étouffés.

— Non ! s'écria Baxter en se précipitant derrière le tueur.

— Van de couleur verte ! s'époumona Rouche, alors que Curtis dépassait une file de voitures pour rouler à contre-sens.

Il avait déjà sorti son arme et détaché sa ceinture de sécurité, pressé de rejoindre Baxter. Curtis coupa les sirènes et aplatit la pédale de frein qui trépida sous son pied. La voiture pila dans un crissement de pneus à moins d'un mètre du van aux vitres opaques.

Rouche avait sauté de la voiture et courait déjà vers l'entrée lorsqu'un énorme bruit de verre lui fit tourner la tête. Un homme traversa une fenêtre du rez-de-chaussée et atterrit dans la neige dans un roulé-boulé. Pendant un dixième de seconde, son regard rencontra celui de Rouche. Puis il se releva en titubant et s'enfuit dans la direction opposée.

— Trouvez Baxter ! hurla Rouche à Curtis avant de se lancer à la poursuite du suspect.

Curtis sortit son arme et s'élança dans le couloir, désormais envahi de voisins curieux, intrigués par la porte ouverte et les éclats de plâtre au sol.

— Baxter ?

Curtis redressa son arme et pénétra dans l'appartement. Elle tomba sur le cadavre d'East, couché sur le dos, les yeux grands ouverts tournés vers le plafond. La moquette beige sur laquelle il reposait était rouge de sang.

— Baxter ? répéta l'agent fédéral, cette fois avec un tremblement dans la voix.

Elle entendit pleurer dans une autre pièce et s'approcha prudemment. Elle ouvrit la porte de la salle de bains d'un coup de pied et vérifia également la kitchenette. Elle arriva dans le salon qu'elle découvrit à moitié dévasté. Des meubles étaient cassés. Une table en verre avait été réduite en miettes. Une femme sanglotait dans un coin, protégeant trois jeunes enfants de ses bras, hagarde à la vue de Curtis : venait-elle les sauver ou finir le travail ?

À l'autre angle du salon, Baxter gisait en boule, comme si elle avait été projetée contre la bibliothèque écroulée. Son bras gauche était bizarrement tordu dans son dos.

— Baxter !

L'agent du FBI se précipita sur elle et chercha son pouls. Elle soupira de soulagement en sentant une pulsation au bout de ses doigts, puis esquissa un sourire en entendant sa collègue marmonner une injure.

— Mon… mon… mari…, balbutiait l'épouse d'East.

Curtis releva les yeux et secoua la tête en signe de dénégation.

La pauvre femme s'effondra en larmes.

Curtis demanda par radio qu'on lui envoie d'urgence une ambulance.

Rouche s'était engagé assez loin dans le labyrinthe de ruelles glaciales qui quadrillaient le complexe d'immeubles. Il lui sembla s'être égaré mille fois, à suivre à l'oreille des bruits de pas fantômes qui ne le menaient nulle part. Les fines lamelles de ciel blanc au-dessus de sa tête renforçaient le côté oppressant de ce dédale.

Il arriva à une sorte de croisement d'où partaient des couloirs en béton dans plusieurs directions.

Rouche ferma ses paupières pour mieux se concentrer.

Une cavalcade de pas derrière lui.

Il pivota sur ses talons.

Ne voyant personne, il suivit le seul passage qui lui parut avoir pu être emprunté par le fuyard. Ses épaules frôlaient les bords de l'étroit boyau, lorsque soudain, en un réflexe, il se protégea, bras levés devant lui, puis bascula en arrière.

Face à lui, babines retroussées et grondant de fureur, un énorme husky dressé sur ses pattes arrière mordait frénétiquement le grillage à poules qui les séparait.

Lentement, Rouche abaissa les bras et se redressa, rassuré que l'animal féroce ne puisse se jeter sur lui.

Rouche se sentait étrangement attiré par la bête et il approcha son visage à une quinzaine de centimètres de la gueule du husky. Puis il le fixa droit dans les yeux. Soudain le chien gémit comme s'il était blessé, et se remit sur ses quatre pattes avant de détaler dans un autre passage.

Rouche écouta le trottinement du husky s'évanouir au loin, secoua la tête. Il ramassa son arme et revint sur ses pas à travers le sombre labyrinthe.

Cinq minutes plus tard, il avait retrouvé le chemin de l'appartement d'East. Il examina le cadavre truffé de trois balles tirées à bout portant en pleine poitrine. Les chaussures de Rouche chuintaient sur la moquette gorgée de sang. La chemise de la victime avait été partiellement déchirée par les impacts, et il vit sur son torse taillé l'atroce et cruelle marque : MARIONNETTE.

— Bordel de merde !

Tia s'était écroulée sur le canapé vers 19 heures, et à 21 h 20, Edmunds redescendit de leur chambre, après avoir enfin réussi à endormir Leila. Depuis qu'il était rentré du bureau, il n'avait pas arrêté. Non seulement il s'était occupé du dîner, mais il avait nettoyé la litière de leur chat Bernard, fait tourner une lessive, et débarrassé l'évier de deux jours de vaisselle sale. Il prit Tia dans ses bras et la porta non sans mal jusqu'à leur lit, avec l'impression d'être décidément un mari modèle.

Pour une fois, il était persuadé d'avoir gagné le droit de continuer à travailler jusqu'au petit matin avec le peu d'énergie qui lui restait. Il alla se préparer du café, histoire d'être parfaitement réveillé pour traverser la ville en voiture.

Cet après-midi, il avait pris l'alerte au sérieux : il ne pouvait plus courir le risque d'utiliser les logiciels de son service pour enquêter sur Rouche. Il avait donc eu recours à des moyens plus classiques à sa disposition. Il avait découvert peu de choses, mais suffisamment louches pour justifier d'être creusées.

Finalement, Baxter avait peut-être eu une bonne intuition…

Grâce à des diagrammes en toile d'araignée qu'il avait exhumés des archives de l'Intranet du service des ressources humaines, Edmunds avait appris qu'un de ses anciens collègues de l'*Homicide and Serious Crime* avait travaillé avec Rouche, à l'époque où celui-ci bossait aux stups.

Edmunds avait eu la chance de choper le gars à son bureau.

L'homme avait décrit Rouche comme un type « malin comme un singe, un peu excentrique, mais dans l'ensemble assez décontracté », ce qui corroborait plus ou moins la description qu'en avait faite Baxter. Mais lorsque Edmunds l'avait interrogé sur la ferveur religieuse de Rouche, l'homme avait éclaté de rire. « Vous plaisantez ? Je suis plus croyant que lui. Et je suis athée ! » La repartie de l'inspecteur fan de *hard metal* était sans ambiguïté – tout comme son tatouage à l'avant-bras.

DIEU EST MORT

Le flic avait ensuite évoqué une vieille histoire racontée par un de ses amis de la *Protection Command*, une unité de protection rapprochée du *Met* où Rouche avait été muté en 2004. « D'après mon pote, on l'a viré. Du moins, c'est ce que tout le monde a supposé. Pas de pot de départ, pas de remplaçant. Il a disparu du jour au lendemain. On l'a jamais revu. Le patron a pété un câble, pas étonnant... »

Edmunds avait remercié l'inspecteur de son aide et lui avait poliment promis de le revoir pour prendre un verre, même si ni l'un ni l'autre n'y croyait vraiment.

Avant de partir du bureau, il était parvenu à récupérer l'adresse personnelle de Rouche. À cette heure avancée de la nuit, il ne mettrait qu'une demi-heure pour s'y rendre. Il traversa le couloir sur la pointe des pieds, mit son manteau et son écharpe, décrocha ses clés de voiture et sortit de chez lui comme un voleur.

— Vous voyez cette petite zone plus foncée, là ? lui expliqua le médecin d'un ton enjoué. C'est une esquille au niveau de l'articulation du coude.

— Génial, soupira Baxter. Je peux y aller maintenant ?

Cela faisait presque trois heures qu'elle était confinée dans cette chambre d'hôpital, en butte à un défilé de toubibs et d'infirmières dont les atermoiements avaient usé sa patience. L'affrontement avec l'homme à capuche lui avait laissé des bleus sur tout le corps. Son visage était criblé de dizaines de microcoupures dues à l'explosion de la table en verre – dont *elle* était responsable. Elle s'en tirait avec trois doigts cassés – maintenus par des attelles – et un coude fêlé, sans compter tous les coups reçus qui la faisaient souffrir le martyre.

Avant de prendre congé d'elle, le radiologue exigea d'une infirmière qu'elle lui pose une écharpe de bras.

— Vous avez fait preuve d'un grand courage aujourd'hui, lui glissa Curtis, une fois seule avec Baxter.

— D'une grande stupidité, plutôt, répliqua-t-elle en plissant les paupières à cause de la douleur.

— On va dire un peu des deux, dit Curtis avec un sourire. Rouche a découvert des sacs en toile de jute et du ruban adhésif dans le sac à dos du tueur. Assez pour toute la famille. Baxter, vous leur avez sauvé la vie !

Mal à l'aise devant ces compliments, la jeune femme ne releva pas.

— Où est Rouche ?

— Où pourrait-il bien être, d'après vous ? fit Curtis. Au téléphone, bien sûr...

Devant la mine résignée de Baxter, elle se sentit obligée de lui prodiguer quelques paroles encourageantes.

— Écoutez, on n'est plus dans une impasse cette fois. On vient de convoquer à nouveau Ritcher. La famille d'East est sous protection policière, et à l'heure où je vous parle, on auditionne la mère. On épluche la liste des appels téléphoniques du portable d'East, on étudie ses comptes bancaires, et le relevé d'ADN à partir du sang sur vos clés et vos vêtements a été rapidement transmis aux techniciens de la scientifique. On avance vite, croyez-moi.

Une infirmière passablement énervée revint dans la pièce avec une écharpe de bras d'un mauve fluo.

— Voilà pour vous, dit-elle à Baxter en lui tendant la monstruosité.

Dubitatives, les deux enquêtrices lorgnèrent les sangles violettes et demandèrent en chœur :
— Ça n'existe pas en noir ?
— J'ai bien peur que non, répliqua sèchement l'infirmière. L'écharpe est en option...
— En option ? répéta Baxter.
— C'est ça.
— Alors tenez, je vous rends votre machin, riposta-t-elle en lui fourrant le matériel dans les mains. (Puis elle regarda Curtis avec un grand sourire.) On y va ?

Sous la faible lumière du plafonnier de sa vieille Volvo, Edmunds avait vérifié par deux fois l'adresse de la famille Rouche. Il était garé en face d'une maison plongée dans le noir. Depuis l'intérieur de sa voiture, il pouvait cependant discerner la peinture écaillée sur des pans entiers de la façade et les herbes folles au travers des fentes du pavage de l'allée escarpée. La bâtisse de style Tudor paraissait à l'abandon, même s'il semblait évident qu'elle avait un énorme potentiel.

Il songeait à ce que cette demeure délabrée pouvait susciter dans l'imagination des gosses du voisinage : la maison hantée sur la colline, voilà comment ils devaient l'appeler. Bien qu'il n'ait jamais rencontré Rouche, Edmunds était un peu jaloux. Tia, Leila et lui devaient se contenter d'un logement social dans un quartier craignos, ce qui leur permettait de s'en sortir tout juste. Malgré leurs ressources limitées et des voisins peu aimables, ils essayaient de tirer une certaine fierté de l'endroit où ils vivaient.

En transformant sa modeste maison de ville en un petit nid douillet, Edmunds avait paradoxalement attiré l'animosité des résidents les plus aigris, qui voyaient d'un mauvais œil ses efforts pour améliorer son statut de cadre moyen. La veille encore, la jolie guirlande de Noël qui illuminait en bleu et blanc sa porte d'entrée avait été arrachée et coupée en deux. Edmunds n'avait même pas les moyens d'en racheter une, alors il comprenait d'autant plus mal que Rouche puisse laisser pourrir sur pied sa maison, lui qui avait la chance de posséder une grande demeure dans une banlieue résidentielle.

Edmunds descendit de voiture et referma la portière le plus doucement possible. Il vérifia que personne ne traînait aux alentours, et remonta l'allée en pente vers le domicile de Rouche. Malheureusement, aucun véhicule n'était garé devant — une plaque d'immatriculation se révélait toujours une solide source d'informations. Par contre, il aperçut deux poubelles sur le côté de la maison et se dit qu'elles seraient tout aussi instructives.

À la lueur de sa torche, il examina le contenu de la première, celle des déchets recyclables, à la recherche d'un indice sur la vie très secrète de l'Agent Spécial. Tout à coup, le chemin s'éclaira et Edmunds dut s'accroupir en vitesse derrière les deux conteneurs. Un voisin sortit de la maison d'à côté et passa la tête par-dessus la haie. Edmunds plia davantage ses longues jambes.

— Saletés de renards, maugréa le vieil homme.

Edmunds entendit des pas lourds, un claquement de porte et la lumière s'éteignit. Il se remit à respirer normalement. Après avoir échappé au pire au bureau, la dernière chose dont il avait besoin, c'était d'une inculpation pour violation de domicile chez un agent de la CIA ! Il s'en voulut d'être si imprudent, pourtant son corps réclamait sa dose d'adrénaline. En pure perte, il tenta de ralentir son rythme cardiaque. Seul son souffle plus régulier l'autorisa à croire en une parfaite maîtrise de soi.

Il voulait s'assurer que le vieux voisin avait définitivement renoncé à son rôle de vigie avant de poursuivre sur le chemin qui longeait la maison jusqu'au jardin de derrière. Il avançait doucement, écrasant de longues herbes humides. Près des piquets de clôture cassés, il vit une cabane pour enfants toute neuve et un clapier vide, vraisemblablement abandonnés.

Sous la porte de la véranda donnant sur le jardin, il entrevit de la lumière. Un téléphone retentit, brisant le silence. Au bout de la cinquième sonnerie, une femme décrocha :

— Bonjour, mon chéri ! Tu nous manques tellement à toutes les deux ! Tellement... !

Edmunds grommela entre ses dents et s'accroupit à nouveau. Il craignait que la femme ne l'aperçoive. Plié en deux, il revint sur ses pas, dépassa les poubelles en courant et dévala l'allée. Il grimpa dans sa voiture et démarra tous feux éteints, afin qu'on ne puisse pas relever sa plaque.

Une fois sur la route principale, il alluma ses phares et accéléra. Son cœur battait à cent à l'heure.

Il n'avait rien découvert de probant, mais durant tout le trajet du retour, un sourire illuminait son visage.

20

Lundi 14 décembre 2015,
19 h 54

Un souffle d'air brûlant cueillit Curtis et Rouche dès qu'ils franchirent le seuil de leur hôtel. Une voix qui ne leur était pas inconnue s'élevait dans le hall, autoritaire et cassante, malgré le vrombissement de la soufflerie du plafond. Guidés par les vociférations, ils se dirigèrent vers le bar qui semblait tout sauf glamour. Dans un angle, une télévision d'un autre temps était réglée sur une chaîne sportive. Un match était apparemment sur le point de commencer. En fait d'éclairage d'ambiance, une lumière crue révélait toute l'atrocité de la décoration – très années quatre-vingt –, ainsi qu'un papier peint constellé de taches jaunâtres de nicotine et d'éclaboussures anciennes dont on préférait ignorer l'origine.

— Puisque j'vous dis que *je gère* ! criait Baxter au barman tout en renversant un peu de vin du grand verre qu'elle tenait.

Elle marcha jusqu'à un box près de la fenêtre, s'effondra sur la banquette et cogna son bras malade en jurant de plus belle.

— Ce doit être pour ça qu'on porte une écharpe de bras, marmonna Rouche avant de chuchoter : Vous croyez qu'elle nous remarquera si on fonce jusqu'à nos chambres ?

Il se rendit compte qu'il parlait dans le vide parce que Curtis ne s'était pas aventurée au-delà du gros poste de télévision antédiluvien. Malgré un décorum peu engageant, elle se tenait raide comme un piquet, la main à plat sur le cœur tandis que l'hymne américain était repris par des milliers d'aficionados amateurs de hot-dogs et buveurs de bière.

— Ah… ces Amerloques ! souffla Baxter en secouant la tête avec résignation.

Rouche s'installa face à elle et posa un petit livre aux couleurs délavées sur la table poisseuse.

— Vous devriez vous lever et la rejoindre, puisque vous semblez tant détester votre pays.

Rouche la dévisagea et vit qu'elle avait les yeux brillants de fierté.

— Non merci, et vous savez quoi ? Ma chanson préférée au karaoké, c'est « Since U Been Gone ».

Sur le petit écran, l'hymne national s'achevait dans un tonnerre d'applaudissements dignes d'un rappel à un concert de Bon Jovi.

— Êtes-vous sûre…, fit Rouche en hésitant. (Il désigna le verre.) Est-ce raisonnable de boire alors que vous êtes sous analgésiques ?

— Je crois que j'le mérite, non ? répliqua-t-elle avec hargne.

Il jugea plus sage de laisser tomber. Curtis vint les rejoindre et loucha sur l'énorme verre avec une égale réprobation. Apparemment, le barman l'avait rempli à ras bord dans l'espoir que sa désagréable cliente ne reviendrait pas en chercher un second de sitôt.

— Est-ce raisonnable de boire alors que vous… commença Curtis avant de comprendre la mise en garde muette de son collègue.

Elle fit aussitôt diversion en ramassant le livre pour en lire le titre à voix haute.

— Père Vincent Bastian : *Récit de l'exorcisme de Marie Esposito…* Rouche, vous vous documentez encore sur ces machins-là ? C'est pas vrai !

Rouche lui arracha l'ouvrage des mains et le feuilleta jusqu'à une page cornée.

— Écoutez ça, c'est un témoignage écrit par une femme qui a *réellement* été possédée : « La nuit me traquait, même durant le jour. Et bien que le soleil brûlât, il brûlait dans un ciel noir — les couleurs s'affadissaient comme si elles étaient éclairées à la bougie, et je n'étais qu'une ombre, obligée de me glisser dans *son* ombre. »

Il les regarda, mais elles paraissaient dubitatives, surtout Baxter, occupée à siroter son verre.

— Je repense à notre homme Gémeaux à Grand Central lorsqu'il fixait les étoiles en me disant : « C'est toujours la nuit pour moi. » Allez, les filles, reconnaissez que c'est pertinent !

— Foutaises ! répondirent Baxter et Curtis à l'unisson.

— Et aujourd'hui, dans le groupe d'immeubles d'East, j'ai suivi le bruit de pas et…

Il vit leur mine si effarée qu'il renonça à leur raconter sa rencontre avec le chien féroce.

— Rouche, vous êtes obsédé par cette histoire de possession démoniaque, marmonna Baxter, que le vin rendait sentencieuse. Vous établissez des liens qui n'existent pas. On ne peut pas tout ramener à des dieux et à des fantômes.

Parfois, il s'agit simplement d'êtres humains qui se comportent comme des salopards.

— Ça, c'est envoyé ! approuva Curtis, à nouveau désireuse de changer de sujet. Baxter, Lennox m'a dit que vous devriez retourner chez vous puisque vous êtes blessée.

— Je parie qu'elle adorerait me voir partir, répondit l'Anglaise d'un ton moqueur et sans appel. Alors, on en est où des derniers résultats ?

— Le van était sans aucun doute destiné à être abandonné, expliqua Rouche. Le véhicule est saturé d'ADN. Cela prendra des jours pour déterminer qui est qui. La femme et les enfants d'East n'ont l'air d'être au courant de rien. East est rentré il y a deux jours à la maison et...

— Vous voulez dire le jour où on a commencé à enquêter sur Bantham ?

— Exactement, samedi. Il est rentré comme un fou en disant à sa famille qu'ils devaient décamper sur-le-champ. Il a sorti les valises et leur a hurlé de prendre toutes les affaires dont ils avaient besoin.

— Il leur a servi une histoire à dormir debout, ajouta Curtis, du style un ex-patient qui faisait une fixette sur lui. Sa femme nous a confié qu'il était bizarre depuis des semaines.

— Et ça ne lui a pas traversé l'esprit d'interroger son mari sur le mot MARIONNETTE tailladé sur son torse ? s'insurgea Baxter.

— Elle nous a affirmé qu'ils n'avaient plus de rapports... intimes depuis que tout cela avait démarré, répondit Curtis en haussant les épaules.

Baxter soupira ostensiblement et termina son verre.

— Je vais y aller, dit-elle. J'ai besoin d'une bonne douche après les réjouissances de l'hôpital.

— Vous voulez de l'aide pour vous déshabiller ? proposa Curtis.

— Non merci, répondit-elle en fronçant les sourcils comme si on venait de lui faire des avances. *Je gère.*

On frappa à la porte de la chambre de Curtis.

— Il se pourrait finalement que j'aie besoin d'un coup de main pour me déshabiller, lança Baxter, qui ne put voir le sourire triomphant de sa collègue car elle était empêtrée dans son tee-shirt tire-bouchonné autour de la tête.

— Laissez-moi aller chercher ma clé et j'arrive, s'esclaffa Curtis en rentrant dans la pièce tandis que des voix emplissaient le couloir.

— Qu'est-ce que vous regardez ? grogna la voix de Baxter à l'adresse de clients de l'hôtel.

Curtis la raccompagna à sa chambre, où une chaîne d'information britannique commentait en détail la dernière décision impopulaire du Parlement. Au prix de moult contorsions et grâce à la dextérité de Curtis, Baxter fut enfin délivrée de sa prison vestimentaire. Gênée, elle se couvrit la poitrine avec une serviette.

— Merci.

— De rien.

— Salope !

— Je vous demande pardon ?

— Pas vous, expliqua Baxter, les yeux rivés sur la télé tandis qu'elle tâtonnait à la recherche de la télécommande pour augmenter le volume.

C'était le milieu de la nuit au Royaume-Uni, il n'était donc pas étonnant de voir les mêmes reportages tourner en boucle. En l'occurrence, on y découvrait le visage fatigué d'Andrea Hall sur un grand écran situé derrière le présentateur du dernier JT. Nul doute que malgré ses traits tirés, la nouvelle coupe d'Andrea – un carré court avec des mèches blondes – serait aussitôt adoptée par une flopée de téléspectatrices admiratives.

— Je suis atterrée, hoquetait Andrea, beaucoup d'entre vous le savent, l'inspecteur principal Baxter et moi sommes des amies si proches…

— Salope ! répéta Baxter, bouillant de rage.

Curtis ne pipait mot.

— … et je lui souhaite… avec le reste de l'équipe, un prompt rétablissement après cette vive *altercation* avec un suspect. (Andrea prit une profonde inspiration, mais son visage sans émotion trahissait le fait qu'en réalité elle n'en avait rien à foutre.) Et maintenant, je me tourne vers la *Commander* Geena Vanita de la *Metropolitan Police*… Bonsoir, *Commander*.

La chef de Baxter apparut à l'écran, avec en toile de fond une rue de Londres.

— Bonsoir, mademoiselle Hall.

Vanita connaissait parfaitement la capacité de nuisance de la journaliste et son ambition dévorante. Voilà pourquoi elle avait jugé plus sage de déminer la situation en accordant elle-même l'interview.

— *Commander*, diriez-vous que vous êtes croyante ? attaqua Andrea bille en tête.

— Euh… je… (L'expression de Vanita indiquait que l'interview avait clairement dévié hors de sa zone de confort.) Si vous pouviez revenir à l'enq…

— En l'absence de nouvelles informations sur l'enquête, j'en déduis que vous n'avez aucune piste sérieuse quant à ces horribles meurtres, qui, selon toute apparence, seraient le fruit d'un esprit machiavélique, quoique perpétrés par des individus n'ayant aucun lien entre eux ? C'est bien ça ?

— Eh bien… nous essayons de creuser la pis…

— Azazel.

— *Pardon ?*

— J'imagine que vous avez écouté les théories du pasteur Jerry Pilsner Jr ?

— Bien entendu, répondit aussitôt Vanita.

Impossible d'y échapper : le prédicateur courait les plateaux télé, et les talk-shows se l'arrachaient.

— Et ?

— Et… ?

— Il avance une théorie pour le moins non conventionnelle pour expliquer ce qui se passe, non ?

— J'en conviens.

— Puis-je savoir si la police accorde du crédit à ses affirmations ?

— Absolument pas, contre-attaqua Vanita avec un sourire. Ce serait bien mal employer l'argent du contribuable que de suivre des pistes aussi fantasques.

Andrea éclata de rire et Vanita se décontracta.

— Vraiment ? rétorqua la journaliste en surjouant la préoccupation. Pourtant, chez nous, comme aux États-Unis, les institutions religieuses, toutes confessions confondues, ont battu des records d'affluence au cours de la semaine dernière.

Le visage de Vanita se décomposa. Elle voyait à présent le piège dans lequel Andrea comptait l'attirer.

— La *Metropolitan Police* respecte infiniment toutes les personnes qui…

— Sont-elles idiotes de croire à ces choses, *Commander* ?

— Non, bien sûr que non… mais…

— Donc vous affirmez maintenant que la théorie de l'« ange déchu » est un angle pris au sérieux par les enquêteurs ?

La pauvre Vanita était à la torture.

— Non, je ne dis pas ça... je dis que...

— Je ne suis pas enquêtrice de police, bien sûr, la coupa Andrea, mais n'y aurait-il pas une possibilité, même infime, pour que ces meurtres soient inspirés par la Bible... et peut-être aussi par la notion d'ange déchu ?

Vanita se raidit, tout en réfléchissant à la manière de limiter la casse.

— *Commander ?*

— Oui... non... nous...

— Eh bien, c'est oui ou c'est non ? insista la journaliste avec une mine exaspérée. Il est certain que la police voudra examiner toutes les...

— Absolument, l'interrompit Vanita d'une voix forte. Nous examinons aussi cette possibilité.

Soudain la caméra recula et effectua un plan d'ensemble, avec le présentateur au centre et un mur d'images en fond.

— Oh merde..., murmura Baxter, sentant arriver une de ces mises en scène dramatiques dont Andrea avait le secret.

Derrière le bureau où trônait le présentateur, les écrans s'animaient en bourdonnant, et Vanita disparut au profit d'énormes ailes noires déchiquetées, cadrées de façon à faire croire qu'elles avaient surgi dans le dos de la célèbre journaliste.

— Et maintenant, nous y sommes, asséna Andrea aux téléspectateurs, la *Metropolitan Police* va se lancer à la poursuite d'anges déchus...

— Mais qu'est-ce qu'elle fout, cette conne ? s'exclama Curtis, qui en perdait son self-control.

— C'est sa façon de faire, répondit Baxter en fixant le manteau de plumes noires que portait Andrea grâce à ce montage astucieux.

— C'est complètement absurde !

— Non, pas si c'est elle qui le dit... Regardez, le pire est à venir !

— ... alors je vous encourage, moi, Andrea Hall, à me rejoindre demain, à partir de 6 heures, pour discuter à bâtons rompus de cet extraordinaire et étrange tournant de l'enquête sur ce que la police désigne désormais comme les « meurtres d'Azazel » !

— Oh non..., grogna Baxter, totalement effondrée.

Elle éteignit la télévision et secoua la tête de découragement.

— Euh ..., vous allez bien ? demanda Curtis avec douceur.

— Je suis au top... (Elle se souvint alors qu'elle portait une simple serviette et la remonta un peu vers le haut.) Je crois que je vais aller me coucher...

Il y eut un silence bizarre, comme si elle attendait que l'Agent Spécial parte et la laisse en paix. Au lieu de quoi, Curtis s'installa près d'une petite table située dans un coin de la chambre.

— En fait, depuis un moment, je cherche une occasion de m'entretenir seule à seule avec vous.

Désireuse de masquer son malaise, Baxter battit en retraite vers la salle de bains. Elle était pudique, et être à moitié nue devant Thomas la gênait déjà, alors devant une femme qu'elle connaissait à peine...

Mais inconsciente de ce qui se jouait, Curtis continua sur sa lancée :

— C'est probablement inutile que je vous avoue cela, vu que nous savons maintenant que la « piste du thérapeute » était une piste solide, mais je ne peux plus garder ça pour moi. La légiste a découvert des taux anormaux dans le bilan sanguin de Glenn Arnolds.

Baxter mima la surprise, tout en voyant sur la table le papier des analyses dépasser de la chemise où elle l'avait rangé.

— En résumé, il ne prenait plus ses neuroleptiques. Par contre, il avait pris des psychotropes différents, qui ont aggravé son état mental. Pour certaines raisons... euh... je n'ai pas souhaité partager ces informations avec vous et je vous prie de m'en excuser.

— Merci de me l'avoir dit. (Baxter voulait en finir avec cette conversation. Une telle décharge émotionnelle, c'en était trop pour elle. Qui plus est en soutien-gorge.) Eh bien... je crois que je vais aller me... doucher...

— Bien sûr.

Au grand dam d'une Baxter tétanisée, Curtis s'approcha pour la serrer dans ses bras afin de se faire pardonner.

— On fait une chouette équipe, hein ?

— Aucun doute là-dessus, confirma l'inspecteur principal en lui claquant la porte au nez.

— Être balancée au travers d'une table ne vous a pas suffi ? chuchota Lennox à Baxter en la voyant marcher avec peine. Vous n'avez toujours pas envie de foutre le camp ?

Elles se dirigeaient avec Curtis vers la salle de réunion où les équipes du FBI les attendaient pour un point matinal.

Un jeune homme entra dans la pièce avec une pile de documents.

— Puis-je vous demander de remettre ceci à l'Agent Spécial... ?

— Rouche.

— Rooze ?

— Pour l'amour du ciel, virez-moi cet abruti ! vociféra Lennox.

Elle attaqua le premier sujet à l'ordre du jour, sans mentionner — à dessein — les nombreuses blessures de Baxter.

Contre le mur, sur le paperboard de Rouche, une nouvelle colonne avait été tracée.

US	UK	?
1. Marcus Townsend (Pont de Brooklyn) *Modus operandi :* strangulation Victime : liée à l'affaire Ragdoll	**3. Dominic Burrell** (Prison de Belmarsh) *Modus operandi :* victime poignardée Victime : liée à l'affaire Ragdoll	**6. ?** (Comté de Westchester) *Modus operandi :* arme à feu Victime : psychiatre et sa famille
2. Eduardo Medina (Poste du 33rd Precinct) *Modus operandi :* impact à grande vitesse Victime : officier de police	**4. Patrick Peter Fergus** (Le Mall) *Modus operandi :* traumatisme crânien par objet contondant Victime : officier de police (femme)	**7. ?** (Brooklyn) *Modus operandi :* arme à feu Victime : thérapeute
5. Glenn Arnolds (Gare de Grand Central) *Modus operandi :* inconfortable Victime : employé de la gare		

— Les empreintes de pas sur la scène de crime à Brooklyn sont identiques à celles relevées autour de la maison des Bantham, annonça Lennox. La balistique a donné les mêmes résultats. En outre c'est la première fois qu'un MO est reproduit. Tout porte à croire que la mort de ces deux hommes ne faisait pas partie du plan initial. Des « marionnettes » assassinées, et aucun « appât ». C'est l'œuvre de quelqu'un qui agit en désespoir de cause, qui règle les problèmes sous l'effet de la panique. Quelque chose à ajouter ? demanda-t-elle en regardant Rouche et Curtis.

— Oui. Je dirais que ce « quelqu'un » n'est pas un professionnel, expliqua Rouche. Baxter l'a vraiment amoché en se battant avec lui, et les trois balles qu'il a tirées sur East n'ont atteint aucun organe vital. East est décédé des suites de l'hémorragie. Cela renforce la théorie d'un suspect qui aurait agi « en désespoir de cause », comme vous dites.

— Ce n'est pas une coïncidence, renchérit Curtis. Dès que nous avons commencé à creuser du côté de ces... thérapeutes, ils se sont fait assassiner.

— Non, en effet, ce n'est pas une coïncidence, confirma Lennox. En parlant de ça, nous avons des éléments sur notre suspect : une taille et un poids approximatifs, plus une *vague* description physique : homme blanc, yeux marron.

Baxter fit semblant de ne pas avoir perçu le sarcasme dans l'emploi du mot « vague ».

— À qui appartenait l'appartement dans lequel s'était réfugié East ? demanda un enquêteur.

Lennox feuilleta son carnet de notes.

— Un certain Kieran Goldman. Il semblerait qu'East et lui soient amis. L'appartement était inoccupé car Goldman attendait de pouvoir financer sa rénovation.

— Et donc nous n'avons rien ? insista le même policier. À moins que les techniciens de la scientifique ne mettent un nom sur les traces de sang, nous n'avons rien ?

— Loin de là, affirma Lennox. Nous connaissons l'identité du cerveau derrière toute cette affaire. Nous savons maintenant qui tire les ficelles.

— Vraiment ?

Tous les visages, pour le moins étonnés, s'étaient tournés vers la responsable de l'enquête.

— Je vais vous livrer notre Azazel...

Grâce à Andrea Hall, le nom avait été relayé par la presse au point que même les agents du FBI évoquaient l'affaire comme s'il s'agissait d'une simple histoire de possession et d'ange déchu.

Lennox brandit la photo du psychiatre britannique qui manquait à l'appel, et Curtis se sentit atrocement mal. Non seulement elle avait tué une personne innocente, mais elle avait sous les yeux l'homme avec qui elle avait flirté comme une gamine, et qu'elle avait laissé partir. L'homme désormais recherché par tous ses collègues du FBI…

— Alexei Green, déclara Lennox. Green a effectué pas moins de cinq voyages aux États-Unis cette année, pour rencontrer East et Bantham. Comme nous le savons déjà, il était le psy qui suivait Dominic Burrell en prison. Ce que nous ignorions avant aujourd'hui, c'est que la société de nettoyage pour laquelle travaillait notre incendiaire du Mall – Patrick Peter Fergus – avait été contactée pour l'entretien des bureaux de Green. Il a donc eu tout le loisir de recruter et de manipuler Fergus.

— Dans ce cas, le mobile de Green, ce serait *quoi*, d'après vous ? demanda Baxter.

Lennox la fusilla du regard mais conserva un ton professionnel :

— Nous poursuivons nos investigations en ce sens. Mais une chose est sûre, c'est bien notre homme. Il est le lien entre toutes les « marionnettes ». Notre priorité numéro un est donc d'arrêter Alexei Green.

— Je ne suis toujours pas convaincue, répliqua Baxter. Qu'il soit impliqué ne fait aucun doute. Mais qu'il coordonne l'ensemble… pourquoi ?

— Je suis d'accord avec Baxter, dit Rouche.

— Vraiment ? rétorqua Lennox, ulcérée. Peut-être que ceci vous fera changer d'avis : après l'interrogatoire d'East, ce dernier a passé un seul coup de fil depuis le taxi qui le ramenait à Prospect Park. Quelqu'un a une petite idée de son correspondant ?

Aucun des flics présents ne se risqua à prendre la parole, estimant prudent de ne pas trop la ramener.

— Je vous le donne en mille : Alexei Green ! éructa Lennox. East avait déménagé pour mettre sa famille à l'abri, c'était sage de sa part, jusqu'à ce qu'il téléphone à la mauvaise personne. Il voulait un conseil de Green. Il lui faisait confiance ! Et une demi-heure plus tard, un homme s'est présenté chez lui pour les assassiner.

Rouche semblait désorienté.

— Si Green se sert toujours de son portable, comment se fait-il qu'on ne puisse pas le localiser ?

— C'était un téléphone prépayé. Intraçable. Et l'appel était trop bref de toute façon.

— Attendez, insista Rouche qui n'y comprenait plus rien, comment êtes-vous sûre qu'il s'agissait bien de Green ?

— Parce qu'on a écouté leur conversation, répondit Lennox d'un air arrogant. Croyez-vous vraiment qu'on allait laisser repartir notre meilleur témoin comme ça, simplement parce qu'il s'était pointé avec un ténor du barreau ?

Rouche dut s'incliner devant ces manœuvres aussi tordues qu'efficaces. Il se souvenait du petit numéro très convaincant que Lennox leur avait fait, et du mécontentement de Ritcher d'avoir été délestés, East et lui, de leurs effets personnels avant de pénétrer dans la salle d'interrogatoire.

— Les preuves s'accumulent contre Alexei Green. Je le répète, cet homme tire les ficelles, et nous allons tout mettre en…

Lennox s'interrompit : tous les visages s'étaient tournés vers la vitre qui les séparait de l'open space où leurs collègues s'agitaient anormalement.

Elle ouvrit la porte de la salle de réunion et intercepta un jeune agent qui courait.
— Qu'est-ce qui se passe ?
— On n'est pas encore sûrs... Il y a un cadavre dans une...

Les téléphones fixes semblèrent reprendre vie tous en même temps dans l'open space. Lennox se jeta sur le plus proche bureau pour décrocher et écarquilla les yeux en écoutant son interlocuteur.

— Curtis ! hurla-t-elle.

L'interpellée bondit sur ses pieds, sortit à toute vitesse, suivie de Baxter et de Rouche.

Lennox aboya sans leur fournir d'explications :

— Times Square Church, sur Broadway !

Alors que le trio cavalait vers les ascenseurs, ils entendirent Lennox crier à la cantonade :

— Votre attention ! Nous venons d'être alertés sur un incident... majeur !

21

Mardi 15 décembre 2015,
10 h 03

Curtis traversa la ville pied au plancher et personne dans la voiture n'osa ouvrir la bouche. Ils essayaient tous de suivre les informations qui tombaient en rafale à la radio du NYPD. Les dispatcheurs au poste envoyaient de plus en plus de patrouilles à l'église de Times Square et, dès que le canal était disponible, les maigres éléments que les policiers déjà sur zone arrivaient à transmettre faisaient froid dans le dos.

« ... des corps partout... »

« ... pendus aux murs... »

« ... tout le monde est mort... »

Curtis dut monter sur le trottoir pour contourner un embouteillage monstre alors qu'ils se rapprochaient de la West 51st Street. Ils n'étaient plus qu'à deux rues quand un jeune flic leur fit signe de passer par Broadway, qui venait d'être fermé à la circulation. Il tira une mince barrière en plastique dans la gadoue et leur ouvrit le passage. Curtis accéléra jusqu'à un attroupement de voitures de police dont les gyrophares bleus illuminaient l'artère en tous sens.

Dans un dérapage contrôlé, ils se garèrent juste devant le gratte-ciel Paramount Plaza, qui était l'endroit le plus proche de leur destination, et continuèrent à pied. Baxter était convaincue qu'ils se plantaient de direction tant la rue était bordée des deux côtés de buildings quasi identiques – en tout cas, rien qui ressemble de près ou de loin à une église. Elle fut donc étonnée de voir Curtis et Rouche pénétrer dans un vieux théâtre par l'une des nombreuses portes vitrées.

Son trouble augmenta en découvrant le hall d'entrée de Times Square Church, de style années trente. Des phrases aux murs affirmaient que Dieu était tout ce dont on avait besoin dans la vie. Les visages traumatisés des policiers sur place laissaient pourtant penser que Dieu venait de prendre un jour de congé...

Toutes les doubles portes en bois donnant sur la salle de spectacle avaient été ouvertes pour permettre le passage. Baxter aperçut les lampes torches des policiers balayant les plafonds aux moulures dorées et le haut du rideau de scène carmin tiré, comme si le spectacle allait bientôt commencer.

Baxter suivit ses collègues sur le seuil du magnifique auditorium.

Ils stoppèrent net tous les trois.

— Oh mon Dieu..., murmura Curtis.

Rouche inspecta la salle du regard, hébété.

Baxter se glissa entre eux en les poussant sans ménagement – et regretta aussitôt son geste. Dans l'ancien théâtre devenu une église dans les années quatre-vingt, une transformation ultime et macabre avait eu lieu. La manifestation de l'enfer sur terre. La tête lui tournait devant la vision d'horreur qui s'offrait à elle. Elle avait oublié cette sensation de noyade éprouvée la première fois qu'elle avait posé les yeux sur Ragdoll, le cadavre suspendu dans l'appartement de Kentish Town.

Des filins en acier quadrillaient la salle, de la scène aux balcons, du plafond au sol, d'un panneau doré à l'autre. Une véritable toile d'araignée suspendue au-dessus des fauteuils rouges en gradins. Des corps y étaient pris au piège, tels des insectes tordus dans tous les sens. Les cadavres étaient nus, meurtris et scarifiés.

Dans un état second, Baxter suivit ses collègues et pénétra plus avant dans la salle, plus avant en enfer.

Les lampes torches jetaient des ombres inquiétantes sur les murs, silhouettes déformées de sujets défigurés, et un murmure étouffé montait de la foule de policiers qui se faufilaient entre les horreurs. Personne ne donnait d'ordre ni ne jouait de son autorité, sans doute parce que personne ne savait quoi faire. Pas même Baxter.

Une torche prit dans son faisceau un corps à la peau sombre au-dessus de leurs têtes. Baxter, interloquée par ce qu'elle voyait, s'approcha. Un bruit grinçant à glacer le sang s'amplifiait alors qu'elle suivait du regard les membres pliés, encore plus recourbés que d'autres, fracturés en plusieurs endroits.

— Vous permettez ? chuchota-t-elle à un policier.

L'homme, soulagé qu'on lui commande de faire quelque chose, pointa sa lampe vers le haut.

— Il y en a d'autres, dit-il à voix basse en éclairant les membres en bois qui se balançaient doucement. Mais je ne pourrais pas vous dire combien...

Ils avaient sous les yeux une copie grandeur nature des personnes suspendues dans les airs, mais sans traits distinctifs – la tête était représentée par une masse ovale en bois poli, et son expression sinistre juste rendue par les nœuds du bois de la marionnette, laquelle était exposée devant la scène du théâtre avec gravé sur son corps maigre un mot familier : APPÂT. Comme la salle était plongée dans la pénombre, il était impossible de distinguer parmi ces formes distordues lesquelles étaient humaines.

Tout à coup, Curtis s'éloigna d'eux et brandit son insigne du FBI.

— Agent Spécial Elliot Curtis du FBI ! Je prends la direction de cette scène de crime. Tout le monde ici relève de mon autorité, et toute communication à la presse passera par moi… Merci.

Baxter et Rouche se regardèrent, mais aucun ne pipa mot.

— Curtis, restez près de moi ! ordonna Rouche alors qu'elle s'avançait vers le milieu des gradins, puis vers la scène où plusieurs corps suspendus étaient regroupés. *Curtis !*

Mais elle ne faisait plus attention à lui. Elle confia à un agent la corvée de compter les victimes ainsi que les pantins de bois.

Baxter fit quelques pas vers le corps le plus proche d'elle et l'examina. La victime avait une soixantaine d'années. La bouche pendait grande ouverte car elle avait été taillardée, tout comme son torse. Même avec cette lumière tamisée, on distinguait des bleus partout sur sa peau. Lui avait été pendu de façon à ce que ses orteils frôlent la vieille moquette rouge.

Son attention fut détournée par un martèlement de pas lourds au niveau des balcons supérieurs. Un faisceau lumineux précédait un policier courageux qui inspectait les corbeilles. Curtis se tourna vers Baxter et lui adressa un sourire de façade. Elle se tenait à quelques rangs devant elle, sous le corps d'un homme.

Le murmure étouffé se transforma en un bruissement intense avec l'arrivée d'autres policiers en uniforme, qui avaient déserté les rues de la ville pour se regrouper dans l'église comme des papillons de nuit attirés par une flamme. Une myriade de lampes torches éclairaient à présent le hall d'entrée et la salle.

Ce surcroît de lumière mit en évidence quatre autres corps suspendus près de Baxter et lui permit de remarquer une chose qu'elle n'avait pu voir auparavant. Elle attrapa son téléphone et dirigea sa micro-torche vers un corps accroché sous un balcon, puis vers la silhouette exposée sur la scène. Elle courut vers une femme accrochée dans les filins et dont elle ne distinguait que le dos. Baxter se baissa pour se faufiler sous les câbles d'acier et lui faire face, puis elle éclaira sa poitrine nue.

— Baxter ? (Rouche avait remarqué son petit manège. Il courut vers elle.) Qu'est-ce qu'il y a ?

— Un truc bizarre…

Elle pencha la tête et éclaira le corps maigre et pâle devant lequel Curtis se tenait toujours.

Celle-ci leur lança un regard interrogateur.

— Baxter ? répéta Rouche.

— Appâts, répondit-elle.

— Expliquez-vous, bon sang !

— Ce sont *tous* des appâts, souffla-t-elle d'un air inquiet. Alors où sont les marionnettes ?

Une goutte de sang s'écrasa sur sa joue. Instinctivement, elle l'essuya de la main, ce qui eut pour effet de l'étaler sur sa peau.

Rouche leva les yeux vers la victime suspendue entre eux ; le mot familier entaillait la chair et les coulées pourpres se rejoignaient sous son nombril.

— Les morts ne saignent pas, marmonna-t-il en tirant brutalement Baxter par le bras.

Cette fois, elle se laissa faire et lui lança un regard terrifié. La torche de fortune de son portable se posa alors sur la victime près de Curtis – une forme d'une blancheur spectrale.

Curtis leur fit signe de venir car elle voulait savoir ce qu'ils se racontaient. Soudain, les muscles derrière le teint cireux de la victime se contractèrent, et un de ses longs bras blancs se dégagea des fils avant de se détendre brusquement. Un rai de lumière capta quelque chose de brillant dans la main qui jaillissait...

Avant que Rouche ait pu saisir son arme, avant que l'un d'eux ait eu le temps de crier à Curtis de faire attention, le cadavre réanimé lui avait tranché la gorge en un geste fluide.

Baxter, figée de stupeur, ouvrit la bouche tandis que Rouche tirait trois coups de feu assourdissant dans la poitrine de l'homme, ce qui fit tressauter son corps maintenu par les câbles.

Dans la seconde qui suivit, on n'entendit plus que le bourdonnement provoqué par les vibrations de la structure métallique.

Curtis écarquilla les yeux en comprenant ce qui était arrivé et ôta sa main de son cou. Du sang coulait entre ses doigts et giclait sur son chemisier blanc. Elle vacilla et tomba entre deux rangées de sièges. Baxter fonça dans sa direction.

— Tout le monde dehors ! hurla Rouche. Sortez tous !

Plusieurs des silhouettes autour des policiers avaient commencé à se libérer de leurs postures macabres.

La toile d'araignée revenait à la vie.

Les cris de panique des agents étaient amplifiés par l'excellente acoustique du lieu. Ils couraient vers la sortie en se bousculant. Certains tiraient des coups de feu de manière irréfléchie. Rouche sentit une balle frôler son crâne.

Le policier qui inspectait le balcon supérieur hurla, et un quart de seconde plus tard, son corps s'écrasait devant l'agent de la CIA en un tas informe.

Ce dernier leva son arme et s'engagea à contre-courant pour retrouver Baxter. Il entendit l'énorme cliquetis d'un mécanisme en action, suivi d'un claquement sonore qui venait de l'autre côté de la salle. Ce n'était pas le bruit d'une détonation, il le savait, d'autant que les clameurs d'angoisse des policiers confirmaient son hypothèse. Il n'avait même pas besoin de regarder en arrière pour vérifier. C'était le bruit des lourdes portes de bois se bloquant pour les enfermer à l'intérieur. Le bruit de tout espoir perdu.

Il découvrit Baxter agenouillée près du corps de Curtis tandis que le massacre se poursuivait tout autour d'eux. La jeune femme cherchait son pouls, elle collait son oreille sur la bouche de la mourante à la recherche d'un souffle, sa main tentant un point de compression au niveau de la plaie.

— Je crois que je sens un pouls, faible, mais je le sens.

Elle regarda Rouche, soulagée.

— Prenez son arme, lui ordonna-t-il avec froideur.

Baxter ne sembla même pas l'entendre.

— Prenez... son... arme... bordel de merde !

Elle le toisa avec mépris.

Une forme floue et blanche se précipita sur lui. Pris de court, il fut juste capable de faire feu, une seule fois, touchant son adversaire à la jambe. L'homme bascula sur un fauteuil, lui garantissant quelques secondes de répit. Rouche se baissa sur Curtis pour retirer l'arme de son holster. Il força brutalement Baxter à se remettre debout.

— Laissez-moi ! Elle est toujours vivante ! cria-t-elle alors qu'il l'entraînait loin du corps. Elle est vivante !

— On ne peut plus rien pour elle !

Elle n'entendait même plus ce qu'il hurlait dans la cacophonie ambiante. Partout on entendait des détonations, ainsi que les gémissements des policiers attaqués de toutes parts avec des armes de fortune : lames, outils, morceaux de câble.

Quelques agents qui tentaient d'enfoncer les portes en bois pour s'échapper furent rapidement encerclés.

— Et on ne peut plus rien pour eux, ajouta-t-il.

Il fut obligé de lâcher Baxter lorsque l'homme sur lequel il avait tiré revint à la charge avec une pièce en métal dentelée, tranchante comme un rasoir. Il blessa Rouche au niveau de la taille et ce dernier recula en chancelant sous la douleur. Il saisit le pistolet de Curtis par le canon et cogna violemment son agresseur avec la lourde crosse jusqu'à ce qu'il s'évanouisse. Puis il tendit le pistolet à Baxter qui le prit machinalement.

Plusieurs corps immobiles pendaient encore dans la salle de spectacle. Il n'y avait aucun moyen de savoir si c'étaient des cadavres, ou des marionnettes attendant patiemment de passer à l'action. Rouche n'avait ni le temps ni l'envie de vérifier de près, car deux autres silhouettes pâles venaient de faire leur apparition à l'arrière de la salle et descendaient l'allée centrale dans leur direction.

— Baxter ! Il faut se tirer d'ici… Vite ! Allez…

Mais elle continuait à fixer avec tristesse la rangée près de laquelle ils abandonnaient leur amie quand le fauteuil à côté d'elle explosa dans une myriade d'échardes et de bourre.

On leur tirait dessus.

Ils piquèrent un sprint jusqu'à la scène. L'homme, embusqué sur le balcon, était un piètre tireur car il rata ses deux cibles à plusieurs reprises. Mais il descendit une des marionnettes en bois qui s'effondra au sol avec fracas, avant de se retrouver à court de munitions.

Rouche emprunta un petit escalier sur le côté de la scène, suivi par Baxter. Il jeta un rapide coup d'œil à la silhouette solitaire, éclairée par un spot sur la scène, pour vérifier qu'elle ne donnait aucun signe de vie. Ce qui n'était pas le cas de plusieurs autres qui les suivaient d'un regard avide alors qu'ils s'enfuyaient dans les coulisses.

Des échelles branlantes étaient fixées aux murs et d'épaisses cordes à nœud pendaient au-dessus de leurs têtes. Le martèlement de pieds nus sur le plancher indiquait que leurs poursuivants étaient déjà à leurs trousses. Ils se lancèrent sans réfléchir dans le dédale de couloirs du vieux bâtiment, seulement guidés par les plaques lumineuses des panneaux « sortie de secours ». Dès qu'ils franchissaient des portes, ils mettaient leurs pistolets en joue ; et chaque intersection de ces corridors crasseux ralentissait leur fuite.

Un bruit résonna juste derrière eux.

Rouche pivota immédiatement pour scruter les ténèbres.

Il patienta une ou deux secondes, aux aguets. Le seul bruit audible était le mouvement de balancier d'un seau rouillé au bout d'une des cordes qu'ils avaient dû effleurer.

Il se tourna vers sa collègue, mais elle avait disparu.

— Baxter ? chuchota-t-il en observant les trois couloirs possibles où elle aurait pu s'engager tandis que résonnaient les cris sauvages des hommes sur leurs traces. *Baxter ?*

Rouche prit la décision de suivre le couloir qui lui parut le mieux éclairé. Mais les échos de voix enragées s'amplifièrent au bout de quelques mètres alors que trois formes blafardes se profilaient au bout du boyau.

— Oh… merde ! marmonna-t-il en faisant demi-tour illico.

Il courait à toute vitesse mais craignait d'être trahi par ses jambes dans cette fuite éperdue. Il revint au carrefour où il avait perdu Baxter, et poursuivit droit devant lui, tandis que ceux qui le pourchassaient semblaient plus fous que jamais.

Rouche n'osait plus regarder en arrière, aussi tira-t-il sur ses poursuivants mais sans se retourner. À part quelques trous dans les murs, le résultat fut décevant. Il continuait à appeler Baxter, en espérant que la panique dans sa voix lui commanderait de fuir, où qu'elle soit et si elle le pouvait. Son arme cliqueta et il sut qu'il était à court de munitions. Il sauta par-dessus un pot de peinture qu'il renversa dans un grand fracas.

Les prédateurs n'étaient plus très loin.

Il arriva à un angle abrupt, se cogna au mur, sentit une main agripper sa tête, se jeta de côté pour lui échapper. Droit devant, il distingua l'extrémité du tunnel et la lumière du jour que laissait entrevoir une sortie de secours. Il piqua un dernier sprint, le souffle des tueurs sur sa nuque, se jeta de toutes ses forces contre la barre horizontale, et déboula dehors.

— Unité d'intervention d'urgence, police de New York ! On ne bouge plus ! Jetez votre arme !

Il obtempéra, les yeux humides à cause de l'air vif.

— À genoux, et lentement !

— C'est bon, c'est bon, s'énerva une voix familière. Il est avec moi.

Rouche regarda où il venait de déboucher : il reconnut les buildings de West 51st Street et comprit que le dédale de couloirs et de réserves s'étendait sur une impressionnante longueur.

Harnaché de son équipement tactique au grand complet, le policier de l'unité d'intervention d'urgence du NYPD abaissa son arme et s'approcha à grands pas de la sortie de secours où gisaient deux corps nus. Rouche en profita pour se relever et soupira de soulagement en apercevant Baxter. Elle croisa son regard mais ce fut tout.

— Nos hommes sont-ils encore à l'intérieur ? demanda avec angoisse Rouche au policier d'élite. On a un agent du FBI à terre, une femme…

— On est en train d'enfoncer les portes de l'auditorium, le coupa l'autre.

— Il faut absolument que j'y aille.

— Il faut absolument que vous vous teniez tranquille.

— Ils pourraient ne pas la trouver à temps !

Rouche s'apprêtait à remonter la rue vers l'entrée principale de l'église quand le policier leva son fusil d'assaut AR-15.

Baxter s'interposa aussitôt.

— Tout va bien, cria-t-elle au policier.

Puis elle se plaça devant Rouche et le repoussa brutalement. Il se toucha la poitrine en grimaçant.

— Vous voulez quoi, vous faire tuer ? s'énerva-t-elle. Vous m'aviez dit que vous ne vouliez pas mourir, vous vous souvenez ? Vous m'aviez promis.

— Elle est toujours à l'intérieur ! Si je pouvais juste...

— Elle est morte, Rouche ! hurla-t-elle avant de répéter dans un murmure : Elle est morte...

Il y eut soudain un grondement sourd, suivi d'une énorme explosion qui emporta la rangée de portes vitrées du hall dans un déluge d'éclats de verre, libérant une boule de feu. Baxter et Rouche reculèrent en titubant, les mains sur les oreilles, tandis qu'un épais nuage de fumée envahissait la rue. Baxter n'y voyait plus rien, la poussière lui piquait les yeux, elle la sentait sous ses paupières. Rouche l'attrapa par la main et l'entraîna. Elle se laissa guider et entendit le grincement d'une portière de voiture qu'on ouvre.

— Grimpez ! cria-t-il en claquant la portière avant de se précipiter de l'autre côté.

Elle pouvait à nouveau respirer normalement et se frotta les yeux. Ils se trouvaient dans un véhicule de patrouille abandonné au milieu de la chaussée. Elle distinguait à peine le visage de Rouche. Puis… plus rien : une fumée noire enveloppa la voiture, comme si le jour tombait avant l'heure.

Aucun d'eux ne prononçait le moindre mot.

Tremblant de tous ses membres, Baxter songeait aux vingt dernières minutes qu'elle venait de vivre.

Une deuxième explosion se produisit.

Baxter agrippa la main de Rouche, prise de panique. La détonation ne provenait pas de l'église cette fois, mais d'un endroit voisin. Depuis l'intérieur de l'habitacle, ils ne voyaient malheureusement rien. La troisième déflagration pétrifia Baxter, qui ferma les yeux. Elle sentit les bras de Rouche l'entourer et la serrer contre lui lorsque qu'une quatrième bombe explosa.

Peu à peu, la fumée se dissipa, et la lumière du jour refit son apparition. Baxter se dégagea des bras de Rouche et descendit de voiture en se masquant le nez et la bouche. Elle cherchait l'agent de l'unité d'intervention d'urgence, mais il n'était nulle part. Rouche sortit à son tour.

Les premières lueurs de l'incendie rougissaient le ciel et des colonnes de fumée noire s'élevaient dans les airs en circonvolutions macabres, ravivant de mauvais souvenirs pour tous les New-Yorkais.

— Où ça s'est passé ?

— À Times Square, répondit Rouche.

Des sirènes hurlantes et des alarmes de toutes sortes déchirèrent le silence.

— Mon Dieu, murmura Baxter.

Ils regardaient, impuissants, la ville en proie aux flammes.

Session n° 1

Mardi 6 mai 2014,
9 h 13

BIEN QUE TRÈS EN RETARD, Lucas Keaton sut qu'il ne pourrait quitter la maison sans avoir d'abord remis d'aplomb le cadre suspendu au mur. Et même s'il le laissait ainsi de travers, il finirait par faire demi-tour au bout de la rue, et perdrait cinq précieuses minutes. Les coups sur sa porte redoublèrent tandis qu'il relevait délicatement un des côtés du cadre afin que tout soit d'équerre. Dans un effort louable, il tenta de ne pas se concentrer sur les souvenirs associés à la photo encadrée. Mais sa volonté faiblit... comme à chaque fois. Il avait passé tant d'heures à la regarder, pris au piège d'une vie heureuse qui n'existait plus.

Il n'entendait même plus le martèlement des poings contre le bois tant il était plongé dans la contemplation du cliché : on l'y voyait entouré de sa femme et de ses deux fils, tous attifés de vêtements ringards à l'effigie des héros d'Universal Studios.

Lucas se souvenait de son allure à l'époque, de sa barbe épaisse et de ses cheveux vilainement crépus qui couvraient davantage qu'aujourd'hui son crâne dégarni. Et aussi des premiers signes de l'âge qui commençaient à se voir au niveau du ventre, sous le tee-shirt bon marché acheté à la boutique cadeaux. Il arborait ce sourire hypocrite censé feindre un bonheur absolu, ce sourire commercial qu'il réservait aux photos pour la presse ou la pub.

S'il se trouvait physiquement à côté de sa famille, son esprit était ailleurs, dédié à des choses plus importantes. Ce qui lui avait toujours donné une piètre image de lui-même.

Son visiteur avait à présent opté pour la sonnette, ce qui le tira de ses rêveries. Il fonça dans l'escalier, vérifia sa cravate en passant devant le grand miroir de l'entrée.

— Ah, monsieur Keaton, pardonnez-moi de vous harceler, se justifia son chauffeur au moment où il ouvrait la porte, mais nous allons finir par être en retard.

— Inutile de vous excuser, Henry. Jamais je n'arriverais à être à l'heure si vous ne me « harceliez » pas, comme vous dites. Je suis désolé de vous avoir fait attendre.

Henry s'installa directement au volant, car il avait conduit son passager multi-millionnaire suffisamment de fois pour savoir que Keaton détestait qu'on lui ouvre la porte.

— On se rend dans un autre endroit, ce matin, hein ? déclara Henry, histoire de faire un peu la conversation.

Lucas ne répondit pas de suite. Tout ce dont il avait envie, c'était profiter du calme du trajet.

— Henry, ensuite, je préférerais rentrer par mes propres moyens.

— Vous êtes sûr, monsieur ? demanda Henry en se penchant en avant pour examiner le ciel. On dirait bien qu'il va pleuvoir.

— Ne vous tracassez pas pour moi. Mais vous me facturerez le retour, j'y tiens. Payez-vous un bon resto avec ça.

— C'est très aimable à vous, monsieur.

— Henry, si je peux me permettre, j'ai quelques e-mails à vérifier avant d'arriver à mon... rendez-vous.

— Promis, je me tais. Prévenez-moi si vous désirez quelque chose.

Rassuré de ne pas avoir froissé son chauffeur, Lucas sortit son portable et fixa l'écran noir le restant du voyage.

Dans une autre vie, Lucas avait fréquenté plus de célébrités, de capitaines d'industrie et de dirigeants mondiaux qu'il ne pouvait en compter. Et pourtant, assis dans la salle d'attente austère du cabinet d'Alexei Green, il se sentait nerveux comme jamais. Il avait rongé au sang l'ongle de son pouce et, alors qu'il remplissait le formulaire qu'on lui avait tendu à l'arrivée, il n'avait cessé de remuer nerveusement les pieds. Sa main moite avait même du mal à tenir le stylo.

Quand le téléphone de la secrétaire sonna, il bloqua sa respiration.

Deux secondes plus tard, la porte face à lui s'ouvrit et un homme excessivement séduisant l'accueillit. Peut-être était-ce dû à sa rêverie devant la photographie et au constat qu'il perdait ses cheveux, en tout cas Lucas regarda avec fascination ceux de Green, magnifiquement plaqués en arrière, et qui le faisaient ressembler à un acteur de cinéma.

— Lucas, je me présente : Alexei. (Green lui serra chaleureusement la main tel un vieil ami.) Je vous en prie, entrez, entrez. Je peux vous offrir quelque chose ? Du café ? Une **tasse** de thé ? Un verre d'eau ?

Lucas fit non de la tête.

— Vraiment ? Bon, alors prenez place, lui dit le thérapeute en souriant.

Puis il referma lentement la porte de son cabinet.

Lucas n'avait pas desserré les dents depuis une bonne vingtaine de minutes, c'est-à-dire depuis qu'il s'était assis en face de Green. Il tripotait la fermeture Éclair de son blouson étalé sur ses genoux. Le psy se montrait d'une patience d'ange. Lucas releva le nez, croisa son regard, puis revint à son blouson. Soudain il s'effondra en larmes et sanglota dans ses mains. Green ne disait toujours rien.

Cinq autres minutes s'écoulèrent.

Lucas essuya ses yeux rouges et poussa un profond soupir.

— Veuillez m'excuser, souffla-t-il d'une voix brisée par l'émotion.

— Ne vous excusez pas.

— C'est juste que... vous... Personne ne peut comprendre ce que j'ai traversé. Je n'irai plus jamais bien. Quand on aime quelqu'un, je veux dire, quand on aime *sincèrement* quelqu'un, et que l'on perd cette personne, on ne devrait plus jamais se sentir bien, n'est-ce pas ?

Green se pencha en avant pour lui parler doucement, tout en lui tendant l'énorme boîte de mouchoirs en papier posée sur son bureau.

— Il y a une grande différence entre se sentir bien et accepter l'idée que quelque chose nous échappe complètement. Regardez-moi, Lucas.

Il essaya à nouveau de soutenir le regard perçant du psychiatre.

— Lucas, je crois *vraiment* que je suis en mesure de vous aider.

Lucas Keaton épongea ses larmes et lui sourit.

— Oui... oui. Je crois aussi que vous le pouvez.

22

*Mardi 15 décembre 2015,
14 h 04*

Baxter avait envoyé d'affilée trois SMS identiques : un à Edmunds, un à Vanita et le dernier à Thomas.

Je vais bien. Je rentre.

Elle avait ensuite éteint son portable et pris un des rares trains qui desservaient Coney Island à cette heure-là. Elle éprouvait simplement le besoin de s'éloigner de Manhattan, de tous ces gens traumatisés, des quatre nuages noirs suspendus au-dessus de la ville, épongeant le ciel bleu. Sinistre carte de visite d'un assassin diabolique.

Les passagers, tous plus ou moins taciturnes, étaient descendus un à un au fil des stations. Baxter se retrouva seule au terminus, sur un quai presque désert, assaillie par un vent plus froid et plus violent qu'en ville et dont elle tentait en vain de se protéger. Elle s'engagea résolument en direction de la plage.

Le parc d'attractions était fermé pendant l'hiver. Au pied des structures en acier, gelées et cadenassées, des *roller coasters*, on trouvait des cabanons pareillement claquemurés.

La scène avait quelque chose d'irréel et, en même temps, révélait à Baxter toute la vacuité des choses derrière les apparences : des divertissements bas de gamme dissimulés derrière des lumières vives et des musiques tonitruantes. C'était le même principe à l'œuvre à Times Square, qui avait permis ce matin d'attirer des hordes de touristes venus admirer les enseignes lumineuses de pubs qui, sans ce côté tape-à-l'œil, auraient eu du mal à capter l'attention.

Quoique persuadée de l'absurdité de son ressentiment, elle en voulait beaucoup à ces entreprises qui essayaient *littéralement* de vous gaver comme des oies, de vous enfoncer au fond du gosier leurs divers produits. Mourir sous le panneau clignotant de Coca-Cola rendait la mort encore plus tragique et inutile.

Elle chassa ces idées lugubres. Surtout elle ne voulait plus penser à Curtis, ni à la manière dont ils avaient dû l'abandonner dans cet endroit épouvantable.

Bien qu'elle ait pesté et gueulé contre la lâcheté de Rouche, elle admettait au fond d'elle-même qu'elle s'était laissé convaincre de le suivre. Si son cœur lui avait commandé de rester auprès de sa collègue, elle l'aurait fait coûte que coûte. Voilà ce qui alimentait sa colère : ils avaient pris la décision tous les deux, Rouche et elle. *Ils* l'avaient abandonnée.

Elle poursuivit son chemin sur les planches en bois, dépassa le parc d'attractions et se retrouva face à la mer. Rien que la mer s'étendant au loin, et la neige.

Le lendemain matin, Baxter se leva tôt et sauta le petit déjeuner pour éviter de tomber sur Rouche au restaurant de l'hôtel. C'était une matinée d'hiver parfaite, un froid vif et un ciel bleu sans nuages. Elle s'offrit un café à emporter et marcha jusqu'à Federal Plaza. Après avoir franchi les portiques de sécurité, elle emprunta l'ascenseur menant aux bureaux feutrés.

Elle arriva la première dans la salle de réunion et s'assit sur une chaise au dernier rang. Elle se souvenait que Wolf et elle avaient toujours l'habitude de s'installer au fond, dans l'angle de la pièce, durant les réunions de service et les stages de formation. Les deux éléments perturbateurs foutant la pagaille à l'abri des regards, c'étaient eux.

Elle sourit, tout en regrettant de se laisser assaillir par ses souvenirs. Elle se remémora pourtant la fois où Finlay s'était imprudemment assoupi lors d'un stage politiquement correct. Au cours des vingt minutes suivantes, Wolf et elle avaient tourné doucement sa chaise jusqu'à ce que Finlay se retrouve face au mur. Lorsque leur instructeur s'en était rendu compte, il s'était foutu en rogne, traitant le pauvre Finlay de « vieille feignasse d'Écossais », et ils avaient pouffé de rire comme deux gamins. Et en bonus, l'incident avait mis un terme brutal à la séance de formation.

Mais Baxter avait trop de soucis en tête pour sombrer si facilement dans la nostalgie. Elle se leva et alla finalement s'asseoir sur une chaise au premier rang.

La pièce se remplit à 8 h 55 dans une atmosphère très tendue. Baxter prit soin de ne pas croiser le regard de Rouche qui, lui, semblait chercher le sien. Comme il n'y avait plus de place, il fut obligé de s'installer au premier rang.

Tous les efforts de Baxter pour éviter de penser à Curtis furent réduits à néant quand Lennox, vingt secondes après son arrivée, alluma un écran tactile mural. Une photo de l'Agent Spécial en uniforme du FBI apparut. Malgré l'agrandissement du cliché, le teint de la jeune femme lui parut d'une perfection incroyable. Baxter sentit les larmes lui monter aux yeux, comme si elle avait reçu un uppercut au ventre. Elle tenta de donner le change en s'agitant sur son siège, craignant de se mettre à pleurer.

Un sous-titre illustrait le portrait.

AGENT SPÉCIAL ELLIOT CURTIS
1990-2015

Lennox baissa la tête un instant en signe de recueillement.

— Je suppose que Dieu avait besoin d'un ange auprès de Lui, dit-elle après s'être éclairci la gorge.

Baxter fit un gros effort sur elle-même pour ne pas décamper en claquant la porte, mais à son grand étonnement, Rouche se leva brusquement et sortit.

Lennox attendit que la tension retombe, puis démarra la réunion. Elle qualifia la disparition de Curtis de « perte irréparable » et la remercia pour « son apport essentiel à l'enquête ». Elle affirma ensuite que le travail ne faisait que commencer pour le reste de l'équipe, et qu'ils allaient devoir se coordonner avec les services du contre-terrorisme du NYPD et le *Homeland Security*[1]. Puis elle présenta celui qui remplacerait Curtis.

— Nous, aussi bien les forces de police que la nation tout entière, nous sommes fait manipuler hier matin, déclara-t-elle. *Nous n'allons pas reproduire cette erreur.* Avec le recul, l'enchaînement des derniers événements nous apparaît parfaitement calculé. D'abord il s'agissait de se servir de la notoriété de l'affaire Ragdoll pour susciter l'intérêt des médias, puis d'orchestrer le monstrueux spectacle de Grand Central

---

1. Il s'agit du Département de la sécurité intérieure des États-Unis, créé en novembre 2002.

pour s'assurer que le monde entier en parle, enfin d'organiser le massacre de nos policiers pour provoquer une réponse disproportionnée... En un mot, *nous appâter.*

Un silence de mort suivit cette synthèse. Ils avaient tous compris qu'on les aiguillonnait depuis le départ vers quelque chose, mais personne n'avait vu venir un truc aussi énorme.

— Nous allons lancer toutes nos forces dans la bataille. (Lennox marqua une pause pour lire ses notes.) Entre l'église et les attentats à Times Square, nous avons perdu hier vingt-deux des nôtres, parmi lesquels une équipe entière de l'unité d'intervention d'urgence du NYPD et, bien sûr, l'Agent Spécial Curtis. Le nombre total de morts atteint les cent soixante personnes. Mais nous nous préparons à revoir ces chiffres à la hausse, compte tenu des blessés dont le pronostic vital est engagé, et des opérations de désencombrement des scènes de crime. (Elle leva les yeux vers la photo de Curtis.) En mémoire de chacune des victimes, nous allons traquer et punir les responsables...

— Oh ça oui, on va les punir, marmonna quelqu'un.

— ... tout en honorant nos collègues par la mobilisation de toutes nos compétences professionnelles. C'est cela qu'ils auraient aimé nous voir accomplir. Je pense que j'ai assez parlé, aussi vais-je à présent vous présenter l'Agent Spécial Chase.

Le remplaçant de Curtis sauta sur ses pieds et s'approcha de Lennox. Par principe, Baxter avait décidé de le détester, et fut ravie de constater que c'était pleinement justifié. Chase portait son gilet pare-balles en bombant le torse, précaution parfaitement inutile à l'intérieur des locaux du FBI.

— OK..., commença-t-il. (Il transpirait sous sa carapace.) Nous avons réussi à identifier deux des véhicules utilisés dans les attaques d'hier.

Des photos passèrent de main en main parmi l'assistance. L'une avait été prise dans une ruelle, l'autre dans une zone piétonne. Dans les deux cas, il s'agissait d'un van blanc.

— Comme vous le voyez, nous avons deux voitures identiques, munies de fausses plaques d'immatriculation, et qui ont été garées à des endroits stratégiques pour un maximum de dégâts.

— Dans une ruelle ? demanda une femme non loin du premier rang.

— Je vais développer, précisa-t-il. (La main qui tenait le papier se crispa.) Le van dans la ruelle était censé détruire les panneaux publicitaires ainsi que la boule horaire lumineuse de Times Square installée pour le Nouvel An. Je vous rappelle que nous sommes déjà en niveau d'alerte maximum. Tout autre jour, ces véhicules auraient été immédiatement signalés et contrôlés avant même qu'ils entrent dans Midtown. Nous avons baissé la garde pendant moins d'une heure, et nous en avons payé le prix fort.

— Et les deux autres explosions ? s'enquit un agent.

— La dernière s'est produite en sous-sol, dans le métro, mais pas dans une rame. Nous supposons qu'il s'agit d'un sac à dos ou équivalent, mais l'identification du colis prendra du temps. La déflagration dans l'église a été déclenchée, semblerait-il, par un mécanisme fixé sur les portes de l'auditorium. D'après nos analyses, les détonateurs ont été activés au moment où les policiers ont investi les lieux. Les mannequins en bois étaient creux et bourrés de C-4. (Chase brandit une photo récente du psychiatre aux cheveux bruns.) Voici notre principal suspect, le docteur Alexei Green, qui semble avoir disparu de la surface de la terre. Il croit qu'il peut nous échapper ? *Il se trompe.* Il se croit plus malin que nous ? *Il se trompe.* Aucun de nous ne dormira avant d'avoir foutu ce salopard sous les verrous. Maintenant, au boulot !

Baxter s'installa enfin sur son siège, près du hublot. Il lui avait fallu quasiment une heure et demie pour franchir les contrôles de sécurité renforcés qui avaient été imposés la veille à l'aéroport. Après la réunion, Lennox l'avait convoquée à son bureau pour une brève et hypocrite cérémonie d'adieux, et Baxter en avait profité pour s'éclipser sans avoir à recroiser Rouche. C'était certes très incorrect de partir sans lui dire au revoir, mais elle ne lui faisait plus confiance. Par moments, l'excentricité de son collègue l'agaçait au plus haut point, à d'autres, elle le trouvait carrément bizarre, mais surtout, Rouche serait dorénavant associé à l'une des expériences les plus terrifiantes de sa vie, et l'une des plus honteuses.

Elle était soulagée d'en être débarrassée.

Pour sa dernière soirée à New York, Baxter avait arpenté des kilomètres de bitume, errant au hasard des rues. Lorsqu'elle s'était enfin résignée à regagner son hôtel, les pensées qu'elle avait tenté de chasser en se promenant lui étaient revenues en mémoire et l'avaient empêchée de fermer l'œil. Elle était épuisée.

Elle abaissa la tablette, attrapa les écouteurs bon marché de la compagnie aérienne et les sortit de leur emballage. À peine avait-elle sélectionné une radio qu'elle s'endormit.

Le vrombissement des moteurs la berçait, et l'air chaud de la cabine lui apportait une forme de réconfort. Elle se pelotonna dans une position plus confortable, avant de réaliser qu'elle n'avait pas demandé de couverture au moment où elle s'était assoupie.

Elle ouvrit instantanément les paupières et vit un visage familier à quelques centimètres du sien. Bouche ouverte, l'homme ronflait doucement.

— Rouche ! Putain, c'est pas vrai !

Elle venait de réveiller la moitié de l'avion. L'agent de la CIA grogna, surpris.

— Ben quoi… ?

— Ccchhuuutttt, souffla un passager derrière eux.

— Qu'est-ce qui ne va pas ? demanda-t-il, inquiet.

— *Qu'est-ce qui ne va pas ?* répéta-t-elle en haussant le ton. Qu'est-ce que vous foutez là ?

— Où ça ?

— Ici, dans cet avion !

— Madame, je vous prierais de parler moins fort, chuchota une dame hargneuse assise dans le rang du milieu. Vous nous dérangez.

Baxter la fixa sans vergogne jusqu'à ce qu'elle baisse les yeux.

— Si l'on estime que les événements d'hier marquent le point d'orgue des attaques américaines, il faut logiquement nous préparer à un scénario identique en Grande-Bretagne, murmura Rouche. Alexei Green est notre meilleure piste et il a été vu pour la dernière fois avec Cur… (Il s'interrompit, gêné.) peu de temps après l'émeute en prison.

— *Curtis*, cracha Baxter. Vous pouvez prononcer son nom. De toute manière, cela nous hantera jusqu'à notre dernier souffle. Nous étions armés, on aurait dû tenter de la sauver. On l'a juste laissée crever !

— On n'aurait pas pu la sauver.

— Vous n'en savez rien !

— Je le sais ! la coupa-t-il avec une rare et authentique fureur. (Il adressa un geste d'excuses à une vieille dame d'un rang tout près, et baissa d'un ton.) Croyez-moi, je le sais.

Ils se turent un court instant.

— Elle n'aurait pas aimé que vous mouriez pour elle, reprit-il, et elle sait que vous ne vouliez pas l'abandonner.

— Arrêtez… elle était inconsciente…

— Je veux dire maintenant. Maintenant, *elle le sait*. Elle nous regarde et elle…

— Oh ça suffit… Fermez-la avec vos conneries !

— *Toi plutôt, ferme-la*, maugréa un passager excédé.

— Comment osez-vous me balancer votre merde religieuse à deux balles ? Je ne suis pas une gosse dont le hamster vient de mourir, OK ? Alors épargnez-moi vos théories fumeuses.

— Je m'excuse.

Et il tendit ses paumes en avant en signe de repentance. Cependant, Baxter n'en avait pas terminé avec lui.

— Je ne peux pas vous laisser chercher une consolation dans ce fantasme ridicule selon lequel Curtis serait en ce moment même dans un endroit merveilleux, et qu'elle nous remercierait de l'avoir laissée se vider de son sang sur une moquette pourrie. Elle est morte, bordel ! *Morte !* Elle a souffert, et ensuite, *le néant*. Fin de l'histoire !

— Je suis navré d'avoir abordé ce sujet, dit-il, ébranlé par la violence de la charge.

— Bordel de merde, vous êtes censé être un homme intelligent, Rouche ! Nos jobs reposent entièrement sur des faits concrets, sur la collecte de preuves matérielles, et malgré cela, vous persistez à vous croire heureux à l'idée qu'un vieux barbu assis sur son nuage nous attende au royaume des Bisounours. Je… putain, ça me dépasse…

— J'ai compris. On peut s'arrêter là, s'il vous plaît ?

— Elle n'est plus là, *d'accord* ? insista-t-elle en se rendant compte qu'elle pleurait. Un morceau de viande froide dans un tiroir de la morgue, voilà ce qu'elle est devenue à cause de nous. Et si je dois continuer à vivre avec ça sur la conscience, vous allez devoir faire pareil, je vous le garantis.

Elle remit ses écouteurs et lui tourna le dos, le visage collé au hublot. Elle hoquetait de fureur, mais pas seulement.

Observant son reflet dans la vitre noire, elle sentait que la colère cédait peu à peu le pas à la culpabilité.

Trop orgueilleuse pour présenter des excuses à son voisin, elle ferma les paupières et sombra dans un sommeil de plomb.

Une fois qu'ils eurent atterri à Heathrow, Rouche retrouva son amabilité habituelle, ce qui mit Baxter encore plus mal à l'aise. Elle ignora toutes ses tentatives de conciliation, et le bouscula pour débarquer avant lui. Fort heureusement, sa valise fut la première à apparaître sur le tapis roulant. Elle l'attrapa avec rage et la tira jusqu'à l'endroit convenu où Thomas viendrait la prendre en voiture.

Dix minutes plus tard, un raclement de roulettes sur le bitume juste derrière elle l'obligea à sortir de son extrême concentration forcée. Du coin de l'œil, elle vit Rouche ralentir à sa hauteur, puis la dépasser pour se diriger vers la borne de taxis.

Elle baissa les yeux et découvrit avec surprise son bonnet et ses gants posés sur le haut de sa valise.

— Je suis vraiment dégueulasse, murmura-t-elle avec tristesse.

23

Jeudi 17 décembre 2015,
9 h 34

— Salut, patron !
— Salut.
— Bienvenue à la maison, chef !
— Merci.
— *Oh fait chier… elle est rentrée.*

Deux minutes après son arrivée dans les locaux de New Scotland Yard, Baxter dut affronter un défilé de manifestations de bienvenue – enfin… pour la plupart – sur le chemin qui la menait à son refuge : son bureau.

Thomas l'avait déposée chez elle un peu plus tôt le matin pour qu'elle puisse se doucher en vitesse et se changer. Ils avaient pris ensuite un petit déjeuner chez lui, tandis qu'Echo faisait ostensiblement la gueule à sa maîtresse. Le chat n'arrivait toujours pas à croire qu'elle ait pu l'abandonner une semaine entière dans cette baraque inconnue.

En arrivant chez Thomas, pour la première fois de sa vie, elle avait l'impression que l'expression « rentrer à la maison » prenait tout son sens. Et Thomas participait de cette agréable sensation. Puis, la tête encore embrumée par le voyage, ne sachant plus très bien quel jour on était, elle s'était rendue au boulot.

Elle claqua la porte de son bureau, s'y adossa pour prévenir toute intrusion, ferma les yeux et souffla un grand coup.

— Bonjour !

Elle entrouvrit lentement les paupières et aperçut Rouche installé à sa place. Le voir ainsi bien réveillé et débordant d'énergie l'irrita au plus haut point.

Quelqu'un frappa.

— Oui ! répondit-elle. Oh... Salut, Jim !

Un vieux flic moustachu entra et posa un regard interrogateur sur Rouche.

— Bonjour, je venais juste pour notre... rendez-vous hebdo, dit-il prudemment.

— Tout va bien, le rassura-t-elle, puis, s'adressant à l'Agent Spécial : Jim est chargé des « recherches » sur l'inspecteur Fawkes.

— Bon, demanda Jim, vous avez vu Wolf ?

— Euh... non.

— Parfait, à la semaine prochaine, alors...

Elle referma la porte derrière lui et s'attendit à une autre visite, mais personne ne les dérangea plus.

— Je me suis permis de m'asseoir à votre place, lança Rouche en se levant pour aller se poser sur une des chaises en plastique. J'ai planifié une réunion avec le patron de la Section T à la Thames House[1] à 10 h 30. J'espère que cela

---

1. Quartier général du service de renseignement intérieur britannique, le *Security Service*, encore appelé MI5. La Section T s'occupe du terrorisme.

281

vous convient ? Puis on revient ici pour midi car on a rendez-vous avec les gars du SO15[1].

— Parfait.

— J'ai pensé que... qu'on pourrait y aller ensemble, poursuivit Rouche en marchant sur des œufs.

— *Évidemment...*, soupira-t-elle. D'accord, mais c'est moi qui conduis.

— Continuez à respirer... Continuez à respirer... Continuez à respirer...

L'alcootest bipa deux fois avant que le jeune policier ne l'ôte de la bouche de Baxter. Son collègue, allongé sur le trottoir, était affairé à extirper ce qui restait du vélo coincé sous l'Audi. Près de l'ambulance, un urgentiste vérifiait que le cycliste en legging était en un seul morceau, même si le pauvre gars semblait ne souffrir que de quelques écorchures. Pendant ce temps, Rouche, très secoué, attendait assis au bord du trottoir.

— Bon, on a fini ? s'écria Baxter à la cantonade.

Devant les réponses évasives, elle sortit une carte de visite de sa poche et la tendit au cycliste dépité. Rouche se releva sans enthousiasme et ils grimpèrent en voiture. Des éclats de fibre de carbone crissèrent sous les pneus alors qu'elle effectuait une marche arrière pour descendre du trottoir et poursuivre leur route vers le quartier de Millbank.

— Rangez-moi ça dans la boîte à gants, s'il vous plaît, dit-elle en lui passant un paquet de cartes de visite estampillées au logo du *Met*.

Rouche s'exécuta, non sans y avoir jeté un œil.

— Vous vous rendez compte que ce sont des cartes au

---

1. Le SO15 est la Direction de l'antiterrorisme et c'est une des branches spécialisées du *Met*.

nom de Vanita ? Et vous en avez donné une au mec que vous avez renversé ?

Baxter fronça les sourcils pour lui faire comprendre de ne pas insister.

Mais Rouche n'en démordait pas et attendait une explication.

— J'ai largement dépassé mon quota d'accidents de la circulation, et l'assurance risque de me coller un malus. La prochaine fois, je donnerai une carte au nom de Finlay Shaw, promis. Après tout, Finlay, ça peut le faire pour un prénom de fille, non ?

— Absolument pas !

— Je vous assure que ça le fera. D'ailleurs, il est à la retraite, il s'en fout.

Rouche était si abasourdi qu'il préféra la boucler.

Ils étaient coincés dans un embouteillage depuis un bon moment. Rouche finit par relancer la conversation.

— Votre petit ami doit être content que vous soyez rentrée.

— J'imagine. Cela doit vous faire plaisir aussi de revoir votre famille, non ? dit Baxter en se forçant à être aimable – malgré tout, le ton de sa voix trahissait son manque évident d'intérêt.

— Malheureusement, soupira-t-il, ma femme et ma fille étaient déjà parties au boulot et à l'école au moment où le chauffeur de taxi m'a déposé chez moi après m'avoir fait faire le tour de Londres.

— Dommage que vous les ayez ratées. On tâchera de finir ce soir à une heure décente pour que vous puissiez les retrouver pas trop tard.

— Ça me convient parfaitement ! Vous savez, j'ai réfléchi à ce que vous disiez au sujet de Curtis et...

— Je refuse que vous remettiez ça sur le tapis !

Toute la hargne de la veille lui était revenue en une seconde. Une chape de plomb tomba entre eux.

— Je ne veux pas en parler, un point c'est tout ! On ne pourrait pas discuter d'autre chose ?

— De quoi ?

— Je sais pas, moi ! Parlez-moi de votre fille.

— Vous aimez les enfants ?

— Non.

— Je m'en doutais. Eh bien, c'est une rouquine comme sa mère. Elle adore chanter, bien que je ne vous souhaite pour rien au monde de l'entendre quand elle se lance dans ses vocalises.

Baxter sourit. C'était exactement ce que Wolf disait d'elle. Un jour, ils avaient arrêté un dealer ; l'homme avait essayé de poignarder Wolf, lequel l'avait ensuite laissé sous la garde de Baxter en lui suggérant de pousser la chansonnette pour le distraire.

Baxter pila en arrivant à un carrefour encore plus embouteillé.

— Elle aime nager et danser et regarder des émissions débiles à la télé le samedi soir comme *X Factor*. Et tout ce qu'elle veut pour son anniversaire, c'est des Barbie, des Barbie, encore des Barbie...

— À seize ans ?

— Seize ans ?

— Ben oui, votre ami, cet agent du FBI, a dit qu'elle avait le même âge que sa propre fille... seize ans.

— Rien ne vous échappe, hein ? McFarlen n'est pas mon ami. J'ai pensé que ce serait plus facile de laisser glisser que de lui dire qu'il se plantait. Ma fille n'a que six ans.

— Comment s'appelle-t-elle ?

Rouche hésita avant de répondre.

— Ellie... Enfin... Elliot, elle s'appelle Elliot.

Assis dans le bureau de Wyld, le patron de la Section T, Rouche s'était contenté de hocher la tête tout au long de l'exposé de Baxter, sans intervenir une seule fois.

Wyld se renversa soudain dans son fauteuil et croisa le regard de son collègue près de lui d'un air entendu. Wyld était incroyablement jeune pour occuper un poste pareil au sein de la sécurité intérieure britannique. Toutefois, il irradiait d'une absolue confiance en lui-même.

— Inspecteur principal, la coupa-t-il au bout de dix minutes lorsqu'il vit qu'elle n'allait pas ralentir la cadence, nous comprenons vos préoccupations...

— Mais...

— ... et nous vous remercions de venir nous consulter, mais nous sommes déjà très informés de votre enquête. Nous avons déjà une équipe qui s'occupe d'examiner les infos envoyées par le FBI.

— Mais je...

— Ce qu'il faut que vous compreniez, coupa-t-il avec véhémence, c'est que les États-Unis, et New York en particulier, étaient au niveau d'*urgence maximale*, ce qui signifie qu'une attaque imminente était plus que probable.

— Je sais ce que ça signifie, dit-elle, contrariée.

— Bien. Vous me comprenez alors si je dis que le Royaume-Uni a été maintenu au cours des quinze derniers mois à un niveau d'alerte inconfortable, mais néanmoins rassurant, de sécurité renforcée ?

— Venez-en au fait !

— Ce n'est pas aussi facile que d'appuyer sur un bouton, j'en ai bien peur, répliqua Wyld en éclatant de rire. Avez-vous la moindre idée de ce que ça coûte au pays chaque fois que nous rehaussons le niveau d'alerte ? *Des milliards*. La présence de forces armées dans nos villes, la réquisition de militaires, l'absentéisme au travail, le gel des investissements étrangers, l'effondrement du cours des actions. La liste s'allonge à l'envi… De plus, nous déclarer en état d'urgence maximale, c'est admettre à la face du monde que nous allons nous prendre une grosse claque et qu'il n'y a rien que nous puissions faire pour l'empêcher.

— Donc, c'est un problème d'argent ?

— En partie, admit Wyld. Mais la véritable question, c'est davantage de savoir si nous sommes certains à trois cents pour cent qu'une attaque est imminente sur notre sol. Or nous ne le sommes pas. Depuis que nous sommes au niveau de sécurité renforcée, nous avons déjoué sept attentats majeurs révélés à la population, et de nombreux autres sur lesquels nous n'avons pas communiqué. Ce que j'essaie de vous dire, inspecteur principal, c'est que s'il survenait un incident lié aux meurtres d'Azazel…

— Ils ne les appellent pas comme ça, rassurez-moi !

— … nous en aurions déjà entendu parler.

Baxter secoua la tête de découragement et eut un petit rire méprisant. Rouche ne s'y trompa pas. Il s'invita instantanément dans la discussion pour éviter qu'elle ne rentre dans le lard d'un responsable du MI5.

— Vous n'êtes pas en train de suggérer que l'attaque visant Times Square à peine dix minutes après le massacre dans l'église n'était qu'une simple coïncidence, si ?

— Bien sûr que non, répondit Wyld d'un ton cassant. Mais avez-vous envisagé que l'attaque ait pu avoir un caractère opportuniste ? Que cette attaque terroriste n'était en fait qu'une manière de tirer avantage de l'incident avec le NYPD ?

Rouche et Baxter demeurèrent silencieux. Wyld poursuivit :

— Le FBI a déjà vérifié que les matières brutes utilisées à l'église ne ressemblaient en rien aux dispositifs et engins explosifs utilisés à Times Square. Quant à cette théorie qui mettrait le Royaume-Uni en miroir des États-Unis, nous n'avons eu à déplorer ici que deux meurtres, or tous deux ont bénéficié d'une large publicité outre-Atlantique comme s'ils s'étaient déroulés sur le sol américain. Il faut que vous admettiez l'hypothèse probable que, tout du long, le massacre de Times Square Church était le but ultime de l'instigateur.

Baxter se leva. Rouche suivit le mouvement.

— Avez-vous reçu un message de revendication ? demanda Baxter en se dirigeant vers la porte. Quelqu'un a-t-il proclamé avoir fomenté tous ces meurtres ?

— Non, répondit Wyld, excédé, en lorgnant vers son collègue.

— Vous savez pourquoi ? Parce que ce n'est pas encore fini.

— Quelle bande de crétins ! fulminait Baxter.

Ils sortirent par la grande arche en pierre blanche de Thames House et furent cueillis par un vent glacial soufflant de la Tamise.

Rouche ne l'écoutait pas, trop absorbé par la lecture de ses e-mails sur son téléphone.

— Un des tueurs de l'église est vivant !

— Non ! Comment c'est possible ?

— Il était enterré sous un tas de gravats dans un des couloirs derrière les coulisses. Il a survécu au souffle de l'explosion. Il est dans le coma, mais Lennox a insisté pour qu'on le réveille coûte que coûte. Apparemment elle s'est mis les médecins à dos.

— Pour une fois qu'elle sert à quelque chose !

Malgré son inimitié pour Lennox, Baxter devait avouer qu'elle se montrait décidément bien plus courageuse que

Vanita. Car cela faisait partie du boulot d'enquêteur de faire des choix, même les plus difficiles.

— Les toubibs, ils disent qu'il risque de garder des séquelles irréversibles au cerveau si on le sort du coma trop tôt.

— Encore mieux.

— Si c'est le cas, Lennox va morfler, et méchamment.

— C'est sûr, dit Baxter en haussant les épaules. On risque toujours des dommages collatéraux à vouloir faire ce qui est juste.

À 20 h 38, Edmunds rentrait chez lui en titubant un peu. Des odeurs mêlées de talc, de couche sale et de toast grillé l'assaillirent. Leila hurlait aussi fort que le permettaient ses petits poumons.

— Alex ? C'est toi ? s'écria Tia depuis la chambre.

Edmunds jeta un coup d'œil à la cuisine en passant : la pièce semblait avoir été ravagée par un séisme. Il grimpa l'escalier et découvrit Tia, la mine épuisée, en train de bercer leur fille.

— Où t'étais ?

— Pub.

— Au pub ?

Il hocha la tête lentement.

— T'es bourré ?

Il acquiesça avec docilité.

Il s'était promis de s'en tenir à un seul verre, mais Baxter l'avait mis au parfum des derniers développements, et ça l'avait... terriblement captivé. Maintenant qu'il y repensait, essayer de tenir le rythme de consommation d'alcool de Baxter était une très mauvaise idée : il finissait toujours sur le flanc le lendemain.

— Je t'ai prévenue ce matin, dit-il en ramassant des vêtements qui traînaient par terre.

— Non, corrigea-t-elle, tu m'as juste dit qu'Emily rentrait. Ou alors devais-je en déduire que lorsque *madame* rentre au pays, tu files direct boire un verre avec elle ?

— On est sur une affaire, Tia !

— Non ! Tu... n'es... pas... sur... une... affaire ! *Elle* est sur une affaire ! *Toi*, tu bosses au service des fraudes !

— Elle a besoin de moi.

— Tu sais quoi ? Cette relation bizarre que vous avez tous les deux, je m'en fous ! Si ça t'amuse de lui courir après comme un petit toutou chaque fois qu'elle te siffle, te gêne pas !

— Mais enfin, arrête ! Qu'est-ce qui te prend ? Tu adores Baxter ! Vous êtes amies !

— Oh, Alex, je t'en prie ! Cette femme est une catastrophe ambulante. Elle jure comme un charretier au point que ça en devient grotesque. Et plus entêtée et obstinée, tu meurs...

Edmunds voulut protester mais il n'avait pas vraiment d'arguments à lui opposer. Tia avait raison sur toute la ligne, mais il la soupçonnait d'avoir bien répété sa petite diatribe.

Leila choisit ce moment pour pleurer.

— Et quand on voit le nombre de verres de vin qu'elle peut s'envoyer en une nuit, non mais franchement !

L'estomac d'Edmunds gargouilla, tel un aveu involontaire. Là aussi, Tia avait raison.

— Puisque tu aimes tellement les femmes dominatrices, hurla-t-elle, tu vas être servi : va boire un litre d'eau, mange un toast et va cuver ton vin ! Ce soir, c'est toi qui t'occupes de Leila, moi je vais dormir sur le canapé !

— Parfait !

— Parfait !

Il allait sortir de la chambre quand Tia lui balança à la tête un ours en peluche. Il le ramassa et l'emporta au rez-de-chaussée. C'était le cadeau de Baxter pour le premier anniversaire de Leila. Il se souvenait de la maladresse avec laquelle elle lui avait tendu la peluche, et soudain il se sentit triste. Oui, cette fille était loin d'être douée pour les relations humaines.

Il aimait sa femme plus que tout, et comprenait son point de vue. Pourtant Tia n'avait pas la moindre idée des horreurs endurées par sa meilleure amie au cours de la semaine écoulée.

Edmunds était plus que jamais déterminé à aider Baxter.

Elle avait besoin de lui.

Initiation

Mardi 24 novembre 2015,
21 h 13

ELLE SAVAIT QUE SON TOUR ÉTAIT VENU. Elle sentait leurs regards se poser sur elle, mais elle ne bougea pas.

Un bref coup d'œil en arrière lui confirma que la porte de sortie était inaccessible.

Elle n'y arriverait pas.

— Sasha ?

La voix suave lui parlait tout près de l'oreille.

Alexei se tenait à ses côtés.

Elle se rappela qu'elle devait s'adresser à lui de manière très formelle devant les autres, même si, après lui avoir expliqué combien elle était spéciale, il l'avait autorisée – très exceptionnellement – à l'appeler par son prénom.

— Je t'invite à me suivre, Sasha, dit-il gentiment, et il lui tendit la main. Allons-y.

Ensemble, ils remontèrent l'allée centrale au milieu de l'assemblée. Pour ceux qui étaient assis à la gauche de Sasha, l'épreuve était déjà passée, mais l'attente anxieuse de ceux qui étaient installés à sa droite allait durer un peu plus à cause de sa lâcheté.

Green la conduisit vers l'avant de la pièce, jusqu'à une estrade où une large tache rouge maculait le plancher ciré, et où un de leurs « frères » avait perdu connaissance avant la fin. Un homme qu'elle ne connaissait pas l'observait sans aucune émotion apparente, tenant à la main un couteau ensanglanté. Il ne le nettoierait pas, pas avant de l'avoir tailladée – c'était le but. Ils formaient une seule et unique entité, connectée.

— Prête ? demanda Green.

Sasha hocha la tête, mais sa respiration était saccadée.

Il se plaça derrière elle pour déboutonner son chemisier, qu'il fit glisser sur ses épaules.

Mais alors que l'inconnu approchait la lame de sa poitrine, elle tressaillit et recula instinctivement contre Green.

— Je suis désolée... Je suis désolée. (Elle se redressa et ferma les yeux en acquiesçant.) Je suis prête.

L'homme sans émotion brandit une nouvelle fois son couteau. Elle sentit le métal froid inciser sa peau.

— Je suis désolée. Je suis désolée. Je suis désolée, répéta-t-elle en pleurant. (Elle se dégagea.) Je n'y arrive pas.

Tandis qu'elle sanglotait devant les personnes présentes, Green la serra dans ses bras pour la consoler.

— Chhuut... ça va aller...

— Je ferai ce... tout ce que vous me demanderez, je... je le jure, bredouilla Sasha, c'est si important pour moi. Mais... ça... ça, je n'y arrive pas.

Être marquée au fer rouge n'aurait pas été plus douloureux que le regard qu'il lui lança : elle l'avait trahi.

— Sasha, tu comprends pourquoi je te demande de faire cela ?

— Oui…

— Alors dis-le-moi…, continua-t-il en desserrant son étreinte. En fait, mieux que ça, dis-le à nous tous réunis ici !

Elle s'éclaircit la voix :

— Cela prouve que nous ferons n'importe quoi pour vous, que nous vous suivrons n'importe où, que nous ferons tout ce que vous exigerez sans poser aucune question. Cela prouve que nous vous appartenons.

Elle fixa à nouveau la lame recourbée et recommença à pleurer.

— Bien. Mais tu sais aussi que tu n'es pas obligée de faire quelque chose que tu ne veux pas faire. Es-tu certaine que tu n'y arriveras pas ?

Elle confirma d'un léger hochement de tête.

— Très bien… Eduardo !

Un homme se détacha du groupe et se leva, grattant inconsciemment son bandage récent.

— Toi et Sasha êtes amis, n'est-ce pas ?

— Oui, Alex… euh… je veux dire…, oui, Dr Green.

— Je crois que ton amie a besoin de toi.

— Merci, murmura Sasha, tandis qu'Eduardo s'approchait et l'entourait de son bras.

Green lui prit la main entre les siennes avec tendresse, puis la laissa partir.

Ils avaient à peine parcouru quelques mètres que Green les interpella.

— Eduardo ! cria-t-il, les obligeant à s'arrêter à un endroit où tous pouvaient les voir. J'ai bien peur que Sasha ait renoncé à faire partie des nôtres… Tue-la.

Abasourdi, Eduardo se retourna aussitôt pour protester, mais Green était passé à autre chose, et il affichait clairement son désintérêt. Eduardo regarda Sasha, hésitant sur la conduite à tenir.

— Eddie ? balbutia-t-elle. (Elle examinait son ami, soudain différent. Elle ne pouvait même plus apercevoir la porte de sortie à cause du rempart formé par les spectateurs de sa disgrâce.) *Ed* ?

Eduardo éclata en sanglots au moment où il lui fracassa le visage d'un violent coup de poing. Avant de tomber à la renverse, elle se rattrapa là où elle put, c'est-à-dire à ses bandages, et les lui arracha.

Alors qu'il se jetait sur elle, la seule chose que Sasha réussit à distinguer furent les lettres sur son torse. Mais dans son agonie, elle trouva un maigre réconfort dans le fait que ce n'était pas son ami qui était en train de la tuer… Car son ami n'existait déjà plus.

24

*Jeudi 17 décembre 2015,
15 h 36*

Les portes en verre du Montefiore Medical Center se refermèrent, étouffant le vacarme des huées qui fusaient devant le bâtiment où Lennox et Chase venaient d'entrer d'un pas martial. Quelqu'un, peut-être un médecin, avait manifestement prévenu les médias de la présence du FBI et de leurs intentions. Voilà pourquoi les journalistes assiégeaient cet hôpital du Bronx. Derrière les caméras, des manifestants brandissaient leurs pancartes en criant. Ils protestaient contre la volonté du FBI de faire sortir du coma le seul survivant parmi les assassins, quitte à risquer de provoquer des dommages irréversibles sur son cerveau.

— Merde, marmonna Lennox, ces gens ont vraiment la mémoire courte !

Elle se dirigea à vive allure vers l'unité de soins intensifs, Chase sur ses talons. Il tentait de garder le même rythme, tout en répondant aux appels téléphoniques destinés à sa chef.

— Oui, je comprends, monsieur... Oui, monsieur... Comme je vous l'ai expliqué, elle n'est pas joignable actuellement...

Chase produisait à chaque pas des grincements horripilants, à cause de son lourd équipement de protection en kevlar.

Un homme d'âge moyen, vêtu d'un long manteau marron, parut s'animer lorsqu'il les vit débouler dans le couloir. Lennox était sur le point d'alerter Chase, mais l'homme avait déjà dégainé un enregistreur audio et une mini-caméra.

— Agent Spécial Lennox, pensez-vous que le FBI soit au-dessus des lois ?

Chase se précipita sur lui et le plaqua au mur. Lennox poursuivit sa route sans s'arrêter.

— Juge, juré et bourreau ? C'est comme ça que ça marche, maintenant ?

Chase continuait de maîtriser le journaliste qui conclut en criant :

— La famille n'a pas donné son accord !

Lennox, sans se départir de sa légendaire assurance, pénétra, entre deux policiers en faction, dans l'unité de soins intensifs. À l'intérieur, l'atmosphère était encore plus tendue. Dans un coin, sur un chariot, trônait un défibrillateur, ce qui ne présageait rien de bon. Trois infirmières s'agitaient au-dessus de sondes et de tuyaux tandis que le docteur préparait une seringue. Aucun des soignants ne lui adressa un regard tandis que Lennox examinait l'homme de loin.

Il était aussi maigrichon qu'un collégien, bien qu'il sembla avoir une vingtaine d'années. Il avait été sévèrement brûlé au côté droit. Même les cinq lettres qui lacéraient sa poitrine avaient débordé un peu sur ses flancs. Une marionnette qui s'était déguisée en appât, un tueur déguisé en victime. Un robuste collier cervical maintenait en place sa tête tandis qu'un fin tuyau sortait d'un trou minuscule percé dans sa boîte crânienne.

— Je tiens à réitérer mon opposition la plus ferme, déclara le médecin sans quitter la seringue des yeux. Je suis à cent pour cent hostile à cette procédure.

— C'est bien noté, lui répondit Lennox.

Chase entra dans la pièce et Lennox en fut soulagée ; elle avait au moins quelqu'un de son côté.

— Les risques encourus à provoquer une sortie de coma sur un individu ayant une lésion cérébrale traumatique comme celle-ci sont immenses. Et quand on connaît ses antécédents psychiatriques, les risques sont aggravés.

— C'est bien noté ! répéta Lennox un peu plus fort. Alors ?

Le médecin se pencha sur son patient en secouant la tête. Il plaça une des seringues dans un point d'accès au système de tubes et d'intraveineuses qui se déversaient dans le corps de l'homme alité. Le médecin appuya très lentement sur le piston de la seringue.

— Préparez un chariot de réa, ordonna-t-il à une infirmière. Il faudra maintenir la pression intracrânienne aussi basse que possible. Surveillez la pression artérielle. Bon, on y va.

En observant le corps immobile, Lennox faisait son possible pour ne rien laisser deviner de ses tourments intérieurs. Quoi qu'il se passe, sa carrière au FBI était déjà largement compromise. Par sa décision, elle avait ignoré les recommandations de sa hiérarchie, et nui à la réputation du Bureau. Elle avait menti aux médecins pour obtenir leur collaboration et espérait maintenant que le jeu en vaudrait la chandelle. Le survivant allait-il lui livrer l'information qui leur manquait depuis le début ?

L'homme eut un hoquet. Il ouvrit brusquement les yeux, tenta même de s'asseoir, mais les tuyaux et autres tubes qui le maintenaient en vie le ramenèrent en arrière.

— Andre ? Andre, restez calme, chuchota le médecin en posant une main rassurante sur l'épaule de son patient.

— Pression artérielle 152 sur 93, dit une infirmière.

— Je suis le Dr Lawson et vous êtes au Montefiore Medical Center.

L'homme regardait la salle d'opération. Il écarquillait les yeux de terreur, comme s'il était témoin d'horreurs que lui seul pouvait voir.

— Hausse du rythme cardiaque. Pression artérielle trop élevée, indiqua l'infirmière avec inquiétude.

— Ne meurs pas, ne meurs pas, murmurait Lennox pour elle-même.

L'homme commençait à se débattre. Le Dr Lawson planta une autre seringue dans un autre tube. En quelques secondes, son patient cessa de s'agiter et revint à un état proche du sommeil.

— Pression artérielle en baisse.

— Andre, le sollicita le médecin avec un sourire rassurant, il y a quelqu'un qui désire vous parler. Est-ce que ça va aller ?

L'homme, un peu sonné, hocha imperceptiblement la tête.

Le Dr Lawson s'écarta pour laisser passer Lennox. Elle s'approcha du malade avec un grand sourire, s'apprêtant à réaliser l'interrogatoire le plus aimable de sa carrière.

— Soyez directe. Que des questions courtes, recommanda le toubib.

— Compris. Andre, reconnaissez-vous cet homme ?

Elle lui mit sous le nez la photo d'Alexei Green, lequel, avec ses cheveux bruns mi-longs, avait une indéniable allure de rock star. Andre avait du mal à fixer la photo, mais il finit par battre des paupières pour acquiescer.

— L'avez-vous déjà rencontré ?

Andre semblait au bord de l'assoupissement, mais il fit oui de la tête.

— Nous... le... devons... tous.

— Quand ? Où ça ?

Andre parut ne pas se souvenir. Le bip-bip régulier emplissait le silence. Lennox se tourna vers le médecin qui fit un geste silencieux de la main qu'elle interpréta comme : « Passez à autre chose. »

Elle obéit à contrecœur. Elle observa les lettres tailladées sur la peau du torse chétif : APPÂT.

— Qui a marqué votre poitrine ?

— Dautre.

— Dautre ? Un autre ? Un autre qui ? Une autre marionnette ?

Andre battit des paupières. Il avait du mal à articuler.

— Toussss enssssemble...

— Qu'est-ce que vous voulez dire par « ensemble » ?

Andre se tut.

— Lorsque vous étiez tous ensemble dans l'église ?

L'homme fit non de la tête.

— Vous étiez tous ensemble quelque part *avant* l'église ?

L'homme fit oui de la tête.

— Et cette personne était présente ?

Elle lui remontra la photo de Green.

— Oui.

Lennox se tourna fébrilement vers le médecin.

— À combien de jours remontent ces cicatrices, selon vous ?

Le Dr Lawson se leva et fit sursauter son malade en effleurant les boursouflures.

— Si j'en crois leur état inflammatoire et infectieux, environ deux semaines, peut-être trois…

— Ça correspond à la dernière visite de Green sur le sol américain, déclara Chase du fond de la salle.

Lennox regarda Andre.

— Savez-vous que l'église allait exploser ?

L'homme hocha honteusement la tête.

— Et savez-vous pour les autres bombes à Times Square ? (Elle comprit à son air surpris qu'il l'ignorait.) OK. Autre chose : Andre, comment avez-vous organisé ce rendez-vous ? Comment saviez-vous où aller ?

Lennox retenait son souffle. S'ils arrivaient à découvrir comment les marionnettes communiquaient entre elles, ils pourraient intercepter les messages avant qu'il y ait d'autres morts. Elle voyait bien qu'il faisait des efforts pour se souvenir. Andre porta lentement sa main à son oreille.

— Par téléphone ? demanda-t-elle, sceptique.

Son équipe avait décortiqué les portables des tueurs, tout y était passé, les journaux d'appels, les messages, les applications, les données.

Andre secoua sa tête, l'air désespéré. Il leva son index vers l'écran de contrôle du moniteur.

— Par ordinateur ?

Il tapota son oreille.

— L'écran du téléphone ? devina Lennox. On vous envoie un message sur l'écran de votre téléphone ?

Andre battit des paupières pour dire oui.

Perturbée, Lennox se retourna vers Chase. Il comprit immédiatement l'ordre non formulé et sortit de la pièce pour diffuser cette importante information. Lennox sentait qu'elle n'obtiendrait guère plus de l'homme, mais était résolue à l'interroger jusqu'à ce que le médecin mette fin à l'entretien.

— Ces messages disaient-ils autre chose ? Y avait-il des instructions pour *après* l'église ?

Andre commença à gémir.

— Andre ?

— Augmentation du rythme cardiaque, prévint une infirmière.

— Andre, que disaient ces messages ?

— Augmentation de la tension artérielle !

— C'est bon, on arrête, décida le Dr Lawson, je lui administre un sédatif.

— Attendez ! Andre, quels étaient les ordres ?

Il marmonnait des paroles inintelligibles en balayant la pièce du regard, à la recherche d'invisibles persécuteurs.

Lennox se pencha près de sa bouche pour entendre ce qu'il disait.

— Les... uez... tous... uez... tuez... Tuez... les... tous...

Lennox sentit son pistolet glisser hors de son holster.

— Arme sortie ! hurla-t-elle en agrippant la main du malade pour le désarmer.

Le coup partit, faisant un trou dans le mur. Les monitorings s'emballaient alors que la lutte entre les deux pour prendre possession de l'arme se poursuivait. Les infirmières et le médecin s'étaient jetés à terre. Une autre balle fit exploser le plafonnier, occasionnant une pluie de verre sur le lit. Chase revint en courant et se jeta sur l'homme. Une seconde paire de mains en vint rapidement à bout.

— Endormez-le ! ordonna Chase au toubib totalement dépassé.

Le Dr Lawson se redressa et appuya sur une seringue pendant que Lennox et Chase orientaient l'arme vers le mur. Peu à peu, la main d'Andre devint toute molle et le pistolet tomba sur le lit.

Lennox rangea son arme en soupirant de soulagement.

— Hormis les vingt dernières secondes, dit-elle à Chase en souriant, je crois qu'on s'en est plutôt bien sortis.

Baxter éteignit la radio où passait une émission matinale des plus débiles. Elle surveillait la sortie de Hammersmith Station tandis qu'une pluie givrante s'écrasait en grosses gouttes sur son pare-brise.

Quelques minutes plus tard, Rouche débouchait de la station de métro, son portable collé à l'oreille, comme d'habitude. Il fit un grand signe en direction de l'Audi noire de sa collègue, puis recula dans la galerie pour finir sa conversation à l'abri.

— C'est pas possible ! maugréa Baxter. Il plaisante là ou quoi ?

Elle klaxonna comme une dingue et fit ronfler le moteur jusqu'à ce que Rouche consente à grimper en voiture, après avoir cavalé sous une averse de grêle. Divers emballages de sandwichs Tesco et des bouteilles de Lucozade à moitié vides jonchaient le plancher côté passager, autrement dit entre ses pieds.

— Bonjour... et merci.

Baxter démarra sans un mot et s'engagea sur Fulham Palace Road.

Elle ralluma la radio, retomba sur la même émission pourrie, et l'éteignit à nouveau. Elle dut se résoudre à faire la conversation.

— Comment va notre petit tueur comateux ?

Toute l'équipe avait été informée des progrès du FBI durant la nuit.

— Toujours en vie.

— Tant mieux. Enfin j'imagine. Ça signifie que nous pouvons compter sur Lennox encore un petit moment.

Rouche la regarda avec étonnement.

— Ben quoi ? C'est la première fois que je croise une directrice des opérations capable de faire un truc que moi j'aurais pu faire, avoua-t-elle avant de changer de sujet : Alors comme ça, les Amerloques ont oublié de vérifier les SMS des marionnettes ?

La pluie redoubla d'intensité.

— Je crois que c'est un tout petit peu plus compliqué.

— Bien sûr…

— Ils vont essayer de décrypter le stockage… fragmenté… la mémoire des données… enfin quelque chose comme ça…, expliqua-t-il sommairement. Quelqu'un a fouillé le domicile de Green depuis ?

— Où est-ce qu'on va, à votre avis ?

Ils continuèrent à rouler en silence ; Rouche contemplait les vitrines décorées pour Noël.

— Vous avez faim ? demanda-t-il.

— Non.

— J'ai sauté le petit déjeuner.

— J'aimerais pas être à votre place, dit-elle en ralentissant pour s'arrêter le long du trottoir.

— Vous êtes la meilleure. Vous voulez quelque chose ?

— Non.

Il sortit sous la pluie et claqua la portière. Puis il se faufila entre les voitures pour rejoindre la boulangerie de l'autre côté de la route. Baxter posa les yeux sur le siège passager et vit que Rouche avait oublié son portable. Elle le regarda, puis regarda la boulangerie, puis tapota le volant de ses ongles.

— Et merde ! jura-t-elle.

Elle ramassa le téléphone sur le siège en cuir. L'écran n'était apparemment pas verrouillé par un mot de passe.

Il lui suffit de faire glisser son index dessus pour avoir accès au journal des appels.

— Qui donc appelles-tu sans arrêt ?

Il y avait une série d'appels sortants, toujours vers le même numéro — un indicatif du Grand Londres — et à intervalles réguliers. Il l'avait appelé presque toutes les heures la veille.

Moment d'hésitation.

Elle lorgna vers la boulangerie. Son cœur battait à tout rompre. Elle appuya sur la petite icône verte et colla le téléphone à son oreille.

Ça sonnait.

— Allez, allez, s'énerva Baxter.

Puis quelqu'un répondit :

— Bonjour, mon ché...

Roucha passa en courant devant le capot. Baxter raccrocha aussitôt et jeta le portable sur le siège. Rouche entra dans la voiture, tout dégoulinant. Mouillés, ses cheveux gris avaient l'air plus foncés et le faisaient paraître plus jeune. Il attrapa son téléphone, s'assit et posa l'appareil sur ses genoux.

— Je vous ai pris un petit pain au lait, juste au cas où, dit-il en le tendant à Baxter.

Ça sentait drôlement bon et elle le lui arracha des mains avant de démarrer.

Alors que Rouche s'apprêtait à mordre dans son sandwich œuf-bacon, il remarqua l'écran allumé contre sa jambe. Il dévisagea Baxter qui semblait désormais totalement concentrée sur la route.

Il la fixa un long moment avant d'éteindre son portable.

25

*Vendredi 18 décembre 2015,
8 h 41*

— Calme-toi deux secondes, je t'en prie ! chuchota Edmunds en sortant rapidement de son bureau.

Il s'éloigna au pas de charge dans le couloir du service de la répression des fraudes, essoufflé, son portable vissé à l'oreille. Il avait réussi à grappiller trois heures de sommeil d'affilée – le pied ! –, c'est-à-dire plus que ce que Tia arrivait à dormir en moyenne par nuit. Mais à force de tirer sur la corde, son corps, épuisé par tant d'insomnies répétées, demandait grâce.

Quand il aperçut son patron débarquant de l'ascenseur, il battit en retraite dans les toilettes pour handicapés et poursuivit sa conversation dans un murmure :

— Je suis certain qu'il existe une explication parfaitement rationnelle...

— À quoi ? Au fait de m'avoir menti à maintes reprises depuis le début de l'enquête ?

Baxter se tenait dans l'impressionnante chambre d'Alexei Green, dans le non moins impressionnant appartement qu'il louait à prix d'or à Knightsbridge. Le sol était jonché de vêtements coûteux, tandis que les penderies et les tiroirs avaient été vidés. Le matelas king size avait été éventré, la bourre et les ressorts à moitié disséminés sur le tapis, près de la fenêtre donnant sur les vitrines d'Harrods. L'écran plat de la télé avait été descellé du mur.

L'équipe de la scientifique n'avait rien laissé au hasard.

Elle entendait Rouche passer au peigne fin une autre pièce plus loin.

— Réfléchis deux secondes, Edmunds. Je les ai vus, Curtis et lui, devant le poste de police du 33rd Precinct repérer un détail sur la voiture qui s'est crashée, mais quand je lui ai posé la question, il a nié. Le bilan sanguin de la légiste que Curtis a… (elle marqua une pause) que j'ai découvert tout chiffonné dans la poche de sa veste, et maintenant, voilà qu'il me ment sur l'endroit où il se trouvait la nuit dernière.

— Comment le sais-tu ?

— Pourquoi téléphonerait-il presque toutes les heures chez lui s'il avait passé la nuit là-bas ?

— Tu aurais peut-être dû poser la question à sa femme quand tu l'as croisée, non ?

— Je n'ai pas eu le temps de la voir. Et puis, il y a un truc qui cloche avec sa famille : il n'a même pas l'air de savoir quel âge a sa fille – un coup elle a seize ans, un coup elle en a six. Moi je te dis que quelque chose ne tourne pas rond, c'est trop bizarre.

— Vu comme ça, je suis d'accord avec toi. Mais être un mauvais père n'est pas illégal, me semble-t-il. Qu'est-ce que sa vie privée a à voir avec notre affaire ?

— Je ne sais pas ! Tout… Rien.

Elle se tut parce que Rouche émergeait de la seconde chambre au bout du couloir. Elle le vit bâiller bruyamment et s'étirer. Son pull se releva, découvrant un ventre blanc. Il lui fit un hello joyeux de la main et entra dans la cuisine.

— Il faut que j'aille là-bas, chuchota-t-elle.

— Où ça ? Attends... tu veux dire dans sa maison ?

— Ce soir. Je lui ai proposé de le déposer chez lui. Je demanderai à utiliser ses toilettes. Et si ça ne marche pas, je rentrerai de force.

— Tu plaisantes, j'espère ?

— Je ne vois pas d'autre solution. Je n'arrive pas à lui faire confiance. J'ai besoin de savoir ce qu'il me cache.

— Pas question que tu fasses ça toute seule.

— Ah ! Tu admets *enfin* qu'il y a quelque chose de pas net dans cette histoire ?

— Non, mais je... Bref, tu me diras à quelle heure tu y vas et je te rejoins, OK ?

— Parfait.

Elle raccrocha.

— Jolie nana, commenta Rouche depuis le seuil de la chambre.

Elle sursauta, d'autant qu'elle se sentait déjà coupable.

Il tenait à la main une photo encadrée où l'on voyait Alexei Green en compagnie d'une femme ravissante. Ils semblaient excessivement heureux, éclipsant le paysage derrière eux – un coucher de soleil sur un fjord.

— Il faut identifier cette fille, ordonna Baxter en le bousculant pour sortir de la pièce. Moi, j'ai fini ici.

— Cette nouvelle fouille est une perte de temps, répliqua Rouche en replaçant le cadre dans la chambre d'amis. Le *Met* a déjà inspecté chaque centimètre carré de cet appartement.

— Parce que je ne le sais pas, peut-être ?

— J'dis ça, j'dis rien !

— Alors ne dites rien, rétorqua-t-elle en entrant dans la somptueuse cuisine équipée.

Le plan de travail en granit scintillait sous les spots. On distinguait au loin le panorama gris de la ville, à travers les baies vitrées d'un balcon qui ceinturait tout le dernier étage de l'immeuble.

— Vous savez ce qui manque ici ? reprit-elle. Une bonne raison pour laquelle Alexei Green voudrait faire sauter la moitié de New York. Pourquoi risquer de tout foutre en l'air alors qu'il avait tant à... (Elle s'interrompit quand elle se rendit compte qu'il la fixait.) Quoi ? (Elle commençait à se sentir mal à l'aise car il ne la quittait pas des yeux.) Rouche, qu'est-ce qu'il y a ?

— On est au dernier étage, n'est-ce pas ?

— Oui.

Il se précipita vers elle. Baxter referma son poing instinctivement, mais se détendit quand il la contourna pour aller ouvrir la porte-fenêtre donnant sur le balcon. Un vent froid s'engouffra par la cuisine et fit s'envoler des papiers dans l'appartement. Elle le suivit dehors. Il pleuvait.

— Aidez-moi...

— Pardon ?

Elle se demandait quelle était cette nouvelle lubie.

— Aidez-moi à grimper sur le toit.

— Euh... non !

Rouche parut étonné de son refus de coopérer et commença à monter sur la rambarde mouillée.

— Putain, Rouche, vous êtes complètement cinglé !

Il tendit les bras vers la toiture plane de l'immeuble et s'accrocha au rebord, mais ne réussit pas à se hisser dessus.

Baxter vint à sa rescousse et le poussa du mieux qu'elle put. Rouche finit par escalader le reste tant bien que mal avant de disparaître à sa vue.

Son téléphone sonna.
— Baxter à l'appareil. Ouais... Ouais... D'accord. (Elle raccrocha. La pluie glacée zébrait son visage.) Rouche !
La tête de son collègue réapparut.
— Alors, y a quoi là-haut ?
— Un toit, répondit-il, penaud.
— L'équipe technique a appelé. Ils ont découvert quelque chose. (Elle fit semblant de ne pas remarquer qu'il avait déchiré son pantalon à l'entrejambe en redescendant.) Bon, alors, on y va, oui ou merde ?

— Ma foi, je dirais que c'est assez excitant, expliquait Steve, l'expert en téléphonie du *Met*, tout en s'affairant parmi une multitude de câbles qui reliaient des ordinateurs à des box, branchées elles-mêmes à d'autres box, connectées à leur tour à des téléphones mobiles. J'ai réexaminé le portable du tueur du Mall.
— Ce qui n'aurait pas été nécessaire si *quelqu'un* avait fait correctement le job dès la première fois, lui rétorqua Baxter avec aigreur.
— Ça ne sert à rien de chercher des coupables, répondit le technicien, conscient qu'elle le visait en particulier. L'essentiel, c'est que j'ai trouvé quelque chose. (Il désigna un modèle dernier cri sur la table.) Ça, c'est le téléphone de Patrick Peter Fergus. (Il tapa une phrase sur son ordinateur. Un petit bip sonore retentit.) Je crois que vous avez reçu un SMS, lança-t-il à Baxter.
Il semblait super content de lui.
Interdite, elle ramassa le portable de Fergus et cliqua sur l'icône lui indiquant l'arrivée d'un texto. Elle le lut à voix haute : « Salut, patronne ! » suivi d'un smiley avec un clin d'œil.

— Et maintenant, attendez ! s'exclama Steve, complètement survolté. (Il compta plusieurs secondes à sa montre.) OK. Relisez-le moi, s'il vous plaît.

Baxter grommela dans sa barbe, perdant patience. Elle consentit à regarder son écran et découvrit que le texto avait disparu. Surprise, elle fit défiler les SMS.

— Il n'est plus là !

— Exactement. Ce sont des SMS qui s'autodétruisent une fois lus. Je les ai baptisés les « SMS suicidés », fanfaronna Steve. Ce téléphone a été équipé d'une appli spéciale qui, à la base, va cloner les textos. L'appli a l'air normale comme ça, mais si on envoie un SMS à partir d'une série de chiffres définis, alors dans ce cas, et dans ce cas seulement, son contenu est irrécupérable.

Baxter se tourna vers Rouche, qui faisait mine de suivre leur conversation.

— Vous en pensez quoi ? lui demanda-t-elle tandis que Steve fouinait dans son matériel, le sourire aux lèvres.

— Ce que j'en pense… ? chuchota-t-il. Je pense que votre gars est susceptible d'avoir un orgasme si jamais vous lui demandez de vous renvoyer un texto…

Baxter pouffa de rire.

— Juste pour comprendre, déclara Rouche au technicien, vous êtes en train de dire que Patrick Peter Fergus, âgé de soixante et un ans, était en réalité un petit génie de l'informatique ?

— Absolument pas ! C'est du boulot de professionnel. On n'a pas affaire à un vulgaire logiciel espion dégotté sur Internet, mais à quelque chose qui a été conçu de A à Z.

— Où ça ?

— Je bosse avec les Américains là-dessus. Ils possèdent bien plus de dispositifs que nous pour la récupération de données.

— Vous disiez avoir un truc à partir duquel on pourrait travailler *maintenant*, lui rappela Baxter.

— C'est le cas ! s'exclama Steve en souriant. Le serveur qui se trouve à la maison mère de S-S Mobile, en Californie, d'où sont envoyés tous ces SMS suicidés. Chacun est expédié par un numéro différent. Nous ne pouvons pas récupérer les données à partir des machines, mais ils gardent en mémoire l'enregistrement d'origine. Le FBI va nous faire profiter de ce fichier de stockage d'ici une heure.

Baxter parut presque joyeuse, enfin, un peu moins angoissée que d'ordinaire.

Steve se pencha sur son clavier.

Un autre petit bip retentit, cette fois dans la main de Baxter.

> De rien, patronne !

La grosse imprimante dans l'open space continuait de cracher des tonnes de documents, qui représentaient autant de pages à compulser – autant dire des heures de travail pour Baxter et son équipe.

Les services du *Met* avaient été mis à contribution pour une nuit particulièrement trépidante, toutes les ressources disponibles chargées de trier le bon grain de l'ivraie parmi la montagne de messages que le FBI avait récupérés du serveur de S-S Mobile. Baxter avait réussi à obtenir une équipe dédiée de six personnes, la plupart arrachées à leur journée de congé.

Elle surligna le passage suivant :

> Ils ne vous comprennent pas, Aiden, pas comme nous, nous vous comprenons. Vous n'êtes pas seul.

— C'est quoi cette merde ? murmura-t-elle entre ses dents avant de ranger la feuille sur une pile à part.

Au bout de quatre heures, ils s'accordaient tous à penser que ces bribes de messages étranges et pontifiants, jouant sur la provocation et l'injonction, n'auraient pas suffi à eux seuls à faire vaciller les âmes les plus sensibles. Il s'agissait plutôt de contaminer leur pensée, de maintenir le contact entre deux sessions privées. De transformer insidieusement un être vulnérable en arme de guerre.

— C'est quoi cette merde ?

Assis à un bureau voisin, Rouche, lui, ne s'était pas gêné pour parler tout fort. Il leva les yeux vers le paperboard où les détails de trois de ces sessions, qui avaient eu lieu de chaque côté de l'Atlantique, avaient été extraits des SMS. On avait exigé l'extraction des enregistrements de vidéosurveillance pertinents par rapport à ces réunions et ils attendaient toujours les résultats.

— L'homme qui rédige ces textos teste leur paranoïa, il joue sur l'image dégradée qu'ils ont d'eux-mêmes, déclara Baxter en surlignant un autre SMS. (Elle était consciente que ses observations sonnaient exactement comme celles d'Edmunds, avec son jargon universitaire psychanalysant qu'elle avait en horreur.) Il les valorise et leur donne un but à atteindre, quelque chose qu'ils ne seraient jamais capables de faire par eux-mêmes.

Rouche attendait qu'elle finisse d'élaborer sa théorie.

— À mon avis, c'est une espèce de culte, mais pas dans le sens traditionnel du terme. Même si ça part du même processus : une hystérie collective partagée par de nombreuses personnes pour assouvir les désirs d'une seule.

— Notre Azazel, conclut Rouche, le docteur Alexei Green.

— Chef ! cria une enquêtrice depuis l'autre bout de la salle, agitant frénétiquement une feuille de papier. Chef, je crois avoir trouvé quelque chose !

Baxter se rua vers elle, Rouche dans son sillage. Elle arracha la page imprimée des mains de sa subordonnée et la lut.

> Hôtel Sycamore, 20 décembre, 11 heures
> Jules Teller vous accueille une dernière fois.

— Eh bien ? demanda Rouche.

Baxter lui sourit en lui tendant le SMS soi-disant intraçable.

— Jules Teller ? lut Rouche, avec l'impression que le nom lui était étrangement familier.

— C'est le nom sous lequel ils ont réservé leur dernière salle de réunion, précisa Baxter. C'est lui. C'est Green. Et maintenant nous savons *exactement* où il va se rendre.

— C'est quoi sur la banquette ? demanda Rouche en louchant sur le siège arrière.

Baxter le raccompagnait chez lui en voiture, en pleine heure de pointe.

— Du boulot pour la maison.

— Je peux vous aider ? proposa-t-il en faisant un geste pour attraper le carton.

— Non, je m'en occupe !

— Vous en aurez pour des plombes à vérifier tout ça toute seule !

— J'ai dit que je m'en occupais !

Rouche laissa tomber. Il s'absorba dans la contemplation des vitrines à la con que les commerçants se sentaient obligés de préparer pour les fêtes. Un Père Noël en plastique agitait son bras à moitié cassé, ce que Rouche trouva un brin déprimant.

— Il ne nous reste que deux jours.

— Hein ?

— D'après les textos, il ne nous reste que deux jours. Jusqu'à la réunion de Green. Par quoi on commence ? On inspecte les locaux demain matin ?
— Je ne suis pas certaine que ce soit une bonne idée.
— Comment ça ?
— Personne ne foutra un pied là-bas avant dimanche.

Rouche l'observa attentivement, car le commentaire presque désinvolte de Baxter le faisait cogiter.

— Pour la première fois, on a une longueur d'avance, résuma la jeune femme. Green n'a aucun moyen de savoir qu'on a trouvé ses messages. C'est notre unique chance, on ne peut pas prendre le risque de l'effrayer.
— À gauche, lui rappela Rouche.

Elle donna un brusque coup de volant et frôla le trottoir pour tourner dans la rue arborée. Elle avait reconnu la vieille Volvo toute délabrée d'Edmunds arrêtée un peu plus loin et se gara devant la maison tout aussi décatie de Rouche.

— Merci de m'avoir déposé. Si c'est plus simple, je peux prendre les transports demain matin.
— D'accord.
— D'accord.

Il lui sourit et descendit du véhicule.

Il se retourna pour la remercier maladroitement d'un geste de la main et prit l'allée qui menait chez lui.

Dans le rétro, Baxter vit Edmunds sortir de sa Volvo. Elle attendit que Rouche ait terminé son ascension dans la nuit glaciale et qu'il soit rentré chez lui.

Elle fit un signe de tête à son ami, respira profondément et se dirigea vers la porte en bois usé.

26

*Vendredi 18 décembre 2015,
18 h 21*

L'ENCADREMENT DE LA PORTE était envahi de lierre, dont les feuilles tremblotaient sous l'effet des premières gouttes de pluie.

Baxter frappa deux fois, mais sans beaucoup d'énergie, car elle savait qu'elle risquait de mettre fin à une collaboration précieuse en agissant de la sorte. Un trait de lumière orangée filtra à travers l'interstice et vint se poser sur son blouson.

Elle jeta un coup d'œil en arrière, et sourit en apercevant Edmunds à l'autre extrémité de la route.

— Allez, murmura-t-elle en cognant sur le battant.

N'obtenant toujours pas de réponse, elle recommença, cette fois de façon plus affirmée.

Elle entendit enfin des pas feutrés sur un parquet. Un tour de clé, puis la porte s'ouvrit de quelques centimètres. Une chaîne la retenait et, dans l'entrebâillement, apparut le visage effaré de Rouche.

— Baxter ?

— Salut ! fit-elle avec un sourire gêné. Désolée de vous demander ça, mais la circulation a l'air complètement bouchée vers Wimbledon, et il faut absolument que je fasse pipi...

Rouche ne lui répondit pas de suite, son visage disparut un instant, et Baxter put découvrir la vétusté des lieux. Des grains de poussière virevoltaient sous l'effet du courant d'air, comme s'ils cherchaient à fuir la maison dont le papier peint semblait tomber en lambeaux.

Il réapparut dans l'entrebâillement, et s'excusa :

— Écoutez, ce n'est pas... ce n'est pas vraiment le meilleur moment.

Baxter s'avança, toujours douce et souriante, comme si la méfiance de son collègue était parfaitement normale.

— J'en ai pour deux secondes. Je passe aux toilettes et je ressors. Promis, juré.

— Ellie... elle a attrapé quelque chose à l'école, elle ne se sent vraiment pas bien, et je...

— Rouche, j'ai traversé tout Londres pour vous déposer chez vous et vous êtes en train de me dire que je ne peux pas utiliser vos toilettes ?

— Je suis désolée, répondit-il, honteux d'être aussi impoli. Mais il y a un Tesco en bas de la route, et ils ont des toilettes.

— Un Tesco ? répéta-t-elle, soudain sérieuse.

— Ouais...

Rouche nota le changement d'attitude et la manière qu'elle avait d'avancer vers la porte comme si elle s'apprêtait à forcer le barrage.

Il la regarda droit dans les yeux.

— Je suppose que je ferais mieux d'y aller...

— Oui, je suis vraiment désolé.

— Y a pas de mal… J'y vais alors…

— Bonne nu…

La jeune femme se jeta en avant de tout son poids. Sous la force de l'impact, la chaîne céda et Rouche prit la porte en pleine figure.

— Baxter ! cria-t-il en essayant de refermer le battant en bois. Arrêtez !

Elle coinça son pied entre la porte et le chambranle et aperçut dans le vestibule derrière son coéquipier une large tache de sang séché, incrustée entre les lattes du parquet.

— Laissez-moi entrer, Rouche !

Il lui écrasa sa bottine en voulant rabattre la porte. Il avait plus de force qu'elle.

— Laissez-moi tranquille ! implora-t-il. S'il vous plaît ! (Dans un dernier effort, il repoussa la porte qui se referma dans un claquement sec.) Baxter, foutez le camp, *je vous en prie…*, supplia-t-il d'une voix étouffée.

— Merde, merde et merde ! hurla-t-elle en entendant qu'il donnait un tour de clé dans la serrure. Rouche ! Vous êtes seul responsable de ce qui va se passer à partir de maintenant !

Elle redonna un violent coup de botte dans la porte pour la forme, mais le paya d'une douleur aiguë dans le pied. Elle redescendit l'allée en boitant. Edmunds vint à sa rencontre et lui proposa gentiment son aide, tout en sachant pertinemment qu'elle la refuserait.

— Il y a des traces de sang sur le parquet ! annonça-t-elle. Il me faut une équipe d'intervention.

— Tu es certaine de vouloir faire ça ? la prévint Edmunds. Baxter, t'es sûre de ton coup ? Et si tu te plantais ?

— Aucun doute possible, affirma-t-elle en téléphonant au central, où l'on décrocha immédiatement.

La porte de chez Rouche ne résista pas une seconde à l'assaut de l'unité d'intervention rapide. Elle vola en éclats, littéralement dégondée, dans une pluie de bois et de métal. Les policiers se précipitèrent à l'intérieur en aboyant des ordres. Ils maîtrisèrent sans problème l'homme tranquillement assis au sol.

La tête entre ses genoux, Rouche ne bronchait pas.

— Êtes-vous armé ? cria le chef de l'unité d'intervention.

Rouche secoua la tête en signe de dénégation.

— Arme démontée. Table de la cuisine, marmonna-t-il.

Le flic continua de viser Rouche et ordonna à un de ses hommes de vérifier. Les autres policiers investissaient chaque pièce de la propriété à l'abandon.

Baxter et Edmunds furent les derniers à pénétrer à l'intérieur de la maison, marquant une pause sur le seuil, en considérant la large tache sur le parquet : il avait fallu des litres de sang pour l'imbiber ainsi. Ils marchèrent sur la porte arrachée et respirèrent les premières bouffées d'air vicié. L'atmosphère était saturée de poussière, une lampe nue pendait du plafond, jetant une lumière jaune sur l'affreux papier peint entraperçu par Baxter et qui semblait être là depuis la nuit des temps.

La jeune femme se sentit immédiatement comme un poisson dans l'eau. C'était le genre d'endroit où elle avait passé la majeure partie de sa vie professionnelle, traquant la sale petite vérité honteuse dissimulée derrière des portes closes, la part d'ombre enfouie sous le voile d'une apparente normalité. Autrement dit, une scène de crime.

Elle se tourna vers Edmunds.

— Je ne me suis pas plantée, lui dit-elle avec une fausse assurance car elle était plutôt partagée entre tristesse et soulagement.

Ils franchirent une porte sur leur droite et arrivèrent dans une pièce vide aux murs parsemés de grosses taches d'humidité. Des infiltrations d'eau de pluie avaient abîmé une bonne partie du plancher. Baxter sortit de la pièce pour retourner dans le vestibule, mais elle tomba sur Rouche et ne put éviter son regard accusateur.

Quand on observait le grand escalier depuis le bas des marches, la maison semblait encore plus désolée. De larges fissures crevaient le plâtre et de nombreuses marches en bois vermoulu étaient grossièrement signalées par une croix peinte pour éviter qu'on y prenne appui. Au rez-de-chaussée, la cuisine ressemblait à un champ de ruines, et Baxter ne put s'empêcher de repenser aux effets dévastateurs des bombes à New York.

— Tu inspectes le haut, moi le bas, ordonna-t-elle à Edmunds.

Elle lorgna vers Rouche entouré d'hommes en noir. Il était toujours assis par terre, le visage dans ses mains, sa chemise blanche souillée par la saleté de sa propre demeure.

Edmunds entreprit l'ascension périlleuse de l'escalier, risquant sa vie à chaque pas ou presque. Baxter contemplait la cuisine jonchée de gravats. La cloison avec le salon avait été démolie grossièrement. Dans les rares placards encore debout, quelques sachets de soupe et des boîtes de conserve. Le carrelage cassé révélait des fils électriques dénudés, assurant une mort funeste à qui se serait invité à l'heure du dîner.

— Mais qui peut vivre dans un tel taudis ? grommela un des policiers. C'est une vraie porcherie.

Baxter ignora la remarque et s'avança vers la porte vitrée de la véranda. Le jardin était quasiment plongé dans l'obscurité. Cependant, elle distingua sur le côté une touche de couleur vive, une cabane de jeu pour enfant entourée d'herbes folles, denses et hautes, qui menaçaient de l'avaler, tel un monstre sorti des entrailles de la terre.

À l'étage, Edmunds s'arrêta sur le palier. Il entendait les policiers procéder à la fouille complète des pièces de chaque côté du couloir. Des pans entiers de plafond s'y étaient effondrés et gisaient sur la moquette élimée. De l'eau gouttait quelque part au-dessus de sa tête, et il était certain qu'on aurait pu apercevoir le jour à travers la toiture s'ils avaient débarqué quelques heures plus tôt.

Un long câble blanc courait du palier jusqu'à un boîtier, premier signe visible que l'endroit était habité. Il s'agissait d'un répondeur-enregistreur posé à même le sol. L'affichage LED clignotait :

> Mémoire répondeur saturée

Il s'éloigna de ses collègues, une boule au ventre. Au fur et à mesure qu'il s'approchait de la porte en bois clair du fond, un mauvais pressentiment le gagnait. De la lumière filtrait tout autour de cette porte blanchie à la chaux. Son pouls s'accéléra, il ne connaissait que trop bien cette sensation. C'était comme si ce cadre lumineux l'appelait, l'invitant à découvrir l'innommable.

Il aurait beaucoup donné pour ne pas découvrir ce qui se cachait dans la chambre. Pourtant, ce qui alimentait ses cauchemars paraissait bien ténu en comparaison de ceux qui hantaient Baxter. Il décida d'épargner celui-ci à son amie, quelle que soit l'horreur qui l'attendait derrière la porte.

Il inspira un grand coup, tourna le bouton en porcelaine et poussa lentement le battant…

— Baxter ! hurla-t-il à pleins poumons.

Des bruits de pas résonnèrent dans l'escalier qu'elle montait quatre à quatre en évitant les pièges de certaines marches. Edmunds fit signe aux policiers que la situation était sous contrôle.

— Qu'est-ce qui se passe ? cria-t-elle en courant vers lui.

— Tu t'es plantée.

— De quoi tu parles ?

Edmunds soupirait devant la porte béante.

— Regarde…

Elle lui adressa un regard interrogateur, puis entra dans la chambre, petite et néanmoins joliment décorée. Un dessin aux motifs complexes peints à la main était scotché de travers sur le mur près d'un lit recouvert de peluches. Des guirlandes électriques couraient sur les étagères, entre des rangées de CD de musique pop, donnant à l'ensemble une ambiance magique.

Dans un angle de la pièce se trouvait la maison de rêve de Barbie, non loin de l'appui de fenêtre où trônaient trois cadres. La première photo montrait une ravissante petite fille juchée sur les épaules d'un Rouche souriant, aux cheveux plus foncés. Elle tenait un animal en peluche à la main. Sur la deuxième, Rouche, encore plus jeune, posait en compagnie de sa très séduisante femme et de leur bébé. Sur la dernière, la petite fille essayait d'attraper des flocons de neige avec le bout de sa langue, près d'une cabane de jeu aux couleurs vives, la même que celle du jardin, même si on avait du mal à reconnaître l'endroit.

Baxter fixa le sol. Elle venait de poser les pieds sur un sac de couchage étendu sur l'épaisse descente de lit. Le costume bleu marine de Rouche était soigneusement plié près de l'oreiller, visiblement disposé avec soin pour ne pas perturber l'équilibre parfait de la chambre d'enfant.

Elle essuya ses larmes.

— Mais... mais..., bredouilla-t-elle, il leur téléphone tout le temps... (Elle se sentait à deux doigts de défaillir.) Elle a répondu au téléphone quand j'ai composé son numéro, et tu m'as dit qu'il y avait quelqu'un dans la maison quand tu as inspecté l'arrière du jardin.

Soudain, elle prit conscience qu'Edmunds avait disparu.

Elle ramassa un pingouin lourdaud sur le lit et reconnut la peluche de la photo. Il portait un bonnet de laine orange vif qui ressemblait beaucoup au sien.

Un instant plus tard, la voix d'une femme emplissait la maison vide :

— *Bonjour, mon chéri ! Tu nous manques tellement à toutes les deux ! Tellement... !*

Baxter reposa la peluche sur la couette et tendit l'oreille. La voix familière devenait de plus en plus forte, de plus en plus proche, jusqu'à ce qu'Edmunds réapparaisse sur le pas de la porte, tenant un répondeur-enregistreur.

— *Ellie, dis bonne nuit à papa...*

Un bip brutal signala la fin du message enregistré, abandonnant Edmunds et Baxter à un silence effrayant.

— Putain de bordel de merde ! soupira-t-elle en sortant de la chambre à grandes enjambées. Tout le monde dehors ! cria-t-elle du haut de l'escalier. Exécution !

Des visages intrigués surgirent çà et là.

— Oui, vous m'avez bien entendue ! Tout le monde dehors !

Elle raccompagna jusqu'à la sortie les policiers mécontents tel un troupeau de brebis égarées. Edmunds fut le dernier à quitter la maison.

— Tu veux que je t'attende ? demanda-t-il, planté sous la pluie devant la porte défoncée.

— Non, rentre chez toi.

Une fois seule avec Rouche, elle s'installa en tailleur près de lui. Il paraissait perdu dans ses pensées et ne prêtait pas attention à elle. Sans la porte, la pluie battante avait provoqué un mini raz de marée à l'autre bout du vestibule.

Ils étaient assis côte à côte sur le sol immonde depuis un bon moment quand elle trouva enfin le courage de parler :

— Je suis une grosse merde, une grosse merde, ni plus ni moins.

Rouche se tourna vers elle sans un mot.

— Ce rouquin légèrement agaçant et un peu geek sur les bords qui vient juste de s'en aller..., expliqua Baxter, c'est *littéralement* la seule personne sur cette foutue planète en qui j'ai confiance. C'est tout. Je n'ai pas confiance en mon petit ami. Ça fait huit mois qu'on sort ensemble, et je ne lui fais toujours pas confiance. J'ai exigé d'un ami des rapports hebdomadaires sur ses finances parce que je suis terrifiée à l'idée qu'il essaie de m'utiliser ou de me faire du mal ou... je ne sais même pas quoi... ! C'est pathétique, vous ne trouvez pas ?

— En effet, c'est *vraiment* pathétique.

Ils se sourirent. Baxter se pelotonna sur elle-même pour se réchauffer.

— Cela s'est passé juste après avoir acheté cette ruine, commença Rouche. On était partis en ville. Ellie... La pauvre était encore malade... Ses poumons... (Il avait baissé la voix. La pluie s'intensifiait et il la regardait s'écouler à l'intérieur, hagard.) Jeudi 7 juillet 2005.

Baxter porta la main sur ses lèvres car cette date était enracinée dans la mémoire de chaque Londonien[1].

— Nous étions en route pour un rendez-vous chez le spécialiste à l'hôpital de Great Ormond Street. Nous étions assis dans le métro. Une seconde plus tôt, tout était normal, la seconde d'après, rien ne l'était plus. Des gens hurlaient. De la fumée et de la poussière partout. Les yeux me piquaient, mais je m'en fichais parce que ma fille était toujours dans mes bras, évanouie : sa petite jambe pendait bizarrement, mais elle respirait encore.

Rouche s'interrompit. Baxter n'avait pas cillé, sa main toujours plaquée contre sa bouche.

— C'est alors que j'ai vu ma femme sous une pile de gravats, à quelques mètres, à l'endroit où le toit du train s'était effondré sur nous. Je savais que je ne pouvais plus la sauver. *Je le savais.* Mais je me devais d'essayer. J'aurais pu sortir Ellie à ce moment-là, car des gens avaient commencé à se frayer un chemin dans le tunnel vers la station de Russell Square. Mais il fallait que j'essaie de sauver ma femme, pas vrai ? J'ai commencé à vouloir soulever toutes ces plaques de tôle que j'étais clairement incapable de soulever, alors que j'aurais plutôt dû sortir ma fille le plus vite possible. Toute cette fumée et toute cette suie... ses poumons ne tiendraient pas le coup. C'est alors qu'une autre partie du toit s'est effondrée. Il y a eu un mouvement de panique. Et moi aussi j'ai paniqué. On est tous sortis, j'ai suivi le flot, ma fille toujours dans les bras. Quelqu'un a crié que les rails pouvaient être encore sous tension, et soudain tout le monde s'arrête. *Je sais* que je peux la sortir de là,

---

1. Le 7 juillet 2005, quatre bombes explosent dans le centre de Londres, touchant trois rames de métro et un autobus. L'attentat revendiqué a fait 52 morts et 700 blessés.

mais j'attends parce que tout le monde attend... Personne ne bouge...

Baxter ne pouvait plus émettre un son. Elle se contentait d'essuyer ses larmes et de fixer Rouche, n'arrivant même pas à croire qu'il ait pu reprendre le cours de sa vie après ça.

— J'ai suivi le mouvement, comme un mouton. Les gens avaient pris une décision et je m'y suis plié. Je ne l'ai pas sortie à temps, j'aurais pu mais je ne l'ai pas fait. Je sais que vous m'en voulez beaucoup d'avoir abandonné Curtis dans cet endroit atroce mais...

— Non, je ne vous en veux pas... Plus maintenant...

Elle posa maladroitement une main sur la sienne, ne sachant quoi faire d'autre, à part peut-être le prendre dans ses bras, si elle avait osé...

— Je ne pouvais pas commettre la même erreur deux fois, vous comprenez ?

Baxter hocha tristement la tête.

— À votre tour, maintenant.

— J'ai laissé Wolf... pardon, l'inspecteur Fawkes, je l'ai laissé partir. Je lui avais passé les menottes. Les renforts arrivaient... et je l'ai laissé partir.

Rouche acquiesça comme s'il l'avait soupçonné depuis le début.

— Pourquoi ?

— Je n'en sais rien.

— Bien sûr que si. Vous l'aimiez ?

— Honnêtement, je ne sais pas.

Rouche marqua une pause avant de poser la question suivante, dont il pesa chaque mot :

— Et que feriez-vous si vous le rencontriez à nouveau ?

— Je devrais l'arrêter. Je devrais le haïr. Je devrais le tuer de mes propres mains pour avoir fait de moi la pauvre parano débile que je suis devenue.

— Je ne vous ai pas demandé ce que vous devriez faire, mais ce que vous *feriez*.

— Je ne sais pas, je vous assure. À vous maintenant, expliquez-moi tout ce sang dans l'entrée.

Rouche ne répondit pas immédiatement. Il déboutonna lentement les manches de sa chemise et les roula sur ses avant-bras pour dévoiler les larges cicatrices roses qui les ornaient.

Cette fois, elle le prit contre elle et le serra fort. Elle se souvint à cet instant de la phrase prononcée par la femme de Finlay, Maggie, la nuit où son cancer avait récidivé : « Parfois, les choses qui manquent nous tuer sont les choses qui nous sauvent. » Mais Baxter garda pour elle cette maxime.

— Deux jours après ma sortie d'hôpital, des cartes pour l'anniversaire de ma femme ont afflué dans la boîte aux lettres. J'étais assis là, près de la porte, je les lisais, et puis… Il faut croire que ce n'était pas mon jour de partir.

— Je bois trop, avoua-t-elle, persuadée que Rouche et elle n'avaient désormais plus de secrets l'un pour l'autre, et quand je dis trop… c'est beaucoup trop.

Rouche ricana à cet aveu déclamé d'un ton trop enjoué, et elle fit mine d'être blessée par son cynisme, avant de lui adresser un grand sourire.

Dans la série « fracassés de la vie », ils faisaient la paire.

Ils restèrent silencieux un long moment.

— Assez de confidences pour cette nuit ! Venez, dit-elle en se levant avant de lui tendre une main glacée.

Elle le remit debout, sortit ses clés et les lui tendit.

— C'est quoi ?

— Les clés de mon appartement. Il est hors de question que je vous laisse dormir ici.

Il commença à protester.

— Vous me rendrez service. Thomas sera aux anges d'apprendre que je viens vivre chez lui pour quelque temps. Le chat connaît déjà la maison. C'est parfait. Pas la peine de discuter.

Rouche sentit que la proposition n'était pas négociable, et il saisit le trousseau.

27

*Vendredi 18 décembre 2015,
22 h 10*

Rouche remplissait le lave-vaisselle pendant que Baxter changeait les draps dans la chambre. Il avait peur de déplacer le moindre objet dans cet appartement étonnamment bien rangé, cet appartement qui allait être le sien jusqu'à la résolution de l'affaire, ou jusqu'à son rappel aux États-Unis. Il l'entendit jurer comme un charretier tandis qu'elle essayait de faire entrer tout un tas de vêtements dans deux sacs fourre-tout.

Elle émergea de la chambre en traînant derrière elle les deux boudins.

— Sans déconner..., soupira-t-elle en voyant ses affaires de sport sur le tapis de course. (Elle les ramassa et les enfonça dans une poche latérale d'un des sacs.) Bon, je suis prête. Servez-vous de... tout ce dont vous avez besoin. Il y a tout ce qu'il faut sous le lavabo de la salle de bains, brosse à dents, dentifrice, rasoir, etc.

— Waouh ! Quelle organisation !

— Ouais…, confirma-t-elle sans se justifier. (Le temps des confidences entre eux étant révolu, elle ne souhaitait pas commenter la présence d'accessoires masculins pour le jour où elle en aurait l'utilité. Trop pathétique…) Eh bien, faites comme chez vous, hein ? Bonne nuit !

Rouche songea trop tard qu'il aurait pu lui proposer un coup de main pour porter ses bagages. Un grand fracas dans le hall de l'immeuble, suivi d'un chapelet d'injures, lui confirma qu'il aurait peut-être dû. Par prudence, il fit celui qui n'avait rien entendu et se dirigea vers la chambre. Quelques peluches glissées à la hâte sous le lit lui arrachèrent un sourire.

Il était sincèrement touché par les efforts de Baxter pour qu'il se sente à l'aise. Il alluma la lampe de chevet et éteignit le plafonnier, ce qui lui rappela immédiatement l'atmosphère cosy de la chambre d'Ellie. Il sortit les trois cadres et s'absorba un instant dans la contemplation de ses souvenirs heureux. Il déroula ensuite son sac de couchage sur la moquette et se changea pour la nuit.

Baxter arriva peu après 23 heures chez Thomas. Elle laissa tomber ses deux sacs dans le couloir, et fonça directement vers la cuisine plongée dans le noir. Elle se servit un verre de vin. Elle avait encore un petit creux à cause de la modeste portion que lui avait servie le *fish and chips* en bas de chez elle. Bien décidée à compléter son repas par un dessert, elle explora le frigo de Thomas. Malheureusement, monsieur était dans une de ses périodes régime – ça le prenait de temps en temps –, si bien qu'elle n'avait le choix qu'entre un yaourt soja au chocolat pauvre en calories, et une bouteille d'une substance verte à l'aspect peu engageant.

— Aaaahhhh ! Plus un geste, misérable ! s'écria Thomas.

Baxter se retourna d'un coup, abasourdie. Thomas se

tenait sur le pas de la porte en caleçon et chaussons écossais, brandissant une raquette de badminton d'un air menaçant. Il soupira de soulagement en la reconnaissant.

— Oh mon Dieu... c'est toi ! J'aurais pu... (Il regarda l'arme ridicule dont il s'était muni.) J'aurais pu t'assommer...

— Ne t'y risque pas, *misérable* ! répondit Baxter en attrapant son verre.

— J'étais sous le coup de l'adrénaline, rétorqua-t-il, vexé. J'étais pris entre ne rien faire et me défendre au péril de ma vie.

— Je vois ça, fit Baxter en se marrant et en buvant une nouvelle gorgée de vin.

— Tu as raison, dit-il en posant une main réconfortante sur son épaule. Bois un petit coup, ça te fera oublier cette grosse frayeur.

Elle explosa de rire et postillonna sur son chemisier. Il lui tendit l'éponge pour qu'elle tapote les taches roses.

— Je ne savais pas que tu viendrais ce soir.

— Moi non plus.

Il repoussa tendrement une mèche de cheveux de son visage, là où les croûtes mettaient le plus longtemps à cicatriser.

— On dirait que la journée a été éprouvante. (Elle fronça les sourcils.) Mais tu es toujours aussi belle, ma chérie. Resplendissante. (Elle se radoucit.) Alors, quoi de neuf ?

— J'emménage chez toi.

— Ah... je veux dire... super ! Quand ça ?

— Ce soir.

— Oh... je veux dire génial ! Mais pourquoi cette décision si soudaine ?

— Il y a un homme qui vit chez moi.

Thomas enregistra l'information, puis, l'air contrarié, voulut en savoir davantage.

— On en reparle demain, je suis lessivée.

— D'accord, allons nous coucher.

Baxter déposa son verre encore plein dans l'évier et le suivit.

— J'ai oublié de te prévenir que nous devrons migrer momentanément dans la chambre d'amis, expliqua-t-il alors qu'ils montaient l'escalier. Les puces d'Echo ont élu domicile dans notre lit. Ça a été une telle invasion que j'ai dû recourir aux grands moyens : la guerre totale. J'espère bien que ces garces crèveront jusqu'à la dernière.

D'ordinaire, Baxter aurait piqué une crise, mais Thomas semblait si fier de sa gestion génocidaire de l'ennemi microscopique et les mots « guerre totale » étaient si ridicules dans sa bouche qu'elle succomba à un énorme fou rire avant de s'endormir.

Le lendemain matin, Baxter pénétra dans les bureaux de l'*Homicide and Serious Crime*, sa démarche légèrement empruntée à cause du caleçon qu'elle avait piqué à Thomas – elle avait oublié tous ses sous-vêtements dans son appartement. Il était si tôt qu'elle s'attendait à ne trouver presque personne, d'autant qu'on était samedi. Quand elle entra dans son bureau, Vanita était installée à sa place, face à un homme d'une cinquantaine d'années, habillé avec beaucoup d'élégance.

— Merde…, bredouilla-t-elle, je suis navrée… j'ai dû me trom…

— C'est bien ici, la rassura Vanita, mais ça reste *mon* bureau jusqu'à ce que vous ayez repris vos fonctions.

La jeune femme changea de couleur.

— Cela vous rappelle quelque chose, Baxter, non ?

L'homme s'éclaircit la gorge, se leva et reboutonna le haut de sa veste de costume.

— Désolée, Christian, j'avais oublié que vous ne vous connaissiez pas tous les deux, s'excusa Vanita. Christian Bellamy, voici l'inspecteur principal Emily Baxter. Baxter, je vous présente notre nouveau *Commissioner* depuis… hier.

L'homme était très bronzé, et ses cheveux argentés ajoutaient à son indéniable charme. Il portait une énorme montre, une Breitling, confirmant l'impression première qu'il était bien trop fortuné pour s'intéresser à un job salarié, hormis pour les déjeuners d'affaires occasionnels et les conférences de presse dans des endroits prestigieux. Il arborait un sourire de vainqueur, ce qui devait grandement aider dans ses missions de représentation.

Baxter et lui échangèrent une poignée de main.

— Félicitations, dit-elle en se dégageant de sa poigne, bien que j'aie compris qui vous étiez.

Vanita se força à rire.

— Christian dirigeait le *Specialist, Organised & Economic Crime Com…*

— Je n'ai pas vraiment besoin de connaître son CV, la coupa Baxter, puis s'adressant à lui : Ne le prenez pas mal.

— Aucun souci, lâcha-t-il en souriant. La version brève donc : je suis le nouveau *Commissioner*, enfin, il paraît, plaisanta-t-il.

— Eh bien, moi, répondit Baxter en vérifiant l'heure à son poignet, il paraît que je suis inspecteur principal. Si vous voulez bien m'excuser…

Le *Commissioner* éclata de rire.

— On n'est pas déçu avec vous, déclara-t-il en déboutonnant sa veste pour se rasseoir. Vous êtes telle que Finlay vous a décrite, et même davantage.

Baxter stoppa près de la sortie et se retourna.

— Vous connaissez Finlay ?

— Oh, juste depuis... trente-cinq ans. On a démarré ensemble sur des affaires de grand banditisme, ensuite on a travaillé ici, avant que nos carrières prennent des chemins différents.

Baxter apprécia moyennement cette façon de présenter les choses. Ce que la formule disait en creux, c'était que Finlay avait végété au même poste pendant des années tandis que son ami au bronzage impeccable gravissait les échelons jusqu'au sommet.

— Je suis passé les voir hier soir, Maggie et lui, enchaîna-t-il. L'agrandissement de la maison est bien, vous ne trouvez pas ?

Baxter aperçut la mine incrédule de Vanita.

— Je ne l'ai pas encore vue, j'ai été un poil occupée ces derniers temps.

— Bien entendu, s'excusa l'homme. J'ai entendu dire que nous avions eu de nouveaux éléments fort intéressants.

— En effet.

Le *Commissioner* ne releva pas l'agacement évident dans la voix de Baxter.

— Quand l'affaire sera bouclée, vous devriez passer les voir. Finlay vous adore. Il est mort d'inquiétude à votre sujet.

Baxter commençait à être embarassée par la tournure franchement personnelle que prenait la conversation.

— Je dois rejoindre mon coéquipier, mentit-elle en s'échappant du bureau.

— Transmettez-lui mes amitiés quand vous lui rendrez visite, voulez-vous ? lui cria-t-il alors qu'elle filait déjà vers le coin cuisine pour se préparer un café.

Dans la matinée du samedi, la température avait grimpé en flèche jusqu'à atteindre six degrés – autant dire une chaleur étouffante en comparaison des derniers jours –, en grande partie grâce à l'épaisse couverture nuageuse qui semblait ne pas vraiment vouloir s'éloigner de la capitale. Par miracle, Baxter avait trouvé une place sur la rue principale et ils étaient à présent garés à une centaine de mètres de l'hôtel Sycamore, à Marble Arch. Selon plusieurs « SMS suicidés », l'ultime réunion organisée par Green aurait bien lieu à cet endroit.

— Oooh ! s'exclama Rouche. Ils ont même une salle de projection. (Il faisait dérouler les pages du site de l'hôtel sur son téléphone.) Vous croyez que quelqu'un surveille les alentours ?

— Probablement, répondit Baxter. Nous sommes là pour repérer les accès et les sorties de secours, les postes d'observation.

Rouche soupira.

— Y a qu'un moyen de le savoir.

Baxter l'attrapa fermement par le bras au moment où il ouvrait la portière.

— Hé ! Vous faites quoi, là ?

— Accès, sorties de secours et postes d'observation, on ne peut pas voir grand-chose d'ici.

— Quelqu'un pourrait nous reconnaître.

— Vous peut-être, mais pas moi. Voilà pourquoi je vous ai apporté de quoi vous déguiser de mon appartement.

— De *mon* appartement.

— De votre appartement.

Il lui tendit une casquette de base-ball trouvée sur le portemanteau.

— C'est une couverture en trois points, expliqua-t-il, vu qu'elle n'avait pas l'air franchement convaincue.

— Et vous avez rapporté autre chose ?
Il semblait perplexe.
— N'importe quoi *d'autre…* ? insista-t-elle.
— Ah oui ! Vos culottes !
Et il retira de son sac un plastique bourré de sous-vêtements.
Elle le lui arracha des mains et le jeta sur la banquette arrière avant de sortir de la voiture.
— Point numéro deux : nous sommes un couple !
Rouche sortit à son tour et serra la main de Baxter dans la sienne.
— Et le troisième point ? demanda-t-elle, passablement énervée.
— Souriez ! Allez, faites-moi un grand sourire, et je vous jure que personne ne vous reconnaîtra.

La salle de réunion de l'*Homicide and Serious Crime* était investie par tous ceux qui participeraient à l'opération du lendemain : l'équipe d'inspecteurs du *Met*, des agents du SO15 – de la Direction de l'antiterrorisme – et des agents du FBI, fatigués à cause du jet-lag. Baxter était en train de briefer les équipes sur les points d'accès de l'hôtel.
Dans l'ensemble, la réunion se déroulait au mieux.
Le MI5 leur avait envoyé un agent « en mission » – à qui on avait clairement interdit de divulguer la moindre chose, mais qui prenait des notes substantielles sur tout ce qui se racontait pendant la réunion. Autant dire l'acte d'espionnage le plus flagrant de toute l'histoire de l'humanité.
Rouche, seul éminent représentant de la CIA, tentait quant à lui de remettre discrètement à Baxter un sous-vêtement tombé au fond de son sac. Fort heureusement, personne ne le remarqua, hormis Blake, qui semblait consterné.

— La salle de conférence aurait déjà dû être équipée de caméras à l'heure qu'il est, déclara Chase.

Des hochements de tête et des murmures d'approbation lui répondirent.

— Comment savoir si le dispositif n'aurait pas été repéré ? demanda Baxter avec fébrilité. Comment savoir s'ils ne fouilleraient pas la salle à la recherche de caméras et de micros cachés, ou de crétins du FBI planqués derrière les rideaux ?

Chase préféra ignorer les rires qui fusaient à l'autre bout de la pièce :

— Ce sont des fêlés, pas des espions.

L'agent du MI5 releva le nez de son ordinateur portable comme si on venait de le solliciter, confirmant par la même occasion qu'il était probablement le pire agent secret de toute la galaxie.

— Ils sont peut-être fêlés, intervint Baxter, mais des fêlés qui sont parvenus à coordonner des attaques sur deux continents sans que quiconque ne réussisse à les en empêcher. Si nous faisons peur à l'un d'entre eux, nous pourrions *tous* les perdre. Alors on suit le plan, et c'est tout : surveillance passive des cinq entrées du bâtiment, logiciel de reconnaissance faciale sur les caméras de surveillance de l'hôtel. Nous allons placer un faux réceptionniste ou un faux portier muni d'un micro longue distance, au cas où nous ne pourrions faire entrer personne dans la salle. À la seconde où nous aurons confirmation de la présence d'Alexei Green, on déboule.

— Et si Green ne se montre pas à la réunion ? contesta Chase.

— Il se montrera.

— Mais s'il ne le fait pas ?

Alors, on se sera fait avoir dans les grandes largeurs, pensa Baxter. Elle regarda Rouche pour qu'il vienne à sa rescousse.

— Si nous n'avons pas la confirmation que Green est bien dans l'assistance, nous attendrons jusqu'au dernier moment, expliqua Rouche, et nous prendrons la salle d'assaut, comme prévu. Si on ne peut pas l'arrêter sur place, on pourra toujours interroger ses complices.

— Question stupide, intervint Blake, une tasse de thé à la main. J'aimerais revenir sur la partie « au cas où nous ne pourrions faire entrer personne dans la salle » : vous voulez dire quoi par là exactement ?

— On a besoin d'une confirmation visuelle, expliqua Rouche. Cet homme est recherché par toutes les forces de police anglaises et américaines. Quiconque a ouvert un journal sait à quoi il ressemble. Il est donc fort probable qu'il travestisse son apparence.

— Admettons, mais vous ne pouvez pas vous attendre à ce que l'un d'entre nous débarque dans cette salle comme si de rien n'était, si ? Sans compter qu'on se retrouverait piégé avec des dizaines de psychopathes une fois les portes fermées, et aucune idée de ce qui est censé se dérouler pendant la réunion...

Un silence de mort s'abattit sur l'assistance.

Rouche jeta un coup d'œil navré à Baxter. Présenté comme ça, leur plan laissait clairement à désirer.

Elle se contenta de hausser les épaules.

— Quelqu'un aurait-il une meilleure idée ?

Session n° 6

Mercredi 11 juin 2014,
11 h 32

LA CHEMISE BLANCHE avait été roulée en boule puis jetée sur le carrelage de la salle de bains ; le café chaud avait largement imbibé le coton égyptien. Lucas en choisit une autre dans son immense dressing et l'enfila devant la glace.

Il soupira à la vue de son ventre bedonnant et de son torse rougi, où le liquide avait brûlé la peau à vif. Il boutonna sa chemise en vitesse, la rentra dans son pantalon, puis dévala l'escalier jusqu'au salon où l'attendait un homme d'une bonne soixantaine d'années, maigre comme un clou, occupé à pianoter sur son BlackBerry.

— Je suis désolé, dit Lucas. (Il souleva le fauteuil pour l'éloigner de la tache humide sur la moquette.) Je suis maladroit en ce moment.

L'homme le regarda s'asseoir tout en le scrutant avec attention.

— Vous êtes sûr que tout va bien, Lucas ?

Bien que leur rendez-vous ait un caractère purement professionnel, les deux hommes se connaissaient depuis des années et s'appréciaient.

— Très bien, répondit-il sans conviction.

— Si vous me permettez... vous ne semblez pas dans votre assiette. Quelque chose vous a-t-il incité à organiser la réunion d'aujourd'hui ?

— Pas du tout. Il s'agit simplement d'une chose que je n'ai cessé de remettre à plus tard. J'ai été négligent de ne pas m'en être occupé plus tôt après... *enfin*... après... après...

Le vieil homme lui sourit avec bienveillance.

— Bien sûr... je comprends. Bon, tout cela est d'une simplicité étonnante. Je vais aller à l'essentiel : « Je, soussigné Lucas Theodor Keaton, déclare révoquer toutes les dispositions précédentes concernant mon testament... Je nomme l'étude notariale Samuels-Wright and Sons exécutrice testamentaire de mes biens. Assujetti au paiement des dettes, des obsèques et des frais notariés, je lègue le montant net de la succession et dans sa totalité au Great Ormond Street Hospital Charity », blablabla. Et vous signez.

Lucas hésita un instant ; sa main tremblait sans qu'il parvienne à la maîtriser. Puis il sortit de sa poche une clé USB, qu'il confia à son interlocuteur.

— Il y a également ceci.

Le notaire la saisit, étonné.

— C'est juste un message... destiné à qui de droit... quand le moment viendra, précisa Lucas. Qui explique pourquoi.

Le notaire rangea la clé USB dans sa mallette.

— C'est un geste très attentionné, Lucas. Je suis certain qu'ils seront heureux d'avoir un mot de celui qui leur lègue une... *si impressionnante* somme d'argent. (Il allait se lever, quand il changea d'avis.) Vous êtes un homme bon, Lucas. Peu de personnes ayant atteint votre niveau d'influence et possédant une telle fortune sont en mesure de résister à leur ego et à toutes les conneries qui vont avec. Je tenais à vous le dire.

Lorsque Lucas arriva à son rendez-vous avec Alexei Green, le psychiatre discutait avec une jeune femme fort belle. Bien que lui prêtant poliment attention, Green semblait totalement imperméable aux signaux pourtant clairs qu'elle lui envoyait :

— Je le pense *vraiment*, docteur. Le jour qui a suivi votre conférence sur les applications quotidiennes des neurosciences du comportement, j'ai fait une demande de dérogation pour modifier mon sujet de thèse.

— Ah... mais il vous faut plutôt remercier les neurosciences du comportement ! plaisanta Green. Je n'y suis pour rien !

— Oh, docteur, je sais combien cela va vous paraître effronté de ma part, mais... si vous aviez... ne serait-ce qu'une heure à m'accorder pour... discuter...

La jeune femme émit un gloussement puis posa sa main sur le bras de Green en riant.

Sur le pas de porte, Lucas suivait la scène avec effarement. La nouvelle groupie se pâmait de bonheur devant le psychiatre, succombant à son irrésistible magnétisme.

— Je vais vous dire ce que nous allons faire, proposa Green. Vous allez voir avec Cassie ici présente et elle nous trouvera un créneau la semaine prochaine pour déjeuner ensemble.

— Vous... vous êtes sérieux ? balbutia la jeune femme, tandis que la secrétaire levait les yeux au ciel.

— Docteur, la semaine prochaine, vous êtes à New York pour un congrès, intervint-elle avec lassitude depuis son bureau.

— Eh bien, disons, la semaine d'après, promit Green avant d'apercevoir enfin Lucas qui patientait près de la porte de la salle d'attente. Ah ! *Lucas !*

Il tapota le dos de l'heureuse élue pour lui indiquer la direction du secrétariat, et accueillit chaleureusement son patient.

— Vous savez, Lucas, c'est tout à fait normal d'être en colère après la personne... après les gens qui ont fait cela à votre famille, déclara Green d'une voix douce.

Le soleil avait disparu derrière un gros nuage, et le cabinet devint brusquement lugubre. Le joli abat-jour, les fauteuils confortables et le bureau en bois massif qui conféraient à la pièce un côté douillet et accueillant semblèrent soudain dénués de charme. Même le psychiatre était devenu une pâle copie de lui-même.

— Oh oui, je suis en colère, grommela Lucas en grinçant des dents, mais pas après eux.

— Je ne comprends pas, répondit Green sur un ton un peu sec. (Il se reprit aussitôt.) Imaginez que je sois l'homme venu ce jour-là au centre de Londres, transportant une bombe dans mon sac à dos, avec pour seul objectif de faire un maximum de victimes. Que voudriez-vous me dire ?

Lucas regardait dans le vide tout en réfléchissant à la question du psychiatre. Il se leva et fit les cent pas dans la pièce. Quand il bougeait, les idées lui venaient toujours plus facilement.

— Rien. Je n'aurais rien à lui dire. Il n'y aurait pour moi aucun sens à passer ma colère sur lui, pas davantage que je ne le ferais sur un objet inanimé... un pistolet... ou un couteau. Ces hommes ne sont guère autre chose que des outils, des instruments qui ont subi un lavage de cerveau. Ils ne sont que les marionnettes d'une cause qui les dépasse.

— Des marionnettes ? répéta Green avec un vif intérêt.

— Oui. Ils se conduisent comme des bêtes sauvages qu'on a lâchées, à un moment précis, à la poursuite de leurs proies. Et nous... nous sommes de parfaits appâts, à nous déplacer en nombre, à nous regrouper pour toutes les raisons possibles. À penser que nous serons épargnés, que la mort ne nous atteindra pas cette fois. Et pendant tout ce temps, des gens tirent les ficelles, de la même façon que nos dirigeants jouent aux échecs avec nos vies, alors qu'ils sont responsables de notre sécurité.

Les mots de Lucas semblaient avoir touché un point sensible car Green était visiblement concentré, fixant un point à travers la fenêtre.

— Je suis navré de ce laïus, docteur. C'est juste que... qu'il faut que ça sorte, et vous parler me fait du bien.

— Pardon ?

Green semblait à des années-lumière de là.

— Je disais que... je me demandais si nous pourrions accroître la fréquence de nos séances ? Par exemple, pourrait-on se voir deux fois par semaine ? (Lucas se forçait à dissimuler l'angoisse dans sa voix.) Je suis conscient que vous êtes très pris – New York, la semaine prochaine, c'est ça ?

— Oui, c'est exact, répondit Green, toujours en train de ruminer les paroles de son patient.

— Et vous allez souvent à New York ?

— Cinq à six fois par an. Ne vous inquiétez pas, nous n'aurons pas à déplacer nos rendez-vous. Mais bien sûr, je suis d'accord pour augmenter le rythme de nos séances si vous les estimez bénéfiques. Cependant, vous semblez faire de tels progrès que je songeais à essayer sur vous une nouvelle méthode, une approche moins conventionnelle. Pensez-vous être prêt pour cela, Lucas ?

— Tout à fait prêt.

28

Samedi 19 décembre 2015,
14 h 34

L'Agent Spécial Chase descendit d'une camionnette aux couleurs d'une entreprise de réparation, après s'être garé à cheval sur deux places de stationnement pour handicapés. Il tendit un escabeau à son collègue, puis retira du coffre une énorme boîte à outils.

Les deux hommes, vêtus d'un bleu de travail, pénétrèrent dans l'hôtel Sycamore et se dirigèrent vers la réception au-dessus de laquelle des guirlandes pendaient mollement, tel du lierre fané.

Tandis qu'ils traversaient le hall, Chase remarqua dans un coin une discrète signalétique :

Le 20 décembre à 11 heures
Conférence de Jules Teller, directeur général de EQUITY UK
Les effets de la récession économique
sur les cours boursiers et la stratégie actuelle
des marchés financiers : ce que cela signifie pour vous

Chase devait au moins leur reconnaître ça : leurs ennemis étaient malins. Qui avait besoin d'une armée de vigiles quand l'annonce d'une conférence sur les cours de la Bourse et les marchés financiers suffisait à obtenir le même effet dissuasif ?

Après avoir rapidement vérifié que les réceptionnistes étaient tous les deux très occupés, Chase et son acolyte suivirent les flèches jusqu'à un modeste auditorium, qui, par chance, était vide : des rangées et des rangées de sièges au tissu élimé, avec tout au fond une petite estrade plutôt qu'une véritable scène. La salle sentait la poussière et les murs beiges et décatis donnaient à l'ensemble un air fatigué.

Chase songea que c'était l'endroit idéal pour une conférence ennuyeuse à mourir – quand bien même la dite conférence était une couverture.

Ils refermèrent les doubles portes et se mirent au travail.

Après l'échec de leur dernière réunion avec les forces de l'ordre anglaises, Lennox avait lourdement insisté auprès de Chase : bien que l'affaire se soit déplacée à Londres, l'enquête restait du ressort exclusif du FBI. Après tout, Alexei Green était sur la liste des personnes les plus recherchées par le Bureau. Ses instructions étaient de ne pas tenir compte des ordres paranoïaques de Baxter : il n'était pas question de renoncer aux caméras et aux micros à l'intérieur. À l'instant où ils verraient Green, Chase et ses hommes fonceraient sur leur cible, laissant à Baxter et son équipe le soin de cueillir les disciples en fuite.

Chase avait une solide expérience d'agent infiltré, aussi devait-il admettre que les craintes de l'inspecteur principal n'étaient pas complètement infondées. Il avait appris à ses dépens qu'il fallait toujours être prudent sur ces questions, et plutôt deux fois qu'une. Voilà pourquoi ils avaient vraiment réparé les doubles portes de la salle et changé les gonds en même temps qu'ils y fixaient leur première caméra. Ils avaient joué leur rôle d'ouvriers, ne parlant que du boulot qu'ils étaient en train de réaliser, et dans un anglais passable, juste pour le cas où on les écouterait.

Quinze minutes et quatre gonds bien huilés plus tard, trois caméras et un micro étaient en place.

— C'est-y pas trop dur, mon gars ? bougonna le collègue de Chase avec un clin d'œil, persuadé que tous les Anglais s'exprimaient comme le ramoneur de *Mary Poppins*.

— Une tasse de thé, peut-être ? suggéra Chase en se tapotant le ventre.

Ils rangèrent leurs outils en sifflotant et s'en retournèrent à leur camionnette.

L'enquête du *Met* n'aboutissait à rien.

Les techniciens de la scientifique avaient réussi à obtenir des échantillons ADN à partir de la clé utilisée par Baxter pour attaquer le tueur de Phillip East, mais, comme on pouvait s'y attendre, l'ADN ne correspondait à aucun individu de leurs banques de données. Une autre équipe continuait à décortiquer les enregistrements des caméras de surveillance en relation avec les trois réunions précédentes.

La liste des patients de Green avait été épluchée. Il n'avait pas été bien difficile de les localiser, et aucun, anciens ou actuels, ne portait de scarification sur la poitrine. Au contraire, ils affirmaient tous combien le Dr Green était un homme gentil et sincère, qui les avait aidés à traverser une période difficile de leur vie. Une poignée de patients restaient toutefois introuvables et Baxter avait chargé plusieurs de ses subordonnés de les localiser. Avec un peu de chance, ils pourraient tomber sur une marionnette de Green.

La conférence de dimanche constituait leur seule chance de mettre un terme aux tueries. En fin d'après-midi du samedi, Baxter briefa une énième fois l'agent infiltré, Mitchell – qui avait été choisi pour pénétrer dans la salle. Puis, enfin satisfaite que tout était sous contrôle et sachant qu'il n'y avait plus rien à faire sinon attendre le lendemain, elle quitta son bureau pendant que Rouche procédait à l'interrogatoire d'un ex-collègue de Green.

Elle prit la direction de Muswell Hill sous un ciel désespérément gris, et se gara près d'un arbre familier. Par contre, il lui fallut quelques secondes pour reconnaître la maison derrière l'énorme tronc. Une pièce supplémentaire avait poussé au-dessus du garage et une nouvelle Mercedes flambant neuve était stationnée dans l'allée. Elle descendit de sa voiture et appuya sur la sonnette. On entendait des bruits de perceuse électrique.

Une femme dans la petite cinquantaine vint lui ouvrir. Elle avait fière allure, et ses grands yeux bleus expressifs contrastaient avec un chignon austère d'un noir de jais. Elle portait un pull et un jean noir couverts de peinture, mais l'effet n'était pas déplaisant.

— Ah, ma belle ! s'exclama-t-elle avec un léger accent de la haute société britannique.

Elle prit Baxter dans ses bras et déposa sur sa joue un baiser imprégné de rouge à lèvres rose.

Baxter finit par s'extirper de son étreinte.

— Salut, Maggie ! Il est là ?

— Il est *toujours* là ! J'ai l'impression qu'il ne sait plus quoi faire de ses journées maintenant. Je l'avais pourtant prévenu que ça arriverait s'il prenait sa retraite, mais bon… tu connais Fin ! Entre, entre !

Baxter la suivit à l'intérieur.

Finlay était l'un de ses meilleurs amis et elle l'adorait. Pourtant, à chaque fois que Baxter voyait Maggie, elle se demandait comme ce vieux grincheux d'Écossais avait réussi à séduire et à garder une si belle femme, charmante et distinguée. Et quand on le titillait à ce sujet, Finlay répondait invariablement : « J'ai toujours boxé dans la catégorie au-dessus. »

— Comment vas-tu, Maggie ?

La question de Baxter n'était pas une simple formule de politesse, car la femme de Finlay avait longuement été gravement malade.

— Je n'ai pas à me plaindre, répondit-elle en souriant.

Elles allèrent dans la cuisine. Maggie commença à s'affairer autour des tasses et de la théière. Baxter attendit patiemment la suite – elle sentait que son amie avait une question qui lui brûlait les lèvres.

— Qu'y a-t-il, Maggie ?

Elle se retourna avec un air innocent qui ne trompait personne, puis cessa de faire semblant. Baxter et elle se connaissaient depuis trop longtemps pour tourner autour du pot.

— Je me demandais si tu avais eu des nouvelles de Will.

Baxter s'était préparée à cette question. Maggie et Wolf avaient toujours été incroyablement proches. Il avait d'ailleurs passé deux ou trois Noël chez elle et Finlay, avant la naissance de leurs petits-enfants.

— Non, aucune. Je te jure.

Maggie semblait déçue.

— Tu sais que je ne dirais rien, n'est-ce pas ?

— Je le sais, Maggie, mais cela ne change rien au fait qu'il ne m'a pas contactée.

— Il reviendra.

Baxter n'apprécia pas la manière rassurante qu'elle eut de prononcer cette phrase.

— S'il revient, il sera arrêté.

— Nous parlons de *Will*, ma belle, répliqua-t-elle. Et il n'y a rien de mal à dire qu'il nous manque. Il nous manque à tous, et à toi par-dessus tout, j'en suis certaine.

Elle avait été suffisamment souvent témoin de la relation singulière qui unissait Baxter et Wolf pour savoir qu'elle était beaucoup plus profonde qu'une simple amitié ou qu'une simple complicité entre collègues.

— Tu n'as toujours pas fait la connaissance de Thomas, déclara Baxter pour changer de sujet, même si ce n'était pas si éloigné du sujet après tout. Je viendrai avec lui la prochaine fois.

Maggie lui sourit affablement, ce qui eut le don d'agacer encore plus la jeune femme.

Les bruits de perceuse à l'étage cessèrent.

— Vas-y, monte. J'apporte le thé.

Baxter grimpa l'escalier – il suffisait de suivre les odeurs de peinture fraîche – et découvrit Finlay à quatre pattes en train de fixer une latte de plancher. Il ne remarqua pas sa présence avant qu'elle ne tousse poliment. Il s'arrêta aussitôt, grogna un peu en se relevant à cause de ses genoux engourdis et vint l'embrasser.

— Emily ! Tu ne m'avais pas dit que tu passerais !

— Je l'ignorais moi-même.

— Ça me fait tellement plaisir de te voir. J'étais inquiet, avec tout ce qui s'est passé… Assieds-toi, proposa-t-il, avant de se rendre compte que le lieu ne s'y prêtait guère.

Des lattes de parquet couvertes de sciure, calées contre le mur, attendaient d'être posées. Et parmi les outils éparpillés, des pots d'enduit et de peinture jonchaient le sol.

— On ferait peut-être mieux de descendre, non ?

— Ça me va, Finlay. C'est chouette que vous rénoviez.

— Ouais, tu sais... C'était soit faire des travaux, soit déménager. On veut pouvoir accueillir plus souvent les gosses, maintenant que je suis...

— ... Désœuvré ? compléta-t-elle.

— ... à la retraite, corrigea-t-il. À condition que Maggie parvienne à se décider sur la couleur.

— Une extension pour la maison, une voiture de luxe dans l'allée... commenta Baxter sur un ton perplexe.

— Que veux-tu que je te dise ? Il se trouve que quand j'ai commencé à bosser, les pensions de retraite en valaient la peine. Tu fais partie de la génération qui va se faire baiser. (Il se tut un instant pour s'assurer que Maggie ne l'avait pas entendu jurer, car elle le lui interdisait formellement.) Bon, alors... dois-je me faire du souci pour toi ?

— Non.

— Non ?

— Tout sera terminé demain midi. Tu sauras tous les détails lorsque Vanita apparaîtra derrière les caméras, perchée sur ses talons hauts, pour expliquer au monde entier comment elle a sauvé la situation... en restant assise à rien foutre !

— Que va-t-il se passer demain ? demanda Finlay, soudain inquiet.

— Rien qui puisse t'inquiéter, mon cher Finlay. On va juste regarder le FBI faire ce qu'il a à faire, mentit-elle.

Baxter savait très bien qu'il insisterait pour lui coller aux basques s'il estimait une seule seconde qu'elle pourrait avoir besoin de lui. Elle avait déjà menti à Edmunds pour cette même raison.

Il continuait à la sonder du regard mais elle changea très vite de sujet :

— J'ai rencontré notre nouveau *Commissioner* ce matin. Il m'a demandé de te transmettre ses amitiés.

— *Commissioner*, hein… ?

— Il a l'air de te porter en grande estime. C'est qui, ce type ?

Finlay décida finalement de s'asseoir sur le sol. Il frotta son visage plein de poussière avec lassitude, tout en réfléchissant à ce qu'il allait répondre.

— C'est le plus vieil ami de Fin, déclara Maggie qui arrivait sur le palier, portant le plateau à thé – et aussi le pot à jurons… Au début de leur rencontre, ils étaient comme deux frères, inséparables.

— Tu ne m'as jamais parlé de lui, reprocha Baxter à son ami.

— Oh, si, souviens-toi. La fois où la victime supposée morte était en réalité bien vivante. La fois où j'ai fait la plus grosse saisie de drogue de toute l'histoire de Glasgow. La fois où il a pris une balle dans le c… derrière.

— Toutes ces histoires, c'était avec lui ?

Baxter les avait entendues si souvent qu'elle les connaissait par cœur.

— Ouais. Mais aucune n'a fait de lui ce qu'il est devenu aujourd'hui.

— Il est juste jaloux, conclut Maggie en caressant avec amour le crâne chauve de son mari.

— C'est pas vrai, maugréa l'intéressé.

— Je crois que tu finiras un jour par l'admettre, mon chéri. Il y a longtemps, ils ont eu une petite brouille, expliqua-t-elle à Baxter qui fronça les sourcils, sachant parfaitement ce que signifiaient les mots « petite brouille » dans le vocabulaire de Finlay. Il y a eu des échanges de coups de poing, des tables et des chaises ont volé, tout comme les insultes, et quelques fractures à l'arrivée.

— J'ai eu aucune fracture, marmonna Finlay.
— Le nez, lui rappela Maggie.
— Ça compte pas.
— Mais tout ça, c'est du passé maintenant, affirma Maggie avant de se tourner vers son mari. Au final, c'est toi qui m'as eue, pas lui.
— Oui, ma douce.
Elle l'embrassa sur le front et redescendit.
— Je vous laisse discuter entre vous, cria-t-elle au milieu de l'escalier.
— Écoute-moi bien, Emily. Ce n'est pas parce que nous sommes de vieux amis que tu peux lui faire confiance. Ce n'est qu'un gratte-papier. Tu appliques donc les règles habituelles : tu l'évites autant que possible, sauf si tu ne peux absolument pas faire autrement. Par contre, s'il t'enquiquine, tu me l'envoies.

Rouche était parfaitement réveillé. Cela faisait des heures qu'il fixait l'obscurité en tournant entre ses doigts la petite croix en argent qu'il portait au cou. Il ne cessait de penser à l'opération imminente.

Le vacarme du week-end montait de la rue et cela ne l'aidait pas à trouver le sommeil. Les bars et les restaurants de Wimbledon High Street déjà bondés attiraient des fêtards désinhibés par l'alcool, qui passaient sans complexe d'un établissement à l'autre.

Il soupira et se redressa pour allumer la lampe de chevet. La lumière inonda la descente de lit de Baxter sur laquelle il dormait. Il renonça à l'espoir de trouver le sommeil, s'extirpa de son sac de couchage en se tortillant, s'habilla à la va-vite et descendit se payer un verre.

Thomas roula sur le matelas et effleura la place vide à côté de lui. Il n'ouvrit pas immédiatement les yeux, le temps que ses pensées embrumées fassent le tri et déterminent si Baxter avait au moins dormi là. Il présuma que oui, repoussa la couette et descendit doucement pour la découvrir endormie sur le canapé, devant la télé.

Un vieil épisode de la série *QI* passait à la télé tandis qu'un verre de cabernet sauvignon – dont il ne restait que la lie – s'inclinait dangereusement dans la main de Baxter.

Thomas la regarda tendrement et sourit. Elle avait l'air si sereine, si détendue, sans cette expression renfrognée qu'elle arborait quasi en permanence. Elle s'était calée contre un des trois coussins du canapé, en position fœtale et, Thomas, après lui avoir retiré délicatement le verre des doigts, se pencha pour la soulever.

Un grognement plus tard, Baxter n'avait pas bougé d'un iota.

Il raffermit sa prise et recommença.

La faute au plat de pâtes bourratif qu'il avait mangé au dîner ou au fait que ses séances hebdomadaires de badminton n'apportaient pas les effets escomptés, quoi qu'il en soit, il constata avec agacement qu'il n'arrivait pas à la porter.

Il jugea donc préférable de la laisser sur le sofa. Il la recouvrit de son plaid préféré, remonta un peu le chauffage du salon et l'embrassa sur le front avant de repartir se coucher.

29

Dimanche 20 décembre 2015,
10 h 15

— C'EST DU GRAND N'IMPORTE QUOI ! conclut Baxter d'un ton cassant avant de raccrocher au nez de Vanita.

Il avait plu à verse toute la matinée, une pluie battante qui avait perturbé les communications, alors que Baxter essayait d'organiser les quatre équipes de l'unité d'intervention rapide mises à sa disposition. Elle était postée sur le toit d'un parking à plusieurs niveaux, ce qui permettait à l'équipe du FBI d'avoir une vue plongeante sur l'hôtel.

Elle fonça comme une furie vers Chase qui, pour une fois, avait été bien inspiré de mettre son gilet pare-balles.

— Vous avez congédié mon agent infiltré ? lui cria-t-elle.

Chase la toisa d'un air blasé.

— C'est exact. Je n'avais plus besoin de lui. La situation est sous contrôle.

Il s'éloigna pour rejoindre l'unité de surveillance.

— Hé ! Je vous parle ! hurla Baxter en le poursuivant sous la pluie.

— Inspecteur principal, j'apprécie que le *Met* nous ait prêté ses hommes et ses ressources, mais ceci est une opération menée par le FBI. Et à moins que j'aie mal compris les instructions de votre supérieure, il n'y a aucune raison pour que vous soyez dans mes pattes.

Baxter ouvrit la bouche pour répliquer mais il ne lui en laissa pas le temps :

— Soyez assurée que si quelque chose d'important survenait, en dehors de Green bien sûr, on vous mettra sur le coup.

— Vous nous mettrez *sur le coup* ? cracha Baxter, incrédule.

Ils avaient atteint le van. La pluie martelait la carrosserie, créant une légère brume sur le toit du véhicule, où les gouttes s'écrasaient bruyamment. Chase tira la portière coulissante pour grimper à l'intérieur, révélant une rangée d'écrans de contrôle qui relayaient des images de la salle de conférence provenant de trois caméras différentes.

Baxter comprit instantanément pourquoi ils n'avaient plus besoin de son agent infiltré : Chase et son équipe n'avaient pas respecté ses consignes.

— Vous n'êtes qu'une bande de sombres connards !

— Comme je vous l'ai dit, la situation est sous contrôle, conclut Chase sans vergogne.

Baxter tourna les talons en fulminant.

— Baxter ! l'appela l'agent du FBI. Ne vous avisez pas, vous ou l'agent Rouche, de vous mêler de *mon* opération. Si je vous vois mettre un pied dans la salle, je vous fais arrêter !

Baxter sortit du parking et courut jusqu'à son Audi garée plus bas dans la rue. Une fois dedans, elle poussa un cri de rage et de frustration.

Rouche, lui, était resté bien au sec dans la voiture ; il avait dévoré la moitié d'un sachet de Crunchie Rocks, les roses des sables au chocolat de chez Cadbury. Il attendit patiemment qu'elle ait fini de piquer sa crise.

— Vanita a accepté que Chase soit en charge de l'opération. L'endroit est truffé de caméras. Ils ont viré Mitchell. Traduction : ils nous ont virés.

— Elle est au courant que je ne bosse pas directement pour elle ? ironisa Rouche tout en lui offrant une de ses friandises pour lui remonter le moral.

— Ça ne change rien. Si on s'en mêle, Chase m'a avertie qu'il nous ferait « arrêter ». Croyez-moi, il est assez con pour mettre ses menaces à exécution.

— Et moi qui pensais qu'on était tous dans le même camp...

— D'où vous sortez cette idée ? s'insurgea Baxter. Et Chase a dit quelque chose qui ne me plaît pas du tout. J'ai la très nette impression que le FBI veut seulement arrêter Green et se fout du reste. Quand ils l'auront attrapé, je suis persuadée qu'ils nous laisseront avec tout le merdier sur les bras.

Rouche acquiesça ; il y avait songé également.

Ils observaient sans broncher le déluge dehors, aussi démoralisant que le pétrin dans lequel ils se trouvaient.

— Il nous reste vingt-huit minutes, soupira Rouche.

On cogna à la vitre côté conducteur. Surprise, Baxter reconnut Edmunds, tout sourire.

— Putain...

Il passa devant le capot de l'Audi à petites foulées et ouvrit la portière passager. Rouche le regarda fixement.

— Edmunds, dit ce dernier en tendant une main mouillée à l'agent de la CIA.

— Rouche, fit ce dernier en la lui serrant. Justement, j'allais…

Il désigna la banquette arrière, puis s'y faufila pour laisser la place à Edmunds. Avant de s'installer, Rouche dégagea une vieille paire de baskets, un sac en papier bien gras de bouffe chinoise à emporter et une boîte de Jaffa Cakes d'un mètre de long.

— Qu'est-ce que tu fous ici ? s'étonna Baxter.

— Je viens t'aider, répondit Edmunds. Je me suis dit que tu aurais peut-être besoin de moi.

— Est-ce que tu te souviens du moment où je t'ai expliqué exactement le contraire ?

— Est-ce que tu te souviens du moment où tu as utilisé les mots « s'il te plaît » et « merci » ?

— Ah… enfin… quelqu'un qui…, souffla Rouche.

Baxter se retourna et le fusilla du regard.

— Quelqu'un qui quoi ? grogna-t-elle.

— Eh bien, juste… quelqu'un qui vous tient tête…, répliqua-t-il en cherchant des yeux un soutien auprès d'Edmunds. C'est rafraîchissant.

— Merci, répondit le jeune homme. Avez-vous remarqué que chaque fois qu'elle vous balance une grosse vanne, elle opine du chef juste après, comme pour s'auto-congratuler ?

Rouche éclata de rire.

— C'est vrai qu'elle fait ça !

En voyant l'expression de Baxter, ils jugèrent prudent de la boucler sur-le-champ.

— Comment tu nous as retrouvés ? grommela-t-elle.

— J'ai encore quelques amis à l'*Homicide*.

— Tu sais que tu es un piètre menteur ? Quand tu mens, ça se voit à dix kilomètres. Edmunds, tu n'as *aucun* ami à l'*Homicide*. Tout le monde te hait.

— T'es dure avec moi. D'accord, je n'ai peut-être aucun ami, mais Finlay, lui, en a toujours. Il savait qu'il y avait anguille sous roche.

— Putain, ne me dis pas que tu as entraîné Finlay là-dedans !

— Il est parti garer la voiture, répondit-il, faussement honteux.

— Bordel de merde !

— Bon, explique-moi ce qu'on fait là ! demanda-t-il avec enthousiasme pour dévier la conversation.

— Le FBI nous a dégagés, répondit Rouche, la bouche pleine de Jaffa Cakes. Il faut qu'on sache ce qui se trame à l'intérieur, mais ils ont viré le type que Baxter voulait envoyer, et ils ont promis de nous mettre en état d'arrestation si on interférait dans l'opération.

— Waouh ! s'exclama Edmunds qui venait d'intégrer en quelques secondes plusieurs heures de rebondissements en tous genres. Bon, gardez bien vos portables allumés, OK ?

Il sortit précipitamment de la voiture et claqua la portière.

— Edmunds ! Où tu vas ? Attends !

Ils le virent marcher tranquillement vers l'entrée de l'hôtel.

Rouche était très impressionné. Il n'imaginait pas que quelqu'un puisse avoir si facilement le dernier mot avec Baxter.

— Vous savez, j'adore votre ex-patron, lâcha-t-il sans avoir conscience de sa bourde.

— Mon *quoi* ?

Il fixa aussitôt sa montre.

— Il nous reste vingt-trois minutes.

Edmunds était soulagé de ne plus être sous la flotte, mais en même temps, vu qu'il se trouvait à présent dans un bâtiment rempli d'assassins en puissance et d'adeptes d'automutilation, on ne pouvait pas vraiment dire qu'il était à l'abri.

La conférence allait bientôt commencer. Le hall de l'hôtel grouillait de monde et il était gêné des traces boueuses qu'il laissait dans son sillage. Il repéra la signalisation discrète et suivit les flèches jusqu'au bout d'un couloir. Deux doubles portes grandes ouvertes menaient à un auditorium décati et, pour le moment, vide.

Edmunds contacta Baxter par téléphone tout en faisant mine de chercher ses clés dans ses poches.

— Y a-t-il une autre salle de conférence ? chuchota-t-il.
— Non, pourquoi ?
— Je ne vois personne.
— Où es-tu ?
— Au bout du couloir, à une dizaine de mètres de l'entrée. Les portes sont ouvertes.
— La conférence démarre dans un quart d'heure.
— Et aucun participant ne serait arrivé ?
— Tu n'en sais rien. Est-ce que tu vois l'ensemble de la salle ?

Edmunds s'avança davantage puis jeta un coup d'œil en arrière pour s'assurer qu'il était seul.

— Pas la totalité, mais franchement, ça a l'air désert. Je vais m'approcher un peu plus.
— Non ! Ne fais pas ça ! paniqua Baxter. S'il y a une seule personne dans l'auditorium, tu fous en l'air toute l'opération.

Edmunds ignora l'injonction et fit quelques pas de plus en direction de la salle.

— Toujours personne, murmura-t-il.
— Edmunds !
— J'entre.

— Ne fais pas ça !

Il franchit le seuil et entra dans un auditorium totalement désert. Il balaya la pièce du regard, surpris.

— Il n'y a pas âme qui vive, dit-il à Baxter, à la fois soulagé et inquiet.

Il pivota sur ses talons et, à ce moment-là, aperçut une feuille blanche scotchée sur une des portes ouvertes. Il la lut et remarqua une caméra fixée sur le battant : il était filmé.

— Oh... merde, merde, merde...

— Quoi ? Qu'est-ce qu'il y a ?

— Ils ont déplacé le lieu de la réunion.

— Pardon ? s'affola Baxter.

— Ils ont changé d'endroit ! cria-t-il. La conférence a lieu dans un autre hôtel, le City Oasis, de l'autre côté de la rue. On n'est pas dans le bon immeuble !

Edmunds rebroussa aussitôt chemin.

30

Dimanche 20 décembre 2015,
10 h 41

Edmunds sortit rapidement du hall de l'hôtel Sycamore, paniqué à l'idée qu'il pourrait avoir compromis l'opération. Au moins, si quelqu'un faisait le guet, il ne verrait sûrement qu'un homme ordinaire se baladant dans le hall – ce qui était toujours plus discret qu'une unité d'intervention armée jusqu'aux dents.

Avant de repartir sous la pluie battante, Edmunds avait entendu Baxter relayer au FBI sa découverte. Son portable à la main, en lien constant avec son amie, il se faufila rapidement entre les voitures pour rejoindre l'autre trottoir. Puis il entra au City Oasis par l'une des deux portes tambours vitrées.

Des colonnes en marbre s'élevaient de chaque côté du vaste hall d'accueil. Des voyageurs descendus d'un autocar s'y étaient réfugiés, fuyant l'averse.

Edmunds cherchait des yeux une quelconque pancarte d'information et repéra enfin une signalétique.

SALLES DE CONFÉRENCE

Il trébucha contre la valise d'un client et se précipita vers la zone indiquée. Tout au bout du couloir, il aperçut deux agents de sécurité hyper baraqués en faction devant une salle tandis qu'une foule de badauds se pressait à l'intérieur. Il ralentit le pas et passa près des deux hommes d'un air désinvolte, son téléphone à l'oreille.

— Baxter ? T'es toujours là ? chuchota-t-il.

Il l'entendit crier contre quelqu'un, puis reprendre le téléphone pour lui répondre :

— Oui, j'suis là.

— Salle de conférence n° 2.

Le van descendit la voie privée derrière l'hôtel et stoppa juste devant une des entrées de service. La porte coulissante s'ouvrit et une équipe en descendit dans une série de cliquètements et de bips tandis qu'ils préparaient leurs équipements et testaient les communications.

— Patron, on est sûrs que c'est le bon bâtiment, cette fois ? demanda un des agents du FBI.

En professionnel aguerri, le chef d'équipe ne prit pas la peine de lui répondre.

— Je veux que vous alliez me vérifier le nombre de sorties que nous aurons à sécuriser, ordonna-t-il à celui qui venait de la ramener. (Il vérifia que sa radio était réglée sur le bon canal et appuya sur le bouton pour parler via son casque.) Équipe 4 en position. Rapports de situation à suivre.

L'unité de surveillance du FBI s'arrêta à hauteur de l'Audi de Baxter sur la rue principale. Le conducteur juste derrière eux klaxonna comme un malade avant de devenir extrêmement plus courtois quand un agent en gilet pare-balles descendit du van. Chase transmit ses ordres aux équipes, et Baxter en profita pour s'approcher de lui.

— Équipe 3, votre attention, il y a un deuxième point d'accès juste à l'angle de votre position. À toutes les unités, à toutes les unités, le cheval de Troie va entrer dans l'hôtel. Je répète : le cheval de Troie va entrer dans l'hôtel.

Baxter leva les yeux au ciel.

Mitchell étant reparti à New Scotland Yard, c'était l'agent infiltré choisi par Chase qui descendit du van : une copie conforme de Vin Diesel, en version plus jeune et plus baraquée. Même Chase avait l'air d'un nain à côté de son imposant collègue – qui avait un look ridicule soit dit en passant, avec un pull trop grand et une paire de jeans.

— C'est parti ! cria Chase à son poulain.

Baxter soupira et reprit sa conversation téléphonique avec Edmunds.

— L'agent du FBI se dirige vers l'hôtel.

— OK. Il ressemble à quoi ?

Elle jeta un regard à la démarche de l'Américain, qui se dandinait maladroitement sur la route, puis elle haussa les épaules, désabusée.

— À un mec du FBI qui en fait des caisses pour ne pas ressembler à un mec du FBI.

— Ça y est, j'ai repéré l'agent de Chase, confirma Edmunds à voix basse avant de retourner fissa au poste d'observation qu'il s'était dégotté.

Plusieurs couloirs conduisaient à la partie de l'hôtel réservée aux salles de conférence. Edmunds avait découvert que le couloir le plus long menait à la porte de la salle 3, à une quinzaine de mètres de l'entrée gardée par les cerbères. D'un simple coup d'œil latéral, il pouvait surveiller les gardes sans être repéré. Le brouhaha des voix suggérait qu'un grand nombre de participants avaient investi la salle 2, et il en avait vu arriver deux autres à l'instant même.

— OK, chuchota-t-il, j'ai une vue partielle sur la porte d'entrée.

— L'agent du FBI se fraye un chemin dans le hall d'accueil.

Une femme aux cheveux gras s'approchait dans le couloir. D'un coup d'œil rapide, il la vit faire une chose étrange.

— Ne quitte pas, murmura-t-il en prenant le risque de sortir de l'angle où il se trouvait pour mieux la voir.

La porte bloquait sa vue.

— Qu'est-ce qui ne va pas ? s'inquiéta Baxter.

— Je ne suis pas sûr. Dis au gars d'attendre.

Il y eut une pause.

— Il est déjà engagé dans le couloir, répondit Baxter, tendue.

— Merde, souffla Edmunds, tout en évaluant ses possibilités d'action. Merde, merde, et re-merde.

— On laisse tomber l'opération ? Edmunds ? On annule tout ?

Edmunds avait déjà pris sa décision.

Il n'était plus qu'à quelques mètres de la salle n° 2, son téléphone plaqué à l'oreille. Un des malabars le scruta à travers la porte ouverte dès qu'il l'entendit approcher, car il était évident qu'il n'attendait personne venant de cette direction. Alors qu'Edmunds parvenait à hauteur de l'entrée, il sourit chaleureusement au cerbère, tout en notant que la femme aux cheveux gras avait ouvert son chemisier devant l'autre garde, sans doute pour attester de son « laissez-passer ».

Edmunds improvisa une conversation inepte.

— Je l'sais bien, ma vieille, dit-il en rigolant. Si au moins il arrêtait de tomber des cordes, on pourrait peut-être y aller !

Il croisa l'agent du FBI sur son chemin. Les deux hommes étaient suffisamment professionnels pour s'abstenir d'échanger un regard, encore moins un léger hochement de tête, car ils savaient que le garde de sécurité détecterait le plus infime de leurs mouvements.

Edmunds dépassa le jeune homme musculeux sans ralentir l'allure, impossible de le prévenir qu'il ne lui restait que six secondes avant d'être grillé.

Il n'osait même pas allonger le pas.

— Ouais, ouais, en même temps c'est l'Angleterre. Faut pas rêver, hein ? (Et il éclata de rire, avant de murmurer :) *Annulez ! Annulez ! Annulez !*

Derrière lui, l'agent infiltré n'était plus qu'à deux mètres de la salle n° 2, lorsqu'il bifurqua nonchalamment sur la droite, empruntant le couloir par lequel était venu Edmunds.

— Il doit bien y avoir une autre entrée ! s'époumona Chase à la radio.

Déterminé à sauver l'opération du naufrage, il repartit en courant vers le véhicule de surveillance.

— Chase ! Chase ! l'appela Baxter.

Il s'arrêta pour la regarder.

— De rien, connard, dit-elle en lui faisant un doigt d'honneur.

Elle savait pertinemment que ce n'était pas très constructif, mais elle n'avait jamais prétendu être une femme parfaite. Un instant, Chase parut sincèrement blessé – non pas qu'elle en ait eu quelque chose à secouer –, puis il reprit sa conversation avec son agent.

— Une fenêtre ou je ne sais quoi ? Il n'y a donc aucun autre moyen d'entrer ? Et si on neutralisait les deux gardes ?

Baxter s'éloigna et s'adossa à sa voiture. Elle remarqua une rayure récente sur la peinture de la portière passager, et la frotta machinalement tout en terminant sa conversation avec Edmunds :

— Tu viens de leur sauver la mise à ces idiots, et pourtant ils parlent toujours d'envoyer quelqu'un à l'intérieur.

— S'ils le font et que Green n'y est pas, on ne le retrouvera jamais, répondit Edmunds.

Son téléphone bipa plusieurs fois. Elle regarda l'écran.

— Ne quitte pas, Edmunds, j'ai un double appel... Rouche ?

— J'ai une idée. Retrouvez-moi au *Angie's Café* en face, lança l'Agent Spécial avant de raccrocher.

— Edmunds ? Ne bouge pas. Rouche vient d'avoir une idée. Je te rappelle.

Elle raccrocha et scruta les devantures de l'autre côté de la rue.

ANGIE'S CAFÉ

Les vêtements trempés, tremblant de froid, Baxter se fraya un chemin entre les voitures. Une cloche sur la porte tintinnabula lorsqu'elle entra. Le café était moche et crasseux, à l'instar de la patronne, Angie, passablement négligée.

Rouche était assis à l'une des tables en formica gris, une serviette en papier coincé sous la cuisse, un gobelet de café à la main. Dès qu'il vit sa coéquipière, il bondit sur ses pieds et se rendit aux toilettes. Baxter vérifia l'heure. Il leur restait dix minutes avant le début de la conférence, peut-être moins avant que Chase et ses stars de la gâchette ne prennent les lieux d'assaut et foutent tout en l'air.

Baxter, mal à l'aise, traversa la salle remplie de péquenauds. Elle entra dans les toilettes en poussant la porte de son épaule, peu désireuse de poser la main sur la poignée. Confrontée aux deux traditionnelles options, rendues plus claires par des graffitis explicites, elle poussa la porte des toilettes pour hommes selon la même méthode.

L'endroit était d'une saleté repoussante. Deux urinoirs jaunâtres, pourtant équipés de gels WC bleus, telle une invitation à viser juste, étaient constellés de taches de pisse, tout comme le sol.

Rouche avait plié sa veste de costume et l'avait posée sur le sèche-mains. Il était à présent penché au-dessus de l'unique lavabo.

— Rouche, on ne pourrait pas discuter dehors ?

Il paraissait distrait, l'esprit ailleurs.

— Rouche ?

Il ferma le robinet d'eau chaude et Baxter se rendit compte qu'il ne s'était pas lavé les mains, mais qu'il avait lavé un objet. Sans un mot, il lui montra le couteau à steak qu'il avait fauché dans la salle.

Elle le fixa, paniquée.

Il commença à déboutonner sa chemise.

— Non ! Hors de question ! Vous êtes fêlé ou quoi ?

— Il faut qu'on entre, d'une façon ou d'une autre.

Il lui tendit le couteau et elle le prit machinalement, puis il fit glisser sa chemise sur ses épaules.

— Je sais, mais il y a forcément une autre solution.

Tous deux savaient que c'était faux.

— On n'a plus assez de temps. Soit vous m'aidez, soit je le fais moi-même et ce sera une vraie boucherie.

Il s'avança pour lui reprendre le couteau.

— OK ! OK ! céda-t-elle, livide.

Elle se posta tout près de lui, et plaqua sa main gauche sur son épaule. Elle sentait son souffle chaud sur son front.

Elle approcha la lame de sa peau, et... flancha.

La porte s'ouvrit à la volée dans son dos. Un grand costaud entra et se figea de surprise en voyant le couteau près du torse nu de Rouche. Il regarda Baxter, puis Rouche, puis Baxter.

— J'repasserai, marmonna-t-il.

Baxter fixa son coéquipier droit dans les yeux une dernière fois, pour être sûre, secrètement soulagée d'avoir gagné quelques minutes sur sa peur.

Elle respira un grand coup et poussa doucement la pointe du couteau sur sa poitrine, jusqu'à ce qu'une goutte de sang perle. Puis elle descendit tout droit. Rouche lui saisit la main.

— Vous voulez me faire tuer ou quoi ? dit-il par pure provocation. Vous avez vu à quoi ressemblaient leurs cicatrices, non ? Si vous ne faites pas exactement comme eux...

— Rouche, vous aurez ces scarifications à vie, vous en avez conscience ?

Il acquiesça.

— Allez-y. (Il sortit sa cravate de secours de sa poche de pantalon, la plia et mordit dedans.) Faites-le ! ordonna-t-il d'une voix étouffée.

Baxter frissonna. Elle incisa la peau en refusant d'écouter ses gémissements, en refusant de voir ses muscles palpiter, en refusant de sentir sa respiration saccadée.

À un moment, il vacilla et se cala contre le lavabo, à deux doigts de perdre connaissance. Du sang coulait sur le haut de son pantalon.

Pendant qu'il se reprenait, elle contempla avec répulsion ce qu'elle lui avait fait et en eut des haut-le-cœur. Ses mains étaient couvertes de son sang.

MARIONNL

Rouche vit le résultat dans le miroir. Il enleva le bâillon de fortune.

— Vous auriez pu me prévenir que vous aviez une orthographe aussi déplorable !

Trop choquée pour réagir, Baxter ne sourit même pas à sa blague.

Il replaça son bâillon entre ses dents et lui fit signe de continuer.

MARIONNETTE

À la seconde où elle termina de tracer le second E, elle balança le couteau dans le lavabo et poussa la porte de l'unique WC. Elle vomit bruyamment, mais quand elle réapparut une minute plus tard, elle découvrit avec horreur que Rouche n'en avait pas fini. Il s'apprêtait à s'infliger une ultime torture.

Le couteau dans une main, un briquet dans l'autre, il passait la lame à la flamme.

Elle n'était pas sûre de pouvoir en supporter davantage.

— Je vais cautériser les plaies. Je dois arrêter les saignements.

Il ne réclama pas son aide.

Il plaqua le plat de la lame sur les lettres gravées, avec cet atroce sifflement qui accompagne la chair brûlée.

Penché au-dessus du lavabo, il luttait pour reprendre son souffle, les yeux brillants de larmes.

— Heure ?
— 10 h 57.

Il hocha la tête et essuya les traces de sang avec du papier toilette.

— Chemise.

Le regard hagard, Baxter ne réagit pas.

— Chemise, s'il vous plaît, répéta-t-il en désignant le sol.

Elle la ramassa, la lui tendit, incapable de détacher ses yeux du torse mutilé.

Elle sortit son portable.

— Edmunds ? J'ai besoin que tu te mettes en position… Rouche va entrer dans la salle.

31

*Dimanche 20 décembre 2015,
10 h 59*

E DMUNDS AVAIT LA NAUSÉE.
Quelques minutes plus tôt, Baxter l'avait informé du sacrifice de l'agent de la CIA afin d'offrir une chance de succès à l'opération en cours.

Edmunds vit Rouche arriver par la porte tambour. Pâle et faible, le visage luisant de sueur, il avançait d'un pas mal assuré. Il reboutonna sa veste de costume, sans doute pour cacher les taches sur sa chemise.

— Contact visuel avec Rouche, chuchota-t-il à Baxter en réfrénant une envie de se précipiter vers lui pour l'aider. Je crains que ça ne fonctionne pas, je ne suis même pas certain qu'il soit en état de marcher jusqu'à la salle.

— Il va y arriver.

Rouche vacillait en traversant le hall. Il se tenait la poitrine, ce qui attira des regards. Il se ressaisit, et hors de la vue des deux gardes, reprit quelques forces en s'adossant à un mur. Mais ses genoux le trahirent et il se laissa lentement glisser contre la paroi. Une minuscule traînée rouge macula la peinture crème.

Edmunds fit instinctivement quelques pas dans sa direction, mais d'un regard, Rouche lui fit comprendre de ne rien tenter.

La montre d'Edmunds bipa : il était 11 heures pile. Il aperçut les deux cerbères en train de regarder leurs propres montres.

— Courage, murmura-t-il tandis que ses yeux allaient de Rouche aux gardes, et des gardes à Rouche.

Rouche se releva en prenant appui sur le mur. Sa chemise adhérait à sa peau, et il préféra imaginer qu'il s'agissait de sueur plutôt que de sang. Il avait l'impression d'avoir un trou béant au niveau du torse. L'air brassé par la porte tambour semblait le traverser de part en part. Son cerveau, incapable de localiser la source précise de la douleur, enflammait tout son corps.

Il se força à tenir droit sur ses jambes et marcha jusqu'au couloir, les portes encore ouvertes en ligne de mire. Les deux molosses l'observaient attentivement. Derrière eux, le public avait pris place et le bourdonnement des conversations s'amenuisait.

Les deux gardes devaient être frères : même embonpoint – qui les rendait encore plus impressionnants – et mêmes traits anguleux. Rouche s'approcha du plus grand en jouant la carte de celui qui n'a rien à cacher et le salua d'un bref signe de tête.

L'homme l'invita à avancer sur le pas de la porte et le plaça de telle façon qu'il avait le second garde dans le dos. Puis il désigna le torse de Rouche.

Celui-ci serra les dents et déboutonna sa veste, sentant les plaies se rouvrir au moment où il dégageait sa chemise. Il n'avait pas besoin de baisser les yeux pour évaluer le carnage : l'expression du type suffisait.

Sa chemise blanche n'était plus qu'un vieux bout de tissu ensanglanté. Soudain, une main large comme un battoir et puant la nicotine se plaqua sur sa bouche, et un bras emprisonna sa gorge...

— Baxter, on a un problème ! Ils ont flairé le truc.
— Tu es sûr de toi ? s'alarma-t-elle. Si on est découverts, faut donner l'assaut maintenant.
— Je ne les vois plus, je n'en suis pas sûr à cent pour cent.
La voix de Baxter s'éloigna de l'appareil pour ordonner :
— Préparez-vous à intervenir.
Puis à Edmunds :
— C'est à toi de nous dire.

— Allons ! Allons !
L'homme à la voix douce descendit de la scène pour se précipiter vers les gardes.
Plusieurs personnes dans l'assistance avaient aussi remarqué l'incident près de l'entrée et se retournaient avec une curiosité malsaine. Rouche se débattait en vain contre le bras musclé autour de son cou. Sa chemise avait été déchirée pour révéler le mot gravé à vif, mais sa poitrine avait trop saigné entre les lettres, tel un dessin mal colorié.
— Que se passe-t-il donc ? s'enquit l'homme.
Petit, une cinquantaine d'années, il offrait un visage avenant, ce qui semblait paradoxal vu le contexte.
— Doc, dit l'une des brutes, ses marques sont récentes. Vous nous avez demandé d'être vigilants à tout détail suspicieux.

Le médecin souleva délicatement un pan de la chemise – ce qu'il en restait du moins – et grimaça. Il croisa le regard de Rouche et demanda au garde de le laisser parler.

Rouche eut un hoquet quand le sbire ôta sa main et desserra un peu la prise autour de sa gorge.

— Nom d'un chien, vous ne vous êtes pas raté, reconnut le médecin, à la fois calme et méfiant.

Clairement, il attendait une explication.

— Je me taillade tous les matins, expliqua Rouche.

C'était la seule chose qui lui était venue à l'esprit. Le toubib semblait indécis sur la conduite à tenir.

— Qui vous a invité ?

— Le Dr Green.

La réponse de Rouche ne signifiait grand-chose : Green avait été désigné ennemi public numéro un par le FBI et tout le monde le connaissait. L'homme se frotta le menton et haussa les épaules, peiné.

— Tuez-le.

Rouche protesta, mais le bras se resserrait déjà autour de sa gorge. Plus il se débattait, plus il s'asphyxiait. Toutefois, quelque chose retint l'attention du médecin.

— Stop ! (Il attrapa les poignets de Rouche et les examina de près.) Puis-je ?

Comme s'il avait vraiment le choix...

L'homme roula les manches et découvrit les cicatrices en zigzag sur les deux avant-bras. Il passa son index sur les boursouflures rosées.

— Celles-ci ne sont pas si récentes. Quel est votre nom ?

— Damien.

— Il va falloir apprendre à suivre les instructions à la lettre, Damien. (Puis se tournant vers les deux frères, il ajouta :) Je pense que nous pouvons raisonnablement considérer Damien comme un des nôtres.

Rouche toussa et happa l'air à grandes goulées tout en avançant de quelques pas pour qu'Edmunds puisse l'apercevoir à travers l'ouverture de la porte.

— Excellent travail, ajouta l'homme pour féliciter les deux brutes. Mais il me semble que vous devez des excuses à Damien, pas vrai ?

— Désolé, dit le plus grand des deux en fixant ses pieds comme un gamin honteux.

L'homme qui avait failli étrangler Rouche s'était tourné vers le mur et le frappait à grands coups de poing.

— Holà ! le réprimanda le toubib en attrapant sa main abîmée. Personne n'est fâché après vous, Malcolm. J'exige simplement vos excuses envers Damien. Par politesse.

Le garde ne parvenait pas à soutenir le regard du médecin.

— Désolé...

Rouche lui répondit par un vague geste de remerciements, il était toujours penché en avant pour reprendre son souffle. Il en profita subrepticement pour récupérer son oreillette dans sa poche.

— Prenez votre temps, lui recommanda le médecin en tapotant amicalement son dos, et quand vous serez prêt, asseyez-vous.

En se redressant, Rouche jeta un bref coup d'œil à Edmunds dans le couloir, juste avant que les doubles portes ne soient refermées à clé, scellant son destin.

Le médecin redescendit l'allée centrale.

Luttant contre la douleur, Rouche s'avança à la recherche d'un siège. Il plaça discrètement son oreillette et détailla la salle.

À l'inverse des locaux vétustes de l'autre côté de la rue, l'endroit était moderne et bien éclairé. Rouche compta les sièges du dernier rang, puis les rangées entre lui et la scène afin de calculer à la louche le nombre de participants. La scène était surélevée d'environ un mètre cinquante. Un large écran était déroulé dans le fond. L'homme qui l'avait autorisé à assister à la conférence grimpa les quelques marches au centre pour rejoindre deux personnes.

— Suis dans la place, chuchota l'Agent Spécial. Trente-cinq à cinquante disciples.

Il repéra un fauteuil vacant à l'extrémité d'une rangée sur le devant, et s'y rendit. Juste avant de s'asseoir, tout le monde se leva d'un bloc. En observant les illuminés qui l'entouraient, son premier réflexe avait été de déguerpir au plus vite, même s'il savait pertinemment qu'il n'avait plus aucun moyen de fuir à présent. Soudain, les adeptes se mirent à applaudir avec ferveur.

Alexei Green venait de faire son entrée.

Rouche s'assit et vit l'homme aux cheveux bruns mi-longs saluer son public. Dans une évidente volonté de mise en scène, il avait revêtu un costume en lamé bleu à la coupe très élégante. Plus sidérant, une immense photographie avait été projetée sur l'écran à son arrivée. On y voyait le corps suspendu du banquier sur fond de Skyline de New York.

Rouche se joignit aux applaudissements. L'ironie de la situation ne lui échappait pas : même s'il était impossible d'identifier les gens massés sur le pont au milieu des véhi-cules de secours, il était à coup sûr présent lorsque cette photo avait été prise.

— Green identifié. (Il fut presque obligé de crier par-dessus les manifestations d'enthousiasme et les applaudisse-ments frénétiques.) Contact visuel confirmé.

Une autre photo s'afficha : celle de la voiture encastrée dans le poste de police du 33rd Precinct, d'où l'arrière dépassait comme le manche d'un énorme couteau.

Rouche se souvint alors du cadavre mutilé du policier Kennedy sur le marbre froid de la morgue. Il se souvint de la corde sale encore enroulée autour de son poignet droit, corde avec laquelle il avait été ligoté sur le capot de sa voiture de patrouille avant d'être projeté vivant à travers un mur derrière lequel se trouvaient ses collègues et amis.

Rouche redoubla d'applaudissements.

— À toutes les équipes : en position, ordonna Chase par radio.

— Trente-cinq à cinquante disciples dans la salle, lui indiqua Baxter.

— Entre trois-cinq et cinq-zéro criminels, traduisit Chase pour ses hommes.

Baxter s'éloigna de l'unité mobile de surveillance pour reprendre sa communication avec Edmunds :

— Ils vont donner l'assaut. Évacue le hall.

Edmunds jaugea la foule disséminée dans le hall de la réception avec une certaine appréhension.

— Ouais... Pas de problème...

— Tout va bien ? Tu as besoin d'aide ?

— Non, ça roule, j'ai Fin...

Finlay, qui l'avait rejoint un peu plus tôt, secoua la tête en fronçant les sourcils.

— J'ai *fini* mon évaluation de la situation, je me débrouille, se corrigea le jeune homme.

— Elle va se tracasser si elle apprend que je suis ici, chuchota Finlay. Évacuons tous ces gens et elle n'en saura jamais rien.

Ils se séparèrent et commencèrent à regrouper les clients de l'hôtel pour les acheminer dehors par une porte tambour tandis que les policiers d'élite entraient par l'autre.

Rouche balaya la salle du regard, se préparant à l'arrivée imminente des hommes de Chase. Il y avait trois issues, une de chaque côté de la scène, plus les doubles portes en bois par lesquelles il était entré. Il avait également averti Baxter que deux adeptes, qui n'avaient pas l'air très formés à la sécurité, pas plus qu'ils ne semblaient avoir entendu l'arrivée des unités tactiques, montaient la garde devant chacune des sorties côté scène.

Rouche reporta son attention sur Green, qui descendait les marches pour aller à la rencontre de ses ouailles. Un casque avec micro, assez fin, retenait ses cheveux en arrière. Rouche devait lui reconnaître ça : son charisme était indéniable. C'était un orateur de talent, avec en plus ce charme magnétique propre à séduire les esprits impressionnables.

— Nos frères et nos sœurs, par leurs actions, nous ont rendus si fiers, *si fiers*, déclama-t-il avec passion.

Il semblait accorder un regard à chacun. Une femme assise au bout d'une rangée se leva, le visage inondé de larmes de bonheur, et l'entoura de ses bras. Un des mecs costauds se rapprocha, mais Green lui fit signe que c'était inutile. Il caressa les cheveux de la femme et lui releva le menton pour s'adresser directement à elle :

— Et nous, à notre tour, devrons leur prouver qu'ils pourront être fiers de nous.

L'assistance applaudit à tout rompre.

— Et une personne, assise dans l'assemblée en ce moment même, une personne qui a beaucoup de chance, le sera un peu plus tôt que le reste d'entre nous, continua Green en souriant.

Il se dégagea doucement, mais fermement, des bras de la femme.

Chaque participant cherchait avidement qui pouvait bien être l'heureux élu. Rouche en profita pour inspecter une fois encore les lieux, mais en se retournant, il vit Green au bout de sa rangée, à moins de deux mètres.

La police allait donner l'assaut ; ce n'était plus qu'une question de secondes.

Green dut sentir les yeux de Rouche posés sur lui car il le fixa aussitôt en retour. Puis il contempla la chemise maculée de rouge, mais sans laisser paraître le moindre trouble.

— Deux jours, mes amis ! Encore deux jours à attendre ! cria-t-il, enflammant son auditoire.

Il continua à remonter l'allée centrale, hors de portée, sous une pluie d'acclamations.

En voyant tous ces visages extatiques autour du gourou, Rouche comprenait mieux l'impérieuse nécessité d'une dernière réunion, même à haut risque. Ces gens vénéraient Alexei Green. Ils feraient tout pour obtenir sa reconnaissance, quitte à sacrifier leur vie. Ils n'aspiraient qu'à une chose : être aimés de lui.

Et maintenant, ils ne demandaient qu'à lui obéir.

— Pas encore, murmura Rouche, pas encore. (Il espérait que Baxter l'écoutait toujours. Les plans de Green servis sur un plateau, c'était mille fois plus efficace que des semi-vérités lâchées au compte-gouttes lors d'un interrogatoire.) Je répète : *pas... encore...*

Désormais, une averse de grêle fouettait le puits de lumière qui ornait le plafond. Le martèlement des grêlons, conjugué aux applaudissements nourris, produisait un vacarme infernal. L'atmosphère était électrique.

— Vous savez tous ce que j'attends de chacun d'entre vous, déclara Green d'un ton plus sérieux. Mais sachez ceci : quand les yeux du monde seront tournés sur Piccadilly Circus, quand les gens verront notre glorieuse victoire, quand ils compteront leurs morts, *c'est alors* qu'ils nous prêteront attention ! *C'est alors* qu'ils comprendront enfin que nous ne sommes pas « dévastés », que nous ne sommes pas « attristés », que nous ne sommes pas « faibles » ! (Green secoua frénétiquement sa tignasse avant de tendre les bras en l'air avec passion.) Ensemble… nous… sommes… plus… forts !

Les gens se levèrent comme un seul homme, en une clameur assourdissante.

Chase et ses agents étaient en position derrière les portes de la scène – autrement dit, tout près de Green.

Baxter n'était pas d'accord avec son collègue du FBI, et elle le lui fit savoir, mais en chuchotant :

— Pour l'amour du ciel, Chase, donnez-lui une minute de plus.

— Négatif. (Profitant des applaudissements, il avait élevé le ton.) Il a Green en visuel. On lance l'assaut.

— Il a dit d'attendre.

— Bon sang, Baxter, dégagez-moi de là ! On donne l'assaut maintenant. À toutes les unités, à toutes les unités : top action ! Top action ! Top action !

L'ovation était en train de faiblir, quand les trois portes vacillèrent résolument sur leurs gonds dans un énorme fracas. Green fut le premier à réagir, se repliant sur la scène où ses trois comparses paniqués s'étaient brusquement levés. La peur de leur mentor se communiqua instantanément aux disciples. Rouche commençait à se frayer un chemin vers l'allée centrale quand les doubles portes en bois de l'entrée cédèrent. Tous les participants commencèrent à fuir comme une seule entité.

Balayé par la vague, Rouche fut plaqué contre un mur. Green avait réussi à atteindre la scène à la seconde même où les deux portes latérales sautaient. Les unités d'élite déferlèrent dans la salle.

— FBI ! À terre ! À terre !

Rouche tentait désespérément d'endiguer le flot qui se précipitait à présent vers une porte de sortie inespérée. Contrairement à ce qui avait été envisagé par la police, la foule compacte ne se dispersait pas en tous sens, mais se ruait sur les agents du FBI en se concentrant sur un seul point.

La foule avala deux policiers en leur passant dessus et les premiers coups de feu retentirent. Cela n'arrêta pas la masse humaine. Rouche surveillait Green à distance. Le bon docteur, protégé par son entourage, se dirigeait tout droit vers les portes ouvertes. Rouche repoussa violemment quelqu'un et réussit à se dégager du troupeau. Il escalada plusieurs rangées de sièges, persuadé que les agents étaient trop submergés pour avoir repéré Green qui fonçait pile sur eux. Et même si c'était le cas, ils n'étaient plus en mesure d'intervenir.

Un coup de feu toucha un homme juste devant Rouche. L'homme s'effondra, laissant l'Agent Spécial de la CIA face à un flic paniqué. Au moment où la police avait perdu l'avantage, l'ordre de tirer à vue avait visiblement été donné. Rouche vit immédiatement que l'autre ne l'avait pas reconnu au milieu du chaos ambiant, son torse mutilé suggérant son allégeance fanatique à Green.

L'agent du FBI le mit en joue.

Rouche ouvrit la bouche tout en sachant que la balle partirait avant qu'il ait pu dire un mot...

Le fusil d'assaut cracha une rafale à l'instant même où une horde hurlante engloutissait le policier, et le tir partit en l'air. Rouche voulut aider l'homme précipité à terre, mais une seconde vague le piétina sauvagement.

Rouche fut entraîné hors de la salle, jusque dans le couloir. La majorité de l'assistance refluait vers le hall de l'hôtel tandis que l'agent de la CIA continuait à surveiller la retraite de Green. Ce dernier avait opté pour une issue de secours à l'autre extrémité du couloir. Par la vitre brisée, Green se faufilait déjà pour gagner la partie de l'hôtel réservée au personnel. Il courut vers la rue principale, croisant un véhicule d'intervention armée vide.

— Baxter ! hurla Rouche dans son oreillette. Green est dehors. À pied, en direction de Marble Arch !

Il n'entendit pas sa réponse.

Il contourna le bâtiment en sprintant, puis continua sur la route. Les badauds se serraient dans les renfoncements des magasins et des immeubles. Les grêlons sur son torse brûlant étaient une torture.

Un instant, Rouche eut peur d'avoir perdu sa cible, mais il aperçut Green en train de traverser la rue à toute allure, juste devant les trois arches en marbre, ses cheveux mi-longs flottant au vent.

— Oxford Street ! cria l'Agent Spécial, toujours dans son oreillette, toujours sans savoir si Baxter le recevait ou pas.

Il bifurqua au coin de la rue, sur les traces de Green qui cavalait devant lui, mais la distance qui les séparait augmentait car Rouche n'arrivait pas à tenir le rythme à cause de ses blessures. Green se retourna et prit un malin plaisir à s'arrêter quelques secondes. Il défia Rouche du regard, qui, épuisé, avait tellement ralenti qu'il marchait presque. Alexei Green repoussa ses cheveux en arrière, éclata de rire et s'éloigna d'un pas alerte.

Alors que Rouche sentait qu'il allait défaillir, l'Audi de Baxter passa devant lui en trombe.

La voiture fit une embardée sur le trottoir quelques mètres devant Green, freina brutalement et s'encastra dans le mur d'un immeuble, lui coupant la route. Pris de court, Green hésita entre retraverser, là où la circulation était la plus dense, et s'engouffrer dans une boutique de lingerie. Son hésitation lui fut fatale. Rouche lui sauta dessus par-derrière et les deux hommes s'écroulèrent. Le beau costume en lamé bleu se déchira sur le bitume.

Baxter jaillit hors de sa voiture, plaqua un genou sur la nuque de Green, et le cloua au sol pendant qu'elle lui passait les menottes.

Totalement épuisé, Rouche roula sur le dos. La grêle avait cédé la place à de la neige fondue et de délicats flocons tombaient du ciel blanc. Il resta immobile tout en essayant de reprendre son souffle. Une main posée sur sa poitrine, il éprouvait une espèce de sérénité pour la première fois depuis très longtemps.

— *Rouche ? Rouche ?*

La voix de Baxter lui paraissait lointaine. Puis il l'entendit appeler :

— Ambulance d'urgence... 521, Oxford Street... Oui, c'est bien ça, devant le magasin Ann Summers... officier de police à terre. Lacérations multiples, importante hémorragie... Dépêchez-vous.

Soudain, sa voix lui parut nettement plus proche :

— Rouche, ils arrivent, tenez bon. On l'a eu ! Rouche, on l'a eu ! C'est fini.

Il tourna lentement la tête et la vit qui relevait Green sans ménagement pour l'obliger ensuite à s'agenouiller.

Un sourire se dessina sur ses lèvres puis, subitement, il écarquilla les yeux de stupeur.

— Rouche ? Est-ce que ça va ?

Il rampait vers eux, tout à coup très nerveux.

— Rouche ? Vous ne devriez pas bouger.

Il gémissait de douleur en se traînant sur le bitume gelé. Il se rapprocha de Green et tira sur sa chemise en partie déchirée. La poitrine de Green révéla le mot désormais monstrueusement familier :

MARIONNETTE

— Merde ! s'écria Baxter, tandis que Rouche roulait à nouveau sur le dos, désespéré. Pourquoi il... Non ! Bordel de merde !

Green arborait un sourire triomphant.

— Ce n'est pas... lui... qui tire les ficelles, balbutia Rouche en soufflant bruyamment, ça n'a... *jamais* été lui... On s'est fait avoir.

32

Dimanche 20 décembre 2015,
12 h 39

C HASE ÉTAIT FOU DE RAGE.
Son opération ratée, doublée de l'échec de n'avoir pu arrêter Green lui-même, avait – du moins provisoirement – empêché le FBI de récupérer le prisonnier. Baxter était très consciente que cette situation ne durerait pas, vu la veulerie de sa *Commander*, toujours prête à s'allonger plutôt que de se battre. Dans ces conditions, elle s'était organisée pour que l'interrogatoire de Green ait lieu dès son arrivée dans les locaux de l'*Homicide and Serious Crime*.

Le reste des adeptes de Green avait été réparti entre différents postes de police, selon un algorithme complexe qui calculait la charge de travail en cours par rapport aux besoins opérationnels. Les enquêteurs missionnés sur l'affaire pouvaient ensuite mener leurs interrogatoires sur la base d'une série de questions rédigées et distribuées par Chase.

Baxter s'attendait à ce que Green exige la présence d'un avocat pour gagner du temps. À sa grande surprise, il n'en fit rien, une décision peu judicieuse sur laquelle elle espérait bien capitaliser. Comme Rouche était toujours hospitalisé, elle avait été obligée – à contrecœur – de demander à Saunders de l'accompagner. Autant elle le détestait pour son côté fort en gueule et son humeur massacrante, autant elle reconnaissait que ces défauts s'avéraient utiles lors d'un interrogatoire, faisant de lui l'un des hommes les plus efficaces de son équipe en la matière.

Ils se rendirent ensemble vers les salles d'interrogatoire et l'agent en faction leur ouvrit la salle 1 – seules les nouvelles recrues du *Met* utilisaient la salle 2, refaite à neuf. Green les attendait patiemment et leur sourit quand ils entrèrent.

— Pour commencer, aboya Saunders, vous allez m'effacer ce sourire de gros connard.

Baxter n'était pas habituée à se cantonner au rôle du *good cop*, mais elle la boucla.

Pour la première fois, Saunders agissait en professionnel. Il avait gardé son uniforme – qu'il portait durant l'opération – et tenait à la main un dossier épais qu'il plaqua avec hargne sur la table avant de s'asseoir. Lequel dossier, elle le savait, ne contenait qu'un exemplaire de *Men's Health*.

— Si vous pensez nous avoir mis à genoux, vous ne pourriez pas être plus loin de la vérité, déclara Green en glissant ses cheveux derrière les oreilles.

— Vous croyez ? fit Saunders. C'est bizarre, parce tous vos petits copains se déballonnent les uns après les autres auprès de nos collègues…

— Ah oui ? Et combien sont-ils ?

— On les a tous arrêtés.

— Combien, précisément ?

Saunders éluda la question et Green le toisa d'un air arrogant.

— Bien, continua-t-il, si on compte ceux, nombreux, qui ont échappé à votre opération bâclée de ce matin, plus tous ceux à qui j'avais ordonné de ne pas venir, je dirais que vous avez... *bien merdé.*

Afin de se donner le temps de la réflexion avant de répondre, Saunders s'empara de son « dossier » et le feuilleta comme s'il voulait vérifier quelque chose. En fait, il survolait un article sur la manière de se forger des tablettes de chocolat en moins de six semaines.

Ne trouvant pas de solution miracle dans la chronique, mis à part qu'il avait l'impression d'avoir pris du muscle rien qu'en le lisant, il referma le dossier et se tourna vers Baxter en haussant les épaules.

— Ce mec a probablement raison, dit-il avant de se frapper le front de manière ostentatoire. Mince, vous savez quoi ? J'ai fait un truc vraiment stupide, j'ai planifié un rendez-vous mardi avec cette nana... comment s'appelle-t-elle, déjà ?

— Maria, lui rappela Baxter.

Green se raidit.

— Et vous ne devinerez jamais où je lui ai demandé de me retrouver ?

— Ne me dites pas que c'est à la station de métro Piccadilly Circus ! s'exclama Baxter en secouant la tête avec une mine consternée.

— Hé, je me disais que puisque c'est votre sœur, enchaîna Saunders à l'intention de Green, elle pourrait peut-être reconnaître des ex-collègues à vous, des amis, des patients. C'est une requête légitime, non ? Elle y sera toute la journée.

Le changement d'humeur du thérapeute confirma implicitement que la station de métro était bel et bien la cible prévue.

— Elle ne signifie rien pour moi, rétorqua-t-il de manière assez convaincante.

— Vraiment ? insista Saunders. Vous savez, c'est moi qui ai conduit son interrogatoire le jour où on vous a identifié.

— Oui, et l'un de vous m'a interrogé à la prison. (Il regarda Baxter.) Je me souviens de cet agent... une Américaine... Curtis, c'est ça ? Comme va-t-elle ?

Baxter se redressa et serra les poings.

Saunders vint à sa rescousse en intervenant rapidement :

— C'est moi qui ai dû lui expliquer quelle espèce d'enfoiré était son frère. Elle ne m'a pas cru au début. La pauvre vous défendait bec et ongles. C'était très... triste de voir se désagréger la confiance qu'elle plaçait en vous. Triste et *pathétique*.

La dernière phrase fit mouche.

Green le regarda brièvement, puis il se tourna vers Baxter.

— Vraiment dommage que vous ayez dû la laisser là-bas. Je suppose que si vous êtes devant moi, c'est que vous l'avez abandonnée.

Baxter plissa les paupières et son rythme cardiaque s'accéléra.

Si elle ripostait, se dit Saunders, c'était foutu ; l'interrogatoire prendrait fin immédiatement. Et Green serait protégé par une bureaucratie tatillonne.

C'était à qui craquerait le premier.

— Je sais que vous n'êtes pas comme les autres, déclara Saunders. Vous ne croyez pas à toutes ces foutaises. Vous faites ça pour l'argent, pas vrai ?

Le suspect au physique de jeune premier se contenta de répondre :

— D'après le peu que je connais des blessures au couteau, elles tuent rarement sur l'instant, opposa-t-il.

Baxter tremblait de colère.

— Bon alors, qu'est-ce que c'était ? cria Saunders. L'argent ou leur silence ? Attendez... Vous n'êtes pas une espèce de pédophile, si ?

— Elle devait être encore vivante lorsque vous l'avez quittée, reprit Green. Elle l'était, hein ?

Baxter se leva.

Voyant que l'angle adopté n'avait pas marché, Saunders changea de tactique.

— Qui est Abby ? demanda-t-il. Pardon, j'aurais dû dire qui *était* Abby ?

Pendant une seconde, pas plus, les yeux de Green se remplirent de haine. Il regarda Baxter pour la provoquer à nouveau, mais c'était trop tard. Saunders avait trouvé la faille et il allait l'exploiter jusqu'au bout.

— Ouais... je me souviens, votre sœur m'a parlé d'elle. Elle est morte, c'est ça ? Je me demande ce qu'elle penserait de tout ce merdier. Annie serait-elle fière de vous ? Je crois qu'Annie approuverait...

— Abby ! hurla Green. Elle s'appelle Abby !

Saunders éclata de rire.

— Franchement, mec, Annie ou Abby, j'en ai rien à battre. Oh... à moins que vous ne l'ayez tuée. (Il se pencha en avant.) Dans ce cas, je suis tout ouïe.

— Comment osez-vous ? cracha Green, ivre de colère. (De profondes rides creusaient son visage, trahissant son âge.) Allez vous faire foutre ! Tous les deux ! Tout ça, je l'ai fait pour elle !

Baxter et son collègue échangèrent un très bref coup d'œil ; ils savaient que cet aveu pouvait être déterminant.

Mais Saunders n'en avait pas fini :

— C'est bien beau, tout ça – cette sorte d'hommage malsain à Amy –, mais...

— Abby ! hurla Green en postillonnant, perdant tout contrôle.

— Sans blague, vous croyez vraiment que les gens vont se soucier de vous, ou de votre pauvre conne de petite amie, une fois que les bombes auront explosé ? (Saunders ricana.) Vous n'êtes rien, guère plus qu'une distraction, un galop d'essai avant le grand événement.

Les deux flics retenaient leur souffle, bien conscients qu'ils avaient joué leur dernier atout.

Lentement, Green se pencha vers Saunders, aussi près que ses menottes le lui permettaient. Quand il reprit la parole, ce fut dans un quasi-murmure, empreint de rage et de haine :

— Reviens me voir mardi, espèce de salopard, et je te promets que tu te souviendras de son prénom : A-B-B-Y, dit-il en comptant les lettres sur ses doigts avant de se rasseoir.

Baxter et Saunders se regardèrent, puis sans un mot quittèrent précipitamment la salle d'interrogatoire.

Ils avaient eu ce qu'ils voulaient.

— J'aimerais bien voir le gars du MI5 essayer de nous expliquer qu'il n'y a aucune menace d'attaque terroriste maintenant, grogna Baxter tout en rameutant son équipe en direction de la salle de réunion. Et trouvez-moi ce qu'on a sur cette fille.

Au moment où elle entrait dans la pièce, une enquêtrice l'interpella :

— On a un gros problème, chef.

— Vraiment ? Alors que les choses avaient si bien commencé ! (Baxter n'arrivait jamais à se souvenir du nom de la jeune femme : Nichols ? Nixon ? Nikon ? Elle décida de ne prendre aucun risque.) Dites-moi !

— Nous avons fini de comparer la liste des suspects en détention provisoire versus celle des textos qui s'autodétruisent...

— Les *SMS suicidés* ! précisa le technicien Steve du fin fond du couloir.

— Treize des marionnettes de Green manquent à l'appel.

— Treize ?

— Et..., continua la jeune femme, un peu gênée, parmi les marionnettes traitées jusqu'ici, au moins cinq des suspects n'ont aucun passé de maladie mentale, et un suspect n'a même jamais été suivi par un psychiatre. Cela confirme que, comme à New York, cette histoire dépasse largement le cas de Green et de ses patients. Nous ne nous sommes concentrés que sur une infime partie du puzzle. J'ai pensé que vous aimeriez le savoir.

Baxter émit une espèce de bruit de gorge. Un mélange de découragement, d'inquiétude et de fatigue.

L'enquêtrice alla s'asseoir, un pâle sourire d'excuse aux lèvres.

— Hé, chef, chuchota Saunders, qu'est-ce que voulait Nikon ?

Putain, la fille s'appelle vraiment Nikon !

— Juste casser l'ambiance, répondit Baxter en se préparant à faire un point d'information à son équipe.

Blake leva la main.

— Merde, Blake, vous n'êtes plus un gosse à l'école, lui cria-t-elle. Qu'est-ce qu'il y a ?

— Green a-t-il vraiment confirmé le nombre de bombes qu'ils ont l'intention de faire péter ?

— Ça paraît logique, après tout c'est le même nombre qu'à New York. Et Saunders a réussi à le faire parler.

— Oh, approuva Blake, se contentant de cette explication.

Chase regardait sans comprendre.

— Il lui est rentré dans le lard, lui traduisit Blake.

— Bon, et du côté de la reconnaissance faciale, ça se passe comment ? demanda Baxter aux flics assis devant elle.

— Le City Oasis nous a envoyé ses enregistrements des caméras de surveillance, répondit l'un des techniciens du FBI. Nous les comparons à ceux de l'autre hôtel pour vérifier que nous n'avons loupé personne.

— Et les trois personnes sur scène avec Green ?

— L'une a été tuée alors qu'elle tentait de s'échapper.

Baxter semblait exaspérée.

— Elle m'avait menacé avec un couteau, répliqua un agent de Chase pour se justifier.

— Il s'agit du Dr Amber Ives, continua un autre flic. Psychiatre et chargée de l'accompagnement des familles endeuillées. Elle a eu un nombre incalculable d'occasions d'entrer en relation avec Green : séminaires, collègues en commun... (Il vérifia ses notes.) La deuxième personne a réussi à prendre la fuite.

Tout le monde le fixait de manière accusatrice.

— Il y avait beaucoup de monde !

— Et la troisième personne ? s'enquit Baxter avec impatience.

— On la transfère ici en ce moment même. Il a dit qu'il voulait négocier.

— Ah bien, ça, c'est une avancée, conclut Baxter. Mais partons du principe qu'il va essayer de nous embobiner. (Elle se tourna vers Saunders.) Beau boulot. (Puis elle glissa à Chase :) On en a fini avec Green. Je vous laisse batailler avec le MI5 pour le récupérer.

Baxter hésita un instant sur le seuil de la chambre de Rouche. Derrière la fenêtre du St Mary's Hospital, la neige tombait dru. Une fraction de seconde, elle se revit dans l'église sombre, agenouillée près de Curtis, égorgée. Les cruels souvenirs avaient été ravivés par les provocations de Green.

Rouche dormait, la tête sur sa poitrine, où les bandages peinaient à enrayer les saignements. Il avait l'air mort. Baxter frissonna.

Ses bras étaient reliés chacun à une perfusion, et les divers tuyaux destinés à le maintenir en vie ressemblaient à des entraves.

Il ouvrit les paupières et sourit à sa coéquipière, malgré son extrême fatigue.

Elle chassa ses sombres pensées et marcha jusqu'au lit. Elle lui balança un sachet de Crunchie Rocks – format familial – acheté au marchand de journaux du rez-de-chaussée. C'était un geste attentionné, mais l'effet fut un peu gâché par le manque de réactivité des bras de Rouche, contraints par les divers tubes : le projectile atterrit pile sur son torse en lui arrachant un gémissement.

— Oh merde, excusez-moi.

Elle attrapa le sachet de roses des sables au chocolat et le déposa sur la table à roulettes à côté du lit.

Elle ramassa la télécommande pour couper le son du film qui passait à la télévision et vit qu'il s'agissait de *Harry Potter et le Prince de sang-mêlé*. Elle fut frappée par la similitude de leur situation. Dans cet opus, Albus Dumbledore expliquait à ses élèves que l'arme la plus redoutable de leurs ennemis, c'était eux-mêmes.

— Bon, quand vous laisseront-ils sortir ? demanda-t-elle en s'asseyant près de lui.

— Demain matin. D'ici là, ils vont me gaver d'antibiotiques pour — je cite — que je ne meure pas. Au moins, je peux à nouveau respirer normalement.

Baxter lui lança un regard interrogateur.

— Depuis l'émeute à la prison, une de mes côtes touchait un poumon.

— Ah..., dit-elle tout en lorgnant les bandages avec culpabilité.

— Hé... je vais avoir un look d'enfer à la piscine maintenant.

— Les médecins peuvent sûrement faire quelque chose, non ? Je sais pas, moi, une greffe de la peau ?

— Ouais, je suis certain que c'est possible.

Le timbre de sa voix indiquait qu'il n'en était pas si sûr.

— Vous savez, il y a des gens qui sont spécialisés dans l'effacement de tatouages, retirer le prénom d'une ex, ce genre de chose...

— Mais bien sûr, approuva-t-il en faisant une grimace. Voyons, ils pourraient changer le mot pour dire... Marinette ? Mauricette ?

— Machinette ? plaisanta Baxter.

Ils se mirent à rire de bon cœur.

— Dites-moi ce que vous avez pu tirer de ce salaud de Green.

Baxter lui fit un compte rendu détaillé de l'interrogatoire du pseudo-leader de la pseudo-secte. Elle lui raconta que l'autre toubib présent sur la scène avec lui, Yannis Hoffman, avait collaboré en leur fournissant la liste complète de ses patients, dont trois faisaient partie des treize marionnettes toujours en fuite. Hoffman était un cancérologue réputé, spécialiste en soins palliatifs, et il avait été recruté directement par Alexei Green. Il avait toujours été persuadé que celui-ci était le grand ordonnateur des meurtres. Toutefois, comme il voulait absolument négocier une réduction de peine, il leur avait fourni un élément essentiel : le moment exact de l'attaque. En pleine heure de pointe, à 17 heures.

— Et imaginez-vous, précisa-t-elle, que la petite amie de Green était l'une des victimes de la tuerie sur l'île d'Utøya en Norvège[1].

Si cette révélation bouleversa Rouche, il n'en montra rien.

— Et ce serait le mobile ?

— Une chose dont celui qui tire les ficelles aurait pu se servir pour le manipuler en tout cas.

— Tout ceci n'aurait donc aucun rapport avec l'affaire Ragdoll ?

— Seulement pour s'assurer que le monde entier s'y intéresserait. Un moyen très malin de capter l'attention en instrumentalisant des personnes fragiles pour faire péter de grosses bombes. Tout ça parce que l'être humain, quoi qu'on en dise, aime le goût du sang. Les gens n'ont pas été aussi captivés par des meurtres depuis l'affaire Ragdoll. C'est d'une intelligence rare. Parce qu'on ne pense pas à surveiller ses arrières quand on est trop occupé à se combattre les uns les autres. Ils nous font nous entretuer pour mieux réaliser leur but ultime.

---

1. Le 22 juillet 2011, Anders Behring Breivik, un ultranationaliste, abat soixante-neuf jeunes militants sur l'île d'Utøya, deux heures après avoir tué huit personnes dans le quartier des ministères à Oslo.

33

*Dimanche 20 décembre 2015,
18 h 03*

LES FLOCONS DE NEIGE scintillaient dans la lueur des phares de l'Audi. La voiture faisait un bruit de crécelle et tirait un peu sur la droite depuis qu'elle avait embouti un mur sur Oxford Street dans l'après-midi. Le passage au contrôle technique, dont le rendez-vous était prévu pour bientôt, risquait de poser problème. Baxter éteignit le moteur et un sifflement d'air lui donna à penser qu'il existait un autre problème côté fermeture du capot. C'était soit ça, soit son Audi qui soupirait de soulagement après une journée éprouvante.

Elle repéra un groupe de jeunes – vêtus de joggings peu flatteurs – qui traînaient devant l'entrée du parc et, mue par le principe de précaution, elle débrancha son GPS et le planqua sous son siège. Puis, équipée de son bonnet et de ses gants, elle attrapa son sac sur le siège passager et descendit de voiture.

Elle trottina jusqu'à la maisonnette d'Edmunds. Ses pas crissaient sur la neige fraîche. Elle sonna et attendit, non sans remarquer que la guirlande de Noël était éteinte, et même qu'elle était sectionnée en deux. Plus bas dans la rue résonnèrent des rires gras et le fracas d'une bouteille brisée. Elle entendit les pleurs de Leila bien avant que le couloir s'allume et que Tia lui ouvre la porte après avoir bataillé avec la serrure.

— Joyeux Noël ! dit Baxter en se forçant à sourire. (Elle tenait à bout de bras le sac de cadeaux qu'elle avait récupéré une heure plus tôt à son appartement.) Joyeux Noël, Leila ! roucoula-t-elle tout en caressant le bébé comme elle le faisait avec Echo.

Tia la regarda avec un air effaré, puis fit demi-tour, abandonnant Baxter sur le pas de la porte.

— Alex ! s'écria-t-elle du bout du couloir tandis que Leila redoublait de pleurs. Alex !

— Ouais ? cria Edmunds.

— Ta petite amie est là, je monte dans la chambre.

Quelques minutes plus tard, Baxter vit arriver Edmunds de l'arrière de la maison en train d'épousseter des flocons de neige de ses cheveux.

Elle se dit que la meilleure attitude à adopter pour gérer ce genre de situation consistait à faire semblant de n'avoir rien entendu, et de différer à plus tard ses commentaires sur le comportement passif-agressif de Tia.

— Emily ! la salua Edmunds en souriant. Mais qu'est-ce que tu fiches dehors ? Entre, entre.

— C'est quoi son problème ? lâcha-t-elle, incapable de se retenir plus longtemps.

— Oh rien… Elle pense que tu as une mauvaise influence sur moi, et puis… j'ai oublié l'anniversaire de la petite ce matin... et puis j'ai dû faire autre chose encore qui n'allait pas.

Il referma derrière elle et la conduisit à la cuisine où la porte donnant sur le jardin était restée ouverte.

Elle lui tendit le sac de cadeaux et en reçut un presque aussi gros en échange.

— Je t'offre un verre ?

— Non... Je ferais mieux de ne pas m'attarder, lâcha-t-elle en pointant son index vers le plafond. Je suis juste venue pour... Il fallait que je te...

Edmunds reconnut le style maladroit qui précédait les moments où elle voulait adresser soit des remerciements, soit un compliment.

— Je... je suis venue pour te dire... *merci.*

— De rien, avec plaisir.

— Et comme d'habitude, tu... tu étais là pour moi.

Edmunds n'en croyait pas ses oreilles : des remerciements *et* des compliments !

— Et... et comme d'habitude, tu as été... génial !

— En fait, je crois que c'est moi qui vais devoir te remercier. Ces quinze derniers jours m'ont vraiment fait prendre conscience combien ce boulot me manquait. Bon sang... qu'est-ce que ça me manque, le danger, l'excitation, la signification de ce métier ! Tia est très énervée après moi, enfin... après nous deux, parce que j'ai en quelque sorte donné ma démission cet après-midi.

Le visage de Baxter s'éclaira.

— Tu reviens au *Met* !

— Je ne peux pas.

Elle fronça les sourcils.

— J'ai besoin d'avoir une vie réglée. Il faut que je pense à ma famille. Mais en même temps, je ne veux plus perdre

mon temps derrière un bureau au service de la répression des fraudes.
— Et donc ?
— Je vais te montrer quelque chose.

Intriguée, Baxter le suivit vers le fond du jardin enneigé.
— Tadam ! chantonna Edmunds avec fierté en désignant la cabane de jardin.

Son enthousiasme retomba devant la réaction mitigée de Baxter, qui ne comprenait pas qu'on puisse s'extasier devant un cabanon en bois.
— Merde, jura-t-il en réalisant pourquoi son annonce triomphale n'avait pas provoqué l'effet escompté. (Il se baissa pour ramasser la pancarte qu'il avait fabriquée et la refixa sur la porte). Ce foutu truc se décolle tout le temps. *Tadam !*

ALEX EDMUNDS – DÉTECTIVE PRIVÉ

Il poussa la porte un peu fragile et mal fixée sur ses gonds pour lui faire découvrir son antre. Sous la lumière douillette d'une lampe de bureau, on découvrait un ordinateur portable près d'une imprimante et d'un téléphone sans fil. Un radiateur à bain d'huile chauffait la minuscule pièce. Il y avait également une machine à café, une bouilloire, un tuyau recourbé au-dessus d'un seau servant sans doute d'évier de fortune, et même en guise de « salle d'attente » pour les clients un deuxième tabouret.
— Alors, t'en penses quoi ?

Baxter ne répondit pas immédiatement, elle se contentait de passer en revue l'installation.
— C'est provisoire, bien entendu…, précisa Edmunds en voyant qu'elle ne disait toujours rien. Juste le temps que je m'organise un peu… Tu pleures ?

— Non ! répondit-elle, la voix brisée. C'est juste... c'est juste que... c'est parfait !

— Oh mon Dieu, mais tu pleures vraiment en fait ! s'exclama Edmunds en l'embrassant.

— Je suis tellement, *tellement* heureuse pour toi... Et ces deux dernières semaines ont été si difficiles, dit-elle en riant avant d'éclater en sanglots.

Edmunds continua à la serrer contre lui, tandis qu'elle sanglotait contre son épaule.

— Oh merde ! renifla-t-elle. (Son mascara coulait le long de ses joues, et elle riait tout en essayant de retrouver son calme.) Je t'ai mis de la morve sur le pull, désolée, c'est dégueulasse.

— Mais non, c'est pas dégueulasse, la rassura Edmunds. (Il mentait.) De toute façon, Leila me l'avait déjà salopé en me vomissant du lait dessus ce matin, dit-il en désignant une tache blanche.

En fait, il suspectait fortement que la tache provenait également de la morve de Baxter.

— « Cela signifie quelque chose de plus pour lui », lut-elle sur une feuille de papier punaisée au lambris.

Edmunds avait gribouillé des idées à moitié formulées sur des feuilles qui couvraient tout un pan de mur derrière son tabouret.

— Oui, confirma-t-il en arrachant le papier. « Marionnette », « appât », pourquoi graver ces mots-là en particulier ?

— En signe de loyauté ? suggéra Baxter en reniflant toujours. Ou bien c'est un rite de passage ?

— Je suis sûr que ses disciples voyaient les choses sous cet angle : la marque d'une unité, l'idée d'appartenir à un groupe, mais je ne peux m'empêcher de penser que cela signifie tout autre chose pour notre... *Azazel*. (Il avait prononcé ce nom avec répugnance.) Quelque chose de très personnel. (Il hésita un instant.) Baxter, je ne crois pas que tu puisses empêcher ce qui va se produire.

— Je te remercie pour tes vifs encouragements.

— C'est juste... (Il semblait très préoccupé.) Considère un peu la somme monumentale de travail que cela a dû représenter pour persuader Glenn Arnolds de fixer un homme sur son dos à l'aide de points de suture, pour l'amener graduellement à ce niveau de délire, pour réussir à remplacer son médicament par d'autres drogues, tout cela piloté par une seule et même personne ! Cela va bien au-delà de l'obsession... Quelqu'un sur cette planète consacre toute sa vie à servir un but unique... Et ça me terrifie.

Dix minutes plus tard, et après avoir pris le thé dans la cabane, Baxter repartait de la maisonnette, son sac de cadeaux de Noël à la main.

— Ah, j'allais oublier, marmonna Edmunds. (Il dévala le couloir pour aller chercher quelque chose, et revint avec une enveloppe qu'il fourra sur le dessus du sac.) J'espère que c'est la dernière fois. Écoute, Baxter...

— *Fais-moi plaisir, et ne l'ouvre pas*, compléta-t-elle, sachant pertinemment qu'Edmunds était fatigué d'espionner Thomas.

Il acquiesça.

— Joyeux Noël ! lança-t-elle en lui déposant un baiser sur la joue avant de s'éloigner dans la nuit.

Baxter rentra chez Thomas mais elle trouva la maison vide. Elle avait complètement oublié qu'il s'était rendu à une de ces soirées entre collègues, comme le voulait la tradition pendant la période des fêtes. Elle plaça le sac de cadeaux sous le sapin de Noël et là, deux choses lui vinrent à l'esprit. La première : Thomas avait acheté *un sapin*. La seconde : à cause de l'enquête, elle n'avait pas eu une seconde pour lui acheter quoi que ce soit.

Comme Echo dormait dans la cuisine, que Rouche passerait la nuit à l'hôpital, et que Thomas se ferait certainement tripoter par Linda, dite Linda la Cougar, Baxter aurait bien aimé rendre visite à Finlay. Mais elle n'osa pas débarquer le soir où Maggie et lui avaient leurs petits-enfants. Aussi le remercia-t-elle de son aide par téléphone en lui promettant de venir le voir après Noël.

Soudain, elle éprouva un sentiment aigu de solitude. Bien décidée à ne pas se laisser aller à la mélancolie en pensant aux gens qui lui manquaient, à ceux qui avaient déserté sa vie depuis un an et demi, elle se débarrassa de ses bottines d'un coup de pied, et monta à l'étage se faire couler un bain.

Baxter arriva au St Mary's Hospital à 8 h 34 précises pour récupérer Rouche. Encore groggy à cause des doses massives d'antalgiques qu'on lui avait administrées, son coéquipier était d'une compagnie des plus agréables – prostré qu'il était – pour supporter la circulation d'un lundi matin londonien.

Alors que Baxter changeait de file à un carrefour embouteillé, elle désespérait d'être à l'heure pour la réunion de 9 h 30 avec la branche antiterroriste du MI5, qui subitement avait pris très au sérieux la menace d'un attentat.

Rouche alluma la radio.

… ce matin, le gouvernement a relevé le niveau d'alerte attentat, ce qui signifierait que les services de police se préparent à une attaque imminente sur le sol britannique.

— Putain, on vit une époque de merde, dit la jeune femme. (Elle regarda Rouche qu'elle avait surpris à esquisser un sourire.) Comment pouvez-vous avoir des raisons de sourire en ce moment ?

— Parce qu'il n'y aura pas d'attentat, on va les arrêter.

Baxter grilla un feu rouge.

— J'admire votre optimisme, toutes ces conneries de pensées positives, mais...

— Il n'est pas question d'être optimiste mais d'avoir un but, répliqua-t-il tandis que le flash infos annonçait que Betfred et Ladbrokes avaient tous deux cessé d'enregistrer des paris sur le fait qu'il y aurait de la neige à Noël. J'ai passé des années à cogiter sans comprendre, à me demander pourquoi j'avais survécu ce jour-là, contrairement à ma femme et ma fille... Maintenant je sais... C'est comme si toutes les décisions que j'avais prises, tous ces événements a priori aléatoires, m'avaient conduit à être victime d'une attaque terroriste il y a dix ans. Et voilà que je me retrouve en mesure de pouvoir en empêcher une autre demain. Vous comprenez, Baxter ? L'histoire se répète, me donne une deuxième chance. C'est comme si je comprenais enfin pourquoi je suis encore en vie, comme si, *enfin*, j'avais un but dans la vie.

— Écoutez, votre enthousiasme m'enchante, mais notre priorité, c'est cette station de métro et ce que ces salopards ont prévu de faire. Il faut que nous reprenions la main. On ne peut plus se laisser manipuler comme à New York. Et peu importe ce qui se passera sous terre, peu importe ce qui va nous arriver à nous, il faudra faire avec. Empêcher cette catastrophe est de notre responsabilité. Prévenir les bombes relève de la responsabilité des services de renseignement. Nous ne pouvons pas nous payer le luxe de philosopher. Désolée si je gâche votre plaisir.

— Ne soyez pas désolée, vous avez raison, mais je sais juste que nous allons empêcher le pire d'arriver, si nous faisons bien notre boulot.

Baxter s'efforça de sourire pour le distraire.

— N'allons pas trop vite en besogne, lui fit-elle remarquer. Il se pourrait qu'on ait encore un meurtre sur les bras d'ici là, et si l'on prend en compte ce qui s'est passé avec notre tueur Gémeaux, cela risque d'être absolument terrifiant.

— À moins que nous ayons déjà arrêté cette marionnette-là.

— On aurait eu une chance de cocu, alors, ironisa Baxter avec amertume. Je n'y crois pas.

La circulation devenait plus fluide. Rouche s'était tu. Baxter changea de file et dépassa trois autobus d'un coup. Les essuie-glaces avaient commencé à compacter la neige de chaque côté du pare-brise.

— Nous pourrions… (Rouche semblait hésiter à formuler un argument plus convaincant) nous pourrions attendre jusqu'à 16 h 55 et ensuite évacuer la station de métro.

— J'aimerais bien, mais c'est impossible.

— Mais si nous pouvions…

— Impossible. Si nous procédons ainsi, nous prenons le risque de perdre nos suspects à nouveau, de les disperser à travers la ville, et alors ils pourront commettre un attentat ailleurs. Au moins, de cette façon, nous savons où ils se trouvent et on sera préparés.

— Nous allons utiliser des gens innocents comme *appâts*… Pourquoi cela sonne-t-il si familier ? demanda-t-il sur un ton qui ne se voulait pas agressif, juste immensément triste.

— Oui, c'est vrai, mais nous n'avons guère d'autre choix.

— Je me demande si quelqu'un a dit la même chose à propos de ma famille et moi en 2005.

— C'est fort probable, répondit Baxter d'une voix tendue.

Elle avait un peu honte de se montrer aussi insensible, mais elle craignait que Rouche ne garde pas la tête froide lors des réunions stratégiques de la journée. Il verrait des vies en jeu et non des chiffres sur un graphique – on en sacrifie un ici, on en sauve deux là. Et ils devaient impérativement rester détachés s'ils voulaient mener à bien l'opération.

Même si, en réalité, elle-même n'était pas persuadée de pouvoir garder la tête froide.

À 18 h 04, Baxter était totalement épuisée. Comme il fallait s'y attendre, elle avait enchaîné les réunions. La sécurité avait été renforcée dans le métro de Londres et sur tous les lieux touristiques. Les cinq plus grands hôpitaux de la ville étaient en alerte maximum, prêts à mettre en place leurs procédures d'urgence, tandis que des compagnies privées d'ambulances avaient été réquisitionnées.

Les interrogatoires des marionnettes s'étaient poursuivis toute la journée sans aucune révélation majeure. Les inspecteurs avaient menacé ou tenté de négocier avec les adeptes fanatiques de Green, en vain puisque ces derniers n'avaient même plus goût à la vie. Green lui-même avait été remis la veille au MI5, dont les techniques d'interrogatoire étaient plus poussées. Toutefois, l'absence de communication à son sujet suggérait qu'ils n'avaient pas réussi à faire craquer le psychiatre.

Tout le service était sur des charbons ardents, dans l'attente fébrile d'un nouveau crime à la mise en scène terrifiante, en miroir du meurtre des Gémeaux. Mais rien. Après toutes ces heures de travail ininterrompues, Baxter estima qu'ils étaient aussi préparés que possible pour affronter le dernier acte des marionnettes.

C'était une torture d'être au courant d'une catastrophe à venir. Elle avait l'impression de trahir chaque passant qu'elle croisait dans la rue, consciente du risque qu'il courait tout étant dans l'incapacité de le prévenir. Elle avait envie d'appeler tous les gens qu'elle connaissait, de monter sur les toits pour crier aux Londoniens de rester chez eux, mais agir de la sorte aurait juste repoussé l'inévitable échéance, et surtout sacrifié le seul coup d'avance dont ils disposaient.

Elle vit Rouche qui l'attendait pour lui dire au revoir tandis qu'elle remplissait de la paperasse. Pourtant elle savait bien qu'il ne restait plus grand-chose à faire, aussi elle ramassa son sac puis s'approcha de lui.

— Allez, dit-elle en bâillant. Je vous ramène en voiture, il faut de toute façon que je prenne quelques affaires chez moi.

Baxter et Rouche n'avaient pas encore dépassé Vincent Square que leurs deux téléphones sonnèrent à l'unisson. Ils se regardèrent, sachant pertinemment ce qui les attendait. Rouche enclencha le haut-parleur sur son portable.

— Agent Rouche, répondit-il, je suis avec l'inspecteur principal Baxter.

Le téléphone de la jeune femme cessa immédiatement de sonner dans son sac à main.

— Mes excuses, Agent Spécial Rouche, déclara la femme au téléphone. On m'a dit que vous étiez déjà partis du bureau.

— Pas de problème, allez-y.

— Un des patients du Dr Hoffman, un certain Isaac Johns, vient juste d'utiliser sa carte de crédit pour régler un taxi.

— OK, et ?

— J'ai téléphoné à la société de taxis et j'ai demandé à être mise en relation avec le chauffeur. Il m'a expliqué que l'homme était très fébrile, qu'il lui avait raconté qu'il était déjà mort, et qu'il voulait en finir tant qu'il lui restait un peu de dignité, et d'une façon dont les gens se souviendraient. D'après le procès-verbal de l'interrogatoire d'Hoffman, on avait récemment diagnostiqué à Johns une tumeur au cerveau inopérable. On a envoyé une patrouille de Southwark à l'endroit où il est descendu.

— Localisation ? cria Baxter en enclenchant sa sirène avant de donner un brusque coup de volant pour se dégager du flot de la circulation.

— C'est au Sky Garden, précisa la policière.

— Dans le Talkie-Walkie ? l'interrogea Baxter en utilisant le surnom de l'immeuble.

— Précisément. Apparemment, l'homme se rendait au bar du trente-cinquième étage.

Baxter accéléra sur Rochester Row, filant vers le nord, et la voiture dérapa sur la route couverte de neige fondue.

— Envoyez-nous en renfort une unité armée, ordonna-t-elle. On y est dans sept minutes.

— Compris.

— Est-ce qu'on vous a donné une description du suspect ? demanda Rouche.

— Blanc, cheveux courts, costume sombre et « bâti comme une armoire à glace », selon le chauffeur de taxi.

Rouche raccrocha puis sortit son arme en vérifiant le mécanisme.

— Et c'est reparti !

— Pas de repos pour les braves, souffla Baxter en réprimant un bâillement.

34

*Lundi 21 décembre 2015,
18 h 29*

— Allez, allez, marmonna Baxter, alors que les chiffres LED défilaient au fur et à mesure de l'ascension de la cabine.

Rouche avait déjà sorti son arme de service en se demandant comment cette marionnette avait pu réussir à introduire quelque chose d'illégal dans l'immeuble, vu le portique de sécurité du rez-de-chaussée digne d'un aéroport international.

31… 32… 33… 34…

L'ascenseur ralentit et stoppa en douceur.

— Prête ? lui demanda Rouche.

Les portes coulissèrent. Une musique en sourdine et le bourdonnement de conversations les accueillirent. Ils se regardèrent, un peu surpris, et haussèrent les épaules tandis que Rouche dissimulait rapidement son arme. Ils avancèrent sous le dôme de verre et d'acier qui faisait le charme du restaurant et du célèbre bar. Puis ils se postèrent derrière des personnes très chics qui faisaient la queue en attendant d'être placées.

Tout en bas, Londres brillait de mille feux, contrastant avec l'immense cage en verre, haute d'une quinzaine de mètres, qui diffusait une lumière tamisée teintée de rose.

Pendant qu'ils patientaient, Rouche et Baxter scrutaient la foule à la recherche de leur suspect en se basant sur la description donnée par le chauffeur de taxi. Mais ils se rendirent assez vite compte qu'au moins un tiers de la clientèle portait des costumes sombres, et qu'un homme « bâti comme une armoire à glace » était particulièrement difficile à repérer une fois assis.

Un employé élégamment vêtu leur fit signe d'approcher. Il jeta un regard condescendant au sweat-shirt en polaire de Baxter et adressa un sourire poli à Rouche en lorgnant sur son costume froissé.

— Bonsoir, à quel nom est votre réservation ?

Rouche sortit sa carte de la CIA et la lui fourra sous le nez.

Baxter se pencha vers l'homme.

— Je suis l'inspecteur principal Baxter. S'il vous plaît, agissez comme si tout était normal, lui dit-elle tout bas alors qu'il cherchait déjà des yeux un responsable. J'ai besoin que vous vérifiiez un nom sur votre liste de clients de ce soir. Avez-vous eu une réservation au nom d'Isaac Johns ?

Une pause. Puis l'homme fit courir son index le long du carnet.

— Johns... Johns... Johns...

— Vous pensez vraiment qu'il aurait utilisé son véritable nom ? demanda Rouche à sa coéquipière.

— Il a bien utilisé sa propre carte de crédit, répliqua-t-elle. Il n'a plus rien à perdre maintenant. Je crois qu'il s'en fout.

— Johns ? Je l'ai trouvé ! s'exclama l'homme.

Plusieurs clients tournèrent la tête dans sa direction.

— Je vous le répète encore une fois, siffla Baxter entre ses dents, non sans dissimuler son agacement, agissez normalement.

— Désolé.

— Quelle table ? Et ne vous retournez pas ! Ne le pointez pas du doigt.

— Désolé, il est le long de la baie vitrée. Côté droit. Il a demandé à être le plus près de la porte.

Baxter ne quittait pas l'employé des yeux pendant que Rouche scannait la salle.

— Il n'y a personne à la table en question, fit-il.

— Avez-vous noté à quoi il ressemblait ? s'enquit Baxter.

— Il était... grand... et assez musclé. Il portait un costume et une cravate noirs comme... comme s'il allait à un enterrement.

— OK, merci. Maintenant vous allez continuer à travailler comme si de rien n'était. Si vous l'apercevez, je veux que vous veniez nous voir très lentement, et que vous me parliez à l'oreille pour me prévenir. Est-ce que je me suis bien fait comprendre ?

Il acquiesça d'un hochement de tête.

— On commence par la terrasse ? suggéra-t-elle à Rouche.

Elle lui prit le bras soudainement, et ils traversèrent le bar, tel un parfait petit couple, puis sortirent sur la terrasse. La pointe du Shard – le building concurrent dans le cœur des Londoniens – scintillait de blanc au loin, semblable à un pic enneigé.

Les seules personnes qui avaient osé braver le froid étaient un couple qui trinquait au champagne, et des parents conciliants qui s'étaient laissé entraîner à l'extérieur par leurs deux petites filles survoltées. La terrasse sombre procurait une sorte d'intimité qui permettait d'observer plus facilement le bar baigné de lumière rose. Les deux policiers pouvaient ainsi examiner les visages sans trop attirer l'attention.

— Peut-être qu'il est rentré chez lui, suggéra Rouche quand soudain il repéra l'employé qui visiblement les cherchait. Ou pas…

Ils foncèrent à l'intérieur et suivirent les instructions de l'employé qui leur indiqua un couloir vers les toilettes. En poussant la porte, ils virent une rangée de box identiques avec des portes laquées noires.

Rouche sortit son arme.

— Faites le guet pendant que j'inspecte les lieux.

Baxter le fusilla du regard.

— On n'est pas sûrs qu'il soit à l'intérieur, expliqua-t-il. Il est peut-être armé, et ils pourraient même être plusieurs. J'ai besoin que vous protégiez mes arrières.

— D'accord, répondit-elle, vexée.

Elle s'adossa au mur afin de rester en dehors du passage. Des serveurs surbookés circulaient dans le couloir, peinant à gérer plusieurs repas de Noël d'entreprise simultanés.

Rouche trouva les deux premiers WC inoccupés.

— Hé ! Il y a quelqu'un ici ? dit une voix de femme dans le troisième box quand il tenta d'ouvrir la porte.

— Désolé ! cria-t-il par-dessus le bruit d'un sèche-mains électrique au moment où la porte des cabinets suivants s'ouvrait.

Les doigts enroulés autour de la crosse à l'intérieur de sa veste, Rouche se détendit un peu en voyant sortir un vieux monsieur aux joues roses.

Il dépassa un autre box vide avant d'atteindre la dernière porte noire fermée, mais non verrouillée. Il leva son arme et repoussa le battant d'un coup de pied. La porte rebondit contre le mur. L'endroit était vide.

Mais quelqu'un avait relevé le couvercle de la chasse d'eau, près de laquelle un sac en caoutchouc humide gouttait au sol. Sur le portemanteau à l'arrière de la porte pendaient un costume et une cravate sombres. Quand Rouche fit volte-face, son pied buta contre un objet métallique. Il se baissa et ramassa une balle de neuf millimètres.

— Merde, murmura-t-il, et il retourna en courant vers l'entrée des toilettes. Il n'est pas dans les..., commença Rouche à l'intention de sa collègue avant de rentrer dans un serveur dont il envoya valdinguer le plateau chargé de verres. Désolé ! s'exclama-t-il en cherchant Baxter des yeux.

— C'est de ma faute, répondit le jeune homme, même si ce n'était pas le cas.

— Avez-vous vu une femme qui attendait ici ?

Soudain il y eut des raclements de chaises qu'on recule précipitamment doublés du brouhaha de gens qui abandonnaient leurs tables en poussant des cris.

Rouche se précipita vers le vacarme en se frayant un chemin à travers la foule qui refluait des baies vitrées. Il s'arrêta net en voyant Baxter sur la terrasse, près de la rambarde, les cheveux au vent. À quelques mètres d'elle, blottie contre la paroi vitrée, la famille aperçue plus tôt s'était recroquevillée autour du père qui protégeait de son corps ses deux filles.

Rouche s'avança lentement vers l'extérieur, arme au poing, et prit la pleine mesure de la situation. Il y avait un autre individu sur la terrasse, qui se tenait juste derrière Baxter. L'homme baraqué la maintenait contre lui et avait plaqué le canon d'un petit pistolet sous son menton. Dans l'autre main, il tenait une seconde arme qu'il pointait sur la famille terrifiée.

— Rouche, je présume ? dit-il d'une voix haut perchée, étonnante pour quelqu'un de son gabarit.

L'homme, dont Rouche ne distinguait qu'une partie du visage derrière son bouclier humain, avait correctement prononcé son nom, ce qui signifiait soit que Baxter le lui avait donné, soit, plus vraisemblablement, qu'il l'avait entendue appeler son coéquipier à l'aide.

— Ça vous ennuierait de baisser votre arme ? demanda la Marionnette sur un ton désinvolte en armant son pistolet.

Baxter lui fit non de la tête, mais Rouche baissa son arme à contrecœur.

— Isaac Johns, je présume, déclara tranquillement Rouche en espérant qu'une voix posée ferait retomber la pression. Baxter, vous allez bien ?

— Elle va bien, répondit Johns à sa place.

— Il suffit que je vous laisse toute seule deux minutes, et voilà que…, ironisa Rouche tout en s'avançant vers eux.

— Hop hop hop ! s'écria Johns en tirant Baxter vers l'arrière, faisant perdre à l'Agent Spécial le terrain qu'il venait juste de gagner.

L'homme était aussi imposant qu'on le leur avait dit. La silhouette de Baxter ne lui offrait qu'un maigre bouclier, mais elle protégeait ses organes vitaux – annihilant ainsi tout espoir de le tuer instantanément si jamais il lui tirait dessus.

— Alors, Isaac, quel est le plan ? s'enquit Rouche qui essayait de le faire parler.

Il avait immédiatement noté la différence entre cette marionnette et les autres tueurs : Johns semblait calme et sûr de lui. Visiblement, il appréciait d'être propulsé ainsi sous les feux des projecteurs.

— Eh bien, ma foi, il *était* prévu que les gens décident qui, parmi eux (il désigna la famille recroquevillée) devait vivre ou mourir. Mais lorsque j'ai aperçu l'inspecteur principal Baxter, je n'ai tout simplement pas pu résister ! À présent, cette responsabilité vous incombe.

L'homme fut un instant distrait par les clients à l'intérieur de la salle de restaurant et Rouche en profita pour relever son arme d'un ou deux centimètres, juste au cas où une occasion se présenterait de faire feu.

— *Non !* hurla Johns tout en continuant à se planquer derrière Baxter. Dites à ces gens que si quelqu'un ose quitter la pièce, je commencerai à tirer. D'ailleurs, puisqu'ils sont là, je veux qu'ils sortent leurs portables, comme tout bon public qui se respecte. Je veux qu'ils filment ce qui va se passer, je veux que le monde entier entende Rouche prendre sa décision.

Satisfait que son heure de gloire ne passe pas inaperçue, Johns reporta son attention sur le flic.

— Alors, Rouche, qu'est-ce qu'on fait ? Qui aimeriez-vous que je tue en premier ? Votre collègue ou une famille innocente ?

Rouche dévisagea Baxter avec angoisse.

Elle ne laissa rien paraître.

Comme elle avait le canon de l'arme sous le menton, elle ne pouvait pas bouger, encore moins créer une diversion pour qu'il tente un tir. Rouche contempla la famille et lut sur le visage du père cette expression de pur désespoir qu'il ne connaissait que trop bien.

À l'intérieur du bar, des cris fusèrent alors que l'unité d'intervention investissait les lieux.

Rouche se tourna vers eux.

— Stop ! N'avancez pas plus près !

L'un des policiers d'élite n'obtempéra pas assez vite et Johns tira un coup de semonce. La balle ricocha sur le mur près de la tête d'une des petites filles avant de faire un trou dans l'arche en verre qui les séparait du ciel. Les flics à l'intérieur levèrent les mains en l'air, sans plus bouger, aux côtés des clients terrifiés.

Dans le silence qui s'ensuivit, Rouche entendait la petite fille claquer des dents. Elle n'avait que cinq ou six ans et grelottait de froid, ou de peur, tandis que Johns prolongeait leur calvaire.

Il n'y avait aucun choix possible. Les dés étaient pipés dès le départ. L'homme avait l'intention de les tuer tous, et Baxter le savait pertinemment.

Après tous ces efforts de mises en scène, après toutes ces horreurs qui avaient capté l'attention des médias, il leur restait un acte aussi simple que méprisable dans leur arsenal, bien plus efficace que des corps mutilés suspendus : l'exécution publique d'une enfant innocente. Ils avaient déjà prouvé de quoi ils étaient capables, le massacre de toute la famille Bantham l'attestait. Rouche était convaincu que Johns n'hésiterait pas une seule seconde à faire feu.

La neige virevoltait et brouillait la vision de Rouche. Il veillait cependant à continuer à bouger son index sur la queue de détente pour éviter que son doigt ne s'engourdisse de froid.

— C'est l'heure de la décision, Rouche ! déclama Johns. Parlez haut et fort, que le monde puisse vous entendre. Qui voulez-vous voir mourir ? Répondez, ou je les tuerai tous !

Rouche garda le silence.

Johns grogna de frustration.

— OK, vous l'aurez voulu. Cinq secondes !

Rouche regarda Baxter droit dans les yeux. Elle n'avait aucune échappatoire.

— Quatre !

Rouche lorgna vers la famille. Le père serrait la tête de ses filles contre sa poitrine.

— Trois !

Rouche sentait les téléphones en train de filmer dans son dos. Il avait besoin de plus de temps.

— Deux !

— Rouche..., murmura Baxter calmement.

Il lui lança un regard désespéré.

— Un !

— Je te fais confiance, dit-elle en fermant les yeux.

Elle entendit Rouche se déplacer, la détonation de l'arme, le sifflement de l'air près de son oreille, le verre brisé et le bruit sec et étouffé de l'impact au sol, tout cela dans la même seconde. Elle sentit la pression sous son menton disparaître et le bras qui la retenait se relâcher. La présence dans son dos s'était volatilisée.

Quand elle rouvrit les yeux, Rouche semblait bouleversé. Il se tenait toujours face à elle, son arme pointée dans sa direction. Elle vit un flocon de neige ensanglanté danser dans les airs entre eux avant de plonger par-dessus la balustrade pour rejoindre le reste de la scène de crime, cent cinquante mètres plus bas.

Là où la balle l'avait frôlée, elle sentait le sang battre à sa tempe tandis que l'équipe d'intervention se précipitait sur eux. Les parents traumatisés sanglotaient. En état de choc, ils avaient encore du mal à croire qu'ils étaient définitivement sauvés.

Rouche baissa lentement son arme.

Sans dire le moindre mot à quiconque, Baxter rentra dans la salle de restaurant, attrapa au vol une bouteille de vin sur une table, puis alla s'asseoir toute seule dans le bar déserté.

Elle se servit généreusement à boire.

35

Lundi 21 décembre 2015,
23 h 20

Rouche gara l'Audi devant le numéro 56, une maison bleu pastel dans une rue des beaux quartiers, où les couronnes de Noël qui ornaient les portes d'entrée relevaient davantage de l'étalage du chic que de la simple décoration. Des guirlandes scintillaient de blanc et or, et pas un seul Père Noël en plastique ne défigurait le paysage. Des réverbères un peu vintage, pareils à des phares urbains, jalonnaient les trottoirs, telles des tours noires se dressant dans la blancheur de la neige. Leur halo oranger était d'un charmant effet, bien qu'on comprenne mieux pourquoi le reste de la ville avait depuis opté pour des modèles certes plus moches mais éclairant davantage.

Rouche descendit de voiture et dut patauger dans la neige pour contourner le véhicule jusqu'à la portière passager. Lorsqu'il l'ouvrit, Baxter se renversa sur lui. Il la rattrapa, la souleva par les aisselles pour l'extraire de l'habitacle, puis la traîna jusqu'au pied du perron qui menait à la porte d'entrée. Rouche, dont les blessures le faisaient atrocement souffrir, la soutenait tout en sonnant à la porte, avec un habile chassé de la jambe pour la redresser un peu.

Quarante secondes plus tard qui lui parurent un siècle, il entendit quelqu'un dévaler un escalier, suivi du cliquetis d'une serrure. Un homme qui apparemment jouait au badminton en pyjama jeta un regard par l'entrebâillement de la porte avant de l'ouvrir en grand.

— Oh mon Dieu, elle est morte ! s'écria Thomas en apercevant Baxter inconsciente dans les bras de son coéquipier.

— Hein ? Non ! Non ! Mon Dieu, non… Elle est juste bourrée, expliqua Rouche en tournant le visage de la jeune femme vers Thomas à titre de preuve.

Sa tête pendait en avant et sa bouche était grande ouverte. Intimement convaincu qu'elle était encore consciente, Rouche la secoua un peu. Baxter grogna.

— Elle est *très* saoule, ajouta-t-il.

— Oh… je vois, répondit Thomas, à la fois surpris et soulagé. Bon sang, je suis désolé. Je vous en prie, entrez. Quel mal élevé je fais… Hum… Est-ce qu'on ne devrait pas la monter directement dans la chambre ?

— Plutôt dans la salle de bains, suggéra Rouche qui avait du mal à la porter, soupçonnant que ce « on » signifiait en réalité « vous ».

— La salle de bains, oui bien sûr, approuva-t-il en refermant la porte derrière eux. C'est à l'étage.

— Fantastique, marmonna Rouche, et il s'engagea dans l'escalier en vacillant.

Il était un peu étonné par la personnalité de Thomas. Certes, l'homme était séduisant – si on aimait le genre mannequin pour cardigans en laine –, mais il s'attendait à quelqu'un de plus… Maintenant qu'il y songeait, Rouche se dit qu'il n'avait absolument aucune idée de ce à quoi il s'attendait.

Il suivit Thomas dans la chambre, puis dans la vaste salle de bains attenante où il put enfin déposer Baxter sur le carrelage, à côté des toilettes. Presque instantanément, elle reprit vie, et se pencha au-dessus de la cuvette qu'elle agrippa à deux mains. Rouche avait pris soin de soulever ses longs cheveux qu'il maintenait en arrière pendant qu'elle vomissait. Thomas s'était accroupi non loin, avec un verre d'eau.

— À propos, je m'appelle Thomas, se présenta-t-il en lui tendant une main que Rouche ne pouvait clairement pas lui serrer. Ah oui, désolé...

— Rouche.

— Ah, c'est vous, Rouche ? dit-il en souriant tout en jetant un regard totalement désemparé à Baxter qui venait de s'effondrer sur le carrelage. Je ne l'avais jamais vue comme ça, reconnut-il.

Il tira la chasse d'eau.

Rouche essaya de dissimuler sa surprise. Baxter avait choisi de parler de son addiction à l'alcool à lui plutôt qu'à son petit ami avec qui elle était depuis huit mois. Il était surtout étonné que Thomas ne soit pas plus observateur.

Ce fut au tour de Thomas de tenir les cheveux de Baxter alors que cette dernière repartait à l'assaut de la cuvette.

— Que s'est-il passé ? demanda-t-il enfin.

Rouche estimait que ce n'était pas son rôle de relater les événements de la soirée. Ce que Baxter choisirait de lui raconter lui appartenait ; il haussa négligemment les épaules.

— Une grosse affaire en cours...

Thomas hocha la tête d'un air résigné, ce qui suggérait que Baxter avait déjà dû utiliser cette explication auparavant.

L'avocat changea de sujet :

— Emily et vous devez être très proches.

— Qui ça ?

Baxter leva une main molle.

— Oh, Baxter ! Oui, je suppose que oui, répondit Rouche, réalisant qu'ils avaient passé énormément de temps ensemble depuis le début de l'enquête. Elle est très... très spéciale.

La jeune femme se remit à vomir bruyamment.

Rouche prit le relais et s'acquitta fort bien de sa mission « cheveux » tandis que la jeune femme terminait sa mission « cuvette ».

— Je pense que vous avez la situation bien en main, déclara-t-il à Thomas en se relevant. Je vais m'éclipser. (Puis il parut se souvenir de quelque chose.) J'ai une sorte de cadeau un peu idiot pour elle dans la voiture.

— Je vous en prie, ne vous gênez pas pour le glisser sous le sapin avec les autres. Et, s'il vous plaît, prenez sa voiture pour ce soir. Je déposerai Emily au bureau demain matin.

Rouche le remercia et se prépara à partir.

— Rouche ?

L'Agent Spécial de la CIA se retourna.

— Elle ne m'a pas vraiment expliqué ce qui se passe, mais si vous pouviez juste... vous savez, si vous pouviez juste veiller sur elle.

Rouche hésita. Il ne voulait pas faire à Thomas une promesse qu'il n'était pas sûr de pouvoir tenir.

— Juste un jour de plus, dit-il énigmatiquement avant de quitter la pièce.

Baxter se réveilla dans les bras de Thomas. Le carrelage froid de la salle de bains avait frigorifié ses jambes nues, et elle eut immédiatement conscience de la cicatrice sur sa cuisse, même sans la regarder. Son pantalon avait été jeté en boule dans un coin, mais elle portait toujours son sweat-shirt trempé de sueur. Ils étaient tous les deux enveloppés dans un immense drap de bain, et Thomas était assis inconfortablement, coincé entre la cuvette des WC et le mur.

— Merde..., murmura-t-elle, en colère contre elle-même.

Elle se dégagea des bras de son amant, se remit debout lentement, titubant un peu à cause du changement d'altitude, puis entreprit prudemment de descendre l'escalier.

Les guirlandes de Noël clignotaient gaiement, seule source de lumière et de chaleur dans la maison plongée dans l'obscurité. Baxter traversa la pièce et s'assit en tailleur devant le sapin pour observer les ampoules s'illuminer les unes après les autres. Après quelques minutes d'une contemplation hypnotique, elle remarqua le petit ange délicat qui la regardait du haut de l'arbre. Les paroles de soi-disant réconfort de Lennox au sujet de leur collègue tuée en service lui revinrent en mémoire : « Je suppose que Dieu avait besoin d'un ange auprès de Lui. »

Baxter se releva, se mit sur la pointe des pieds et arracha la décoration fragile pour la jeter sur le canapé. Se sentant mieux, elle commença à fouiller dans la pile de cadeaux qu'elle n'avait guère contribué à faire grossir.

Quand elle était plus jeune, elle adorait Noël. Mais ces dernières années, son implication dans la célébration du 25 décembre consistait à visionner des films « spécial fêtes » à la télé, et parfois à dîner chez quelqu'un – *si vraiment* ils insistaient, et *si* elle quittait le travail à temps.

Elle chercha la télécommande et alluma la télé en prenant soin de baisser le volume jusqu'à ne plus entendre qu'un faible bourdonnement. Elle tomba sur un épisode de la série *Frasier*, ce qui la mit en joie, puis, incapable d'effacer le sourire sur son visage, elle commença à répartir les cadeaux en trois piles. La plus grosse était bien entendu la sienne. Echo ne s'en tirait pas trop mal. Par contre, pour Thomas, c'était la misère.

Elle ramassa un cadeau mal emballé et en lut l'étiquette :

Joyeux Noël, Baxter ! Il s'appelle Frankie. Rouche

Intriguée, et surexcitée par son mini-Noël privé, elle décida de devancer l'appel et déchira le papier sans attendre. Il fallait bien qu'elle ait une idée du cadeau de Rouche, de manière à ne paraître ni trop radine ni trop généreuse au moment de lui rendre la pareille. Elle découvrit un pingouin au bonnet orange, celui-là même qu'elle avait vu dans la chambre de la fille de son coéquipier.

Elle saisit l'oiseau à l'allure pataude. Comment Rouche pouvait-il lui offrir un cadeau d'une telle importance ? Elle en éprouva une profonde sensation de malaise. Si Rouche ne voulait pas conserver ce souvenir de sa fille, il se préparait mentalement à ne pas sortir vivant de l'épreuve finale qui les attendait.

Elle déposa Frankie sur ses jambes croisées, et attira à elle le grand sac contenant les cadeaux d'Edmunds et Tia. Elle fouilla dedans et tomba sur l'enveloppe blanche.

Elle l'avait complètement oubliée.

Elle saisit le dossier préparé par Edmunds et le tint devant elle, au-dessus de Frankie. Elle se souvint alors de ses soupçons infondés au sujet de Rouche, de son agacement à l'égard d'Edmunds, son meilleur ami, lorsqu'il la suppliait de ne pas lire les rapports financiers sur son compagnon. Elle se représenta son amant, enveloppé dans son drap de bain, et très probablement endormi pour un bon moment, là-haut sur le carrelage où il avait passé la nuit à veiller sur elle.

Elle prit soudain conscience qu'elle souriait tendrement à la simple pensée de son petit ami un peu empoté. Elle déchira l'enveloppe en mille morceaux, fit tomber les bouts de papier en pluie au-dessus de l'emballage cadeau déchiré, et poursuivit l'exploration de sa pile.

36

Mardi 22 décembre 2015,
9 h 34

B AXTER SUIVIT LES FLÈCHES pour rejoindre la Bakerloo Line dont la correspondance se trouvait assez profondément enfouie sous la ville, dans la station de métro Piccadilly Circus. Elle avait attaché ses cheveux en une queue de cheval rigolote, et s'était maquillée outrageusement avec le peu de produits qu'on lui avait offerts au fil des ans – le plus souvent sa mère, pour que Baxter arrête de « ressembler à un vampire ». Le déguisement semblait relativement efficace, vu qu'elle s'était à peine reconnue dans le miroir après avoir terminé.

Elle suivit la foule sur le quai. À mi-chemin, elle repéra sa destination : une porte grise ornée du célèbre logo du métro londonien, et une pancarte.

ENTRÉE INTERDITE – RÉSERVÉE AU PERSONNEL

Elle frappa en espérant qu'elle était au bon endroit.

— Qui est-ce ? demanda une voix féminine.

Plusieurs personnes sur le quai pouvant l'entendre, elle n'avait pas envie de hurler son nom, surtout après avoir pris la peine de se déguiser.

Elle cogna à nouveau.

La porte s'ouvrit prudemment d'un petit centimètre, et Baxter se glissa dans la pièce sombre. La femme referma rapidement à clé tandis que deux autres policiers continuaient à installer une batterie d'écrans, de radios, de boosters de fréquence, d'ordinateurs et de stations relais cryptées, transformant le local de service en une unité de commandement tactique.

Rouche était déjà arrivé, punaisant un assortiment de cartes du métro et de la ville à côté d'une liste de signaux radio.

— Bonjour, lui dit-il.

Il fouilla dans sa poche et lui tendit ses clés de voiture, se gardant d'évoquer les événements qui l'avaient conduit à emprunter son Audi. Il évita également tout commentaire sur son atroce déguisement.

— Merci, répondit Baxter brièvement en les balançant dans sa poche de manteau. Combien de temps encore, avant d'être opérationnel ?

— Dix… peut-être quinze minutes, expliqua un technicien qui rampait sous une des tables.

— On revient dans un petit moment, alors, avertit-elle.

Rouche saisit l'allusion et la suivit sur le quai pour lui parler en privé.

Le temps qu'il rentre à l'appartement, la veille au soir, des enregistrements de la fusillade s'étaient déjà répandus sur les principales chaînes de télé du monde entier, immortalisant son action pour sauver la vie de Baxter. Du coup, il avait évité de se raser. Sa barbe naissante apportait un changement notable à son apparence habituelle. Il avait également coiffé ses cheveux en arrière, exposant les mèches grises du dessous, un genre qui lui plaisait presque davantage.

— Tu nous as sorti le look George Clooney aujourd'hui, commenta Baxter alors qu'ils se dirigeaient vers l'autre extrémité du quai, passant sous un poster immense du livre d'Andrea.

Depuis la veille, elle n'arrivait plus à le vouvoyer. Pas après ce qu'ils avaient vécu.

— Je prends ça pour un compliment. Et toi... *eh bien toi,* tu ressembles à...

— À une pétasse, compléta Baxter, et son agacement visible amusa Rouche. Les agents du FBI nous honorent de leur présence. Ils souhaitent nous « aider de toutes les façons possibles à juguler ces actes de barbarie odieux ». Traduction : ils ne peuvent pas rentrer au bercail sans Green. Et comme le MI5 ne lui a pas encore infligé le supplice de la baignoire, le FBI s'est dit que, tant qu'à faire, autant rester dans nos pattes. Ça leur donnera peut-être l'occasion de tuer quelqu'un.

— Ouais, j'avais compris tout seul, confirma Rouche en adressant un léger hochement de tête à l'homme au catogan qui se tenait un peu plus loin sur le quai. Le gars qui ressemble à Steven Seagal là-bas, ça fait une plombe qu'il fait semblant de choisir une barre chocolatée au distributeur.

— Mais qu'ils sont cons ! (Baxter n'en croyait pas ses yeux). Les rapports de l'équipe de nuit nous ont informés que deux autres « marionnettes » avaient été arrêtées hier soir.

— Donc il n'en reste plus que dix.

— Oui, plus que dix à attraper.

— Plus notre Azazel... ajouta Rouche, qui qu'il soit.

Ils restèrent silencieux côte à côte, le temps pour un train d'entrer en gare.

Baxter en profita pour réfléchir à ce qu'elle voulait dire, bien qu'admettre avoir ouvert son cadeau de Noël avant l'heure l'énerve au plus haut point. Pire, elle redoutait l'inévitable émotion qui découlerait de cette conversation.

— On va s'en sortir, déclara-t-elle tout en observant la rame s'éloigner pour ne pas croiser son regard. Nous sommes si près du but. Je sais que tu crois qu'aujourd'hui est une sorte de test ou que sais-je, mais nous ne sommes pas surhumains. Alors pas de risques inutiles ou...

— Sais-tu à quoi je pensais la nuit dernière ? l'interrompit Rouche. Que je n'avais jamais répondu à ta question. (Elle eut l'air déroutée alors il s'expliqua :) « *Vous êtes censé être un homme intelligent. Nos jobs reposent entièrement sur des faits concrets, sur la collecte de preuves matérielles, et malgré cela, vous persistez à vous croire heureux à l'idée qu'un vieux barbu* », bla bla bla...

— Je n'ai pas vraiment envie de reparler de ça maintenant, se rebiffa-t-elle, se remémorant avec honte son coup d'éclat dans l'avion.

— C'est pourtant le moment idéal.

Un autre train ralentit pour entrer en station, et pendant quelques secondes seulement, un chaotique jeu de chaises musicales vint troubler la paix illusoire du quai.

— J'étais comme toi, commença Rouche, tu sais, *avant tout ça*. Je pensais que la foi était réservé aux faibles, une béquille pour les aider à affronter la vie...

La manière dont Rouche avait décrit sa conversion spirituelle lui rappelait étrangement comment elle considérait la psychothérapie avant que ça ne la sauve.

— ... mais quand le drame a eu lieu, il m'était impossible d'appréhender l'idée que je les avais perdues pour toujours, que je ne pourrais plus jamais être avec elles, les tenir dans mes bras, et que les deux femmes de ma vie avaient tout simplement disparu. Elles étaient si importantes pour moi, si spéciales qu'il était impensable qu'elles n'existent plus du tout. Tu comprends ?

Baxter luttait pour garder une expression neutre, tandis que Rouche semblait parfaitement à son aise.

— À la seconde où j'ai pensé ça, j'ai réalisé : elles n'étaient pas parties, pas vraiment. Je le sentais au plus profond de moi. Et me voilà aujourd'hui, de nouveau dans le métro... Excuse-moi, ça ne veut strictement rien dire ce que je te raconte.

— J'ai prié ce matin ! lâcha Baxter avant de mettre la main sur sa bouche comme si elle avait prononcé une grossièreté.

Rouche la regarda, intrigué.

— Eh bien quoi ? Je ne sais même pas si je l'ai fait correctement, mais je me suis dit : et si je me trompais ? Et s'il y avait finalement quelque chose ou quelqu'un quelque part qui veille sur nous ? Après tout, ça ne peut pas faire de mal... Surtout, aujourd'hui, hein ? (Baxter avait rougi, mais fort heureusement sa gêne ne se remarqua pas avec tout son maquillage.) Oh... la ferme, râla-t-elle quand elle le surprit à sourire. Puisque je suis en train de me ridiculiser, je ferais mieux de te dire ce pourquoi j'ai prié.

— Pour que nous réussissions à empêcher ces putains de salopards de...

— Oui, évidemment ! Mais j'ai aussi prié *pour toi*.

— Pour moi ?

— Oui, pour toi. J'ai récité la seule et unique prière que j'aie jamais faite *pour toi*, j'ai prié pour que tu t'en sortes aujourd'hui.

Elle sut qu'elle avait fait mouche en voyant sa tête.

Que le dieu de Rouche décide qu'il vive ou qu'il meure cet après-midi restait incertain, mais au moins, Baxter espérait bien que l'Agent Spécial y réfléchirait à deux fois avant de se jeter dans la gueule du loup.

— Quelle heure est-il ? grommela Baxter.

Elle avait calé sa tête entre ses mains, et le seul éclairage de l'unité de commandement de fortune provenait de la lueur bleutée des écrans.

— Il est dix, répliqua Rouche, incapable de détacher ses yeux des caméras qui filmaient en temps réel l'ensemble de la station.

— Dix de combien ?

— 15 h 10.

Elle soupira bruyamment.

— Putain, où sont planqués ces connards ?

La réévaluation du niveau de menace terroriste avait donné beaucoup de boulot à la police. Un homme avait été arrêté en tentant d'introduire un couteau dans la tour de Londres. Cependant, tous les éléments indiquaient que son acte était guidé par la bêtise plutôt que par une réelle volonté de tuer. Il y avait eu aussi une alerte à la bombe lors d'un salon à Kensington Olympia. Au final, il ne s'agissait que d'un ordinateur portable oublié par un exposant. Drame évité.

Baxter et son équipe de douze policiers avaient également arrêté cinq personnes au cours de la journée à cause d'un comportement suspect. Bien qu'aucun d'eux n'ait été lié de près ou de loin à Green et ses disciples, cela avait mis en évidence le nombre alarmant de gens pas très nets qui circulaient en ville.

— Et où sont les types du MI5 ? demanda Baxter sans relever la tête du bureau.

— Toujours avec le FBI sur le quai de la Piccadilly Line, répondit quelqu'un.

— Comportement suspect ! s'exclama Rouche en riant.

Baxter releva aussitôt la tête. À l'écran, un homme avec un chapeau de Père Noël cachait visiblement une sorte d'animal sous sa veste. Baxter était juste contente d'avoir quelque chose à faire.

— Allons contrôler cet abruti.

De retour à New Scotland Yard, l'agent de police Bethan Roth avait reçu pour mission d'éplucher tous les enregistrements de caméra en lien avec l'affaire, notamment ceux de trop mauvaise qualité pour être utilisés par un système de reconnaissance faciale. Au cours de la semaine, elle avait compilé pas loin d'un album entier de clichés flous, qui après avoir été retravaillés grâce à un programme d'amélioration d'images avaient conduit à l'arrestation de deux « marionnettes » supplémentaires.

Elle avait passé la journée à étudier les enregistrements des caméras de sécurité du Sky Garden, observant le désastre évité de justesse sous à peu près tous les angles. La vidéo en noir et blanc où, pendant deux heures, défilaient des gens se rendant aux toilettes était ennuyeuse à mourir, et elle avait arrêté les frais.

Elle scrutait à présent un enregistrement réalisé à partir d'une caméra à l'intérieur du bar. Incapable de voir ce qui se tramait sur la terrasse au même moment, elle ne pouvait juger de l'instant où Rouche avait ouvert le feu que d'après la réaction des clients. Plusieurs personnes avaient détourné le regard, horrifiées, d'autres avaient continué à filmer avec leur téléphone tendu à bout de bras, et une vieille dame s'était évanouie en entraînant son mari dans sa chute.

Bethan se penchait en avant pour sélectionner le fichier de la vidéo suivante quand l'une des silhouettes monochromes au fond de la salle attira son attention. Elle rembobina l'enregistrement, et l'étudia attentivement à nouveau. Au moment où la vieille dame s'évanouissait, sortant du cadre, un individu à l'arrière du restaurant tourna les talons et marcha tranquillement vers la sortie. Tout dans son attitude, jusque dans sa démarche, suggérait un total détachement émotionnel face à ce dont il venait juste d'être le témoin.

La policière zooma, mais ne put rien tirer de mieux qu'un cercle pixellisé là où aurait dû se trouver le visage de l'homme.

Elle eut une idée.

Elle cliqua à nouveau sur l'enregistrement de la caméra à la sortie des toilettes et le reprit à l'endroit où elle avait interrompu le visionnage. Au bout de quelques minutes, l'homme non identifié passa au coin, puis sous la caméra, mais en prenant soin de garder la tête bien baissée tout le temps.

— Le gros fils de pute, murmura Bethan, maintenant persuadée qu'elle tenait quelque chose.

Elle repassa la bande au ralenti en se demandant ce que le cercle brillant au sol pouvait bien être. Elle zooma davantage : un plateau retourné avec des verres brisés tout autour. Elle zooma un peu plus jusqu'à ce que la surface réfléchissante envahisse l'écran et commence à se reconstituer.

Une ombre s'étala sur le plateau retourné ; quelques clics plus tard, le bout de la chaussure de l'homme entrait dans le cadre. Bethan continua à cliquer.

— Allez... allez... (Elle sourit.) Je vais t'avoir, mon salaud !

Entourée d'un cercle argenté, il y avait là une image exploitable par la reconnaissance faciale du visage d'un homme d'âge moyen.

Elle sauta sur son téléphone.

— Chef ! J'ai besoin de vous ici tout de suite !

37

Mardi 22 décembre 2015,
15 h 43

BLAKE SE GARA DEVANT LA PROPRIÉTÉ au moment même où l'unité d'intervention armée arrivait. En chemin, les toutes dernières informations sur leur nouveau suspect numéro un lui avaient été communiquées.

Lucas Theodor Keaton était multimillionnaire et l'heureux propriétaire d'un groupe de télécommunications qui avait été racheté dans les années quatre-vingt-dix, lui fournissant des revenus très confortables et un poste à vie au conseil d'administration. À partir de cette époque, il s'était concentré principalement sur des actions caritatives et sur le soutien financier à des start-up.

La société S-S Mobile, dans les serveurs de laquelle le FBI avait récupéré les SMS cachés, était une filiale de la compagnie Smoke Signal Technologies, appartenant à Keaton. De plus, l'entrepôt d'où provenaient tous les portables impliqués dans l'affaire possédait des liens avec cette maison mère peu connue.

Keaton avait une femme et deux enfants, tous décédés.

Ses deux garçons et lui avaient été pris dans les attaques terroristes du 7 juillet 2005. Bien que Keaton s'en soit sorti relativement indemne, un de ses fils avait été tué sur le coup. Le deuxième avait succombé à ses blessures plus d'un an et demi après. L'épouse de Keaton, désespérée, s'était suicidée par overdose médicamenteuse.

— J'te remercie pour tout, avait répondu Blake au téléphone à son collègue, c'est super méga déprimant.

— Attends, y a pire.

— Pire que de perdre toute sa famille ?

— Son frère…, avait expliqué le policier depuis son bureau de New Scotland Yard en cliquant sur son ordinateur, il devait assister à un gala de charité en 2001 aux États-Unis à sa place.

— Ne me dis pas que c'était en septembre !

— Si, le 11.

— C'est une blague ? s'était exclamé Blake à deux doigts d'avoir pitié du principal suspect. Est-ce que c'est possible d'avoir aussi peu de chance dans la vie ?

— Le frère n'était pas au World Trade Center, ni rien. Il marchait juste dans la rue. Au mauvais moment, au mauvais endroit.

— Il semblerait bien que ce Keaton soit maudit ou quelque chose dans le genre, avait soupiré Blake, incrédule.

— Cette montagne de fric pour quelqu'un qui a la vie la plus misérable qu'on puisse imaginer… On dirait un film, tu trouves pas ?

Sur cette parole définitive, le collègue de Blake avait raccroché.

Comme Saunders était mobilisé sur l'opération à Piccadilly Circus, Vanita avait envoyé Blake pour accompagner l'équipe qui devait investir la résidence de Keaton à Chelsea.

Pendant que les policiers de l'unité d'intervention armée étaient occupés à défoncer la porte d'entrée, Blake s'était abrité du vent derrière une boîte à lettres pour allumer sa cigarette. Malgré le prestige du quartier et la rue arborée, l'endroit n'était pas particulièrement agréable à vivre. Presque le tiers des maisons étaient l'objet de gros travaux de terrassement et d'aménagements. Des camions, des camionnettes et même une mini-grue occupaient les places de stationnement résidentiel au milieu des voitures de sport. Le bruit était assourdissant.

— Hé, mec ! (Blake interpella un des ouvriers qui passait par là et exhiba sa carte de police.) Qu'est-ce qui se passe ? La rue s'effondre ou quoi ? demanda-t-il.

— Ça ? dit l'ouvrier rondouillard en montrant l'étendue des dégâts. Oh non, mais avec les prix de l'immobilier à Londres qui atteignent des sommets, chaque centimètre carré sur lequel vous pouvez réclamer quelque chose compte. Y a un milliardaire entreprenant qui, se sentant à l'étroit chez lui avec ses dix pauvres chambres, a réalisé que tout ce qui se situait entre sa cave et le centre de la terre représentait un espace à exploiter. Et maintenant, ils font tous la même chose.

Blake fut surpris de la réponse.

— Bien sûr, si moi je commence à creuser sous ma maison, je vais vite me retrouver dans le kebab en dessous de chez moi, ajouta l'ouvrier dans un soupir.

— Inspecteur ! cria un des membres de l'unité d'intervention sur le pas de la porte. RAS !

Blake remercia l'ouvrier si bien informé des us et coutumes locaux et fonça à l'intérieur de la demeure. Le hall d'entrée était plus grand que son appartement de Twickenham. Une cage d'escalier monumentale en bois partait d'un sol tout en mosaïque. Des fleurs fraîches trônaient dans des vases visiblement très chers et une grande photo de la famille était accrochée au mur du fond. Les sept autres policiers d'élite s'étaient déjà dispersés dans l'immense maison.

— Si vous êtes pressé, je suggère que nous commencions par le troisième étage, conseilla le chef de l'unité d'intervention à Blake.

Celui-ci se dirigea vers l'escalier.

— Désolé, précisa le gradé, je voulais parler du troisième étage *en sous-sol*.

En descendant les marches, le portable de Blake émit un bip signalant l'absence de réseau. Là, à peine un niveau en dessous du rez-de-chaussée de la propriété, on pouvait apercevoir les premiers signes d'un esprit ravagé.

La pièce semblait avoir servi de bureau à une époque, mais les murs croulaient maintenant sous une avalanche de photos, prises au temps où les Keaton étaient heureux. Un portrait de commande côtoyait des polaroïds de vacances, ainsi que des esquisses au crayon représentant tel ou tel membre de la famille. Chaque cliché était encadré et accroché avec soin.

— L'ordinateur dans ce coin, dit Blake pour préciser au policier le matériel qu'il voulait voir embarqué dans le van. Ce téléphone aussi… et cette photo-là, exigea-t-il, choisissant celle qui lui paraissait la plus récente en se basant sur l'âge des deux garçons à la coupe de cheveux similaire.

Ils continuèrent leur progression vers le niveau suivant. La température baissa, les marches grinçaient sous leurs pieds et l'air vicié s'accumulait dans leurs poumons. Blake avait l'impression qu'ils s'enfonçaient de plus en plus profondément dans le subconscient de Keaton…

Ils arrivèrent à l'endroit où il dormait, un petit lit de camp calé contre le mur du fond et entouré par ce qui évoquait un lieu de dévotion : des bijoux, des vêtements, des dessins d'enfants et des jouets installés en piles bien rangées.

Des bougies avaient fondu sur le parquet autour du périmètre sanctuarisé.

— Mon Dieu, murmura Blake avant de découvrir une représentation de la crucifixion de Jésus sur le mur derrière eux.

Les pieds et les poignets cloués sur la croix en bois, les mains pendantes, une couronne d'épines déchirant le crâne : le tableau paraissait avoir inspiré toutes les atrocités commises au cours des semaines précédentes.

Blake fronça les sourcils et s'avança à contrecœur pour lire ce qui avait été bombé à la peinture de chaque côté du Fils de Dieu :

~~TU ÉTAIS OÙ, PUTAIN ?~~

Blake faillit trébucher sur un coussin au sol en décollant une autre photo du mur pour l'ajouter à son rapport.

— Et si on en finissait rapidement ? suggéra-t-il avec lassitude au policier.

Alors que la température chutait encore de deux degrés, ils empruntèrent l'étroit escalier qui menait au niveau le plus bas de la propriété.

Ils avaient à peine fait deux à trois pas dans la pièce que le cœur de Blake se mit à battre plus vite.

Des livres, des journaux, des chemises en carton, des diagrammes couvraient toute la surface habitable et étaient empilés sur plusieurs mètres : des années de travail, la récolte d'un esprit qui avait sombré dans l'obsession.

Il leur restait moins d'une heure.

Les deux flics essayaient de faire le tri dans tout ce bazar. Ils trouvèrent un ordinateur portable dans sa housse, prêt à être embarqué.

— Cette pile contient à peu près tous les articles parus sur l'affaire Ragdoll, cria l'un des deux. Sur le bureau, il y a tout ce qui concerne Alexei Green. Ce mec, Keaton, était complètement obsédé par lui, il a collecté des informations sur le psy pendant des années.

Blake retourna vers la pile des articles et des CD, des notes écrites à la main rendant compte des différentes interviews de Green et de ses conférences. Il ramassa un carnet qui s'avéra être un journal et le feuilleta. La première page, sobrement intitulée « Session n° 1 », était suivie par ce qui ressemblait à une retranscription fidèle de la première conversation entre Keaton et son psychiatre.

Le chef de l'unité d'intervention lisait par-dessus son épaule.

— On dirait bien que ce Keaton a juste été une recrue de plus.

— Vous n'y êtes pas du tout, chuchota Blake – ce qu'il voyait autour de lui confirmait la manière dont cet esprit ravagé avait opéré.

Soudain, l'un des flics de l'équipe fit tomber à grand bruit une pile de livres en équilibre précaire. Très calmement, il se pencha pour regarder de plus près ce qu'il avait fait chuter.

— Chef ?

— Quoi ?

— Est-ce que vous voulez qu'on fasse venir les gars du déminage ?

— J'en sais rien, pourquoi ? demanda le chef de l'unité d'intervention.

— Ça ne semble pas activé... mais pourtant on dirait... Bref, je crois que ce serait mieux.

— Merde... ! Tout le monde dehors ! cria le garde.

— Je reste, lui dit Blake.

— Désactivé ou pas, quand je vois un explosif, je fais sortir tout le monde par sécurité.

— Si Keaton est notre homme…, commença Blake.

— Il ne l'est pas !

— Mais si c'est lui, nous avons besoin de tout ce qui se trouve ici. Faites sortir vos hommes. Emportez ces ordinateurs au service technique et appelez-moi l'équipe de déminage. Vite, je vous en supplie.

Le chef semblait partagé, mais finit par ramasser l'ordinateur avant de suivre ses hommes et de remonter à la surface, laissant Blake patauger seul dans les pensées de Keaton.

Le flic ramassa à nouveau le journal et l'ouvrit à la session n° 1. Bien conscient des contraintes de temps qui étaient les leurs, il le feuilleta jusqu'à la session n° 9.

Session n° 9

Mardi 1ᵉʳ juillet 2014,
14 h 22

— Et le monde a continué de tourner, comme si rien ne s'était passé, résuma Lucas, perdu dans ses pensées. Je n'ai plus rien. Je rentre chaque soir dans une maison vide, un mausolée composé de tout ce qu'ils étaient. Je n'arrive pas à jeter quoi que ce soit. C'est tout ce qu'il me reste d'eux, mais c'est comme si je me noyais dans mes souvenirs chaque fois que j'y pénètre. J'arrive encore à sentir le parfum de ma femme, vous vous rendez compte... Est-ce que ça va ?

Green s'était brusquement levé pour se verser un verre d'eau.

— Oui, oui, ça va, ça va, protesta-t-il et, tout à coup, il se mit à pleurer. Je suis absolument désolé, ce n'est pas très professionnel. J'ai juste besoin d'une petite pause.

— Est-ce que c'est en rapport avec quelque chose que j'aurais dit ? s'inquiéta Lucas tout en observant Green, qui se calmait.

Dehors, la pluie avait redoublé d'ardeur ; elle n'avait pas cessé de la journée.

— Peut-être que ce n'est pas une si bonne idée, après tout, soupira le milliardaire en se levant. J'ai l'impression que tout ce que je parviens à faire, c'est bouleverser les gens.

— Ce n'est pas de votre faute. C'est une affaire qui ne regarde que moi.

— Pourquoi ? demanda Lucas innocemment. Est-ce que *vous aussi* vous avez perdu quelqu'un ?

— Concentrons-nous sur vous, voulez-vous ?

— Vous pouvez me le dire, à moi.

— Non, je ne peux pas, répondit Green avec fermeté.

Lucas se leva et se dirigea vers la porte.

— Lucas !

— Tout ce que vous racontez, ce sont des conneries ! Je vous ouvre mon cœur deux fois par semaine, mais il n'y a aucune confiance entre nous, reprocha-t-il à son psychiatre.

— Lucas, attendez ! OK, OK, cria Green. Vous avez raison, je vous présente mes excuses. Nous avons bien un lien de confiance et, oui, j'ai effectivement perdu quelqu'un qui était très très important dans ma vie.

Keaton ferma les yeux, poussa un soupir de soulagement et attendit que son petit sourire victorieux ait disparu avant de retourner s'asseoir sur le divan. Il prit son temps, surveillant Green du coin de l'œil.

Le placide et sympathique psychiatre s'effondrait.

Lucas se pencha, lui tendit la grosse boîte de mouchoirs en papier que Green gardait habituellement sur son bureau, et lui dit :

— Je vous en prie, Green, parlez-moi d'elle.

Blake feuilleta rapidement les pages jusqu'à la dernière entrée du journal, celle de la session n° 11 entre Alexei Green et Lucas Keaton.

Session nº 11

Jeudi 10 juillet 2014,
18 h 10

— Pourquoi diable sommes-nous ceux qui devrions être punis ? s'insurgeait Keaton en faisant les cent pas tandis que Green l'écoutait. Nous sommes *toujours* punis ! Nous sommes pourtant des gens bien : ma famille, votre chère et belle Abby, étaient des gens biens. (Il soupira bruyamment tout en contemplant par la fenêtre le coucher de soleil qui réchauffait son visage.) Cette affaire Ragdoll, par exemple, reprit Keaton de manière désinvolte. Vous la suivez, j'imagine ?

— Comme tout le monde, répondit Green, complètement épuisé par leur conversation.

Depuis une semaine, il n'avait pas eu une vraie nuit de sommeil.

— Pouvez-vous me citer le nom des victimes ? En fait, je vous mets au défi de les citer par ordre chronologique.

— Mais pourquoi, Lucas ?

— Juste pour... me faire plaisir.

Green poussa un grognement d'exaspération.

— Eh bien, il y a eu le maire Turnble, bien sûr, et puis le frère de Khalid. Un certain Rana ? Vijay Rana, je crois... Puis Jarred Garland, et l'autre jour Andrew Ford... mais enfin, pourquoi me demander ça ?

— Ils ont été immortalisés. Un politicien sur le déclin, le frère d'un tueur en série, un journaliste véreux et pour finir un alcoolique, le rebut du genre humain. Leurs noms indignes sont entrés dans l'Histoire simplement parce qu'ils sont morts de façon inhabituelle et médiatisée.

— Je suis fatigué, Lucas, venez-en au fait.

— J'ai un aveu à vous faire, déclara le milliardaire sans se retourner. J'ai fait quelques recherches sur la tuerie d'Utøya.

— Pourquoi avez-vous fait cela, Lucas ? Je ne comprends pas...

— J'ai principalement étudié les articles de presse, le coupa Keaton. « Soixante-dix-sept morts », « de nombreux blessés », « plusieurs victimes »... Vous voulez savoir combien de journaux ont mentionné le nom d'Abby ?

Green ne répondit pas.

— Aucun. Je n'ai pas trouvé un seul journaliste qui ait raconté comment votre fiancée vous avait été arrachée.

Green commença à pleurer ; Keaton revint vers lui pour s'asseoir à ses côtés.

— Tous ces gens qui poursuivent leur vie comme si de rien n'était, pendant que les nôtres s'effondrent... Et ils ne font même pas l'effort de retenir leurs noms ! s'emporta-t-il, le visage ruisselant de larmes. Aucun d'eux n'a souffert comme nous avons souffert. Aucun ! (Keaton marqua une pause pour étudier l'expression du psychiatre.) Je ne ressemble à rien, Alexei, je le sais. Je n'ai aucun charisme. Je suis riche, mais les gens ne m'écoutent pas quand je parle...

pas vraiment. La meilleure préparation et toute la manipulation du monde ne les obligeront jamais à faire ce que j'ai besoin qu'ils fassent. Or, j'ai besoin qu'ils me fassent totale allégeance, qu'ils embrassent notre cause complètement.

— Des marionnettes, vous voulez dire ? suggéra Green en levant les yeux vers lui.

Il se souvenait d'une précédente conversation sur l'inutilité de tenir pour responsable de ses actions un objet inanimé.

— Oui, exactement, des marionnettes, confirma Keaton. J'ai besoin de quelqu'un qui puisse les inspirer, qui puisse les diriger. De quelqu'un qu'ils pourront admirer. J'ai besoin de vous.

— De quoi parlez-vous ?

Keaton lui posa la main sur l'épaule.

— Je parle d'arranger les choses. Je parle de réparer. Et s'il existait un moyen de faire comprendre à ces masses autocentrées ce que nous avons vécu ? Un moyen de s'assurer que chaque foutue personne sur cette planète connaisse les noms de nos chers disparus, connaisse le beau visage d'Abby et sache ce qu'elle représentait exactement pour vous ?

Il y eut un long silence. Le temps pour Green d'intégrer le sens de ces paroles.

Il posa tout doucement sa main sur celle de Lucas, et leva les yeux vers lui.

— Si ce moyen existe, je suis partant.

38

Mardi 22 décembre 2015,
16 h 14

BAXTER REÇUT UN APPEL RADIO réclamant sa présence d'urgence à l'unité de commandement installée dans la salle de repos du métro.

À son arrivée, on lui tendit le téléphone fixe.

— Baxter à l'appareil.

— C'est Vanita. Juste un appel de courtoisie pour vous tenir informée. Il y a environ une heure, les techniciens du centre de traitement des images ont réussi à identifier un individu grâce à des enregistrements vidéo du Sky Garden. Ils ont partagé leurs éléments avec New York.

— Et pourquoi je n'en entends parler que maintenant ?

— Parce que rien au-delà des limites de cette station de métro ne vous concerne pour le moment. Le MI5 et le SO15 ont reçu l'ensemble des détails. Comme je vous l'ai dit, c'est juste un appel de courtoisie. Et donc, j'ai envoyé Blake...

— Blake, pourquoi l'avoir envoyé *lui* ? demanda-t-elle au moment où Rouche entrait dans la pièce. Ne quittez pas, Vanita, je mets sur haut-parleur.

— J'ai envoyé Blake à cette adresse, répéta la *Commander*, et il a confirmé l'identité de notre suspect : Lucas Theodor Keaton, quarante-huit ans. Je vous fais suivre les infos de suite. Préparez-vous à être plutôt déçus... Mesdames et messieurs, je vous présente notre Azazel.

Ils se regroupèrent autour de l'écran d'ordinateur où l'e-mail de Vanita venait d'arriver. Le visage sans grâce de Keaton apparut : des traits ordinaires et une calvitie précoce.

— C'est lui ? fit Baxter.

— C'est lui. Sa société facilitait les SMS « suicidés » et fournissait les portables. Il a fait de nombreux allers-retours entre Heathrow et l'aéroport JFK au cours de l'année écoulée. Mais les vols se sont intensifiés ces derniers temps et, fait significatif, le dernier vol retour remonte à la nuit de mardi, ajouta Vanita.

L'autre téléphone sonna et Rouche se précipita en y répondant à voix basse.

— Sur la recommandation de Blake, les services de sécurité vont privilégier des cibles potentielles à connotation religieuse. Il semblerait que ce Keaton tenait une sorte de journal spirituel, ce qui expliquerait sans doute le choix de l'église à New York.

— Je vois.

— Vous réintégrez votre poste, Baxter, ordonna Vanita avant de raccrocher.

Rouche arracha une carte du métro punaisée au mur, et fit glisser son index dessus.

— Qu'est-ce qu'il y a ? lui demanda l'inspecteur principal.

— Trois de nos marionnettes en fuite ont été signalées à moins de quatre cents mètres les unes des autres.

— Ils ont envoyé les unités d'intervention, non ?

— Oui, répondit-il en tapotant un endroit pile au milieu de la triangulation. Ils se dirigent vers Baker Street Station. J'y vais.

— Non, les unités d'intervention peuvent gérer ça, j'ai besoin de toi ici.

— Je peux y être avant elles.

— On ne doit pas se séparer !

— *Baxter*, soupira-t-il. (Le grondement du métro fit trembler le sol sous leurs pieds. Une autre rame arrivait à quai.) Fais-moi confiance. C'est là que je dois me rendre. C'est juste à trois stations d'ici, je serai de retour à temps.

Il saisit son manteau au vol.

Elle attrapa une manche.

— Tu ne vas nulle part !

— Je ne travaille pas pour toi.

— Rouche ! cria-t-elle en le poursuivant dans l'escalier qui montait à l'autre quai.

Il sauta dans la rame juste au moment où les portes se refermaient, au nez et à la barbe de la jeune femme.

— Rouche ! hurla-t-elle alors que le train démarrait.

De l'autre côté de la vitre, il écarta les bras en un geste d'excuse. De rage, elle jeta violemment son manteau à terre.

— Bordel de merde !

Baxter avait donné des instructions précises aux équipes techniques pour que soient transmis détails et photos de Keaton aux policiers sur le terrain tandis qu'elle prenait connaissance de son histoire personnelle tragique et des documents récupérés par Blake. Sur la photo de famille qu'il avait communiquée, des visages au sourire béat ignoraient tout de la tragédie à venir.

— Il est comme Rouche, se murmura-t-elle à elle-même en secouant la tête. *Non...* il est ce que Rouche aurait pu devenir.

Les histoires des deux hommes se ressemblaient de façon désarmante, jusqu'à la même inclination religieuse dans les deux cas, mais alors que la haine et le chagrin avaient broyé Keaton de l'intérieur, Rouche avait reconverti toute son énergie négative à aider les gens.

Elle sourit malgré elle ; peut-être qu'après tout, Rouche avait raison, sa présence en Angleterre n'était pas que le fruit d'une coïncidence...

Rouche descendit à Baker Street. Les photos des trois suspects lui avaient été envoyées sur son portable. Il le tenait à la main pour être prêt à prévenir ses collègues tout en suivant les panneaux noir et jaune WAY OUT indiquant la sortie du métro.

— Baxter, tu me reçois toujours ?
— Cinq sur cinq.

Rien qu'à sa voix, il savait qu'elle boudait.

— Je viens juste de descendre sur le quai de Baker Street et je m'apprête à rejoindre l'entrée principale pour y intercepter les cibles. Je vais me brancher aussi sur la fréquence des renforts, mais je te tiendrai au courant en parallèle.
— Super.

Il grimpa à contresens l'escalator à petites foulées, puis se glissa derrière quelqu'un à un portillon automatique. La horde des banlieusards qui rentraient chez eux déferla sur lui.

Chacun dans la cohorte de passagers jouait des coudes pour se faufiler vers les quais. La bouche de métro ressemblait à une mêlée générale, avec, comme il se doit, ses acteurs permanents : vendeur du *Big Issue*[1], musicien de rue, clochard à l'air triste accompagné de son chien à l'air tout aussi triste.

Rouche se fraya un chemin jusqu'au mur et changea la fréquence de sa radio ; son oreillette capta la fin d'un message adressé à l'unité du FBI.

— Ici Rouche. En position à l'entrée de la station. Où on en est ?

— Suspect Brookes appréhendé, lui indiqua une voix de femme.

— Plus que neuf, marmonna-t-il tout bas.

Il fit défiler les photos pour voir celle du milliardaire qui avait orchestré toute cette affaire. Il observait l'incessant défilé de voyageurs venant de partout, leurs traits malheureusement dissimulés derrière des capuches et des bonnets, tandis que la femme poursuivait :

— L'unité d'intervention armée sera sur zone dans une minute. Les suspects restants arrivent sur vous. Imminent !

Rouche scrutait les visages à leur passage sous les éclairages sporadiques. Soudain, il en reconnut un.

— Contact visuel sur le gros.

— Richard Oldham, corrigea la policière.

Il enroula ses doigts autour de la crosse de son arme.

— Interception suspect.

Il marqua une pause d'un dixième de seconde, guettant une brèche dans le flot humain, lorsqu'il reconnut un autre visage venant de la direction opposée.

---

1. Des SDF retrouvent une activité salariée en vendant ce journal de rue qui tire chaque semaine à plus de cent mille exemplaires.

— Merde ! Contact visuel avec autre suspect. (Il avait les deux en ligne de mire et ils se fonçaient apparemment dessus.) À combien l'arrivée des renforts ?
— Quarante-cinq secondes.
— Si j'en intercepte un, je perds l'autre.
— Quarante secondes.

Il parut évident à Rouche que les deux hommes ne s'étaient jamais rencontrés auparavant. Ils se croisèrent à un mètre de distance et poursuivirent leur chemin d'un pas traînant.

— Je les suis, informa-t-il la policière en se faufilant manu militari dans le troupeau de voyageurs, s'accrochant pour ne pas perdre de vue les suspects alors qu'ils bifurquaient tous deux sur la gauche. Ils se dirigent vers la Bakerloo Line, direction Piccadilly. (Il courait presque en descendant l'escalator car le train entrait en station.) La rame arrive ! cria-t-il dans son micro.

En l'entendant, les gens autour de lui accélérèrent le pas. Alors que les portes s'ouvraient, l'inévitable cohue eut lieu entre les passagers qui sortaient et ceux qui voulaient monter. Il fendit la masse mais les portes se refermèrent.

Rouche soupira de soulagement en voyant les deux hommes toujours sur le quai.

— Cibles pas dans la rame, marmonna-t-il tandis que le quai se remplissait à nouveau d'une foule compacte. Attention, un des suspects porte un grand sac à dos.

Que les deux hommes ne soient pas montés lui posait problème. Il pensa en avoir découvert la raison en apercevant une femme à l'allure débraillée assise sur un banc. Elle non plus n'avait pas pris la rame.

— Dites aux renforts d'attendre un peu, dit-il en s'attirant un regard surpris de la part d'une touriste japonaise. Je veux un visuel caméra sur un suspect : femme, quarante ans, veste bleue, jean noir, assise tout au bout de la rangée de sièges.

— Attendez.

Tandis qu'il patientait, la femme ramassa son sac en plastique et se leva. Elle s'avança vers le bord du quai. Il jeta un coup d'œil en arrière et vit les deux hommes agir de même.

— Ils vont monter dans le train. Tous les trois. À unité d'intervention, top action !

À peine avait-il prononcé ces mots qu'un essaim de policiers d'élite entoura les deux hommes avant de les plaquer à terre. Quand Rouche reporta ses yeux sur la femme à la veste bleue, elle s'éloignait vers l'extrémité du quai.

Le train entrait en cliquetant au moment où un des agents ouvrait délicatement le sac à dos du suspect.

Rouche vérifia sa montre : 16 h 54.

Il fallait qu'il rejoigne Baxter.

Voyant qu'il lui serait impossible d'atteindre le wagon de queue à temps, il monta dans celui qui se présenta devant lui. Il y avait tant de monde que les portes eurent du mal à se refermer. Ignorant les regards acerbes et les râleries des passagers, il se faufila dans la partie la moins bondée du wagon.

— Contenu du sac à dos ? demanda-t-il dans son micro.

— Des explosifs… Section de déminage sur zone… Situation sous contrôle.

Il changea de canal pour contacter sa coéquipière.

— Baxter, je suis sur le chemin du retour.

— OK.

— Plus que sept ! Et… bientôt peut-être un de plus.

— Ça pourrait s'améliorer encore. Visiblement, des types du MI5 ont débarqué il y a peu. Dépêche-toi de revenir.

Rouche se repositionna sur le canal précédent.

— Agent Rouche ? s'inquiéta la policière. Avez-vous entendu ?

— Négatif. Répétez s'il vous plaît.

— Femme veste bleue, suspect confirmé.

— Bien reçu.

Rouche recommença sa progression par reptation pour forcer le mur de voyageurs. Arrivé au bout du wagon, il scruta le suivant, à la recherche de la femme en bleu. Autant chercher une aiguille dans une botte de foin.

— *Regent's Park*... Station suivante... *Regent's Park*... Descente..., déclama une voix automatisée.

Le train décéléra et tous les gens penchèrent du même côté en même temps. Le quai était lui aussi saturé de monde.

Rouche descendit pour remonter dans le dernier wagon, mais c'était mission impossible.

— Excusez-moi, excusez-moi, grognait-il en se débattant pour remonter le courant. (Il n'y avait plus qu'une seule station entre eux et Piccadilly Circus. Il vérifia l'heure : 16 h 57.) Excusez-moi... Excusez-moi... pardon...

Il avait remonté la moitié du wagon lorsqu'il la vit. Assise, elle tenait fermement son sac en plastique sur les genoux.

— Cible en vue.

— Rouche, où es-tu ? murmura Baxter en observant le flux permanent qui se déversait sur le quai bondé.

Les chiffres orange des secondes défilaient. Presque 17 heures.

— Contrôle radio : équipe 3, vous me recevez ? murmura-t-elle, le cœur battant à tout rompre.

— On vous reçoit cinq sur cinq. Terminé.

Il y eut un énorme bruit et quelques cris dans la foule.

— Équipe 3 avec moi ! ordonna Baxter en se précipitant vers le brouhaha.

Un homme en costume trois pièces, très énervé, ramassait ses cadeaux de Noël qui venaient de se renverser d'un sac en papier éventré. Baxter soupira, soulagée, mais les nerfs toujours à vif.

— Fausse alerte. Personne ne bouge.

En revenant au poste de commandement, un membre de son équipe lui adressa une note : un engin explosif, du même type que ceux utilisés à Times Square, avait été découvert dans un refuge pour SDF à Clapham ; le propriétaire du sac n'était autre qu'un des hommes arrêtés pendant la nuit.

Rouche n'était plus qu'à un mètre de la femme en bleu, quand son oreillette grésilla :

— Agent Rouche, nous vous avisons de la présence d'un autre suspect à bord de votre rame. Il est monté à la dernière station. Renforts envoyés à Oxford Circus.

— Je veux des détails, dit-il avant de plonger sur la femme assise.

Il la tira brutalement et la plaqua au sol, lui bloquant les bras dans le dos. Des passagers consternés tentèrent de s'interposer.

— CIA ! hurla Rouche. CIA ! (Il brandit sa carte.) Et vous, vous êtes en état d'arrestation, cria-t-il à la femme qui se tortillait sous lui.

Les bons Samaritains reculèrent avec prudence, et le plus loin possible.

Rouche menotta la suspecte récalcitrante au moment où le train arrivait à Oxford Circus. Il gardait un œil sur sa prisonnière tout en cherchant des yeux les renforts sur le quai.

Il referma la seconde menotte sur son poignet et obligea la femme à rester allongée. Puis il attrapa le sac en plastique coincé sous elle, l'ouvrit et déplia un paquet où se trouvait un hachoir à viande. Il allait le sortir quand il réalisa qu'il y avait des enfants dans la foule ébahie.

— Tout va bien, je suis de la CIA, précisa-t-il aux nouveaux venus. (Il réfléchit un instant, puis fit un signe à un grand costaud qui venait de s'asseoir non loin.) Vous, là, rendez-moi un service !

— Moi ? fit l'homme en se grattant la barbe, indécis.

Rouche déposa son arme de service sur le sol tandis qu'il repliait le papier pour le ranger dans le sac. Il tendit le tout à l'homme.

— Il faut que vous gardiez cela pour moi.

L'homme ne semblait pas franchement à l'aise.

— Et faites attention à ne pas toucher ce qui est à l'intérieur, ajouta-t-il.

Le barbu s'exécuta maladroitement, se rassit et posa le sac en plastique sur ses genoux exactement comme la femme en bleu avant lui.

Alors que les portes du métro se refermaient une nouvelle fois, deux officiers armés arrivèrent en courant sur le quai, mais trop tard. La rame redémarrait.

— Agent Rouche ! Agent Rouche ! cria la policière dans son oreillette d'une voix légèrement paniquée.

— J'ai maîtrisé la femme, je vais...

— Agent Rouche ! Trois autres suspects viennent de monter dans votre rame ! Je répète : trois autres suspects à bord !

— Bien reçu, répondit-il lentement en observant les trop nombreux voyageurs. Faites passer un message à l'inspecteur principal Baxter : la cible, c'est le train, pas la station de métro ! (Il sentit son portable vibrer à plusieurs reprises dans la poche de sa veste, signe qu'on lui envoyait des infos complémentaires.) Je répète : la cible, c'est le train.

Il se pencha pour ramasser son arme.

Sans voir que la photo d'un grand costaud rasé de frais venait d'être téléchargée sur son téléphone.

Sans voir que le barbu venait de se lever.

Sans voir le hachoir à viande qui s'abattait sur lui.

39

Mardi 22 décembre 2015,
17 h 00

— Faites immédiatement évacuer tout le monde ! hurla Baxter par-dessus le message préenregistré de la sirène d'alerte.

Elle avait immédiatement réagi au message de Rouche. Cependant, étant donné le nombre d'usagers, l'escalier s'était transformé en un goulet d'étranglement jusqu'à empêcher toute sortie. Le décompte se poursuivait au-dessus de leurs têtes – 17 : 00 : 34.

— Inspecteur principal Baxter, dit une voix dans son oreillette, je n'arrive plus à joindre l'Agent Spécial Rouche.

— Continuez ! (Elle attrapa un membre du personnel par le bras.) Il faut absolument fermer la station ! Il faut empêcher les gens d'entrer dans le métro !

L'homme acquiesça et partit en courant tandis qu'on appelait encore Baxter sur sa radio.

— Quoi ?

— Désolée, inspecteur principal, je vous mets en relation avec l'inspecteur Lewis du service d'imagerie.

— Maintenant ? Vous plaisantez ?

Une voix masculine automatisée annonça l'entrée en gare de la rame suivante.

— Nous venons de repérer Lucas Keaton sur une caméra de surveillance. Il y a cinq minutes.

— Une bonne nouvelle, enfin ! Où ça ?

— Là, à la station… Il est en bas avec vous !

Baxter scruta la foule compacte avec effroi en essayant de visualiser la photo qu'elle et son équipe avaient eue entre les mains.

— Description ?

— Pull sombre, veste sombre.

Tout le monde porte un pull sombre et une veste sombre.

Elle s'apprêtait à transférer cette dernière info lorsqu'un crissement perçant lui parvint en feed-back dans l'oreille. Elle arracha instinctivement son oreillette et remarqua que ses collègues faisaient de même en échangeant des regards affolés. Des hurlements lointains, distordus, suivis d'une cacophonie de voix paniquées leur parvenaient.

— Rouche ?

Seul un cliquètement inquiétant résonnait.

— Rouche ? Est-ce que tu m'entends ?

Il y eut un énorme grondement dans le tunnel.

Baxter se tourna et sonda la gueule noire du souterrain tandis que les bruits terrifiants continuaient de retentir dans l'oreillette qui se trouvait dans sa main, tel le prélude glaçant à une horreur inconnue.

Lentement, elle s'approcha du bord du quai. Une toile d'araignée bougeait comme soulevée par un souffle.

Un cliquetis sinistre parvenait du trou noir, le martèlement d'un galop, les vibrations sous ses pieds d'un monstre qui avançait. La brise chaude qui le précéda avait un goût métallique, comme celui du sang dans la bouche, et soudain, deux yeux brillants percèrent les ténèbres tandis que le train fonçait vers eux.

À cause du vent, les longs cheveux de Baxter se collèrent à son visage au moment où passait la première vitre voilée de rouge.

Les gens sur le quai, submergés par la panique, se bousculaient en criant, cherchant désespérément à fuir, bloquant l'accès à l'escalier qui descendait jusqu'aux quais de la Piccadilly Line.

Dans la rame, les wagons allumés laissaient voir des images sorties tout droit de ses pires cauchemars. Le train ralentissait à peine que les passagers se ruèrent sur les portes, certains visages écrasés contre les vitres, des mains couvertes de sang tendues en l'air, appelant à l'aide un Dieu indifférent.

Baxter se rendit compte que le minuscule micro s'était tu, et elle le replaça dans son oreille tout en sachant que ça ne servirait pas à grand-chose. Un wagon finit sa course pile devant elle. Les vitres étaient maculées de sang, les lumières vives vacillaient derrière leurs appliques cassées.

Elle n'entendait plus dans son dos la foule qui avait fui en désordre. Elle entendit juste le bip rassurant avant l'ouverture des portes.

Les panneaux métalliques coulissèrent...

Des centaines de passagers affolés évacuèrent le train pour se retrouver à nouveau pris au piège et un corps s'effondra sur le quai aux pieds de Baxter. Le regard vitreux de l'homme lui confirma qu'on ne pouvait plus rien pour lui. Des bruits de verre éclatés accompagnaient les lumières défaillantes. Baxter entra dans le wagon en peinant à comprendre l'étendue des dégâts.

Des coups de feu furent tirés sur le quai, puis le martèlement de pieds nus courant vers elle attira son attention.

Baxter pivota sur elle-même et se protégea en lançant ses bras en avant. Elle attrapa la main de la femme au moment où cette dernière l'attaquait avec un couteau. Elles basculèrent ensemble à terre et, sous l'impact, la pointe de la lame trancha net sa lèvre.

La femme se trouvait à cheval sur elle, son chemisier ouvert, dévoilant les scarifications sur sa poitrine. Avec une sauvagerie inouïe, elle porta tout son poids sur l'arme contondante. Baxter luttait pour la tenir à distance, ses bras tremblaient sous l'effort.

Le couteau se rapprochait centimètre par centimètre, éraflant ses dents de devant quand Baxter tourna la tête pour lui échapper. Se souvenant soudain du conseil de Rouche lors de l'émeute, elle déploya brutalement un bras à l'aveugle et visa l'œil avec ses doigts.

La femme hurla et se recroquevilla, ce qui permit à Baxter de se dégager d'un coup de pied et de reculer à toute vitesse sur les fesses. Mais la femme revint à la charge, tel un animal blessé.

Deux coups de feu déchirèrent la poitrine tailladée. La femme lâcha son arme, s'agenouilla au ralenti puis s'effondra en avant.

— Chef, ça va ?

Baxter hocha la tête et porta la main à sa lèvre en sang.

— Rouche ! cria-t-elle en le cherchant parmi les victimes.

— Inspecteur principal Baxter, dit une voix dans son oreille.

— Rouche !

— Inspecteur principal Baxter, réitéra la voix, tel un ordre.

— Allez-y, répondit-elle tout en continuant ses recherches.
Deux autres tirs retentirent.
Elle frissonna.
— Dites-moi !
— Inspecteur principal Baxter, nous avons perdu de vue Lucas Keaton.

Rouche éprouvait une sensation d'étouffement.
Cloué au sol dans le tout dernier wagon, il sentait son sang s'écouler de l'entaille profonde qu'il avait à l'épaule. Non seulement il était coincé sous le poids de son assaillant, mais une terrible douleur au torse l'empêchait de bouger après que la foule, dans sa panique à s'extraire de cet enfer, l'eut piétiné. Quelque chose le faisait atrocement souffrir à chaque respiration.
Le sol résonna sous une cavalcade de pas lourds.
— La voie est libre, cria un homme.
Le martèlement se rapprochait.
Rouche essaya d'appeler à l'aide mais il ne produisit qu'un halètement inaudible.
Les bottes étaient tout près maintenant.
— S'il vous plaît...
Chaque expiration lui coûtait car il peinait ensuite à faire entrer de l'air dans ses poumons.
— Hé...! Tout va bien. Prenez ma main, entendit Rouche. Bougez les paupières. C'est ça.
— On a quelqu'un là-dessous ! s'exclama une autre voix d'homme. Venez me filer un coup de main !
Rouche reprit espoir, mais quelle ne fut pas sa déception quand il entendit cette même voix dire :
— Elle est là ! OK ! Je la tiens, je la tiens. Allez-y doucement.

Puis les pas s'éloignèrent, l'abandonnant parmi les morts.

— Baxter ! murmura-t-il en vain.

Sa respiration devenait difficile à cause de ses poumons écrasés. Il commençait à accepter l'idée qu'il allait se vider de son sang sur ce sol dégueulasse avant que quelqu'un ne vienne le secourir.

Il avait échoué.

Baxter revint sur le quai et inspecta la marée humaine qui se débattait pour atteindre la sortie. La peur s'était répandue telle une traînée de poudre, chacun aveuglé par la volonté de sauver sa peau, chacun guidé par la seule panique sans penser une seule seconde qu'en agissant ainsi, ils ne faisaient qu'empirer les choses…

Alors qu'un groupe de personnes avançaient en titubant, Baxter repéra un visage dont les yeux n'étaient pas tournés vers l'escalier mais vers le train, vers ceux qui cherchaient des survivants.

Par-dessus la cohue généralisée, son regard croisa le sien.

C'était Keaton.

Elle ne le reconnut pas d'après la photo, mais d'après l'étrange blessure qu'il avait à la joue droite — celle-là même qu'elle lui avait faite avec sa clé devant l'appartement de Brooklyn où se cachait Phillip East.

Elle ouvrit la bouche pour envoyer un message radio. L'homme disparut dans l'instant, avalé par la foule.

— Je répète… équipe 3… continuez les recherches, ordonna Baxter.

Sa voix résonna dans l'oreillette de Rouche qui reprenait connaissance.

— Équipes 1 et 2 : votre cible est Lucas Keaton. Surveillez les sorties. Ne le laissez pas s'échapper.

Le nom du milliardaire eut l'effet d'un shoot d'adrénaline sur Rouche. Assez pour lui donner le courage de mettre sa douleur en sommeil, lentement dégager son bras de sous le costaud et enrouler ses doigts autour d'une barre métallique qui lui servit d'appui. Sa poitrine le lançait atrocement et il serra les dents à cause de l'effort pour s'extirper du poids du barbu.

Un dernier effort et il se libéra.

La femme en bleu qu'il avait menottée n'avait pas survécu au piétinement des voyageurs.

Rouche saisit son arme, puis se remit debout tant bien que mal.

Sa respiration était saccadée.

Il salua le Très-Haut.

Il n'avait pas échoué.

Et il était précisément là où il devait être.

40

Mardi 22 décembre 2015,
17 h 04

— Police ! Police ! Dégagez ! hurla Baxter.
Lancée à la recherche de Keaton, elle coupa à travers la foule massée qui rejoignait l'escalier. Au bout d'un moment, elle le repéra au pied des marches, jetant des regards inquiets derrière lui… vers elle.

Il entama son ascension et elle vit qu'il tenait quelque chose à la main.

— Contact visuel avec Keaton, cria-t-elle dans sa radio. Escalier qui monte, correspondance avec la Bakerloo Line. Attention : le suspect a quelque chose dans la main. À considérer comme un détonateur en attendant confirmation. (Une trouée devant elle lui fit gagner quelques mètres.) Désarmez le suspect par tous les moyens possibles.

— Baxter, est-ce que tu m'entends ? marmonna Rouche en respirant bruyamment.

Il gravissait l'escalier de secours à l'extrémité du quai, son micro endommagé grésillant par moments, mais il pouvait encore écouter les transmissions du reste de l'équipe.

Il tenait son épaule blessée, et se glissa au milieu de la horde de gens qui fuyaient en direction de l'air frais.

Un crissement strident lui déchira l'oreille.

Un instant plus tard, il aperçut une forme sombre sur le sol qu'il identifia entre les jambes des fuyards comme étant le corps d'un policier en gilet pare-balles allongé face contre terre, en haut de l'escalier.

— Merde !

Dans une course contre la montre les passagers se précipitaient vers toutes les sorties possibles, vers la nuit.

Rouche se fondit dans la masse, décidé coûte que coûte à arrêter Keaton avant qu'il ne soit trop tard.

— Agent à terre ! Agent à terre ! annonça Baxter dans son micro. En haut de l'escalier roulant de Bakerloo.

En se penchant vers l'homme, elle se rendit compte qu'il s'agissait de l'Agent Spécial Chase. Elle tâta son pouls, ne sentit rien.

L'unique agent du FBI posté à chacune des sorties de la station avait pour mission quasi impossible de reconnaître un visage parmi la déferlante d'individus. Pendant ce temps, les employés du métro avaient la non moins difficile mission de contenir le flot de banlieusards mécontents et de les empêcher d'entrer.

Sur les centaines de gens qui fuyaient, Baxter remarqua le seul homme qui se retournait pour la fixer.

— Keaton à une dizaine de mètres de la sortie n° 3, dit-elle au micro pour l'équipe. Ne... le... laissez... pas... s'échapper... !

Elle fonça et soudain, un soulagement l'envahit en apercevant son coéquipier de l'autre côté des portiques qui se dirigeait droit sur Keaton.

— Rouche ! hurla-t-elle, mais il était encore trop loin pour l'entendre.

Rouche avait repéré l'homme à la cicatrice sur la joue qui se retournait avec inquiétude toutes les dix secondes.

Lui, heureusement, ne l'avait pas encore vu.

Il suivait les panneaux de sortie indiquant les directions de Regent Street, St James's Park ou encore la statue d'Éros. Rouche n'était plus qu'à quelques mètres de sa cible tandis qu'ils passaient le seuil du métro pour s'aventurer dans la tempête de neige.

— Keaton ! (Rouche avait essayé de crier, mais le son rauque qui sortait de sa bouche n'était guère audible.) C'est Keaton ! lâcha-t-il en le pointant du doigt.

L'agent du FBI en faction à la sortie ne l'entendit pas, mais le suspect, lui, se retourna et constata qu'il était suivi de près.

Rouche aperçut un objet noir dans la main de Keaton au moment où ce dernier, passant devant le mec du FBI, baissait la tête pour piquer un sprint dans la nuit glacée.

À bout de souffle, Rouche escalada l'escalier qui le mena dans la pagaille de la célèbre place où la statue d'Antéros se détachait sur fond d'enseignes lumineuses. L'évacuation de la station avait déversé dans la rue un nombre incalculable de personnes et rendu le carrefour impraticable. Cependant il était largement éclairé par les phares des voitures à l'arrêt total.

La neige continuait à tomber d'un ciel sans étoiles, illuminée par les gyrophares bleus des véhicules de secours. Le choc thermique saisit Rouche, les poumons en feu sous la morsure de l'air froid. Il fut pris d'une violente quinte de toux et cracha du sang. Pendant ce temps, Keaton continuait de courir en direction de Regent Street.

Rouche s'engagea à sa poursuite sur le trottoir encombré, slalomant dans la cohue. Sa blessure à l'épaule saignait et il laissait derrière lui une traînée rouge sinueuse que Baxter pourrait suivre sans mal.

Dans son oreillette, Baxter était assaillie d'infos en tous sens. Les actualisations incessantes du SO15 s'accéléraient au fur et à mesure qu'ils tentaient d'appréhender d'autres poseurs de bombes.

Elle avait l'impression que chaque sirène de la ville hurlait pour elle et son équipe. Elle s'écria dans son micro en haletant :

— Inspecteur principal Baxter... à la poursuite du suspect... Lucas Keaton... Demande de renforts en surface... Regent Street... en direction de St James's Park...

Elle franchit le carrefour avec Pall Mall, faillit se payer un scooter qui zigzaguait entre les automobiles à l'arrêt et poursuivit sa cavalcade le long de Waterloo Place. Les trois statues en bronze émergeaient de la tempête de neige telles des ombres de mauvais augure.

Pour se faire entendre malgré le vent, Baxter était obligée de crier dans son micro tout en parcourant les derniers mètres qui la séparaient de l'escalier menant à la trouée noire de St James's Park.

Dans son oreillette, des voix diverses rendaient compte de leurs avancées et de leurs échecs :

— Perte de contact visuel avec le suspect.

— Confirmé : angle nord-est de la place.

Rouche s'essoufflait et perdait du terrain. La silhouette fantomatique de Keaton tressautait devant lui. Sa vue se brouillait.

Soudain, le vrombissement d'un hélicoptère troubla la quiétude des lieux et un puissant faisceau lumineux balaya l'entrée du parc, éclairant un court instant une monumentale statue ailée en bronze noir, symbole de la guerre. Rouche ne put s'empêcher de songer à Azazel.

Puis le cercle lumineux poursuivit sa course, pourchassant Keaton à travers le parc immaculé. Près du lac gelé, les saules pleureurs croulaient sous le poids de la neige.

Rouche suivait les traces sombres sur le sol blanc. La tempête redoublait et, au-delà des limites du parc, les contours de la ville semblaient s'estomper. La surface du lac reflétait le paysage comme un miroir.

Arrivé à une clairière, il s'arrêta, sortit son arme et la rechargea. Il visa sa cible. Keaton n'était plus qu'une ombre diminuant à chaque seconde.

Rouche tenta de ne pas penser à la douleur qui lui labourait la poitrine. Il tendit le bras pour mettre sa cible en ligne de mire, estima la vitesse du vent, la direction dans laquelle il soufflait et attendit que le faisceau lumineux de l'hélicoptère lui soit favorable.

Il expira une bouffée d'air, écarta les jambes pour prendre appui.

Il appuya tout doucement sur la queue de détente.

— Tirez !
— Civil à terre ! Cible blessée... Pas de contact visuel, je répète, pas de visuel.

Baxter avait été distraite par les échanges des agents du SO15 à la poursuite de leur suspect.

Elle suivait avec inquiétude les traces de sang frais dans la neige lorsque le claquement sec d'une détonation déchira l'air. Elle voyait de loin que Rouche s'était arrêté, mais Keaton semblait avoir été avalé par la tempête.

Baxter, la gorge en feu, accéléra la cadence.

Keaton était instantanément tombé face contre terre, entouré d'un cercle de lumière que l'hélico maintenait tant bien que mal au-dessus de lui.

Rouche courut vers le blessé qui se traînait avec peine vers le boîtier noir qu'il avait lâché. De son corps allongé s'élevaient de minuscules nuages blancs attestant d'une respiration difficile.

— Rouche, attends ! cria Baxter.

Il releva la tête et la vit courir vers eux.

Alors que Keaton était presque parvenu jusqu'au petit boîtier noir, Rouche se pencha, le ramassa et se rendit compte qu'il s'agissait en fait d'un gros téléphone.

Désorienté, il examina l'écran de plus près. Une seconde plus tard, il le balança dans la neige et se tourna vers Keaton avec un regard assassin.

À deux mètres de là, la vidéo destinée à être visionnée par des millions de gens sur le Net poursuivait son enregistrement, mais uniquement des flocons de neige, qui un à un recouvraient le portable.

Durant les quarante-six secondes du film, le milliardaire larmoyant mais non repenti endossait la responsabilité de toute l'opération en brandissant les photos des membres de sa famille légendées de leurs prénoms et de la date de leur décès... Pas un seul instant il ne mentionna les noms d'Alexei et de sa fiancée.

— Rouche, *non* ! On a besoin de lui ! On a besoin de lui ! hurla Baxter en voyant son collègue poser son arme sur la tempe de Keaton.

La scène avait quelque chose de théâtral : un rond de lumière dans un décor plongé dans le noir.

— Où est-il ? l'entendit-elle crier à leur prisonnier malgré le sifflement des pales d'hélicoptère.

Plus très loin d'eux, elle comprit alors que le boîtier noir était sans rapport avec ce qu'ils recherchaient.

Dans son oreillette, elle entendit :

— Coups de feu ! Suspect à terre.

Rouche frappa violemment Keaton avec son pistolet, mais l'homme se contenta de lui sourire, ignorant le sang qui coulait de sa bouche.

— Rouche !

Baxter s'agenouilla près de Keaton, ouvrit sa veste à la recherche de la blessure par balle. Ses doigts trouvèrent le trou poisseux sous son épaule avant même qu'elle ne puisse le repérer de ses yeux. Elle libéra une manche de son blouson et la plaqua sur la blessure pour effectuer un point de compression.

— Dis-nous où est la cible ! exigea Rouche.

Elle lisait sur son visage une expression de désespoir pur, comme si son collègue voyait disparaître sa seule occasion de se racheter.

— Rouche, aide-moi ! dit-elle. S'il meurt, il ne pourra pas nous parler.

Assis sur le sol mouillé et sale des toilettes du métro, la dernière marionnette de Green pleurait. Le vrombissement de l'hélicoptère au-dessus de Piccadilly Circus lui mettait les nerfs à vif. Jamais il ne s'était senti aussi seul.

Il entendait les policiers d'élite se précipiter dans les couloirs du métro et se repositionner. Le martèlement de leurs pas lui faisait penser à une meute de chiens qui se lance après sa proie terrée sous terre.

Il hurla de frustration et tira sur le gros gilet inconfortable qu'on lui avait confié, plein de câbles et de composants.

Malgré tout ce que le Dr Green lui avait dit et enseigné, il se retrouvait parqué, près d'une rue évacuée, tel un animal effarouché, réfugié dans le seul endroit disponible... Les flics allaient l'attraper à coup sûr.

— Aiden Fallon ! appela une voix dans le mégaphone. Vous êtes cerné.

Aiden plaça ses mains sur ses oreilles, mais la voix persistait :

— Enlevez le gilet et sortez lentement. Ou nous n'aurons pas d'autre option que de faire sauter la charge d'explosifs. Vous avez trente secondes.

Aiden balaya du regard la pièce rance qui allait lui servir de tombe, un mémorial parfaitement adapté au loser qu'il était. Il n'avait plus qu'un seul désir : revoir une dernière fois le docteur Green, lui dire qu'il fut le meilleur ami qu'il ait jamais eu, et qu'il était désolé de le laisser tomber.

— Quinze secondes !

Aiden se releva et essuya ses mains moites sur son pantalon.

— Dix secondes !

Il se vit dans le miroir écaillé. Il était le plus pitoyable des hommes. Il regarda son jumeau dans la glace droit dans les yeux et eut un sourire pathétique en actionnant le dispositif au niveau de sa poitrine.

Il sentit le feu le dévaster.

— Rouche, aide-moi, merde ! ordonna Baxter en plaquant davantage sa manche sur la plaie pour freiner l'hémorragie.

Une explosion retentit non loin.

Rouche s'éloigna de Baxter et de leur prisonnier en vacillant. Il fixait la cime des arbres. L'hélicoptère cessa de les éclairer pour se diriger vers la lueur orange qui enlaidissait le ciel noir. L'Agent Spécial arborait une expression de détresse et d'incompréhension, incapable d'accepter l'idée qu'il avait échoué, qu'il n'avait été promis à aucun grand destin.

Le ciel s'effondrait.

Et tout ce qu'ils pouvaient faire, autant qu'ils étaient, c'était assister à cet effondrement et tenter d'attraper des flocons de neige.

— Rouche ! Rouche ! cria Baxter. On ne sait pas ce qui s'est réellement passé !

Elle luttait pour enrayer le flot de sang de la blessure de Keaton. Les informations dans son oreillette ne lui parvenaient que morcelées et hachées.

— Qu'est-ce que j'aurais pu faire de plus ? dit-il d'une voix blanche en lui tournant toujours le dos.

Elle se demanda s'il lui parlait, ou s'il parlait à quelqu'un d'autre.

Elle le vit lever son arme puis la baisser.

— Rouche…, implora-t-elle aussi calmement que possible en dépit des grésillements dans son oreille, en dépit de sa manche de blouson imbibée de sang froid. Va-t'en… Je t'en prie. Fais-le pour moi.

Il se retourna. Il pleurait.

— Rouche, fous le camp. Je t'en supplie.

Elle jeta un coup d'œil angoissé à l'arme dans sa main.

Elle ne pouvait imaginer le perdre, elle ne pouvait perdre un autre ami au motif que le châtiment valait mieux que la justice.

— Allez-vous me tuer, *Rouche* ? demanda Keaton dans un râle de mourant.

— Vous, fermez-la, grommela-t-elle.

Il fallait qu'elle appelle au plus vite une ambulance, mais elle ne pouvait ni libérer ses mains sous peine de laisser l'homme se vider de son sang, ni interrompre la radio à cause de l'urgence de la situation à Piccadilly.

— Honnêtement, vous pen... sez que j'en ai... quelque chose à... foutre ? articula-t-il avec peine. J'ai mené à bien ma mission en ce bas monde. Je n'attends plus rien.

— Je vous ai dit de la boucler ! s'énerva Baxter.

Rouche revenait vers eux.

— Les miens sont avec Dieu, et peu importe où je me rends, ce sera toujours mieux qu'ici, leur lança Keaton.

Il supplia Rouche du regard tandis que l'Agent Spécial s'agenouillait près de lui.

Sentant la situation dégénérer, Baxter retira une main de la plaie pour appuyer sur la touche de transmission de sa radio.

— Ici inspecteur principal Baxter, demande urgente d'ambulance à St James's Park. Terminé.

Elle regarda son coéquipier avec des yeux implorants et repositionna sa main sur la plaie.

— Je... je me demande s'Il est là..., bredouilla Keaton en remarquant la croix en argent au cou de Rouche. S'Il est là... en... ce moment... à nous écouter. Je me demande si, *enfin*, Il... nous accorde un peu... de *sa putain* d'attention !

Rouche ne pouvait s'empêcher de repenser à la traduction littérale d'Azazel : « Dieu a rendu fort ».

— Un an et demi..., reprit Keaton en toussant. (Il pleurait et riait à la fois. Il se cala dans la neige pour s'octroyer une position plus confortable.) Un an et demi à veiller mon fils à l'hôpital, un peu comme vous en ce moment avec moi. Un an et demi à prier, à implorer Son aide. Mais rien n'est jamais venu. Vous voyez, Il ne vous entend pas quand vous chuchotez, mais *Il* peut m'entendre à présent.

Rouche observait leur prisonnier avec une totale absence de compassion.

Ils étaient seuls dans le parc. Il n'y avait aucun bruit hormis le vent, le faible grésillement de l'oreillette de Baxter et la respiration courte de Keaton.

— Rouche ?

Incapable de déchiffrer son regard, Baxter lui parlait tout bas en cherchant à le sortir de sa stupeur.

Avec des gestes lents, il passa les mains dans sa nuque et défit le fermoir de sa chaîne, au bout de laquelle pendait la croix en argent.

— Rouche ? répéta-t-elle. Rouche !

Il avait le regard vide.

— Écoute-moi, nous ignorons encore ce qui s'est passé dans le métro, mais quoi qu'il soit arrivé, ce n'est pas de ta faute. Tu m'entends ?

À sa grande surprise, il lui sourit comme si elle venait de le soulager d'un poids.

— Je le sais.

Il laissa tomber sa chaîne dans la neige.

— OK. Alors, on est d'accord, hein ? dit-elle en désignant Keaton.

Il acquiesça.

— Tant mieux. Maintenant, appelle la cavalerie, demanda-t-elle en soupirant, soulagée que son ami lui ait prouvé, une fois encore, combien elle pouvait compter sur lui.

Rouche scruta le tueur une dernière fois, puis se remit debout en tanguant. Il sortit son portable et s'éloigna.

Des bribes de conversations sur le canal du MI5 se déversèrent dans l'oreillette de Baxter.

— Rouche ! s'écria-t-elle. Tout va bien ! Ils l'ont eu ! Ils ont évité le massacre. Une seule victime : le kamikaze ! (Ne pouvant contenir sa joie, elle fixa Keaton avec arrogance.) T'as entendu ça, espèce de salopard ? lui murmura-t-elle. Ils ont eu ta marionnette, il est mort. Tu as perdu !

Keaton renversa la tête en arrière et ferma les yeux, comme s'il acceptait sa défaite. L'habitude l'incita à réciter les paroles dont on l'avait abreuvé maintes fois :

— Je suppose que Dieu avait besoin d'un ange auprès de Lui.

Rouche, qui s'était déjà éloigné d'eux, s'arrêta brusquement.

Baxter n'avait même pas réalisé qu'elle venait de retirer ses mains de la plaie. Des larmes lui brouillaient la vue. La seule image qui venait d'envahir son esprit était celle du magnifique visage de Curtis.

Elle n'entendit pas le bruit des pas qui écrasaient rapidement la neige fraîche.

Elle ne sentit même pas le sang chaud qui giclait sur son visage au moment de la détonation étouffée. Elle ne comprit pas pourquoi le corps remuait si violemment... avant qu'il ne soit traversé de trois balles supplémentaires.

Rouche se tenait devant Keaton, et des larmes coulaient sur ses joues.

Ahurie, elle croisa son regard avant qu'il ne tire à nouveau, encore et encore, jusqu'à ce que le cadavre de Keaton ne soit plus qu'un tas de viande ignoble dans la neige sale.

Puis l'arme cliqueta dans le vide.

— Dieu n'existe pas, murmura-t-il.

Baxter resta sans réaction, observant son ami bouche bée.

Rouche fit quelques pas, puis s'écroula. Un soupir de soulagement s'échappa de ses poumons détruits.

Il entendit Baxter crier son nom tandis qu'elle se ruait vers lui.

Il tourna son visage vers le ciel lourd de gros nuages blancs.

Il chercha à attraper des flocons de neige du bout de la langue et sourit.

ÉPILOGUE

Mercredi 6 janvier 2016,
9 h 56

— Dieu... n'existe... pas.

L'Agent Sinclair passa en trombe devant la vitre sans tain et sortit de la salle d'interrogatoire en claquant la porte.

— J'espère que vous êtes contente de vous, soupira Atkins. Merci pour votre *coopération*, inspecteur principal. Maintenant, nous en avons terminé.

Il ramassa ses affaires tout en épongeant la sueur de son front.

Baxter lui fit un petit au revoir de la main alors qu'il se précipitait à la suite de l'agent du FBI. Le pauvre Atkins allait devoir maintenant jouer les lèche-cul pendant une bonne demi-heure.

— La patronne est toujours aussi diplomate, à ce que je vois, ironisa Saunders en souriant à Vanita et à l'homme qui se tenait dans l'angle de la salle d'observation exiguë.

Un Américain haut gradé venait de se faire dégager sous leurs yeux. Vanita maugréa :

— Elle ne peut pas faire l'effort d'être aimable, rien qu'une fois ? Juste pendant vingt *foutues* minutes ? C'est trop lui demander... ?

— Apparemment, répondit Saunders.

L'homme dans le coin de la pièce opina du chef.

— Oh... *vous*, ne commencez pas, lui dit-elle. Vous ne devriez même pas être ici.

Vanita se massa les tempes ; elle était sujette aux migraines, et celle-là s'annonçait carabinée.

Baxter congédia brusquement sa psychiatre, l'assurant qu'elle se sentait parfaitement bien et ne voyait plus l'intérêt de « se livrer à des discussions sans fin ».

Elle semblait avoir oublié que des gens pouvaient l'observer derrière la vitre sans tain, parce qu'elle s'affala sur la table et posa sa tête sur ses bras croisés.

— Et où croyez-vous pouvoir aller comme ça ? demanda Saunders à l'homme qui se dirigeait à présent vers la porte.

— Je veux la voir, expliqua-t-il simplement.

— Je ne pense pas que vous ayez totalement saisi la portée de l'expression « en état d'arrestation ».

L'homme dévisagea Vanita, qui lui parut aussi lasse et résignée que Baxter.

— Nous avions un accord, lui rappela-t-il.

— Très bien, allez-y, approuva-t-elle avec un geste dédaigneux de la main. De toute façon, les choses ne peuvent pas être pires.

L'homme lui sourit gaiement et sortit.

— À ce rythme-là, on va tous finir par se faire virer, grogna Saunders en le regardant partir.

Vanita acquiesça.

— Y a des chances, ouais...

Baxter entendit marcher dans le couloir, mais ce n'était ni la démarche martiale de l'Américain ni le pas traînant d'Atkins. Une nouvelle source d'ennui, à coup sûr.

Elle ronchonna sans lever les yeux de ses mains.

La porte s'ouvrit. Une chaise en métal racla le sol. Baxter sentit la table vibrer au moment où l'emmerdeur prenait place face à elle. Elle poussa un long soupir et redressa la tête.

Elle eut le souffle coupé, comme si on l'avait violemment frappée au creux de l'estomac.

Appuyé délibérément en arrière contre le dossier de sa chaise, au cas où elle aurait tenté de lui balancer un coup de poing, l'homme lui adressa un sourire maladroit. Ses cheveux lui semblèrent plus foncés que dans son souvenir, mais il avait toujours ce regard bleu intense, capable de la sonder jusqu'au tréfond de son âme, comme il l'avait fait le jour où il était sorti de sa vie.

Totalement submergée par l'émotion, Baxter se sentait paralysée et anéantie.

— Salut... ! balança-t-il de manière désinvolte, comme s'ils s'étaient quittés la veille.

Il plaça ses mains menottées entre eux, sur la table, et chercha quelque chose de profond à lui dire, quelque chose qui pourrait traduire une année et demie de silence, quelque chose qui pourrait redonner à Baxter foi en lui.

Wolf finit par se décider :

— Surprise surprise !

PARUS DANS
LA BÊTE NOIRE

Tu tueras le Père
Sandrone Dazieri

Les Fauves
Ingrid Desjours

Tout le monde te haïra
Alexis Aubenque

Cœur de lapin
Annette Wieners

Serre-moi fort
Claire Favan

Maestra
L. S. Hilton

Baad
Cédric Bannel

Les Adeptes
Ingar Johnsrud

L'Affaire Léon Sadorski
Romain Slocombe

Une forêt obscure
Fabio M. Mitchelli

La Prunelle de ses yeux
Ingrid Desjours

Chacun sa vérité
Sara Lövestam

Aurore de sang
Alexis Aubenque

Brutale
Jacques-Olivier Bosco

Les Filles des autres
Amy Gentry

Dompteur d'anges
Claire Favan

Ragdoll
Daniel Cole

Kaboul Express
Cédric Bannel

Domina
L. S. Hilton

Tu tueras l'ange
Sandrone Dazieri

Les Survivants
Ingar Johnsrud

L'Étoile jaune de l'inspecteur Sadorski
Romain Slocombe

Le Zoo
Gin Phillips

Le Tueur au miroir
Fabio M. Mitchelli

Sous son toit
Nicole Neubauer

La Griffe du diable
Lara Dearman

Toute la vérité
Karen Cleveland

Ça ne coûte rien de demander
Sara Lövestam

Coupable
Jacques-Olivier Bosco

Là où rien ne meurt
Franck Calderon, Hervé de Moras

À PARAÎTRE DANS
LA BÊTE NOIRE

Rendez-vous avec le crime
Les Détectives du Yorkshire, tome 1
Julia Chapman
(avril 2018)

Ultima
L. S. Hilton
(mai 2018)

Retrouvez
LA BÊTE NOIRE
sur Facebook et Twitter

Vous souhaitez être tenu(e) informé(e)
des prochaines parutions de la collection
et recevoir notre *newsletter* ?

Écrivez-nous à l'adresse suivante,
en nous indiquant votre adresse e-mail :
servicepresse@robert-laffont.fr

*Cet ouvrage a été composé et mis en pages
par ÉTIENNE COMPOSITION
à Montrouge.*

CET OUVRAGE
A ÉTÉ ACHEVÉ D'IMPRIMER
SUR ROTO-PAGE
PAR L'IMPRIMERIE FLOCH
À MAYENNE EN MARS 2018

Dépôt légal : mars 2018
N° d'édition : 56699/01 – N° d'impression : 92431

Imprimé en France